뒤를 돌아
보는 시선

뒤를 돌아보는 시선 하상일 평론집

초판인쇄 2020년 8월 31일 **초판발행** 2020년 9월 7일
지은이 하상일 **펴낸이** 박성모 **펴낸곳** 소명출판 **출판등록** 제13-522호
주소 서울시 서초구 서초중앙로6길 15, 2층
전화 02-585-7840 **팩스** 02-585-7848
전자우편 somyungbooks@daum.net **홈페이지** www.somyong.co.kr

값 28,000원　ⓒ하상일, 2020
ISBN 979-11-5905-479-2　03810

상 일

론 집

뒤를 돌아보는 시선

The Eyes and Poetic Visual of Looking Backworld

소명출판

책을 내면서

참 오랜만에 평론집을 낸다. 오래된 원고들을 정리하면서 너무도 허겁지겁 살아온 지난 시절을 돌아보는 것만으로도 숨이 차다. 무엇이 나를 이렇게 맹목적 속도 경쟁에 길들여지게 한 것인지, 조금은 여유롭게 세상을 돌아보며 살아도 될 것을, 여전히 나는 숨 가쁜 일상의 한가운데에서 앞만 보고 내달리는 하루하루를 살아가고 있을 따름이다. 그래, 행복하면 됐지, 마음 한구석 내가 하고 싶은 일을 하면서 살아간다는 데서 작은 위안을 얻으려 노력하지만, 한편으로 정말 이런 삶이 행복한 것인지 순간순간 깊은 회의와 상실감에 빠져들지 않을 수 없다. 가장 즐겁고 행복해야 할 일을 어쩌면 가장 힘들고 어렵게 해나가고 있다면, 과연 지금 내가 하는 글 읽기와 글쓰기는 도대체 무엇을 혹은 누구를 위한 일인지를 스스로에게 묻지 않을 수 없다.

이번 평론집의 원고를 다시 읽으면서, 지난 시간 나는 이러한 근본적 질문을 스스로에게 던지며 살아왔음을 확인하게 된다. 모두가 앞만 보고 달려가는 세상의 틈바구니에서, 그래도 문학만은 뒤를 돌아보는 여유를 가져야 하지 않을까, 특히 시는 뒤를 돌아보는 시선視線으로 세상과 만나고 사람과 대화하는 성찰적 시선詩線을 지녀야 하지 않을까를 진지하게 고민해 왔던 것이다. 하지만 여전히 세상은 앞을 향해 달리는 맹목적 속도 경쟁을 더욱 가속화하고 있고, 사람들은 이러한 속도에 길들여져 늘 허겁지겁 살아가고 있으며, 이러한 세상과 사람들을 잠시 그 자리에서 멈추게 해야 할 문학 혹은 시의 자리는 언어의 과잉, 지식의 폭주 속에서 소통 부재의 현실을 조장하고 있다. 언젠가부터 문학은 '우리'의 자리를 잃어버린 채 '나'의 세계 안에서 방황을 거듭함으로써, 세상과의 소통보다는 개인의 자의식 안에서 깊은 고민에 빠져 좀처럼 세상 밖으로 나오지 못하는 지독한 냉소를 거듭하고 있는 것이다.

이런 점에서 지금 우리 문학은 '뒤를 돌아보는 시선'이 그 어느 때보다 필요하다. 모두가 '앞'을 강조하고 '앞'에 열광하며 오로지 '앞'을 향해 질주하지 않으면 안 된다고 여겨지는 현실 속에서, 문학의 '시선'만큼은 오히려 '뒤'를 돌아보고 '뒤'를 사유하며 '뒤'의 감각을 다시 성찰하는 역설적 세계 인식과 미학적 시선을 갖출 필요가 있는 것이다. 그것을 굳이 '서정성의 회복'이라 부르든, 아니면 '서정성의 귀환'이라 부르든, 명명 자체에서 비롯된 권력적 언술이 초래할 위험성과 오해는 잠시 미루어 두고, '오래된 미래'라고 불리는, 즉 뒤를 돌아보는 것이 오히려 미래를 선취하는 문학적 긴장tension의 세계를 새롭게 열어갈 필요가 있는 것이다. 어느덧 우리 시에서 '미래'라는 말조차 관습화되고 상투화되고 말았다는 데서 알 수 있듯이, 지금 우리가 말하는 '미래'는 진정한 의미에서 미래가 아니라 언어적, 관념적 수사에 지나지 않는 것은 아닐까. 따라서 앞으로 우리 시가 지향해야 할 진정한 미래는, '뒤'를 돌아보는 시선에서 발견되고 생성되고 창조되는 '미래'여야 한다. 즉 '앞'을 향해 달리는 상상력의 확장이 '뒤'를 돌아보는 방향으로 나아가는 역설적 세계의 긴장이야말로 가장 미래적인 시의 방향이 된다고 할 수 있는 것이다.

이 평론집은 크게 4부로 구성하였다. 제1부는 최근까지 우리 시단의 뜨거운 논쟁과 화두였던 '시와 정치'의 문제에 대한 비판적 성찰을 담은 글과, '뒤'를 돌아보는 상상력이 자연스럽게 만나는 '서정'과 '생명'의 문제를 주제로 한 글이다. 정치를 말하고 생명을 말하는 일까지 지독한 관념이 되고 수사가 되었던 것은 아니었는지에 대한 겸허한 비판을 통해, '시와 정치' 사이에서 비평이 갖추어야 할 '윤리'가 어떠해야 하는지를 진지하게 고민해 본 것이다. 특히 더 이상 통일이 영화 속 현실처럼 추상적 이야기가 아닌 우리 눈앞의 진짜 현실로 다가오고 있음을 느끼는 지금, 분단 현실을 넘어 종전終戰을 말했던 시적 상상력을 주목함으로써 진정으로 시와 정치의 관계가 어떠해야 하는지에 대한 나름의 생각을 정리해보고자 했다. 또한 현대시가 언어의 과잉이나 낯설고 특이한 시적 구조의 확산으로 인해 소통 부재의 현실을 초래한 점을 돌아보면서, 중견 시인들과 젊은 시인들 사이에서 점점 더 심화되는 시세계의 간극이 앞으로 우리 시의 미래를 열어가는 데 있어서 어떤 문제점을 안고 있는지를 살펴보고자 했다. 물론 '차이'는 새로운 상상력을 가져오는 출발점이라는 점에서 분명 의미 있는 변화의 요소이지만, 그것이 이러한 미학적 기능은커녕 대립과 냉소의 소통 부재로 치닫는 것을 정당화는 데만 골몰하는 것이라면, 이러한 문제가 어디에서부터 무엇이 잘못되었는지 냉정하게 짚고 넘어가지 않으면 안 된다. 앞으로 우리 시 비평은 더 이상 이와 같은 문제를 수수방관하지 말고 객관적으로 체계적으로 접근하는 논쟁적 대화에 집중할 필요가 있다.

　제2부는 지금 우리 시대를 '죽은 시인의 사회'라고 상징적으로 명명하는 토대 위에서, 이러한 세상을 살아가는 시인의 운명이 어떠한 시세계를 펼쳐가고 있는지를 시집을 중심으로 논의한 것이다. 시와 시인을 일치시켜 바라보는 개성론의 시관은 시를 시답게 하는 허구적 세계의 시적 진실에 위배되지만, 그렇다고 해서 시를 시인과 무조건 별개의 차원에서 이해

할 수 없는 것이 지금 우리가 당면한 엄연한 현실이다. 그래서 지금 시인들은 더욱 삶에 밀착해서 자신의 목소리를 직접적으로 투영하는 리얼리티의 세계를 보여주기에 분주하다. 비록 그것이 미학적으로는 뛰어난 성취가 되지 못한다 하더라도, 오히려 그러한 거짓 미학에 자신을 숨기지 않는 데서 더욱 진정성 있는 미학적 성취를 드러낼 수 있다는 사실을 결코 간과해서는 안 된다. 이런 점에서 시와 삶의 일치를 선명하게 보여주는 시적 성취는 더더욱 아름답게 느껴진다. 게다가 이러한 시선이 '뒤'를 돌아보는 시선과 겹쳐지는 근본적 상상력에 맞닿아 있다면 가장 진실된 시세계의 정수를 형상화한 것이 아닐 수 없다. '죽은 시인의 사회'라고 불릴 정도로 메마르고 삭막한 세상을 살아가고 있지만, 시인들의 운명은 어떻게 하면 이러한 시대를 다시 따뜻하고 조화로운 세상으로 되돌려 놓을 것인가에 대한 진지한 성찰을 하고 있는 것이다. 그래서 여전히 시는 아름답다. 그리고 이런 시를 쓰는 시인들은 더욱 아름다운 사람들이 아닐 수 없다.

그래서 제3부에서는 따뜻하고 아름다운 시선으로 세상을 보는 시인들의 시세계를 특별히 주목해보았다. 자연과 사물과 인간이 온전히 하나로 조화를 이루는 세상 속에서 누구보다도 행복하게 살아가는 시 속의 화자들의 모습을 보는 것만으로도 마음이 따뜻해진다. 그리고 이러한 따뜻한 세계는 한 편의 동화를 읽는 것처럼 지나온 삶과 현재의 모습을 성찰하게 하는 시적 진실을 담고 있어 늘 작은 감동을 안겨주기에 충분하다. 사실 이러한 시를 읽고 있노라면 왜 시가 낯설고 기이한 언어의 구조가 갇혀 소통의 미학을 스스로 외면하고 있는지를 깊이 의심하지 않을 수 없다. 모두가 새로운 언어, 새로운 구조에 열광하는 언어 과잉의 시대에, 진짜 별말 없이도 웃을 수 있는 그저 평범한 일상의 한가운데에서 따뜻하고 아름다운 세상을 발견하는 시적 힘은 과연 어디에서 오는 것인지를 새삼 진지하게 묻지 않을 수 없는 것이다. 거기에는 자연과 인간의 교감도 있고, 사람과 사람 사이의 사랑도 있다. 모든 시가 관계와 소통의 문제에 대한 진정성 있는 성찰의 시선을 보여준다는 점에서 특별하다. 따뜻하고 아름다운 시선으로 세상을 보는 시인들의 시세계에는 지금 시가 무엇을 어떻게 말해야 하는지, 그리고 앞으로 시가 어디로 향해 나아가야 하는지를 아주 조용하고 낮은 목소리로 우리에게 다시 일깨워주고 있다.

　마지막 제4부는 문학과 역사의 관계 속에서 비평이 실천해야 할 올바른 방향과 주제에 대해서 논의한 것이다. 조금은 무거운 주제로 다가오지만, 그렇다고 해서 비평이 결코 외면해서는 안 되는 중요한 문제의식을 담고 있다. 이 또한 결국은 '뒤'를 돌아보는 시선의 문제와 무관할 수 없다. 문학이 역사를 말한다는 것은 '뒤'를 올바르게 정리하고 비판적으로 성찰함으로써 '앞'을 열어가는 진정한 동력을 찾자는 데 있기 때문이다. 식민과 분단 그리고 민주화의 과정을 거치면서 우리 문학은 온통 아프고 상처 입은 흔적들로 가득하다. 이제 문학은 이러한 상처와 고통의 자리를 감싸고 위무해주는 차원을 넘어서 잘못된 역사를 바로 잡는 비평적 실천에도 매진해야 한다. 그리고 이러한 역사의 모순은 지역의 문제와도 직결되는 일이 많음을 주목할 필요도 있다. 우리 사회에서 지역은 언제나 중심에 의해 재단되고 폄하되는 역사적 모순 공간이었다는 점에서, 지역에서 생산되는 문학적 실천은 곧 역사를 바로잡는 길이 되어 왔음을 부정할 수 없기 때문이다. 이런 점에서 앞으로 우리 비평은 역사와 지역이 만나는 지점에서부터 어떠한 비평적 실천을 시도해야 하는 지에 대해 진지하게 고민하고 성찰해야 할 것이다.

　늘 그랬듯이 이번 평론집을 묶는 나의 심경 역시 너무도 복잡하다. 문학이 인간의 삶을 더욱 가까이 이어주는 행복한 일이 되어야 한다는 사실을 어느 누구도 부인하지는 않겠지만, 결과적으로 문학으로 인해 인간은 끊임없이 상처받고 소외당하며 서로를 외면하는 삶을 합리화하고 있기 때문이다. 자연과 인간과 세상이 온전히 하나가 되는 세상을 바라보며 아름답다고 말하면서도, 정작 우리는 왜 그런 세상을 살아가는 데 인색한 자기모순의 삶을 살아가고 있는 것일까? 그래서 문학은 언제나 현실에서 이루지 못한 세계에 대한 꿈과 동경의 대상으로만 남게 되고 마는 것일까? 이제는 정말 '뒤'를 돌아볼 때다. 더 이상 '앞'만 보고 달리는, 그래서 스스로 행복해지지 않는 삶에 아등바등할 이유가 없다. 어느덧 지천명知天命의 시간으로 떠밀려 버렸다. 하지만 아직도 나는 천명天命을 알기엔 역부족이다. 늘 내 앞길을 달려가시던 어머니가 언젠가부터 내가 서있는 자리 한참 뒤에 머물러 있음조차 놓치고 살았다. 이제 겨우 나도 '뒤'를 돌아보는 시선을 가져야겠다는 생각을 하고 있을 따름이다. 언젠가는 나도 경빈, 경훈 두 아들의 뒷자리에서 조용히 머물러 있을 때가 올 것이다. 그때까지는 이 비평의 길을 묵묵히, 부끄럽지 않게 걸어 나가야겠다. 다만, 천천히, 여유롭게, 그리고 행복하게……

2020년 8월

하상일

차례

'시와 정치' 사이에서 '윤리'를 생각하다

'시의 시대' 아니 '시론의 시대'

2000년대 이후 '문학의 위기'라는 말이 전혀 실감되지 않을 만큼 시는 넘쳐났다. 마치 생산-포장-유통-소비되는 자본주의 시스템이 시의 작동 원리로 정착되었다고 해도 과언이 아닐 정도로 시는 '자동화'의 산물이 된 듯하다. 자본주의와 싸우는 것이 시의 오래된 명제였다면, 이제는 굳이 자본주의와의 대결을 고집할 이유가 없게 된 것은 아닐까. 오히려 시의 소규모 자본화가 오늘날 시의 존재를 정당화해주는 미적 근거가 되기도 한다. 물론 여기에서 말하는 '자본'은 단순히 물질적 재화의 축적만을 의미하는 것이 아니라 생산과 소비의 경계가 그다지 중요하지 않았던 공동체적 경제구조가 무너진 자리에서 형성되는, 그래서 '생산-소비'라는 실제적 차원보다 '포장-유통'이라는 일종의 기호적 단계에서 시의 의미가 세분화되고 추상화되는 철저한 개인주의의 총화를 의미한다. 이와 같은 개인성의 확대는 전래의 공동체적 시적 원리나 본질을 넘어서는 일탈과 전복을 미학적 핵심으로 삼으면서, 견고하게 유지되어 왔던 시의 존재론적 의미와 위상은 급격한 변화와 혼돈을 겪지 않을 수 없게 되었다. 시의 본질로 명명되었던 '서정'의 지위가 심각하게 흔들리면서 소위 '다른 서정'과 같은 새로운 명명이 끊이질 않았던 이유도 바로 여기에 있다.

그런데 이러한 시의 변화 과정에서 반드시 짚고 넘어가야 할 문제는, 2000년대 이후 시가 넘쳐났다고는 하지만 과연 '시의 시대'였다고 자신 있게 말할 수 있을까 하는 점이다. 다시 말해 넘쳐나는 시의 중심에 정작 '시'는 없고 무수한 '시론'만이 명명과 구분의 전횡을 행사했던 것은 아니었는지 정직하게 물을 필요가 있는 것이다. 물론 문학 지형의 급격한 변화 속에서 시의 변화를 이해하고 설명하기 위해서 전래의 시론과는 다른 새로운 시론이 필요했던 것은 사실이다. 하지만 그것이 진정으로 시의 변화라는 현상을 읽어내려는 자연스러운 과정이었는지, 아니면 시의 변화라는 새로운 지형을 우선적으로 선점하려는 작위적인 결과였는지는 의문이 남는다. 만일 전자의 경우였다면 그것은 시론이 감당해야 할 최소한의 책임과 의무를 다하는 긍정적인 의미를 지녔다고 할 수 있지만, 후자의 경우였다면 그것은 시의 혁신을 이론적으로 전유함으로써 시론의 위계를 강화하려는 권력적 욕망과 전혀 무관하다고 볼 수 없을 것이다. 안타깝게도 저자는 이 가운데 전자보다 후자 쪽에 더 무게를 두고 있다. 시를 위해 시론이 필요했다기보다는 시론을 앞세워 시를 동원하기에 급급했다는, 그래서 시는 계속해서 넘쳐났지만 — 정확히 말해 특정 시론에 맞춘 엇비슷한 시가 재생산되었다고 판단하지만 — 시가 주목받기보다는 언제나 시론이 중심이 되는 어처구니없는 상황이 벌어지고 말았기 때문이다. 이런 점에서 2000년대 이후는, 정확히 말해 '시의 시대'였던 것이 아니라 '시론의 시대'였다고 할 수 있다.

그렇다면 2000년대 이후 쟁점화한 새로운 '시론'의 핵심은 과연 무엇이었을까? 모든 담론의 변화 과정이 그러하듯 전대의 중심 담론을 부정하고 비판하면서 새로운 담론의 장이 펼쳐진다는 점에서, 2000년대 이후

'시론'의 과잉은 전래의 '서정'에 대한 근본적인 비판 혹은 부정에 초점을 두고 있었다. 이는 소위 '다른 서정'을 말하기 위해 반드시 필요한 전제였고, 나아가 주체 중심의 시학에 내재된 독단과 독선을 무너뜨리는 민주적 소통방식에 대한 요구였다. 즉 지독한 중심의 오류에 갇힌 규범화된 시론의 틀을 벗어나 시가 발화되는 다양한 지점을 한 목소리가 아닌 여러 목소리로 포착해내고자 했던 것이었다. 하지만 의도가 좋다고 해서 결과가 반드시 좋을 수는 없고, 또한 의도가 좋다고 해서 모든 결과가 정당성을 확보하는 것도 아니다. 중심에 대한 부정은 중심이 누리는 보편성의 독점화를 문제 삼는 것이어야지 보편성 자체의 근본적 부정이나 해체를 목표로 해서는 안 된다. 즉 구심력과 원심력의 긴장 속에서 유지되는, 변하지 말아야 할 것(랑그)과 변해야 하는 것(파롤) 사이의 긴장 속에서 새로움을 시도해야 하는데, 최근 우리 시론의 방향은 변해야 하는 것에 대한 정당성을 확보하기 위해 변하지 말아야 할 것조차 무너뜨리고 마는 극단에 빠지고 말았다. 그 결과 민주적 소통의 가능성을 찾으려던 시론의 변화 과정이 오히려 단절과 불통의 개인성을 강화하거나 정당화하는 자기모순에 직면하게 된 것이다.

모든 언어적 발화는 최소한의 보편성(랑그)을 토대로 이루어질 때 소통 가능한 의미를 생산할 수 있다. 게다가 그 보편성의 영역을 최대한 확대했을 때 현실의 모순을 가로지르는 공동체적 담론의 장을 생성하게 된다. 시가 '정치적'이 된다는 것은 바로 이러한 보편성의 확대를 어떻게 미학적으로 사유하고 실천할 것인가의 문제라고 할 수 있다. 최근 우리 시론의 중심에 '시와 정치'가 있었던 것은 이러한 시의 보편성 상실에 대한 문제의식과 전혀 무관하지 않다. 시인의 참여와 시의 참여 사이의 괴리에 대한 시인들의 진지한 고뇌는 시의 보편성 결여에 대한 자기성찰의 문제에서 비롯되었다고 볼 수 있는 것이다. 결국 '시와 정치'에 관한 담론의 증폭은 지금 우리 시가 너무도 정치적이지 못한 데서 오는 역설적 진단의 결과이다. 시인은 끊임없이 정치적이고자 하는데 시는 여전히 정치적이지 못한 방향으로만 흘러가므로, 자신들의 시를 '전위'의 저항성으로 읽어내야만 한다는, 즉 직접적으로 정치적이지 않은 시도 정치적일 수 있다는 알리바이를 만들어내지 않을 수 없었던 것이다. 굳이 '정치'와 '정치적'인 것을 구별함으로써, '정치'의 현장성을 담아내지 못한 시를 '정치적'인 가능성으로 읽어내고자 하는 강박을 내면화한 결과라고 할 수 있다. 따라서 '시와 정치'를 말하면서도 정작 '정치'를 직접적으로 말하는 '시'에 대한 논의는 거의 찾아볼 수 없고, '정치적'인 것의 의미를 말하는 '시론'의 이론적 재구성만이 전면화될 수밖에 없었다.

이런 점에서 저자는 '시와 정치' 담론의 중심에 왜 '김수영'만이 끊임없이 호출되고 '김남주'는 언급조차 되지 않았는지 도무지 이해할 수가 없다. 해방과 전쟁 그리고 반공정부로 이어져온 굴곡의 역사를 미학적으로 사유한 김수영의 시 정신을 문제 삼자는 것이 아니라, 분단과 유신 시대의 중심에서 민족과 민중의 삶에 역행하는 모순된 정치 현실을 향해 시는 '칼'과 '무기'가 되어야 한다고 선언했던 김남주의 시 정신이야말로 가장 '정치적'이었음을 결코 간과해서는 안 된다. 김수영이 '온몸의 시학'으로 시와 정치의 관계를 사유하는 해석학적 지평을 보여주었다면, 김남주는 '온몸' 그 자체로 시와 정치의 현장에서 투쟁하면서 그 누구보다도 '정치적'인 실천을 몸소 보여주었다는 사실을 반드시 기억할 필요가 있는 것이다. 그럼에도 불구하고 그동안 '시와 정치'를 둘러싼 논의에서 김남주가 아닌 김수영만이 호출될 수밖에 없었던 것은, '시와 정치' 담론이 '시'의 정치성에 대한 진정성 있는 고민의 과정이었다기보다는 '시론'의 정치성을 이론화하는 관념적 구성물이었기 때문이다.

최근 들어 우리 평단에서 비평가가 아닌 시인의 시론이 두드러졌다는 사실은 이러한 사실과 결코 무관하지 않은 듯하다. 시와 정치 사이의 괴리에서 촉발된 것이긴 하지만, 시인과 시의 분리가 가져온 정치적 비판을 어떤 식으로든 극복해내고자 하는 시인들의 알리바이가 시론으로 전면화된 양상이 두드러지고 있는 것이다. '시와 정치' 사이에서 '윤리'가 발화되는 지점도 이러한 문제에 대한 자기성찰에서 찾아야 할 것이다. '시'보다 '시론'이 앞서는 시대, 그것은 '생산-소비' 단계에서 검증되어야 할 시의 윤리가 '포장-유통'의 단계를 거치면서 지적 자본에 물들어버리는 변질의 과정을 스스로 용인하고 합리화하는 결과가 될지도 모른다. 뭐라 하든지 간에 '시의 시대'보다 '시론의 시대'가 아름답지 않은 것만큼은 분명한 사실이 아닐까 싶다.

시인과 시 혹은 시인과 화자

전통적으로 한국문학은 역사나 철학과 구분되지 않는 통합적 지형 속에서 의미화되었다. 특히 시는 시인이 어떻게 세상에 나아갈 것인가의 역사적 문제의식과 어떻게 세상을 인식하고 바라볼 것인가의 철학적 명제 안에서 사유하고 실천되는 가장 본질적인 장르였다. 물론 이 때 역사적 사유와 철학적 인식 역시 별개의 문제가 아니라는 점에서 군이 역사와 철학의 경계를 구분할 필요는 없다. 시를 재도지기載道之器로 보았던 효용론적 문학관에는 문사철文史哲의 통합적 사유와 실천이 고스란히 담겨져 있다. 이러한 문학관의 실현은 시인과 시의 온전한 합일을 기본적인 전제로 한다. 시인이 어떻게 살아가야 할 것인가의 문제가 곧 시는 어떤 삶의 모습을 보여주어야 하는가를 결정하고, 시인이 어떻게 세상을 인식할 것인가의 문제는 곧 시는 어떤 세상을 지향해야 하는가의 문제와 직접적으로 결부되는 것이다. 결국 시는 시인의 삶과 인식을 밖으로 표출하는 결과물이 된다는 점에서, 시가 좋지 못한 것은 시인이 올바르지 못하기 때문이고 시인이 올바르지 못하면 절대 좋은 시가 창작될 수 없다고 보았다. 지금의 시각에서 보면 다소 경직된 관점이 될 수도 있겠지만, 시인과 시의 완전한 일치를 통해 시가 역사적으로든 철학적으로든 가장 '윤리'적이 되어야 한다는 점을 무엇보다도 강조한 것이다.

하지만 근대의 미학은 시인과 시의 일치가 상상적 구성물로서의 문학의 기본적 요건에 부합되지 않는다고 단언한다. 설령 시인과 시가 상당히 비슷한 모습을 보인다고 하더라도, 그것은 시의 화자가 시인의 가면을 쓰고 등장했기 때문이지 화자 그 자신이 곧 시인이 될 수는 없다고 보는 것이다. 이로부터 시는 가면persona을 쓴 '화자'에 주목함으로써 시인과 시의 분리를 정당화하였다. 물론 화자에 대한 인식은 자기고백적 어조로 일관한 시의 단조로움을 극복하는 다양한 목소리의 가능성을 가져왔다는 점에서 주목된다. 즉 시의 동일성이 '자전적 동일성'이 아닌 '상상적 동일성'이라는 점을 부각시킴으로써 시 또한 '허구적'임을 명확히 했던 것이다. 이러한 '퍼소나'의 강조는 시가 현실을 얼마나 잘 담아냈느냐 하는 '내용'보다는 시가 현실을 어떻게 잘 구성했느냐와 같은 '형식'에 초점을 두기 마련이다. 시인과 화자의 엄격한 분리 속에서 화자의 발화 형식에 대한 고민이 가장 중요한 시의 미학으로 자리 잡게 되는 것이다.

그런데 문제는 이러한 몰개성론의 미학이 시와 정치 사이에서 '분리주의'를 정당화하는 논거가 되기도 한다는 점이다. 시인이 정치적으로 어떤 입장을 취하는 것과 시에 나타난 정치성은 전혀 별개의 차원에서 평가해야 한다는 논리로 작용하는 것이다. 심지어 시인은 직접적으로 정치적일 수 있다 하더라도 시는 정치적 세속화에 빠져서는 안 되고 이를 넘어서는 미학적 갱신을 보여주어야 한다고 주장하기도 한다. '시인=정치적 / 시=미학적'인 것의 구별 짓기는 이미 '정치적'인 것과 '미학적'인 것의 경계를 당연시한 결과이다. 그럼에도 불구하고 시인으로서의 정치성과 시의 정치성의 간극을 해소해 나가고자 하는 시인 혹은 시의 태도는 자기모순을 극명하게 보여주는 것이 아닐 수 없다. 아마도 이러한 모순은 시인과 시 혹은 시인과 화자의 일치에서 가장 선명하게 구현될 수 있는 시의 '윤리'를 결코 포기할 수 없기 때문이 아닐까 싶다.

문학과 정치를 연결하려는 시도는 매번 불순하거나, 불온한 것으로 매도당한다. 순수한 문학을 세속화하려는 잘못된 경향으로 읽힌다. 뭔가 신비스럽고 오묘하고 깊은 것을 단순화하고, 도구화하려는 경망스러운 시도쯤으로 평가절하된다. 그래서인지 문학인들은 정치를 혐오하고, 정치의 곁으로 너무 가까이 다가가면 마치 자신의 문학이 훼손이라도 될 양 화들짝 놀라 물러난다. 그것이 한국의 문학이고, 정치였다. 그러다보니 잊을 만하면 계면쩍어 하면서 슬며시 나오는 것이 문학과 정치의 관계에 대한 해묵은 질문이다. (…중략…)

자꾸 문학과 정치를 떼어놓으려는 어떤 '순수'한 의도들은 기실은 무지하거나, 나쁘거나, 지배집단과 문화에 대해 철저히 당파적일 뿐이다. 문학과 정치를 자꾸 대상화시켜 논의하려는 시도들 역시 반사회적, 반민중적, 반역사적일 수 있다. 문학과 정치는 떨어져 있지 않은 한 몸이다. 세계의 모든 문학은 정치적이다. 문학의 상상력이란 새로운 세계와 인간관계에 대한 저마다의 강령이다.

— 송경동, 「저마다의 강령인 시」(『시와 시』, 2012.겨울, 50·54쪽) 중에서

송경동은 시인과 시의 분리가 "문학과 정치를 떼어놓으려는 어떤 '순수'한 의도들"과 무관하지 않다고 본다. "세속화", "단순화", "도구화"라는 말에는 시가 곧 정치가 되는 것에 대한 비판과 냉소가 짙게 깔려 있다. 하지만 그는 이러한 생각이야말로 "문학과 정치를 자꾸 대상화시켜 논의하려는 시도"라는 점에서 "철저히 당파적"이고 "반사회적, 반민중적, 반역사적"이라고 말한다. 잘 알다시피 송경동은 시와 정치의 괴리를 고민하는 여느 시인들과는 달리, 그것이 왜 고민이 되어야 하는지를 비웃는 듯 시와 정치 혹은 삶과 정치의 일치를 명백하게 보여준 시인이다. 그는 '참여시'를 지향한다거나 그것에 자족하기보다는 시인의 '참여' 자체를 실천적으로 보여주었다. 그에게 있어서 '참여시'와 '참여'는 굳이 구별해야 할 대상이 아닌 것이다. "문학의 상상력이란 새로운 세계와 인간관계에 대한 저마다의 강령이다"라고 말하는 그의 시론과, "길거리 구둣방 손님 없는 틈에 / 무뎌진 손톱을 자르는 쪽가위로 자르고 있는 / 사내의 뭉툭한 손을 훔쳐본다 / 그의 손톱 밑에 검은 시詩가 있다"(「가두의 시」, 『사소한 물음에 답함』, 창비, 2009, 12쪽)라는 그의 시는 이미 "떨어져 있지 않은 한 몸"이기 때문이다.

경기대에서 「조국은 하나다」

육성시낭송을 듣고도 울지 않고

광주 톨게이트, 빛고을 시민들보다

먼저 와 그를 기다리고 섰던

백골단 장벽 보면서도 울지 않고

불 꺼진 취조실마냥 어둡던 망월동

그의 하관을 보면서도 이 악물었는데

그를 묻고 돌아온 서울

심야버스 타고 마포대교를 건너다

다리 난간에 덜덜거리는 허리 받치고

해머드릴로 아스팔트 까며 야간일 하는

늙은 노동자를 본 순간

이 악물며 울고 말았다

그가 간 것보다 그가 사랑했던 한 시대가

저물어가는 것이 서러웠다

—「김남주를 묻던 날」(『사소한 물음들에 답함』, 33쪽) 전문

시인 김남주를 시로 불러내는 송경동의 시에서 시인과 화자의 관계를
다시 한번 생각해 본다. 1연에서 김남주의 육성과 투쟁과 죽음을 마주하
면서 "이 악물"고 "울지 않"은 화자와, 2연에서 "그를 묻고 돌아온 서울"
에서 "늙은 노동자를 본 순간 / 이 악물며 울고 말았"던 화자는 같으면서
도 다르다. "그가 간 것"을 슬퍼하는 화자에서 "그간 간 것보다 그를 사랑

했던 한 시대가 / 저물어가는 것이 서러웠다"는 화자로의 변화는 시적 인식의 확대와 심화를 보여준다. 여기에서 시인과 화자의 구별은 전혀 의미가 없지만 편의상 구분이 가능하다면, 전자의 화자가 시인에게 좀 더 가까이 다가가 있으며, 후자의 화자는 시인이 우리 사회의 공동체에게 요구하는 진정한 '화자'의 모습을 내면화한 것이라고 할 수 있는 것이다. 중요한 것은 '김남주의 죽음'이 아니라 '김남주가 생전에 그토록 바라던 세상'에 있으므로, 시인은 "그의 하관을 보면서도 이 악물었는데"에서처럼 김남주의 시와 시론에 애도를 표하는 것을 중요하게 생각하기보다는, "다리 난간에 덜덜거리는 허리 받치고 / 해머드릴로 아스팔트 까며 야간일 하는 / 늙은 노동자들을 본 순간 / 이 악물며 울고 말았다"와 같이 "그가 사랑했던 한 시대가 / 저물어가는 것"에 서러워하는 자신을 정직하게 응시하고자 했던 것이다. 그래서 그는 "오래 산 나무에 대한 은유로 / 가득 찬 시들을 보면 / 벌목해버리고 싶은 충동"(「오래 산 나무에 대한 은유를 베어버리라」, 『사소한 물음들에 답함』, 116쪽)을 느끼면서, "우리의 참담한 오늘을 / 우리의 꽉 막힌 내일을 / 얼어붙은 이 시대를 / 열어라 이 냉동고를"(「이 냉동고를 열어라」, 『사소한 물음들에 답함』, 99쪽) 이라고 직설적으로 말한다. 혹자는 이를 두고 '미학적 성취의 결여'와 '정치의 세속화'를 말할지도 모른다. 분명 그러하다. 그럼에도 불구하고 그의 시는 오히려 '미학적 성취'를 걷어내고 '정치의 세속화'를 지향하는 시적 역행을 의도적으로 감행한다. 그 결과 그의 시는 '정치적'인 것을 사유하고 실천한다고 말하는 그 어떤 시인의 미학적 형상화보다도 '윤리'적인 성취를 보여주었다. 그의 시를 읽으면 2000년대 이후 무수히 쏟아졌던 '시와 정치' 담론이 얼마나 허위적이었는지를 절감하지 않을 수 없다. 김남주가 그랬던 것처럼, 그에게 시는 최소한의 '윤리'조차도 외면하는 모순된 정치를 향해 던지는 '칼'과 '무기'이다. "그해 겨울 구로노동자문학회 총회 때 / 그들이 마지막 조합비라며 20만원이 든 봉투를 내놓았다 / '파쇼'에 맞서 제대로 한번 싸워보지도 못한 나는 / 글을 써 돈을 받는 것이 / 무슨 죄라도 짓는 것처럼 부끄러웠다"(「첫 고료」, 『사소한 물음들에 답함』, 20~21쪽)라는 고백, 이것이 바로 시가 '윤리'를 말할 수 있는 최소한의 자의식인 것이다.

시와 정치 그리고 시와 윤리

최근 증폭된 '시와 정치' 담론은 어딘가 모르게 과잉되어 있다. 『창작과비평』, 『문학과사회』, 『문학동네』 등 소위 메이저 문예지를 중심으로 전개된 '시와 정치'에 관한 논의들을 전체적으로 다시 한번 통독해보니, 좀 엉뚱하게도 '시와 정치'의 진정성에 대한 고민에 앞서 지금 우리 비평의 현재적 모습에 대한 안타까움이 우선적으로 남았다. 랑시에르를 비롯한 십여 명의 이론가들에 둘러싸인 무수한 동어반복과 앞선 비평에 동조하거나 비판하는 것이 주류가 된 재탕, 삼탕식의 비평들을 마주하면서, 도대체 비평이 언제부터 독후감이 되고 리포터가 되고 만 것인지 암담할 따름이었다. 자신들의 생각이나 주장은 거의 찾아볼 수 없고 — 오해의 소지를 없애기 위해 정확히 말한다면, 오로지 각주와 색인에 의지해 자신의 주장을 대변하고 있을 뿐 정작 자신은 아무 말도 하지 않은 채 침묵하고 있는 경우가 대부분이었다. 결국 비평이 책의 내용을 요약하고 핵심을 추출해냄으로써 저자의 생각을 비판적으로 따라가는 독후감이나 리포터의 차원을 넘어서지 못하고 있는 것이다. 이런 점에서 최근 전개된 '시와 정치' 담론은 '정치'의 외피를 쓰고는 있지만 사실상 '정치'와는 무관한 관념적 수사에 불과했던 것은 아니었을까. 게다가 시와 정치를 논하면서 지금 우리가 직면한 정치 현실로부터 구체적이고 실질적인 논의를 이끌어내지 못한 채 끊임없이 서구 이론가들의 생각에만 기대어 답을 찾으려고 하는지도 솔직히 납득할 수가 없다. 결국 '시와 정치' 담론은 '정치'를 바라보는 시 혹은 시인의 고뇌가 본질이 아니라, '정치'를 담아내는 시의 형식에 대한 고민을 서구 사상가들의 생각에 의지해 이론적으로 정립하려는 시론의 욕망에서 비롯된 것은 아니었을까. 그동안 비평의 장에서 공론화된 '시와 정치'에 대한 논의를 두고, "시인과 '정치성' 역시 비평가들이 뭔가의 쟁점을 먼저 선점하고자 하는 얄팍한 댓거리나 논쟁쯤으로 여겼다"(임성용, 「시의 정치성 – 구분되는 것과 구분되지 않는 것」, 『시와 시』, 2012.겨울, 55쪽)라고 비판한 시인의 냉소에 대해 과연 비평가들은 무슨 말을 할 수 있을지 모르겠다.

최근 고민 중에 하나는 집회나 문화제에 가서 가끔 시 낭송을 하는데 낭송용 시를 써야 한다는 것이다. 낭송용 시가 따로 있느냐고 우습게 생각할지 모르겠으나 우스워도 고민이 된다. 광장에 모인 사람들은 생존의 문제로 위급한 상황이다. 여기에서 노래나 춤은 바로 그 시간에 사람들과 교감을 해낸다. 허나 시는 내용을 전달해야 하며 내용이 전달되면서 교감이 이루어져야 하는데 도통 쉽지가 않다는 것이다. 거의 선동적으로 직설적이고 즉자적인 내용을 쓰고 외쳐야만 그들에게 다가간다는 것이다. 그렇다고 그 자리에서 정제된 시를 낭송하는 것은 뜨악한 일이다. 시어들이 급박한 현장에서는 둥둥 떠다니게 된다. 그러니 시 낭송은 집회에서 들러리로 전락하는 느낌을 많이 받는다. 그리고 낭송용 시를 그대로 발표하기도 어렵다. 시라고 생각하지 않기 때문이기도 하다. (…중략…)

　시 쓰기의 형식 실험은 고이지 않으려고 몸부림치는 것만큼이나 어렵지만 꼭 필요로 하는 과정이라고 생각한다. 내겐 참으로 어려운 작업이다. 아직까지 형식에 대한 고민이 많이 부족하기 때문이다. 무엇을 쓸 것인가에 여전히 집중해 있다. 그것이 어떻게 어디서 나타날지는 모르겠으나 현실에 대한 긴장을 늦추지 않고 오감을 열어서 상상력을 극대화시키는 끊임없는 노력만이 시를 살리는 길이지 않을까 싶다.

— 김사이, 「거대한 일상」, 『시와 시』, 2012.겨울, 63~64쪽

　인용문은 "이주 노동자와 비정규직 노동자들의 투쟁을 지지하며 성명서에 이름을 올리거나 지지 방문을 하고 정치적 이슈를 다루는 논문을 쓸 수도 있지만, 이상하게도 그것을 시로 표현하는 것은 쉽지 않다"(진은영, 「감각적인 것의 분배」, 『창작과비평』, 2008.겨울, 69쪽)라는 생각에서 촉발되었다고 일컬어지는 '시와 정치' 담론의 어떤 논점보다도 훨씬 더 구체적으로 시의 정치성에 대한 가장 현실적인 고민을 담고 있다. 언뜻 보기에 김사이와 진은영의 고민은 서로 닮은 것처럼 보이지만, "생존의 문제로 위급한 상황"에 놓인 사람들에게 "노래나 춤"과 같이 즉각적인 교감의 영역을 만들어내는 시의 형식을 고민하는 김사이의 현장에 대한 실천적 생각과, "낭송용 시를 그대로 발표하기 어렵다"라는 시의 현실을 똑같이 직시하면서도 그것을 정치성을 유지함과 동시에 발표할 수 있는 시의 형식으로 변용해내는 시의 미학적 갱신에 초점을 두는 진은영의 생각은 전혀 다르다. 김사이 역시 "시 쓰기의 형식 실험"은 "꼭 필요로 하는 과정"이라고 생각하지만, 그것은 "시라고 생각하지 않기 때문"에 "낭송용 시를 그대로 발

표하기" 어려운 우리 시단의 편견과 타협하고자 하는 것이 결코 아니다. 오히려 어떻게 말하고 표현하는 것이 생존을 위해 광장에 모인 사람들과 교감을 나누는 것이 될 수 있을까에 대한 실천적인 고민을 하고 있는 것이다. 다시 말해 시인에게 있어서 형식은 내용을 효과적으로 드러내는 일종의 전략일 뿐 그 자체가 본질이 될 수는 없단 것이다. 그동안 전개된 '시와 정치' 담론에서 깊이 성찰해야 할 문제는 바로 이 부분이다. 즉 시가 '정치'를 말하면서도 무엇을 어떻게 말할 것인가를 중심에 놓지 않고 오로지 시의 형식과 정치의 형식은 다른 것이라는, 그래서 시는 정치와는 구분되는 자율적인 미학을 추구해야 한다는 논리를 강조하기에 급급했던 것이다. 만일 '감각적인 것의 분배'가 이러한 미학의 자율성에 대한 근거로만 작용한다면 랑시에르의 견해는 잘못된 것이다. 공동체의 감각에 대한 보편적 인식이 결여된 시는 결코 '정치적'일 수 없다. 정치의 현장에서 노래와 춤과 같은 즉각적인 교감의 영역을 만들어내지 못하는 시의 장르적 한계에 대한 고민과 성찰이야말로 시의 정치성을 고뇌하는 진정성 있는 목소리인 것이다. 그럼에도 불구하고 끝끝내 '감각적인 것'의 구별을 통해 시의 정치성을 말하고자 한다면 그것은 철저한 자기기만의 형식이 되지 않을 수 없을 것이다.

시의 윤리와 시와 정치 사이에서의 윤리는 그 범주가 다르다. 물론 '정치'를 국가의 권력 작용에 기반한 제도적 체제에 한정하지 않고 모든 인간관계에서 발생하는 사회 문화적 권력 작용으로 폭넓게 바라본다면, 시의 윤리와 시와 정치 사이에서의 윤리는 그 간격을 좁힐 수 있을 것이다. 그런데 최근 쟁점이 된 '시와 정치' 담론은 '시와 정치 사이에서의' 고뇌로부터 촉발된 것이란 점에서 현실 정치와의 밀접한 관계 속에서 그 해답을 찾아나갈 때 진정한 의미에서 '윤리'를 발견할 수 있다. 하지만 시인과 시혹은 시인과 화자의 분리를 전제로 그리고 정치와 정치적인 것 혹은 정치적인 것과 미학적인 것의 구별을 토대로 이루어진 '시와 정치' 담론은 사실상 전혀 '윤리'적이지 못하다. "진은영의 곤혹은 정치적 발언을 수용할 만한 감성의 영역이 망실된 한국시의 위기를 드러내는 징표"(박대현, 「문학의 '시취'를 둘러싼 추문 혹은 추도」, 『닿을 수 없는 혁명』, 인크, 2013, 60쪽)임에 틀림없지만, 이러한 위기를 넘어서는 방향이 "정치적 발언을 수용할 만한 감성의 영역"을 되찾으려는 것이 되지 못하고 오히려 "정치적 발언"과 "감성의 영역"을 구분하는 논리를 만들어내는 데 집중함으로써 '시와 정치 사이에서의 윤리'는 실재가 아닌 관념이 되고 만 것이다.

> 판사가 최후진술을 하라고 하자 피고석에서 수갑을 찬 채 엉거주춤 일어난 늙수그레한 대학생 김남주가 법복을 입고 안경을 쓴 갸름한 얼굴의 판사를 정면으로 바라보며 말했다. "한마디로 좆돼부렀습니다!" 여기저거서 키득거리는 웃음소리가 들리고 법정 안이 잠시 소란했다. 1973년 12월 28일 광주지법, 지하신문 『고발』지 결심공판정에서의 일.
> ─ 이시영, 「최후진술」(『경찰은 그들을 사람으로 보지 않았다』, 창비, 2012, 64쪽) 전문

김남주의 "최후진술", 즉 "한마디로 좆돼부렀습니다!"야말로 가장 시적이라는 생각이 그대로 한 편의 시가 되었다. 어떤 말이 더 필요하고 어떤 생각이 더 부연되어야 할까. 저 말 속에는 은유도 있고 풍자도 있고 고뇌도 있고 즐거움도 있다. 그 어떤 '정치적'인 논평보다도 더욱 '시적'이라고 말할 수 있지 않을까. 언어는 그 자체로 의미를 지니고 있지만 그 의미는

고정된 것이 아니라 발화 상황에 따라 또 다른 의미를 생산하는 유동적인 속성을 지닌다. "한마디로 좆돼부렀습니다!"라는 말은 일상 속에서는 세속어가 될 수 있겠지만 법정에서의 최후진술일 때, 그것도 김남주라는 시인의 말이었을 때는 가장 '정치적'인 시가 될 수도 있다. 그러므로 처음부터 시라는 장르에 어울리는 미학적 언어와 형식을 고정적으로 갖고 있는 것이 아니다. 물론 시의 장르적 관습은 지금도 통용되고 유지되고 있지만 그것은 절대적이지 않고 느슨하다는 점에서 끊임없는 변화와 혁신이 요구되기도 하는 것이다. 인용한 이시영의 시는 감정과 정서를 최대한 억제하고 배제한 상태에서 화자가 마주한 대상에 직접적으로 다가간다. 그는 사물과 대상을 관념화하지 않고 온전히 그 모습 그대로 마주하는 순간 '참모습'을 발견할 수 있다고 믿는 데서 오늘날 시의 가치를 구현하고자 하는 것이다. 그래서 그는 "어떤 이들은 이런 유의 작품들이 시가 아니라고 타매하기도 하지만, 나는 시가 아니라도 좋으니 이런 작업을 통해서 감추어진 세계의 진실을 드러내는 게 더 시급하고 중요한 일이라고 본다"(「시인의 말」, 『경찰은 그들을 사람으로 보지 않았다』, 155쪽)라고 단호하게 말했다. '시와 정치 사이에서의 윤리'는 바로 이러한 말과 생각에서 비로소 실현될 수 있을 것이다.

지금으로부터 10여 년 전 "요즘의 급진적 비평이나 문학이론은 예전에 많이 보던 실제비평의 '보수주의'보다도 더 폭이 좁아진 듯하고, 대중적 의사소통으로부터 폐쇄된 지적 유희로 전락해버린 느낌"이라고 지적했던 김종철의 비판이 아직까지도 유효한 발언이 된다는 사실이 비평의 절망을 가중시킨다. 그의 말처럼 "어떤 진보적인 이론도 그게 진짜가 되려면 어떤 식으로든 대중적 현실과 연계되어 있어야 할 것"이고, "문학평론도 궁극적으로는 무식한 우리 어머니, 아버지도 읽을 수 있는 것"이 되어야 한다. 결국 시든 시론이든 "종이 위에서 누가 더 정치적으로 급진적인가 하는 경쟁을 하고 있"(대담「세기말 문명의 반성과 생명의식」,『시와생명』, 1999.여름, 40쪽)는 데서 '시와 정치'에 관한 담론은 점점 더 허위적인 것이 되고 만다. 시와 시인 혹은 삶과 시를 분리하지 않고 시의 윤리를 삶의 윤리로 전환시킬 수 있을 때 비로소 시는 '정치적'인 것의 가능성과 '윤리'를 체득할 수 있을 것이다. 이제 '시론'의 시대는 가고 '시'의 시대가 오기를 간절히 원한다. 진정으로 '시가' 직접적으로 말하는 '정치', 바로 그 목소리를 아주 가까이에서 육성으로 듣고 싶은 것이다.

'시와 정치적 상상력'의 혼란을 넘어서

시와 정치를 둘러싼 담론들 혹은 이론들

최근 몇 년간 '시와 정치' 혹은 '시와 정치적 상상력'을 둘러싼 논의들이 계속해서 증폭되었다. 이명박 정부 출범 이후 현실 정치의 모순과 실패가 거듭되면서 생활의 불안정과 고통이 점점 더 가속화된 것이 직접적인 계기가 되었다고 할 수 있다. 그런데 해방 이후 우리의 정치가 국민들에게 단 한 번도 행복한 순간을 안겨주지 못했다는 비관론을 어쩔 수 없이 받아들일 수밖에 없다면, 이명박 정부의 실정이 오로지 '시와 정치' 담론의 증폭을 가져오는 결정적 이유가 되었다고 속단하는 것은 다소 문제가 있다. 어둡고 혼탁한 시대일수록 시의 가치와 효용이 더욱 의미가 있다는 사실을 증언해준 지난 1970~1980년대를 돌이켜보더라도, 우리 시는 언제나 '정치'와의 긴장 관계 속에서 역사의 앞길을 힘차게 달려왔다는 사실을 결코 간과해서는 안 되기 때문이다. 그렇다면 최근 우리 시의 담론 중심에 있다고 해도 과언이 아닌 '시와 정치'의 문제는 도대체 왜 새삼스럽게 주목받게 된 것일까? 좀 더 정확히 말한다면 최근 우리 시단에서 주목받은 것은 '시와 정치'의 구체적 현실에 대한 문제의식이라기보다는 '시와 정치를 둘러싼 담론 혹은 이론'의 정교화에 있었다고 해야 할 것 같다. 즉 시가 우리 정치에 어떻게 개입함으로써 어떤 구체적 변화를 가

겨올 것인가를 고민하고 성찰하는 실제적인 차원이 아니라, 시 혹은 시인이 타락한 정치 현실에 맞서 어떤 언어와 형식으로 '정치적'이 될 것인가에 대한 이론적 모색이 초점이 되었던 것이다. 결국 여기에서 '정치적'이라는 의미는 현실 정치와의 분리와 구별 속에서 시의 자율성과 독자성을 미학적으로 전유하는 방법론적 관념으로 기능했다고 할 수 있다. '정치'와 '정치적'인 것의 구별 짓기가 '시와 정치'를 둘러싼 담론 혹은 이론의 전제가 될 수밖에 없었던 이유도 바로 여기에 있다.

이러한 현상은 『창작과비평』, 『문학과사회』, 『문학동네』 등 소위 메이저 문예지들이 '시와 정치'의 문제를 지나치게 이론적으로 전유하려 했던 점과 전혀 무관하지 않은 듯하다. 즉 "모든 것이 한 진지한 시인의 고뇌로부터 시작"[1]되었다고 말하는 '시와 정치'의 관계에 대한 성찰은, 사르트르, 랑시에르 등의 이론과 김수영의 시론이라는 전제 위에서 이를 좀 더 정교한 이론으로 구축하고자 했던 지적 혹은 논리적 구성의 차원에 머물렀던 것은 아니었을까. 다시 말해 "이주노동자와 비정규직 노동자들의 투쟁을 지지하며 성명서에 이름을 올리거나 지지방문을 하고 정치적 이슈를 다루는 논문을 쓸 수도 있지만, 이상하게도 그것을 시로 표현하는 것은 쉽지 않다. 사회 참여와 참여시 사이에서의 분열, 이것은 창작과정에서 늘 나를 괴롭히던 문제이다"[2]라고 고백한 시인의 말을, 시와 정치 혹은 시인과 정치의 분리를 전제로 '정치적'인 것의 의미를 이론적으로 정립하거나 '시와

---

1   최근 '시와 정치'에 대한 담론의 증폭은 진은영의 「감각적인 것의 분배―2000년대 시에 대하여」(『창작과비평』, 2008.겨울)로부터 시작되었다고 보는 것이 일반적인 시각이다. 신형철, 「가능한 불가능―최근 '시와 정치' 논의에 부쳐」, 『창작과비평』, 2010.봄, 370쪽.
2   진은영, 앞의 글, 69쪽.

정치'의 차이를 강조하는 근거로 삼는 데 집중했다는 점에서, 엄밀히 말해 '시와 정치'에 대한 무수한 논의는 실질적으로는 '정치'와 무관한 관념적 수사에 불과했던 것은 아닌지 진지하게 되묻지 않을 수 없는 것이다.

이런 점에서 그동안 비평의 장에서 공론화된 '시와 정치'에 대한 논의가 "문학과 정치로부터 우리들의 삶을 분리하고 소외시키는 반사회적 이데올로기들이 아닐까"[3]라는 비판과, "시인과 '정치성' 역시 비평가들이 뭔가의 쟁점을 먼저 선점하고자 하는 얄팍한 대거리나 논쟁쯤으로 여겼다"[4]라는 냉소가 너무도 뼈아프게 들린다. 이명박 정부 출범 이후 우리의 정치적 현실은 그 어느 때보다 춥고 가혹했는데, 이를 증언하는 시인의 목소리는 왜 이토록 세속화를 경계하고 미학적이어야 한다고만 생각하는지 도무지 납득하기 어렵다. 또한 당면한 정치 현실은 아주 구체적이고 실제적인데 이에 대응하는 시의 의미는 왜 사르트르나 랑시에르의 이론적 전제 위에서만 생성되고 발화되어야 하는지 쉽게 수긍할 수도 없다. 그 결과 랑시에르가 말한 '감각적인 것의 분배'는 "미학적으로 급진적이면 자동적으로 정치적이게 된다는 뜻으로 오인될 여지"[5]를 남겼고, 또한 시와 정치의 모순과 괴리를 합리화하는 이론적 알리바이로 작동하는 것은 아닌가 하는 혐의를 지울 수 없게 되었다. 다시 말해 "감성의 혁신에서 정치적 효과로 이어지는 과정의 비약"[6]이 너무도 심하게 유포됨으로써, 지금 우리 시는 모두가 '정치'를 말하고 있지만 정작 '정치'는 실종된 언어

3   송경동, 「저마다의 강령인 시」, 『시와 시』, 2012.겨울, 50~51쪽.
4   임성용, 「시의 정치성 - 구분되는 것과 구분되지 않는 것」, 『시와 시』, 2012.겨울, 55쪽.
5   백지은, 「'문학과 정치' 담론의 행방과 향방 - 2000년대 중후반의 비평 담론을 중심으로」, 『비평문학』 36, 한국비평문학회, 2010.6, 114~115쪽.
6   위의 글, 115쪽.

의 감옥에 갇혀 있다고 해도 과언이 아닌 것이다.

지금 우리가 당면한 현실 위에서 '시와 정치'의 문제를 랑시에르를 비롯한 서구 철학자나 사회학자의 이론에 대한 번역 혹은 해석으로 전면화해서는 안 된다. 하지만 수년간 우리 비평의 장은 여기에 모두 올인하여 무수한 동어반복만을 재생산하는 비생산적 결과를 초래하였다. 물론 이러한 입장과 태도 역시 최소한도 내에서는 '정치적'이라는 사실만큼은 절대 부정할 수 없다. 하지만 지금 문제는 '정치적' 유무에 대한 절대적 판단에 있는 것이 아니라 어떤 정치, 즉 얼마나 실질적이고 구체적인 정치인가 하는 상대적 문제의식에서 '정치적'인 것의 의미를 재평가해야 할 것이다. 모든 언어가 일정하게 정치적인 수사를 드러낸다고 해서 모든 언어적 구조가 적극적인 의미에서의 정치성을 획득할 수는 없기 때문이다. 결국 '정치'와 '정치적'인 것의 구별 짓기는 '정치적'='미학적'이라는, 그래서 미학적인 시가 정치의 현장과는 직접적인 괴리를 갖더라도 그것은 엄연히 '정치적'일 수 있다는 알리바이를 증명하는 데 집중한 것이 '시와 정치'를 둘러싼 논의의 전부가 되고 만 것이다. 이러한 생각은 시에 관한 특수한 발언이 될 수는 있을지 몰라도 다수의 동의를 이끌어낼 수 있는 보편적인 생각으로 받아들이기는 어렵다. '정치'는 보편적인 사유나 실천 위에서 성립되는 제도여야 한다는 점에서 '정치적'이라는 것의 의미 역시 최소한의 보편적 토대를 전제한 가운데 가능한 실천의 장이어야 한다. 앞서 말한 시와 참여 혹은 시인과 참여의 괴리에 대한 한 시인의 진지한 고뇌는 바로 이와 같은 보편성의 결여에 대한 자기성찰의 문제로 이해할 때 더욱 의미 있는 발언이 될 것이다.

시와 정치의 현장성과 실천성

지금까지 '시와 정치'를 둘러싼 논의에서 한 가지 더 의문스러운 것은, '시와 정치'를 말하면서도 왜 '김수영'만을 이야기하는 것일까 하는 점이다. 해방과 전쟁 그리고 반공정부로 이어져온 굴곡의 역사를 미학적으로 사유한 김수영의 시정신은 아무리 높이 평가해도 지나치지 않지만, 당대의 현실에 시라는 무기를 들고 전면적으로 맞섰던 김지하, 김남주, 박노해 등의 실천이야말로 가장 '정치적'임에 틀림없는데 왜 그들은 '시와 정치'를 말하는 비평의 장에서 전혀 호출되지 못했던 것일까. 김지하와 박노해의 현재적 변화로부터 정치적인 것의 연속성을 발견하기 어려워서라면 어느 정도 수긍할 수 있지만, 민족과 민중의 삶에 역행하는 모순된 정치 현실을 향해 시는 '칼'과 '무기'가 되어야 한다고 선언했던 김남주의 시정신으로부터 '시와 정치'의 진정한 가능성을 말하지 않는 것은 쉽게 이해되지 않는다. 최근 몇 년간 우리 시단을 뜨겁게 달구었던 '시와 정치'에 관한 논의가 당면한 정치 현실의 모순을 해결하는 데 아무런 도움도 되지 못하는 지식인들의 이론 해석하기 혹은 담론 선점하기 작업이었다는 시인들의 냉소와 비판 앞에서 평론가들이 과연 무슨 말을 할 수 있을지 의문스러울 따름이다. "시 따로 정치 따로 구분해서 생각하는 것이 어렵다"[7]라는 또 다른 한 시인의 진지한 고뇌가 '시와 정치' 담론의 중심에 놓이기 어려운 이유도 바로 여기에 있다.

이러한 비판은 시의 정치를 말하면서도 정작 현장성과 실천성의 문제를 괄호쳐버리거나 전혀 다른 차원에서 '미학적'인 것의 아집과 편견에

---

7   김사이, 「거대한 일상」, 『시와 시』, 2012.겨울, 61쪽.

사로잡힌 비평 담론의 허위성에 대한 전면적인 부정을 의미한다. 굳이 '정치'와 '정치적'인 것을 구별해야 하는 이유가 명확하지 않은 것처럼 '정치적'인 것만을 '미학적'인 것으로 해석하려는 주장 역시 쉽게 납득하기는 어렵다. '시와 정치'에 관한 진정한 논의는 '정치'와 '미학'의 간극을 좁혀나가는 적극적인 관계에 대한 성찰에서부터 출발해야 한다. 그럼에도 불구하고 '정치'와 '미학'의 차이만을 강조함으로서 지금 '정치' 혹은 '정치적'인 것의 의미는 지독한 '관념'이 되어버렸다는 사실을 간과해서는 안 된다. "시 쓰기의 형식 실험은 고이지 않으려고 몸부림치는 것만큼이나 어렵지만 꼭 필요로 하는 과정"이라는 점을 분명히 알면서도, "무엇을 쓸 것인가에 여전히 집중해 있다. 그것이 어떻게 어디서 나타날지는 모르겠으나 현실에 대한 긴장을 늦추지 않고 오감을 열어서 상상력을 극대화시키는 끊임없는 노력만이 시를 살리는 길이지 않을까"[8]라고 말하는 것, 즉 어떻게 쓸 것인가의 문제와 무엇을 쓸 것인가의 문제 사이에서 시적 긴장을 놓치지 않는 것, 그것이 바로 시의 정치성이다. 하지만 시인의 뼈아픈 고백에서 알 수 있듯이, 지금 현실은 '어떻게'보다 '무엇'에 더 집중할 수밖에 없다는 사실은 우리 시가 정치를 논할 때 절대 간과해서는 안 될 중요한 문제적 지점이 아닐까 싶다.

이런 점에서 '시와 정치'를 논하는 가장 중요한 과제는 여전히 '현장성'과 '실천성'에 있어야 한다는 것이 저자의 생각이다. '시와 정치'에 관한 무수한 논의가 있었지만, 이러한 현장성과 실천성을 전면화한 시들에 대해서는 거의 언급조차 하지 않았다는 사실은 그 자체로 아이러니가 아닐 수 없다.

---

8   위의 글, 64쪽.

경찰은 그들을 적으로 생각하였다. 2009년 1월 20일 오전 5시 30분, 한강로 일대 5차선 도로의 교통이 전면 통제되었다. 경찰 병력 20개 중대 1600명과 서울지방경찰청 소속 대테러 담당 경찰특공대 49명, 그리고 살수차 4대가 배치되었다. 경찰은 처음부터 철거민을 사람으로 생각하지 않았다. (…중략…) 6시 45분, 경찰특공대원 13명이 기중기로 끌어올려진 컨테이너를 타고 옥상에 투입되었다. 이때 컨테이너가 망루에 거세게 부딪쳤고 철거민들이 던진 화염병이 물대포를 갈랐다. 7시 10분, 망루에서 첫 화재가 발생했다. (…중략…) 불길 속에서 뛰쳐나온 농성자 3, 4명이 연기를 피해 옥상 난간에 매달려 살려달라고 외쳤으나 아무도 그들을 돌아보지 않았다. 그들은 결국 매트리스도 없는 차가운 길바닥 위로 떨어졌다. 이날의 투입작전은 경찰 한 명을 포함, 여섯 구의 숯처럼 까맣게 탄 시신을 망루 안에 남긴 채 끝났으나 애초에 경찰은 철거민을 사람으로 생각하지 않았으며 철거민 또한 그들은 전혀 자신의 경찰로 여기지 않았다.

— 이시영, 「경찰은 그들을 사람으로 보지 않았다」 중에서

인용 시는 지금 우리 사회의 뿌리 깊은 상처와 모순을 극명하게 보여준 용산참사의 현장에 대한 기록이다. 기사문의 형식으로 그날의 일을 객관적으로 보고하는 인용 시를 두고 미학적 성취 유무를 언급하는 것은 올바르지 않다. 하지만 혹자는 이를 두고 '시'라고 할 수 없다고 단정한다. 아마도 시는 현장에 대한 객관적 기록 이상의 무언가를 보여주어야 한다는 '미학적' 판단 때문일 것이다. 시인은 주관적 감성 혹은 감각의 허위를 최대한 억제함으로써 모든 사물과 존재의 참모습에 가장 가까이 다가서려 한다는 점에서 시의 미학성을 의도적으로 배반한다. 그는 "어떤 이들은

이런 유의 작품들이 시가 아니라고 타매하기도 하지만, 나는 시가 아니라도 좋으니 이런 작업을 통해서 감추어진 세계의 진실을 드러내는 게 더 시급하고 중요한 일"[9]이라고 말한다. 이 말 속에서 저자는 "시가 아니라"는 한 편의 시각과 "시가 아니라도 좋으니"라는 시인의 시각 사이의 차이를 특별히 주목한다. "시가 아니라"는 단정에는 '정치'의 세속화가 불러올 시적 위험에 대한 경계가 짙게 깔려 있다. 그래서 시는 '정치'의 현장에 직접적으로 개입하는 방식이 아닌 주관적 정서의 육화를 통해 '정치적'인 것의 가능성을 미학적으로 형상화해야 한다는 암묵적 요구가 내재되어 있다. 반면에 "시가 아니라도 좋으니"라는 말에는 굳이 시라는 미학적 형식 혹은 관습에 얽매이지 않더라도 우리 삶의 일부를 이루고 있는 정치의 모순과 상처를 객관적으로 응시하면서 그것을 향해 직접적인 발언을 하는 것이 "감추어진 세계의 진실을 드러내는" 시인의 사명이라는 생각이 담겨 있다. 이것이 바로 '시와 정치'를 말하는 핵심이요 본령이 되어야 한다는, 그래서 시와 정치의 관계는 언어와 형식의 차원에 한정된 '미학성'을 넘어선 '실천성'의 차원에서 구현되어야 한다는 점을 무엇보다도 강조하는 것이다.

오래 산 나무에 대한 은유로
가득 찬 시들을 보면
벌목해보고 싶은 충동

9   이시영, 「시인의 말」, 『경찰은 그들을 사람으로 보지 않았다』, 창비, 2012, 155쪽.

그 그늘에 기생하는

역사에 대한 미결정과

안온한 무지와 무책임의 농담이

늘 그 자리인 환원의 뿌리가

지겨워

내게서 더 이상

묶인 나무를 빗댄 은유를 바라지 마라

그 자리에서 눈물로 뚝뚝 떨어져버리는

참혹한 꽃의 비유를 바라지 마라

— 송경동, 「오래 산 나무에 대한 은유를 베어바리라」 전문

송경동의 시는 직설적이고 거칠다. 그래서 그의 시에는 시의 형식과 구조에 대한 전략적 고민이 상대적으로 부족한 듯하다. 하지만 "오래 산 나무에 대한 은유"를 혐오하는 그의 시적 태도는 그 어떤 시인보다도 정직하다. 현실과 사회에 대한 '정직'한 저항의 방식이 바로 그가 세운 시의 미학의 핵심인 것이다. 그래서 그의 시는 '은유'의 미학을 본질로 삼아온 시와는 적극적인 거리두기를 한다. 언젠가부터 시 역시 지식인의 관념적 산물로 변질되어 "역사에 대한 미결정과 / 안온한 무지와 무책임의 농담"으로 가득 차버린 상황을 도저히 받아들일 수 없는 것이다. 그는 신식민지 자본이 민주주의를 훼손하는 삶과 노동의 현장에서 '희망버스'를 기획하면서, 그들과 함께 현장에서 직접 싸우는 실천의 중심에서 시를 쓴다. 어쩌면 그는 현장을 떠나 시를 쓰는 것조차 부끄러운 행위가 되지 않을까

하는 자기성찰과 끊임없이 싸우고 있는지 모르겠다. 그는 "재래시장 골목 간절한 외침 속에 / 내가 아직 질러보지 못한 절규의 시가 있다"라고 말하면서 "그 길바닥의 시들이 사랑"(「가두의 시」)이 되는 시적 진실에 다가서려 한다. 시인에게 있어서 시와 정치 혹은 시와 정치적인 것을 구별 지으려는 생각은 결코 용납할 수 없는 관념적 인식에 불과하다. 또 다른 한 시인은 "시는 솔직히 자기기만에서 출발하지만 자기반성으로 끝나는 것이다. 시의 정치성이란 다름 아닌 시의 기만을 벗어던지는 일, 사회 현실에서 정치 경제적으로 구분지어진 계급의 이름을 자신의 가슴에 한번쯤 되새기는 일이 아닐까 싶다"[10]라고 말했다. 그동안 비평이 자기기만의 세계를 생경한 이론으로 해석하는 데 골몰하면서 또 다른 자기기만의 세계에 자족하며 살았던 것은 아닌지 그리고 이러한 자기기만이 비평의 위계의식을 강화하는 의도되지 않은 결과를 초래하지는 않았는지 냉정하게 성찰하지 않을 수 없다.

시와 정치의 관계를 현장성과 실천성의 차원을 벗어나 논의하는 것은 탁상공론이 될 위험성이 있다. '정치'와 '정치적'인 것의 구별은 이론적으로는 그럴듯한 논리가 성립될지 모르지만, '정치적'인 것 역시 '정치'로부터 파생된 것이라면 그 결과가 세속의 정치와 똑같은 날 것 그대로의 모습이라고 해도 크게 문제될 것은 없다. 그것은 그만큼 우리가 당면한 현실이 '은유'의 방식으로는 소통되지 않는 절박함에 빠져 있다는 것을 말해주는 것이기 때문이다. 앞서 말한 대로 모든 언어적 발화는 일정하게 '정치적'인 언술을 지향한다. 그러므로 모든 시인은 자신의 위치에서 정치

---

10   임성용, 앞의 글, 59쪽.

를 생각하고 정치에 대해 발언하면서 '정치적'인 존재로 살아간다. 여기에서 우리는 무수한 정치적 발언과 생각들 가운데 가장 절박한 것이 무엇인지를 판단해야 하고, 그래서 가장 먼저 해결해야 할 것이 무엇인지 우선순위를 결정하는 '공동체의 감각'을 공유해야 한다. 아마도 '분배'의 미학은 이러한 생각과 판단 위에서 구체적으로 실현될 때 더욱 정당성을 확보할 수 있을 것이다. 그러기 위해서는 모든 정치를 보편성의 차원에서 개념화하려는 '정치적' 수사에 대해서만큼은 철저히 경계해야 한다. 정치는 사람들의 구체적 고통과 상처에 직접적으로 다가가는 실천적 노력에서 구현되는 것이므로 시가 정치를 말하려면 삶의 현장성과 실천성을 절대 놓쳐서는 안 되기 때문이다.

시와 정치의 '구별 짓기'가 가능해질 때까지

시와 정치는 분명 다른 영역이다. 하지만 시는 정치와의 차이 속에서 동일성을 찾으려는 지향성을 가진다는 점에서 시와 정치는 공존할 수밖에 없는 관계이다. 시가 정치와의 차이 속에서 동일성을 찾는 이유는 그만큼 현실 정치가 타락했고 부패했다는 반증이다. 현실 정치의 모순이 가혹하고 고통스러울수록 시의 정치성은 더욱 강화된다는 점에서 시의 정치성은 저항적이고 투쟁적인 속성을 가질 수밖에 없다. 결국 시가 '정치적'이 되어야 하는 이유는 '정치'의 타락과 모순에 가장 큰 원인이 있으므로 시와 정치의 관계는 차이보다는 '불편한' 공존을 지향하게 되는 것이다. '정치'를 국가의 권력 작용에 기반한 제도적 체제에 한정하지 않고 좀더 미시적인 차원에서 모든 인간관계에서 발생하는 사회 문화적 권력 작용이나 분배 활동으로 해석한다 해도 결과는 마찬가지이다. 그것이 제도적이든 일상적이든 거시적이든 미시적이든 간에, 시의 정치성은 구체적 생활의 한 가운데에서 실현되는 실천 미학이 되어야 하는 것이다.

최근 우리 시단의 모습을 냉정하게 바라보면, '시와 정치'를 둘러싼 담론이 뜨겁게 달구어졌음에도 불구하고 오히려 시와 현실의 관계는 점점 약화되어 가고 있다는 우려를 하지 않을 수 없다. 현실 정치의 비민주화가 가속화됨에 따라 역사의 현장에 직접적으로 참여하는 시인들의 수는 점점 더 늘어나고 있지만, 그럼에도 불구하고 시는 현실과 무관한 자리에서 언어의 정치성을 탐문하는 데만 주력하고 있기 때문이다. 이러한 상황에 대해 저자는 오래전부터 아주 비판적인 생각을 견지해 왔다.

최근 우리 시단에 만연된 시와 시인 사이의 모순과 괴리는 상당히 문제적인 상황으로 받아들이지 않을 수 없다. 생활과 현실을 넘어선 '다른' 언어의 세계를 구조화하는 데 지나치게 매몰됨으로써, 시인의 실재적 삶과 괴리된, 그래서 특정 언어와 구조를 공유하는 집단 내에서만 소통되는 추상적이고 관념적인 세계를 기호화하는 방향으로 획일화되고 있기 때문이다.

시의 정치성은 생활과 현실의 재현에 그 본질이 있다. 물론 여기에서 말하는 '재현'은 사물과 대상의 직접적 모방 혹은 반영만을 의미하는 것은 아니다. 깨어진 거울에 비처진 일그러진 형상은 사물과 대상의 본질을 왜곡한 것이지만, 어떤 면에서는 이러한 깨어진 거울의 세계야말로 재현적 세계에 가장 충실한 '의미 있는 왜곡'일 수도 있음을 간과해서는 안 된다. 결국 언어의 정치적 미학은 '의미 있는 왜곡'을 토대로 한 비판적 현실인식을 바탕으로 사회적 모더니티를 구현하는 방향으로 나아갈 필요가 있다. 다시 말해 시의 정치적 미학화라는 것이 전혀 소통 체계가 '다른' 언어의 과잉된 세계로부터 미학적 모더니티의 재생산에만 초점을 두어서는 안 되는 것이다. 지금 우리 시가 생활과 현실이 사라진 시뮬라크르의 세계에 열광하는 경향을 무조건 긍정할 수 없는 이유도 바로 여기에 있다.[1]

2000년대 이후 우리 시는 젊은 시인들을 중심으로 시뮬라크르의 창조에 열광하였다. 그리고 비평가들은 이러한 현상을 '새로움'으로 과대포장하여 시의 변화를 읽어내는 의미 있는 담론의 장으로 호출하기에 분주했다. 그 결과 진정으로 시의 정치성에 대해 실천적으로 고민했던 많은 시인들은 시와 정치의 '구별 짓기'가 서투르고 시의 미학을 지나치게 세속화시켰다는 이유로 오히려 외면당하는 어처구니없는 결과를 초래하고 말았다. 다시 말해 생활과 현실의 밑바닥으로부터 민중들의 상처와 고통을 해결하기 위한 실천적인 시를 쓴 시인들은, 낯설고 이질적인 언어의 새로움이 아닌 너무도 익숙한 세계를 단순하게 모방하거나 재현했다는 이유로 우리 시단의 담론 중심에서 크게 주목받지 못했던 것이다. 리얼리즘의 미망迷妄에 사로잡혀 전혀 미학적 갱신을 보여주지 못한다는 편협한 인식이 시의 정치성을 더욱 왜곡시켜버림으로써 시와 정치의 간극은 오히려 점점 더 커져가고 있는 것이다.

여기에서 저자는 독자들에게 진정으로 묻고 싶다. '이것이 정치적이냐 저것이 정치적이냐'와 같은 정치적 유무에 대한 판단을 요구하려는 것이 아니라, '어떤 것이 더욱 정치적이고 절실한 문제인가'에 대한 솔직한 답을 듣고 싶은 것이다. '정치'마저 지독한 관념이 되어버린 데서, 그래서 지

---

1   하상일, 「우리 시의 현실인식과 사회학적 상상력의 방향」, 『'리얼리즘'들의 혼란을 넘어서』, 케포이북스, 2011, 122~123쪽.

식인 혹은 전문가 집단의 탁상공론식 정치의식이 만연된 데서, 지금 우리의 현실 정치는 더욱 고여 썩어가고 있는 것은 아닐까. 그러므로 아직 우리는 시와 정치의 '구별 짓기'를 해야 할 때가 되지 않았다. 오히려 지금 시와 정치는 한 몸이 되어 생활과 현실 깊숙이 들어갈 필요가 있다. 그 때가 언제가 될지 모르지만, 진정 시와 정치의 '구별 짓기'가 가능해질 때까지 시는 현실 정치의 모순과 폐해에 맞서 저항하고 실천하는 '칼'과 '무기'로서의 운명을 결코 외면해서는 안 될 것이다.

분단 현실 비판과 종전終戰의 상상력

박봉우, 신동엽, 김남주를 중심으로

분단 현실의 모순과 휴전선의 시적 긴장

최근 한반도를 둘러싼 정치적 상황은 마치 한편의 영화를 보는 듯한, 그래서 비현실적인 일이라고만 생각했던 통일이라는 과제가 더 이상 비현실이 아닌 현실 그 자체로 점점 다가오는 놀라운 감동의 순간을 보여주었다. 불과 얼마 전까지만 해도 북쪽 병사의 귀순으로 포격이 있었던 판문점 그 자리에서 남북 정상이 손을 맞잡고 절대 넘어서는 안 되었던 분단의 경계선을 자유롭게 넘나들고, 판문점의 대자연 속을 마치 점심 식사 후 티타임을 가지듯 평화롭게 거니는 모습을 보면서 통일은 더 이상 상상으로만 가능한 것이 아닌 바로 우리 앞에 가까이 다가선 현실로 다가오고 있음을 실감하지 않을 수 없었다. 게다가 싱가포르에서 북미 정상이 만나 한반도 긴장 해소를 위한 비핵화와 체제 보장을 허심탄회하게 논의하는 과정을 지켜보면서, 이제 한반도는 세계의 이념적 화약고가 아니라 진정한 평화의 장소가 되어 가고 있음을 가슴 벅차게 확인할 수 있었다. 한반도의 허리를 잘라 놓은 분단 현실의 현재적 상징인 휴전선을 허물어뜨리고 종전終戰으로 가는 첫 걸음이 큰 보폭으로 앞을 향해 나아가고 있는 것이다.

한국 현대시사에서 분단 현실의 모순을 직접적으로 형상화한 시는 박봉우의 「휴전선」, 「나비와 철조망」에서 시작되었다고 할 수 있다. 한국전쟁 이후 '휴전'이라는 정치적 타협으로 한반도를 남과 북으로 갈라놓은 제국 열강에 대한 분노가, 차가운 철조망 위를 자유롭게 넘나드는 생명체들을 통해 비유적으로 형상화되었던 것이다. 즉 그 어떤 경계에도 구속되지 않는 자유로운 영혼들마저 피비린내 나는 전쟁의 기억으로부터 두려움에 떠는 역사적 모순 현장으로서의 휴전선의 공포와 긴장을 날카롭게 비판했다.

산과 산이 마주 향하고 믿음이 없는 얼굴과 얼굴이 마주 향한 항시 어두움 속에서 꼭 한번은 천둥 같은 화산이 일어날 것을 알면서 요런 자세로 꽃이 되어야 쓰는가.

저어 서로 응시하는 쌀쌀한 풍경. 아름다운 풍토는 이미 고구려 같은 정신도 신라 같은 이야기도 없는가. 별들이 차지한 하늘은 끝끝내 하나인데…… 우리 무엇에 불안한 얼굴의 의미는 여기에 있었던가.

모든 유혈은 꿈같이 가고 지금도 나무 하나 안심하고 서 있지 못할 광장. 아직도 정맥은 끊어진 채 휴식인가 야위어 가는 이야기뿐인가.

언제 한 번은 불고야 말 독사의 혀같이 징그러운 바람이여. 너도 이미 아는 모진 겨우살이를 또 한번 겪으라는가 아무런 죄도 없이 피어난 꽃은 시방의 자리에서 얼마를 더 살아야 하는가 아름다운 길은 이뿐인가.

산과 산이 마주 향하고 믿음이 없는 얼굴과 얼굴이 마주 향한 항시 어두움
속에서 꼭 한 번은 천둥 같은 화산이 일어날 것을 알면서 요런 자세로 꽃이
되어야 쓰는가.

　　　　　　　　　　　　　　　　　　　　　　　　　　　　　—박봉우, 「휴전선」 전문

첫 연과 마지막 연에서 "산과 산이 마주 향하고 믿음이 없는 얼굴과 얼
굴이 마주 향한 항시 어두움 속에서 꼭 한번은 천둥 같은 화산이 일어날
것"이라는 표현을 반복적으로 서술하는 데서, '휴전선'의 적막함에서 오
는 긴장감이 너무도 생생하게 전해져 온다. "항시 어두움" 속에서 시간이
멈추어 버린 분단 현실의 암담함과 "꼭 한번은 천둥 같은 화산이 일어날
것"이라는 전쟁에 대한 두려움이 끝없이 불안을 가중시키는 극단적 모순
을 상징적으로 드러내고 있는 것이다. "별들이 차지한 하늘은 끝끝내 하
나"이고 "아름다운 풍토"를 자랑해야 할 장소임에도 불구하고, "고구려
같은 정신도 신라 같은 이야기도" 모두 다 잊어버린 채 "쌀쌀한 풍경"과
"불안한 얼굴"로 서로를 마주하고 있는 현실은, 한국전쟁이 초래한 분단
모순의 절망적 현실을 환기하기에 충분하다. 하지만 화자는 이러한 분단
의 비극성을 고조하거나 한탄하는 데 그치지 않고 이를 극복하려는 강인
한 의지를 드러낸다는 점에서 문제적이다. "요런 자세로 꽃이 되어야 쓰
는가"라는 설의적 표현으로 분단 현실에 걸맞지 않는 "꽃"의 상징성을 강
하게 질책함으로써, "휴전"이라는 현실적 한계를 지닌 장소를 영구적인
평화의 장소로 변화시켜야 한다는 당위적 방향을 제시하고자 하는 것이
다. 이처럼 시인 박봉우에게 휴전선을 통한 상징적 메시지는 "지금도 나
무 하나 안심하고 서 있지 못할 광장"임에도 불구하고 "요런 자세로 꽃이

되"어 현실에 안주해 버리는, 그래서 자신들의 이익을 위해 분단 현실을 영구적으로 획책하려는 권력자들의 태도를 냉소적으로 비웃으면서 더 이상 전쟁이 없는 종전과 평화의 지대로 변화하기를 소망하는 간절한 염원을 담고 있다.

주지하다시피 1950년대 우리 시문학의 양상은 해방 이후의 혼란과 이데올로기의 난립을 온전히 통합하여 단일 국가를 건설하려던 좌우 합작 노선의 실패에 따른 남한만의 단독정부수립 그리고 이러한 분단 상황이 초래한 한국 전쟁 이후 냉전 체제의 산물이었다. 해방 이후부터 한국전쟁을 거치는 역사적 격변을 몸소 체험하면서 1950년대 시인들은 처참한 전쟁이 남긴 허무의식과 폐허의식 그리고 상실의식에 시달리게 되었는데, 이것은 바로 근대성의 철저한 파산에 다름 아니었다. 1930년대로부터 겨우 명맥을 유지해 온 한국문학의 근대성이 전쟁의 포연과 함께 송두리째 사라져 버린 초토화된 현실의 어디쯤에서 '아아 50년대!'라는 감탄사를 남발하면서 우두커니 서 있어야 했던 것이 당시 우리 문학이 처한 어두운 현실이었던 것이다. 특히 1950년대의 시는 이와 같은 절망의 현실을 이겨내지 못하고 그대로 주저앉아 버림으로써, 전후 현실에 대한 복구 의지와 미래에 대한 전망을 보여 주지 못한 채 파산된 근대의 모습을 주관적으로 묘사하는 데 급급할 따름이었다.

이러한 문학사적 맥락 속에서 박봉우의 시사적 위치는 아주 특별할 수밖에 없다. 그의 시는 식민과 분단이라는 민족사적 모순을 극복하는 주체 정신의 확립에 실패한 전후 시단을 비판적으로 성찰함으로써, 민족 분단의 현실을 넘어서는 올곧은 시대정신과 이데올로기의 높은 경지를 보여 주었던 것이다. 박봉우의 시 정신으로부터 1950년대 이후 현대시는 현실

참여의 목소리를 드러내는 방법적 토대를 확립했다고 해도 과언이 아니다. 다시 말해 "네 뼈는 바스라져 돌이 되고 / 내 팔다리 으깨어져 물이 되어 / 이루었구나 이 나라 한복판에 / 크고 깊은 산과 강 이루었구나"(신경림, 「열림굿 노래 – 휴전선을 떠도는 혼령의 노래」)와 같은 우리 시의 '종전의 상상력'은 바로 박봉우의 시로부터 비로소 가능해졌다고 할 수 있는 것이다.

1965년 체제 비판과 반외세 민족주의

1960년대 한국문학은 4월혁명으로부터 시작되었다. 혁명의 정신으로 무장한 새로운 세대가 한국문학의 혁신과 변화를 이끌어냄으로써, 1960년대 한국문학은 1950년대와는 전혀 다른 새로운 미학과 실천을 동시에 열어나갔던 것이다. 하지만 4월혁명으로부터 시작된 1960년대 문학의 시대정신은 1965년 체제를 특별히 주목함으로써 더욱 중요한 역사적 문제의식을 갖게 된다는 사실을 반드시 기억할 필요가 있다. 해방 이후 20년이 지났음에도 불구하고 일본이라는 식민지 주체가 미국으로 그 이름만 바뀌었을 뿐 여전히 미국과 소련을 중심으로 한 아시아 패권주의가 제국의 논리로 횡행했던 때가 바로 1960년대였기 때문이다. 이러한 국가적 현실에 대한 분노와 저항의 목소리가 그 어느 때보다 확산되었던 시기가 바로 1965년이었다. 또한 이와 같은 모순된 현실 상황이 식민의 역사를 제대로 청산하지 못한 과오에서 비롯되었다는 점을 분명하게 자각함으로써, 일본에서 미국으로 이어지는 신식민지 현실에 맞서는 과거사 청산운동과 반미 시위 등을 더욱 확대해 나갔던 시기도 1965년이었음을 주목할 필요가 있다. 1965년 이후 한국문학이 미국과 소련 중심의 냉전체제에 맞서는 제3세계의 연대와 실천을 주목함으로써, 신제국주의에 종속되어 가는 1960년대 우리 사회 내부의 식민성을 비판하는 목소리를 두드러지게 드러낸 이유도 바로 여기에 있다.

이러한 문제의식으로 일본에 의한 식민지와 미국이 주도하는 신식민지가 연속적으로 이어지고 있음을 누구보다도 예리하게 간파했던 시인이 바로 신동엽이다. 따라서 그는 제국주의 논리가 음험하게 작동하는 1965년 체제에 저항하는 반외세 민족주의의 시적 가능성을 찾는 데 주력했다. 민족의 자주성과 주체성을 올바르게 지켜내지 못한 반민족적 역사와 현실에 대한 비판적 문제의식으로 식민과 제국의 현실을 극복하는 대안적 사회 건설을 꿈꾸었던 것이다. 그의 시가 아나키즘 원리에 바탕을 둔 유토피아적 낭만성을 드러낸 이유도 이와 같은 제국주의를 넘어서고자 하는 비판적 현실 인식에서 비롯되었다고 할 수 있다.

술을 많이 마시고 잔
어젯밤은
자다가 재미난 꿈을 꾸었지.

나비를 타고
하늘을 날아가다가
발아래 아시아의 반도
삼면에 흰 물거품 철썩이는
아름다운 반도를 보았지.

그 반도의 허리, 개성에서

금강산 이르는 중심부엔 폭 십리의
완충지대, 이른바 북쪽 권력도
남쪽 권력도 아니 미친다는
평화로운 논밭.

(…중략…)

그 중립지대가
요술을 부리데.
너구리 새끼 사람 새끼 곰 새끼 노루 새끼 들
발가벗고 뛰어노는 폭 십리의 중립지대가
점점 팽창되는데.
그 평화지대 양쪽에서
총부리 마주 겨누고 있던
탱크들이 일백팔십도 뒤로 돌데.

하더니, 눈 깜박할 사이
물방개처럼
한 떼는 서귀포 밖
한 떼는 두만강 밖
거기서 제각기 바깥 하늘 향해
총칼들 내던져버리데.

꽃 피는 반도는

남에서 북쪽 끝까지

완충지대.

그 모오든 쇠붙이는 말끔히 씻겨가고

사랑 뜨는 반도,

황금이삭 타작하는 순이네 마을 돌이네 마을마다

높이높이 중립의 분수는

나부끼데.

술을 많이 마시고 잔

어젯밤은 자면서 허망하게 우스운 꿈만 꾸었지.

─ 신동엽, 「술을 많이 마시고 잔 어젯밤은」 중에서

  인용 시는 반외세 민족주의라는 자주정신을 견고하게 정립하기 위해서는 무엇보다도 남과 북으로 분리된 한반도의 분단 모순이 가장 먼저 해소되어야 한다는 점을 강조하고 있다. "완충" 혹은 "중립"으로 표현된 "평화지대"는 지금은 비록 "술을 많이 마시고 잔" 날의 꿈같은 일일지도 모르지만, "개성에서 / 금강산 이르는" 동서와 "서귀포"와 "두만강"으로 이어진 남북이 모두 "완충지대"가 된다는 것은 바로 한반도의 통일에 더욱 가까이 다가가는 감격스런 일이 아닐 수 없다. 이러한 꿈속의 일이 현실이 될 수만 있다면 "총부리"도 "탱크"도 "총칼"도 반도의 바깥, 즉 외세를 향해 방향을 돌리는 반외세 자주정신의 실현이 비로소 가능해지는 것이다. 그렇게 되면 미국이든 소련이든 강대국의 논리에 의해 분단된 우리 역사의 상처를 근본적으로 씻어낼 수 있고, 더 이상 미국에 의해서 주도된 1965년 한일협정과 같은 굴욕을 그대로 승인하는 결과는 절대 발생하지 않을 것이라고 확신했던 것이다. 신동엽의 이러한 완충 혹은 중립에 대한 인식은 1960년대 진보적 지식인 사회에서 제기된 '중립화 논의'에 힘입은 바 크다. 미국 중심의 냉전 체제에 깊이 침윤되어 버림으로써 정작 아시아 국가의 제3세계적 연대에 대해서는 무관심했던 박정희 정권의 실정失政에 대한 강한 비판이 '중립'의 시대정신을 불러왔던 것이다. 신동엽이 "사월도 알멩이만 남고 / 껍데기는 가라"고 외쳤던 것은 바로 이러한 시대정신의 순수성을 지켜내고자 한 시적 열망이었다. 그 결과 "두 가슴과 그곳까지 내논 / 아사달 아사녀가 / 중립中立의 초례청 앞에서 / 부끄럼 빛내며 / 맞절"(「껍데기는 가라」)하는 통일의 세상을 열어낼 수 있을 거라고 확신했던 것이다.

1960년대 신동엽의 시는 반외세 반봉건의 동학정신에 바탕을 둔 아나키즘의 시적 구현에 가장 중요한 방향성을 두었다. 그는 박정희 정권이 국가주의를 앞세워 추구하는 아시아 외교 전략과 이를 통해 경제 원조를 이끌어내는 식의 신식민주의 태도를 결코 용납할 수 없었다. 또한 경제적 근대화라는 명분에만 혈안이 되어 민중의 억압과 노동의 소외를 당연시하는 박정희 정권의 반민주적 양상, 즉 이러한 근대화가 경제적 민주화로 가는 불가피한 과정이라고 왜곡함으로써 민주주의의 파괴를 서슴지 않는 것을 묵과할 수 없었다. 박정희 식 근대화 정책이 극단적인 양상으로 치달아 식민과 제국의 기억을 다시 현재화한 것이 바로 1965년 한일협정과 베트남파병이라고 보았던 것이다. 박정희 정권의 이 두 가지 정책은 해방 이후 식민지 잔재의 올바른 청산을 이루어내지 못한 1960년대 우리 사회의 민낯을 그대로 보여주는 사건이 아닐 수 없다. 신식민주의 논리로 아시아를 재편하겠다는 미국의 신제국주의 전략에 적극적으로 동참하는 굴욕적 정책은, 여전히 우리들에게 식민지를 살아가고 있는 것이나 다름 없다는 자괴감을 심어주기에 충분했던 것이다. 그 결과 1965년 이후 신동엽은 이러한 1965년 체제의 모순과 불합리를 넘어서는 주체적이고 자주적인 방향에서 우리 시의 미래를 열어가는 데 무엇보다도 주력했다. 따라서 1960년대 신동엽의 시는 동학과 아나키즘에 기초한 반외세 민족주의 정신에 입각하여 강대국의 논리에 희생되지 않는 중립화된 사상을 담아내고자 했다. 이런 점에서 한일협정과 베트남파병 문제의 시적 구현은, 1960년대 4월혁명의 시대정신이 5·16으로 좌절된 미완의 혁명을 어떻게 다시 실천적인 운동으로 확산시켜 나갔는지를 보여주는 의미 있는 성과이다. 65년 체제에 주목하여 1960년대 신동엽의 시를 다시 읽어야 하는 중요한 이유도 바로 여기에 있다.

반공의 일상화와 분단 현실의 도그마를 넘어서

박봉우와 신동엽이 보여 준 종전의 상상력에도 불구하고, 휴전선의 시적 긴장은 강화되고 미국에 의한 신제국주의의 횡포는 더욱 가속화된 것이 1970년대 이후 우리의 상황이었다. 미국을 우방으로 한 군사 정부의 정책은 북을 '주적主敵'으로 삼는 반공 정책을 노골화함으로써, 남과 북을 하나로 인식하려는 통일 지향을 국가 질서에 반하는 용공 의식으로 탄압하는 일을 서슴지 않았다. 1970년대 들어서면서부터는 반공이 일상화되고 휴전선의 상징이 적대적 교육의 장으로 변질되는, 그래서 분단 현실을 도그마화하는 민족적 갈등과 대립이 더욱 철저하게 내면화되기에 이르렀던 것이다. 이러한 모순된 현실을 극복하기 위해서는 비유적이고 감상적인 언어를 시의 본질로 삼는 전통적인 시 의식을 과감하게 버리고, 시의 언어가 전사戰士의 칼날과 같은 강력한 저항의 무기가 될 필요가 있었다. 이러한 문제의식을 몸소 실천하며 시를 썼던 시인이 바로 김남주이다.

김남주의 시는 "우리가 지켜야 할 땅이 흰둥이 군대의 발아래 있고 / 우리가 걸어야 할 길이 깜둥이 병사의 발밑에 있고 / 우리가 이루어야 할 사랑이 달러의 중압 아래 있고 / 마침내 우리가 불러야 할 자유의 노래가 / 점령군의 총검 아래서 숨 쉬는 그림자라면 / 어머니 차라리 나는 차라리 나는 / 한 사람의 죽음이고 싶어요 / 천사람 만사람 일으키는 싸움이고 싶어요"(「조국」)라고 직설적인 목소리를 여과 없이 드러냄으로써, 시가 칼이 되고 피가 되는 전사로서의 시적 운명을 감당하며 살아가기를 결코 주저하지 않았다. 그에게 있어서 이러한 삶의 선택은 반미反美 정신에 토대를 둔 것으로, 한반도의 하늘 아래 제국주의의 그늘을 완전히 걷어내지 않고서는 남과 북의 통일은 절대 이루어질 수 없다는 확고한 신념을 바탕에 깔고 있었다.

삼팔선은 삼팔선에만 있는 것이 아니다
어부가 그물을 던지다 탐조등에 눈이 먼 바다에도 있고
나무꾼이 더는 오르지 못하는 입산금지의 팻말에도 있고
동백꽃 까맣게 멍드는 남쪽 마을 하늘에도 있다

삼팔선은 삼팔선에만 있는 것이 아니다
사람들이 오고 가는 모든 길에도 있고

사람들이 주고받는 모든 말에도 있고

수상하면 다시 보고 의심나면 신고하는

이웃집 아저씨의 거동에도 있다

(…중략…)

나라가 온통 피 묻은 자유로 몸부림치는 창살

삼팔선은 나라 안에만 있는 것이 아니다 나라 밖에도 있다

바다 건너 마천루의 나라 미국에도 있고

살인과 약탈과 방화로 달러를 긁어모으는 그들의 군수산업에도 있고

그들이 북으로 날리는 위장된 평화의 비둘기에도 있다

— 김남주, 「삼팔선은 삼팔선에만 있는 것이 아니다」 중에서

　"삼팔선은 삼팔선에만 있는 것이 아니다"라는 사실을 반복해서 확인하는 것은, 남쪽 체제의 강화에만 혈안이 되어 진정으로 북을 같은 민족으로 인식하지 않으려는 반공 정부의 이데올로기적 경직성에 대한 비판을 직접적으로 드러낸 것이다. 한반도의 허리를 잘라놓은 민족 분단의 상징이 우리의 일상 곳곳에 도사리고 있다는 냉혹한 현실 인식을 통해, 삼팔선과 같은 현실적 긴장이 특정한 장소에만 국한된 것이 아니라 우리 사회 전체를 왜곡하고 재단하는 이념의 도그마로 작용하고 있음을 강하게 비판하고자 했던 것이다. 제국주의가 만들어 놓은 이념의 허상으로 인해 동족 간의 경계는 더욱 심화되고 민족 간의 신뢰는 상실되어 버림으로써, "나라가 온통 피 묻은 자유로 몸부림치는 창살"과 같은 현실이 되었음을 직시하는

것이 시가 짊어져야 할 시대적 책무임을 몸소 실천하고자 했기 때문이다. 따라서 김남주는 '삼팔선'을 주제로 한 일련의 시를 발표함으로써, 한반도의 분단 모순을 남과 북 당사자의 문제로만 인식하는 차원을 넘어서 미국을 중심으로 한 외세의 공작에 휘둘리는 반주체적 국가 현실에 대한 비판으로 확장시켜 보여주었다는 점에서 상당히 문제적이었다. 이를 통해 그가 궁극적으로 외치고자 하는 목소리는 단 한 가지, 그것은 바로 "조국은 하나다"(「조국은 하나다」)라는 것이었고, "가시밭길 험한 길"이라 할지라도 언제나 "함께 가자 우리 이 길을"(「함께 가자 우리 이 길을」)이라고 말하는 동지의식을 절대 잃지 말아야 한다는 데 있었다. 하지만 이러한 시적 목소리는 반공이라는 국가 정책에 위배되는 반역적 시도로 몰렸고, 이로 인해 김남주는 젊은 날의 대부분을 감옥 안에 갇혀 자유를 빼앗긴 채 투쟁하는 고통을 짊어져야만 했다. 한반도의 분단 모순을 극복하려는 시적 실천이 용공 세력의 음험한 책략으로 왜곡되어, 종전의 상상력은 말 그대로 상상력으로조차도 용납되지 않은 철저한 탄압을 받았던 것이다.

　지금 우리는 지난 시절의 이념의 왜곡과 국가적 억압을 극복하고 평화와 통일을 갈망하는 새로운 시대의 출발선에 서 있다. 박봉우와 신동엽, 그리고 김남주가 시를 통해 꿈꾸었던 분단 모순을 뛰어 넘는 종전의 상상력이 드디어 상상이 아닌 현실의 목소리로 선명하게 부각되고 있는 것이다. 앞서 언급한 대로, 2018년 4월 27일 남북 정상이 갈등과 대립의 시대를 마감하고 평화와 공존의 시대를 열어나가자는 데 뜻을 같이 하고 분단역사의 현장 판문점에서 만났다. 두 정상이 더 이상 한반도에서 전쟁과 같은 비극은 없을 것이라며, 비핵화를 바탕으로 한 평화의 시대를 열어나가겠다고 한 공동선언을 들으면서 관념과 추상으로만 남아 있었던 통일이 이제는 구체적인 현실로 우리 앞에 성큼 다가오고 있음을 절감하였다. 게다가 6월 12일 북미 정상이 싱가포르에서 역사적인 만남을 이어감으로써 이러한 현실은 더욱 실체적 진실로 구체화되면서 곧 종전 선언이 이루어질 것이라는 기대감이 커져 가고 있다. 온 세계가 한반도의 긴장 완화와 평화의 목소리에 귀를 기울이고 있으며, 이러한 세계사적 격변이 가져올 정치경제적 변화에 촉각을 곤두세우고 있다. 이제 분단 현실을 뛰어넘은 종전의 상상력은 상상력으로만 가능한 세계가 아니라 전 세계의 이목을 집중시키는 리얼리티가 되었음에 틀림없다. 이런 점에서 앞으로 우리 시는 갈등과 대결의 지대를 완충 지대로 변화시키는, 즉 남과 북의 대결과 긴장을 극복하고 조화와 통합의 모습을 보여주는 평화의 현장을 생생하게 담아내는 종전의 시적 가능성을 노래하는 작품으로 넘쳐 날 것이다. "시퍼런 강과 또 산을 넘"고 "모진 바람"을 헤쳐 "피비린내 나게 싸우는 나비 한 마리의 상채기"(박봉우, 「나비와 철조망」)가 아물어 새 살이 돋아나는, 그래서 아름다운 평화의 세상을 자유롭게 날아다니는 나비의 모습을 상상이 아닌 현실로 경험하게 될 것이다. 아마도 시는 이러한 종전으로 이루어낸 평화를 가장 자유롭게 증언하는 새로운 상상력, 아니 현실로서 더욱 의미 있는 세계를 확장시켜 나갈 것임에 틀림없다.

비판적 현실 인식과 민족 정체성의 회복
재일디아스포라 시문학의 역사와 현재

식민과 분단 그리고 재일디아스포라 시문학의 역사

식민과 분단의 현실을 직접적으로 껴안고 살아온 우리 민족 구성원들에게 이산離散의 상처와 고통은 가장 어두운 역사의 기억이 아닐 수 없다. 해방 정국의 정치사회적 혼란과 혼동 속에서 생존을 위한 자발적 이주를 선택한 경우는 어쩔 수 없다 치더라도, 민족과 국가의 이익이라는 명분 앞에서 철저하게 희생을 강요당한, 그래서 불가항력적으로 이산의 현실을 받아들일 수밖에 없었던 민족의 상처에 대해서만큼은 역사적 성찰이 필요하다. 식민지의 질곡을 온몸으로 체감하면서도 식민지 종주국 일본 땅에 남아 살아갈 수밖에 없었던 재일조선인의 역사적 모순이 무엇보다도 문제적으로 다가오는 이유도 바로 여기에 있다. 최근 들어 민족과 국가의 경계가 점점 약화되어 가는 세계사의 변화에도 불구하고 여전히 민족과 국가의 이데올로기로부터 벗어날 수 없는 재일조선인의 현실적 모순은, 식민과 분단의 역사적 상처와 고통이 그들에게 얼마나 가혹한 현실이었는지를 분명하게 증언하고 있다.

해방 이후 재일조선인 사회의 형성과정을 살펴보면, 약 200만 명에 달했던 재일조선인들 가운데 140만 명은 해방 직후 귀국길에 올랐고 나머지 60만 명 정도는 일본에 잔류했다. 좌우의 극심한 대립이라는 정치사

회적 혼란, 귀국 후의 경제적 궁핍 등을 고려한 불가피한 결정이 대부분
이었는데, 이후 한국전쟁이 발발하여 분단이 고착화됨에 따라 더 이상
조국으로의 귀환이 불가능한 상황이 되고 말았다. 이때부터 재일조선인
들은 분단된 조국의 통일과 일본의 차별정책에 맞서는 공동전선을 강화
하기 위해 재일조선인연맹중앙위원회'(1945.9), '재일조선문화단체연합
회'(1947.2), '재일조선문학회(1948.1) 등의 조직적 활동을 전개했다. 그리
고 이러한 조직의 이념과 주장을 구체화하기 위해 『조선신문』(1946.3), 『민
주조선』(1946.10), 『고려문예』(1946.11), 『조선문예』(1947.10) 등의 신문과
잡지를 창간하여 재일조선인의 권익을 보호하는 언론言路를 확충하는 데
주력했다.[1]

개별 시인들의 활동을 대략적으로 살펴보면, 해방 이후 재일디아스포라
시문학은 허남기, 강순, 남시우로부터 시작되었다고 할 수 있다.[2] 이후 김
시종, 김윤, 정화흠, 김학렬, 정화수, 김리박 등이 뒤를 이었고, 최근에는 '종
소리시인회'[3]를 중심으로 그 명맥을 이어가고 있다. 이 가운데 허남기의 초

---

1   이에 대한 자세한 사항은 하상일의 『재일디아스포라 시문학의 역사적 이해』(소명출판,
     2011) 참조. 이 글 전체는 이 책의 내용에 상당히 기대고 있음을 밝혀둔다.
2   김학렬은 "해방직후에는 지식층 속에서 많은 사람들이 시를 쓰려고 나섰으나 그 후 정
     치분야, 교육분야 등에 진출하여 사회과학분야에 나선 사람들도 있고, 시집을 낸 사람은
     강순(『조선부락시초』)과 남시우(『봄소식』), 허남기(일어시 『조선동물어(朝鮮冬物語)』)
     뿐이며, 조국(북한 – 인용자 주)에서 나온 첫 시집 『조국에 드리는 노래』에는 허남기, 남
     시우, 강순의 3인만이 있었다. 따라서 해방직후 1950년대까지는 엄격히 말해서 시문학
     역량이 형성되기 시작했으나 그 핵심에는 단 3인밖에 없었다는 점에서 이 시기를 허남
     기, 남시우, 강순의 3인 시대라 해도 무방할 것이다"라고 하였다. 「재일 조선인 조선어
     시문학 개요」, 와세다대 조선문화연구회 · 해외동포문학편찬사업 추진위원회 · 재일본
     조선문학예술가동맹 주최, 『재일 조선인 조선어문학의 현황과 과제 심포지움 자료집』,
     2004.12.11, 와세다대, 3~4쪽.
3   현재까지 저자에게 전달된 것으로 보면, 『종소리』는 2000년 1월 창간되어 2019년 여름

기시와 김시종의 시는 일본어로 이루어졌고, 현재 '종소리시인회'에 참여하고 있는 '재일본조선인총연합회'(총련) 소속 '재일조선인문학예술가동맹'(문예동) 시인들은 모두 우리말로 창작했으며, '총련' 계열이 아니지만 우리말 시쓰기를 지금까지 지켜온 시인으로는 김윤, 김리박 등이 있다.

그동안 재일디아스포라 시문학에 대한 논의는 '누가', 어떤 '언어'로 '무엇'을 썼느냐 하는 것이 주된 쟁점이었다. 즉 재일조선인들의 민족정체성 혼란과 직결되는 우리말과 일본어 사이에서의 이중 언어 현실, '민단'과 '총련'으로 이원화된 조직에서 비롯된 이데올로기 문제, 그리고 국문학계와 일문학계에서 바라보는 재일조선인문학의 범주에 대한 인식의 차이가 첨예한 문제로 부각되었던 것이다. 모든 문학사가 그러하듯 문학적 사실이나 결과 모두를 포괄한다는 것은 사실상 불가능하다. 하지만 언어, 이념, 세대 등과 같은 외적 기준에 의해 선택과 배제의 오류를 거듭한다면 문학사의 불구성은 더욱 심화될 수밖에 없다. 이런 점에서 재일디아스포라 시문학의 범주는 '민단'과 '총련'을 포함한 재일조선인 모두가 창작한 시문학 전부를 총망라해야 한다. 또한 일본어로 된 시문학만을 재일조선인문학으로 보려는 일문학계의 견해와 일본어로 창작된 시문학은 재일조선인문학으로 볼 수 없다는 '총련'의 상반된 입장 모두를 비판적으로 성찰함으로써, 역사적 모순과 상처의 총체로서의 이중 언어 현실을 뛰어넘는 재일디아스포라 시문학의 전체적인 지형을 조감할 필요가 있다.

호까지 총 79호가 발간되었다. 제1호부터 제40호까지는 정화수 시인이 대표를 맡아 『종소리』 편집 및 발행 전반을 책임졌고, 2009년 12월 정화수 시인의 타계로 2010년 신년호(제41호)부터는 정화흠 시인이 대표로 잡지 및 동인회를 이끌다가 최근 2011년 신년호(제45호)부터는 오홍심 시인이 책임을 맡고 있다.

반제국주의 투쟁과 비판적 참여의식

해방 이후 재일조선인문학은 좌파계열의 '재일본조선문학자회'를 중심으로 일본제국주의 잔재의 소탕, 봉건주의 잔재의 소탕, 국수주의의 배격, 조선문학의 국제문학과의 제휴, 문학의 대중화 등 다섯 가지 강령을 표방하였다.[4] 이런 가운데 당시 김달수, 허남기를 비롯한 재일조선인 문인들의 상당수는 일본프롤레타리아문학과의 이념적 연대를 토대로 조국의 역사적 현실에 대한 비판적 참여의식을 강하게 드러냈다. 즉 조국의 정치사회적 현실을 비판적으로 담아내는 반영론적 특성과 리얼리즘적 인식을 재일조선인문학이 나아가야 할 창작지침과 방향으로 삼았던 것이다.

허남기는 애국적이고 혁명적인 시인, 해방 이후 월북 문인들의 빈자리를 메운 사실주의 시인으로 북한문학계의 찬사를 한 몸에 받았다. 그는 생전에 '총련' 부의장을 지냈고, '문예동' 위원장으로 재일조선인문학의 기틀을 마련한 장본인이다. 남한문학계에서도 그의 서사시 『화승총의 노래』가 번역 출판된 바 있고, "동포시인 가운데 제일 문학적 성과가 뛰어난 분"[5]이라는 평가를 받기도 했다. 그의 서사시 「조선 겨울이야기」는 1946년에 착수하여 1949년 봄에 끝낸 작품으로, 남한 사회의 백과전서를 엮겠다는 야심찬 기획으로 전국을 편력하며 쓴 일종의 기행시이다.[6]

---

4   서용철, 「재일조선인문학의 시동(始動) - 김달수, 허남기를 중심으로」, 『복각 민주조선 별권』, 민주조선사, 1993, 50쪽.

5   민영, 「허남기 선생에게 - 역자로부터 저자에게」, 『화승총의 노래』, 동광출판사, 1988, 107쪽.

6   원래 이 작품은 『민주조선』에 일본어로 연재되었던 것으로, 제17호(1948.1)에 「경주」를 발표한 것을 시작으로 「부산」, 「대구」, 「부여」, 「광주」, 「목포항」, 「태백산맥」, 「서울」 등을 지속적으로 발표하였고, 이 작품들을 바탕으로 여러 편을 깁고 더하여 전작으로

너희들

상처투성이인 나의 시들

노닥노닥 기운 날개와

사슬에 묶이운 손발을 가진

앙상하게 마른 나의 시들

너희들

가난한 나의 동무들

지금이야말로 일어나라

오늘이야말로 어깨를 겯고

동터오는 거리에 떨쳐나가자

우리들 상처입은 자

우리들 학대받은 자의

때가 온다

오늘이야말로 철쇄를 울리며

그것을 고하라

지금이야말로

오늘이야말로 그것을 노래하라

— 허남기, 「상처투성이인 시에게 주는 노래」(『조국에 바치여』) 중에서

인용 시는 식민의 현실 속에서 "찢기우고 에이고 / 짓밟힌" "상처투성이" 조국을 노래한 작품이다. 여기에서 "사슬에 묶이운 손발을 가진 / 앙

새롭게 완성시킨 것이 바로 「조선 겨울이야기」이다. 전체 구성은 서시 격인 「상처투성이인 시에게 주는 노래」에서 「산맥시집」까지 총 13장 66편의 시로 이루어져 있다.

상하게 마른 나의 시들"은 우리 민족의 역사적 질곡에 대한 상징이다. 허남기는 이러한 식민의 상처와 모순을 극복하기 위해서는 민중의 주체적 역사의식과 저항의식을 재일조선인의 시가 나아갈 방향으로 정립해야 한다고 보았다. "우리들 상처입은 자 / 우리들 학대받은 자의 / 때가 온다"는 분명한 현실인식을 토대로 "지금이야말로 일어나라 / 오늘이야말로 어깨를 겯고 / 동터오는 거리에 떨쳐나가자"라는 굳은 결의를 다질 필요가 있다고 보았던 것이다. 따라서 그의 시는 식민의 세월 속에서 상처입고 학대받은 민중들의 울분과 원한을 극복하는 반제국주의 투쟁의식과 민족의식을 실천하는 데 주력하였다. 그의 초기시 대부분이 서사시를 표방하고 있는 이유도 민족의 수난과 투쟁을 더욱 실감 있게 제시하기 위한 시적 전략의 결과였다고 할 수 있다.

이러한 재일조선인의 시정신은 1960년대에도 계속 이어졌는데, 일본 동경에서 발간된 『한양』[7]에는 당시 우리 조국의 현실과 모순에 대한 준엄한 비판의 목소리가 강도 높게 드러났다. 해방 이후 식민 잔재의 청산을 통해 진정한 민족 해방을 실현하고자 했던 재일조선인의 투쟁 의지가 4

---

7   『한양』은 1962년 3월 일본 동경에서 창간되어 1984년 3·4월 호(통권 177호)로 종간된 재일조선인 우리말 잡지로, 1960년대 4월혁명 이후 변화된 한국문학의 지형과 아주 밀접한 관련 속에서 간행된 잡지이다. 『한양』의 편집인 겸 발행인은 김인재였고, 잡지의 구성을 대략적으로 살펴보면 시, 소설, 수필, 평론 등의 문학작품과 당대의 정치사회적 쟁점에 대한 논문 및 시론(時論) 등 재일조선인들의 의식과 정서를 총체적으로 반영하는 종합지적 성격을 지니고 있었다. 뿐만 아니라 『한양』은 당시 변혁기에 있었던 1960년대 한국사회와도 밀접한 관련성을 지님으로써 한국문학의 변화와 성찰을 모색하는 데 있어서 상당히 중요한 역할을 담당하였다. 이러한 비판적 성격 때문에 『한양』은 1974년 2월 '문인간첩단사건'에 연루되어 국내로의 유입이 금지되었다. 이에 대한 자세한 사항은 하상일의 『1960년대 현실주의 문학비평과 매체의 비평전략』, 소명출판, 2008, 참조.

월혁명 이후 격변하는 조국의 역사적 현실에 대한 냉정한 비판과 성찰로
이어졌던 것이다.

> 四月아!
> 내가 왜 창자를 주리고 살아야 하는지
> 내가 왜 꿈도 없이 걸어가야 하는지
> 너는 진정 나의 스승이 되어준 달
>
> 너는 나에게
> 자유란 무엇인가를 배워주었고
> 너는 나에게
> 곧바른 이정표를 가르쳐 주었더라
>
> (…중략…)
>
> 아! 이땅에 청춘을 불러오는 달아
> 지옥과도 같은 이 무서운 세상에서
> 나의 마음은 횃불을 태우며
> 네가 정녕 네가 몹시도 기다려지는구나
>
> — 경련, 「四月아!」(『한양』, 1963.4) 중에서

> 해마다 가 버렸네 그대 가신 그 계절
> 해마다 돌아오네 그대 가신 이 계절

(⋯중략⋯)

전설이 아니었다 살아 뜨거운 것

다시 다시 눈부실 광장과 산과 들에

넋이어 오시라

넋은 달려 오시라

四月은 꽃피는 달 꽃으로 피어

수수억만 떨기떨기 붉은 피를 뿜어라

— 정영훈, 「四月의 招魂」(『한양』, 1968.4) 중에서

　　주지하다시피 1960년대는 이승만 독재정권으로 표면화된 낡은 세대의 구조적 모순을 개혁함으로써 참다운 민주주의의 토대를 마련하고자 했던 4월혁명의 역사적 상징성으로부터 시작되었다. 4월혁명은 상당수의 문인들에게 진정한 의미에서의 사회 참여의 당위성을 인식시켜준 역사적 사건이었다. 『한양』은 비록 일본에서 발행되는 잡지였지만, 한국의 역사적 현실을 방관자가 아닌 주체자의 입장에서 비판적으로 성찰하는 실천적인 정론지를 표방했다. 따라서 『한양』은 4월혁명의 시대정신을 창간정신으로 민족의 주체적 역량을 결집하는 가장 진보적이고 실천적인 운동성을 보여주었다. 이러한 맥락에서 『한양』의 시문학은 1960년대 한국문학의 주체성을 확립하는 뚜렷한 방향성을 확보함으로써 조국의 역사적 현실에 대한 비판적 참여의 성격을 더욱 뚜렷이 보여주었다.

어머니

사랑하는 어머니이시여

이 밤도 벌써 자정을 넘어

달도 저 멀리 서산에 기울고

무겁게 침묵만이 가슴을 누릅니다

철창속에 갇히여 이미 석달

채찍소리 울부짖는데

어제는 시인이 끌려오고

오늘은 또 애젊은 학생들이

살인법정으로 끌려갔습니다.

자유를 말한 것이

통일을 원한 것이

그것이 '죄'로 되고 '법'에 거슬려

숱한 애국자가 끌려오고 끌려가고

방금은 건너편 고문실에서

아직은 못다핀 꽃나이 녀학생이

한많은 이 세상을 떠났습니다

어머니

나는 똑똑히 보았습니다

놈들의 정체를

놈들이 부르짖고있는 '유신체제'가

무엇을 노리고 있는가를

(…중략…)

그렇습니다

말해서도 안되고

보아서도 안되고

들어서도 안되고

모든것이 안되는 숨막히는 세상에

봄이 온들 무슨 꽃이 피여나리까

—정화흠, 「철창속에서」(『감격의 이날』) 중에서

　　인용 시는 1975년에 발표된 작품으로, 유신독재의 매서운 칼날에 고통
받던 남한 사회를 비판적으로 형상화하였다. 유신독재에 항거하다 감옥
에 갇힌 한 젊은이가 자신의 어머니에게 보내는 편지글 형식으로 자유와
통일을 염원한 청년들의 억울한 죽음을 풍자적으로 고발하였다. "말해서
도 안되고 / 보아서도 안되고 / 들어서도 안되고 / 모든것이 안되는 숨막
히는 세상에 / 봄이 온들 무슨 꽃이 피여나리까"와 같은 울분을 통해 입과
눈과 귀를 모두 막고서야 간신히 살아갈 수 있는 남한의 현실을 거침없이
비판하고 있는 것이다.

　　이와 같은 시정신은 재일조선인 시문학 전반에 걸쳐 지배적인 경향이
되어 왔다. 재일조선인 시문학의 큰 흐름은 '총련'계 시인들을 중심으로

남한 사회에 대한 직접적인 비판을 중심으로 전개되었다고 해도 과언이 아니다. 2000년대 이후 재일조선인 문단에서 이러한 경향을 주도하는 시인들 대부분은 '종소리시인회'를 중심으로 활동하고 있다. 그동안『종소리』에 시를 발표한 시인은 정화수, 김두권, 김학렬, 김윤호, 정화흠, 홍윤표, 오상홍 등의 창간동인을 비롯하여, 김지영, 오향숙, 오홍심, 천재련, 정구일, 서정인, 서일순 등이 있다.[8]

민족 정체성의 혼란과 고향에 대한 근원적 그리움

2000년『종소리』창간을 전후하여 재일조선인 시문학은 획기적인 변화를 보였다.『종소리』이전의 시가 수령 형상 창조와 북한에 대한 찬양 일변도의 선전선동을 전면화했던 반면,『종소리』는 민족분단의 상처에서 비롯된 근원적 고향의식과 통일에 대한 열망을 담은 재일디아스포라의 보편적 의식을 형상화하는 데 초점을 두었던 것이다. 그동안 재일조선인 사회는 남과 북이라는 견고한 이념의 대립 속에서 '민단'과 '총련' 두 조직

8　『종소리』에 수록된 시의 경향을 대략적으로 정리해보면, '총련'의 조국 방문(정화흠「고향방문시초」, 제5호 / 정화수, 「이제야 고향을」, 제7호 / 김학렬, 「서울행」, 제22호), 평양에서 개최되었던 6·15민족작가대회 참가(정화흠, 「백두의 해돋이」/ 김학렬, 「통일해돋이 해살되여」/ 오홍심, 「천지 바람」/ 정화수, 「백두산정에서」/ 정구일, 「민족 대축전」/ 김지영, 「조국의 산하」, 모두 제24호 특집으로 발표), 광주에서 개최되었던 6·15 통일대축전 참가(정화수의 「'만남의 광장' 시초, 제27호), 분단의 상처를 뛰어 넘는 통일에 대한 열망을 담은 시로 「소들이 가네」(정화수, 제1호), 「꽃매듭」(홍윤표, 제3호), 「철마는 달리고 싶다」(정화수, 제4호), 「다시 만나자」(홍윤표, 제8호), 「철길이 이어졌다」(홍윤표, 제15호), 「분계선의 코스모스」(김두권, 제19호), 「보자기」(오홍심, 제19호), 「나의 처녀작은」(김윤호, 제23호), 「절창」(김두권, 제23호), 「올해도 봄이」(김윤호, 제23호), 「금강산으로 가는 길목에서」(이승순, 제24호), 「철의 궤도」(정화수, 제31호) 등이 발표되었다.

으로 이원화되어 사실상 남북의 대리전을 했었던 것이 사실이다. 특히 남과 북의 정치 논리는 재일조선인들의 민족정체성과 민족공동체성을 지켜주는 실제적인 역할을 하기는커녕 오로지 남이냐 북이냐를 편가르는 이데올로기적 선택을 강요했을 따름이었다. 이러한 이념적 경직성으로 인해 최근 재일조선인 사회는 남한도 북한도 아닌 일본으로 귀화하는 재일조선인들의 수가 급격하게 늘어나고 있는 실정이다. 남북한의 이념적 굴레와 속박에 대한 강한 부정으로 재일조선인으로서의 민족정체성과 의식적으로 단절함으로써 현실적 생활이 보장되는 일본인으로서의 삶을 적극적으로 선택하고 있는 것이다.

> 세상이 넓다지만
> 나이 먹은 나에게는
> 발붙일 곳이 없네
>
> 북으로 가면 '귀포'의 딱지
> 남으로 가면 '똥포'란 부름
> 이래서야 내 땅인들 정이 가겠나
> 차마 왜땅귀신은 될 수 없고
>
> 어디로 가야 하나
>
> 정말 몰랐네
> 고향을 등진 죄가

이렇게 무거울줄은

삶의 어려움

이국의 달빛 아래
이밤도 그림자 하나
유령같이
발붙일 곳을 찾아 얼른거린다

— 정화흠, 「어디로 가야 하나」(『종소리』 34) 전문

　재일조선인 3세 이후가 주축이 된 지금의 재일디아스포라 사회에서 민족정체성의 문제는 국가나 민족과 전혀 무관한 차원에서 생활과 현실의 문제로 인식되고 있다. 즉 현재 재일디아스포라 사회는 민족과 국가의 경계가 급격히 해체되는 심각한 정체성의 혼란을 겪고 있는 것이다. 인용시는 이러한 재일조선인들의 현실을 직시하면서 앞으로 그들의 삶이 어떤 방향으로 나아가야 하는가에 대한 존재론적 질문을 담고 있다. 즉 재일디아스포라 사회의 해체와 변화를 바라보면서 재일조선인들 스스로가 남북의 이념적 대리전에서 선봉장 역할을 자임하던 과거의 태도를 과감하게 청산함으로써 민족의 통일을 향한 순수한 열망에 더욱 헌신해야 한다는 점을 무엇보다도 강조하는 것이다. 재일디아스포라 사회의 분열과 대립을 무조건 남한과 북한의 탓으로 돌리거나 조국 통일의 과제를 남북한 정치권의 손에만 맡겨둘 것이 아니라, 지금 자신이 발 딛고 서 있는 재일조선인 사회 내부에서부터 진정한 화합과 통일을 이루는 구체적인 노

력을 보여주어야 한다는 것이다.

　이런 점에서 재일디아스포라의 현실을 "헛된 공간"에 스스로를 가두는 자기모순의 결과로 인식하고 국가와 이념을 앞세운 재일동포들의 이원화된 목소리를 "이름조차 알 수 없는 벌기떼들이 / 시끄럽게 난무하는 것"으로 보았던 김윤의 시는, 재일디아스포라 시문학의 현재와 미래를 예견하는 중요한 방향성을 선구적으로 보여주었다고 평가할 수 있다. "헛된 공간만이 / 벌기떼들을 / 안고 / 늘어져있"(「헛된 공간」, 『멍든 계절』)는 패배적인 모습에서 재일디아스포라의 미래를 생각한다는 것은 사실상 불가능한 일이었기 때문이다. 따라서 그는 "숨가쁜 / 異域에서의 멍든 사철만이 / 셋방살이라는 무거운 지붕 아래서 / 염치없이 궁글고" 있는 이방인의 현실을 넘어서기 위해서는, "나는 / 잃어버린 말과 풍습을 / 외워보는 / 시간이 / 무엇보다도 귀중할 수밖에 없었다"(「멍든 계절」, 『멍든 계절』)라는 민족정체성에 대한 올바른 인식과 주체적 태도를 더욱 분명하게 정립해야 한다고 보았다.

　　낯선 데서
　　풍습도 그러했고
　　말도 서투른데
　　서로 어깨를 비벼가며
　　사는 사람들

　　언제부터

그러했는지는 지금은 아랑곳 없어지고

그렇게 해서 살 수밖에 없는

사람들

몽땅 까먹어버린

선조의 유산은

흔적마저 희미해지고

異邦살이의

지치인 표정들만

구슬알처럼

몽글몽글해져

고향은커녕

오늘의 위치조차 종잡을 수 없는

희한한 사람들

피로한

얼굴에는

고향을 찾아야 한다는

그런 愁心들이

함뿍 담긴 채

이 사람들은

정말

어디로 가야 할 것인지

— 김윤, 「異邦人」(『멍든 계절』) 전문

인용 시에는 재일조선인의 현실이 점점 그 "흔적마저 희미해지고", "고 향은커녕 / 오늘의 위치조차 종잡을 수 없는" 이방인의 생활에 흠뻑 젖어 가는 것에 대한 비판적 시선이 담겨 있다. "異邦살이의 / 지치인 표정들", "피로한 / 얼굴", "함뿍 담긴" "수심愁心들"로는 "정말 / 어디로 가야 할 것 인지"에 대한 해답을 찾을 수 없다고 보았던 것이다. 게다가 "낙엽은 굴러 또 굴러서 / 옛뿌리 밑으로 모여든다는데 / 마음 아프고나 어디로 가느냐 / 여기 자란 어린것들아"(「낙엽」, 『멍든 계절』)에서처럼, 재일 3세대 이후로 가면 민족의식이나 역사의식은 급격히 약화되어 재일디아스포라의 정체 성 자체를 근본적으로 위협하고 있음을 직시했다. 따라서 김윤은 "오늘보 다 나은 내일을 / 잡아당기는 신념信念을 다짐하며 / 뽑아야 할 잡초무뎅 이를 바라보며 / 나는 나설 수밖에 없다"(「잡초雜草」, 『멍든 계절』)라는 단호 한 결심을 할 수밖에 없었다. "비바람속에서도 늠름"한, "뇌성벽력마저 사 위四圍를 울렸으나" "굴하지 않고 / 하늘을 찌르는 듯 서있"(「고목古木」, 『멍 든 계절』)는 고목처럼, 민족적 차별로 고통 받는 재일디아스포라의 현실에 맞서 싸우기 위해서는 재일조선인들 스스로가 독립적인 주체가 되어야 한다는 점을 강조하는 것이다. 그래서 그는 자신의 아들들에게 "이방인이 떠주는 밥술에 / 배를 불리잔 생각만은 / 말고 // 황금으로 만들어도 / 사 슬은 사슬 / 남이 주는 세월에 기대지 말고 // 너를 낳은 땅에서 / 네가 디 디고 선 거기에서 / 헐벗고 동강나고 / 뼈빠지고 / 눈물마저 말라버린 어

버이들이 / 보내는 말을 / 잊지말라"(「아들에게」, 『바람과 구름과 태양』)라고
간곡히 당부했다. 이런 점에서 재일조선인 시문학이 고향에 대한 근원적
그리움을 매개로 민족공동체의 정신을 회복하는 뚜렷한 방향성을 추구
한 것은 너무도 당연한 결과가 아닐 수 없다.

> 쑥은 쑥국이요
> 냉이는 냉이찌개
>
> 안해가 량팔 걷고
> 솜씨를 부릴 때
> 나는 전화 걸며
> 이웃들을 부른다오
>
> 해마다 봄이 오면
> 강가에 가서
> 안해와 더불어 캐오는
> 고향향기
> 맛보자고
>
> 야들야들 쑥들이
> 키돋움하며 기다린다오
> 오복소복 냉이들이
> 무더기지어 기다린다오

캐고 또 캐면

무거운 짐이지만

고향산천 다

걸머지고온다오

저녁무렵 한가득 둘러앉으면

맥주요 막걸리요

이야기도 푸짐해서

가슴속도 한가득

언제나 묻네

고향에서 이런 맛 볼 때는

그 언제인가

— 정화수, 「쑥은 쑥국이요」 전문(『종소리』 창간호, 2000.1)

　　해방 이후 재일디아스포라의 현실에서 민족과 국가는 개인의 의식을
규정하고 지배하는 절대적인 기준이었다. 식민지 망국민으로서 해방의
감격을 누리지도 못한 채 일본에 남았다는 이유로 영구적으로 일본인 되
기를 강요받았던 재일조선인들에게 있어서, 민족과 국가는 비록 관념적
인 실체로 남아 있더라도 절대 놓쳐서는 안 되는 신념이요 이데올로기
가 되지 않을 수 없었던 것이다. 따라서 그들은 언어, 민속, 풍물, 자연, 노
래, 놀이 등 모든 분야에서 우리 민족의 정신과 문화를 지켜내기 위한 노
력을 아끼지 않았다. 재일디아스포라 시문학에서 고향 마을의 꽃들과 풀
들, 토속적인 음식들, 지역의 특산물 등을 주요 제재로 민족공동체의 이미

지를 상징적으로 표상한 작품이 두드러진 이유도 바로 여기에 있다. 인용시 역시 "해마다 봄이 오면 / 강가에 가서 / 안해와 더불어 캐오는 / 고향 향기", 즉 "쑥"과 "냉이"를 매개로 고향사람들이 함께 모여 고향의 정취를 마음껏 누려보자는 소박한 바람을 담고 있다. 하지만 이를 두고 소박하다고만 할 수 없는 것이 재일조선인들에게 있어서 이러한 삶의 모습은 고향을 향한 근원적 그리움을 치유하는 일종의 의식과도 같은 의미를 지니고 있었기 때문이다. 즉 고향의 정겨운 음식을 제재로 재일조선인들의 일상생활 깊숙이 내면화되어 있는 민족정서를 일깨우고자 한 것으로, 민족의 고유한 풍속과 전통을 공유함으로써 고향에 대한 그리움을 해소하려는 디아스포라 의식을 상징적으로 보여준다고 할 수 있다. "쑥국"과 "냉이찌개"를 함께 먹으며 "고향에서 이런 맛 볼 때는 / 그 언제인가"를 묻고 또 묻는 재일조선인들의 모습에서, 국가와 이념의 경계를 넘어 우리 민족공동체가 함께 나아가야 할 통일의 길을 분명하게 보여주고자 했던 것이다.

『종소리』를 통해 본 재일디아스포라 시문학의 현재

해외에서 활동하는 동포들의 문학은 대체로 세대의 차이가 문학적 지향의 차이를 가져오는 독특한 양상을 드러낼 수밖에 없다. 특히 식민과 분단의 역사를 온몸으로 받아들이며 살아온 재일조선인들의 경우에는 이러한 세대적 차이가 다른 재외동포들에 비해 훨씬 뚜렷하게 나타나는 것이 사실이다. 재일 1세대와 2세대가 민족주체성의 확립과 일본에서의 차별적 지위에 대한 저항 그리고 분단을 넘어서 통일을 지향하는 역사적이고 정치적인 성격을 강하게 드러낸 반면, 재일 3세대 이후의 경우에는 민족과 국가에 구속된 혈통의식이나 일본어와 우리말 사이에서의 이중 언어 현실에 크게 얽매이지 않음으로써 이전 세대와는 전혀 다른 문학적 관심과 지향을 드러냈던 것이다. 사실 재일 3세대 이후부터 '재일'은 이념의 차원이 아닌 생활의 문제이므로 재일 1세대와 2세대가 계승하고자 하는 민족의식과 역사의식은 추상적 관념에 불과다고 해도 과언이 아니다. 이런 상황에서 일본 내에서 활동하는 재일조선인의 문학을 정리하고 소개하는 일은 상당히 어려운 과제가 아닐 수 없다. 이와 같은 작업은 세대 간의 단절이 심화되기 이전부터 문제의식을 갖고 접근해야 할 사항이었다는 점에서 현재로서는 이미 시기를 놓쳐버린 감도 없지 않다. 그럼에도 불구하고 앞으로 재일조선인 문학에 대한 관심이 더욱 중요하게 요구되는 것은, 지금이라도 이미 지나온 문학사에 대한 체계적 정리만큼은 반드시 이루어내야 한다는 시대적 요청 때문이다. 그리고 비록 그 활동 상황은 미미하더라도 재일조선인 문학의 역사를 힘겹게 이어가고 있는 문인이나 단체의 활동에 대해서도 적극적으로 평가해야 한다는 당위성도 잊지 말아야 할 것이다.

이런 점에서 비록 '총련'의 이념적 편향성으로부터 완전히 자유롭지는 못하지만 현재까지 일본 내에서 우리말을 지키며 시를 쓰고 있는『종소리』는 문학사적으로 상당히 중요한 의미를 지니고 있다. 앞서 살펴본 대로 '재일'의 민족적 의미가 점점 사라져가고 있는 재일디아스포라의 역사적 변화 속에서, 민족정체성의 고수와 우리말의 실천이라는 두 가지 정체성을 지켜내고 있다는 사실만으로도『종소리』는 가장 '재일'에 가까운 모습을 보여주고 있음에 틀림없기 때문이다.

종이 울린다

내 나라, 내 고향땅에

새봄이여 어서 오라

민족의 화합 노래하며 종이 울린다

들끓는 장내는

자그마한 민족통일전체

북과 남, 해외가 함께

민족의 얼 지켜내자 종이 울린다

북에서 태여나건

남에서 태여나건

해외에서 태여나건,

우리는 한피줄, 한민족이 아니냐

죽어서도 고향땅 흙이 되고파

타향살이 기나긴 세월

새봄을 기다려 모대기는

지구동네 우리 동포들에게

민족향취 그윽한

우리 말과 우리 글로

민족사랑, 고향사랑

그리웁게 울려주는 『종소리』

민족통일의 튼튼한 거름이 되게
모국어의 힘으로 하나가 되게
『종소리』가 세상에 내놓은
1,150편의 귀중한 목소리

날개 돋아
산을 넘고
바다를 건너
겨레들의 심금을 울리고울린다

민족의 얼 지켜내자
민족의 희망 노래하자
마음과 마음들이
화음을 이루고 하나되여 울린다

종이 울린다
민족통일 봄날 위해 종이 울린다!

— 오홍심, 「종이 울린다─ 시지 『종소리』 제50호 발행기념모임에서」

(『종소리』 51, 2012.여름)

2012년 6월 『종소리』는 통권 제50호 발간 축하 모임을 가졌다. 창간 이
후 지난 12년의 역사를 돌아보면서 앞으로 재일조선인 시문학이 나아가
야 할 방향성을 재정립하는 중요한 시간이 되었을 것으로 짐작된다. 현

재 『종소리』를 이끌고 있는 오홍심의 시에는 2000년 이후 『종소리』의 역사와 현재 그리고 미래가 아주 명확하게 제시되어 있다. 민족사랑, 민족화합, 우리말과 우리글, 민족통일, 고향사랑 등의 시구를 통해 재일조선인 시가 그동안 어떤 길을 걸어왔고 어떤 삶을 살고 있으며 앞으로 어떤 방향으로 나아갈 것인가에 대한 총체적인 의미를 담고 있는 것이다. 하지만 정말 안타까운 사실은 이들의 '종소리'가 과연 언제까지 울릴 수 있을지 장담하기 어렵다는 점이다. 『종소리』를 통해 활동하고 있는 시인들 대부분이 고령이라는 점에서 재일조선인 시문학의 역사적 단절을 심각하게 걱정하지 않을 수 없기 때문이다. 현재 일본에서 우리말로 창작을 하는 시인은 정말로 극소수이다. 그렇다면 해외 한국시의 외연과 내포를 이해하는 데 있어서 재일조선인 시문학의 위상은 도대체 어떻게 정립되어야만 하는 것일까? "북에서 태어나건 / 남에서 태어나건 / 해외에서 태어나건, / 우리는 한피줄, 한민족이 아니냐"라는 시구에서처럼, 남북한통일 문학사를 넘어서 해외를 모두 포괄하는 한민족문학사를 새롭게 쓰는 데서 재일조선인 시문학의 미래를 찾아야 하지 않을까?

뒤를 돌아보는 시선視線/詩線

우리 사회의 모든 것이 너무도 빠르게 변해간다. 조금만 늑장을 부리거나 제자리에서 머뭇거리면 조금 전에 우리 앞에 다가왔던 새로움도 또 다른 새로움으로 급격히 대체되어 버리는 혼란과 혼돈의 연속이다. 그러므로 한치 앞도 내다보기 어려운 세상의 변화 앞에서 뒤를 돌아보는 여유를 찾는다는 것은 처음부터 어불성설이 아닐 수 없다. 자칫 뒤를 돌아보는 순간, 시대착오적이라느니 전통추수적이라느니 하는 말로 폄하되거나 냉소당하기 일쑤이다. 따라서 맹목적 속도 경쟁에 떠밀려 '과거'와 '현재'의 일들은 쉽게 잊혀져버리는 허상이 되기 십상이다. 오로지 앞만 보고 달리는 '미래'적 가치만이 유효할 뿐인 것이다. 결국 '전통'이란 말 자체가 무의미한 관습이 되고, '추억'이란 말은 낯익은 감상이 되고 만다. 시간의 흐름을 고스란히 안은 연륜年輪은 구태의연한 발상으로 인식되고, 세월의 무게를 이겨낸 깊은 통찰은 무기력한 명상으로 취급당하기도 한다. 아마도 오늘날 '서정'의 자리가 위태로울 수밖에 없는 것은 바로 이러한 시대적 징후를 반영하고 있는 것이 아닐까 싶다. 서정의 세계는 '낡고 오래된 것' 안에 갇혀 더 이상의 갱신의 징후를 보여주지 못한다는 비판적 인식이 더욱 심각하게 유포되고 있는 것이다.

물론 이러한 비판적 문제제기가 전적으로 틀린 판단이라고 보기는 어렵다. 사실상 오랜 세월동안 주체 중심의 권력 안에 포섭되어 있었던 '서정'의 본질은 역사와 현실을 교묘하게 비껴가는 보수적 발상으로 변질되거나, 자연과 대상을 주체의 의지대로 이끌고 가려는 권력적 언술을 획일화한 자기모순을 뚜렷이 드러냈기 때문이다. 그 결과 서정은 변화와 갱신을 싫어하고 감각과 기교를 외면하는 '낡고 오래된 관습'을 계속해서 답습해온 측면이 많은 것이 사실이다. 아무리 그렇다고 해도 지금 우리 시의 '서정'이 오로지 이러한 모순과 폐단 위에서만 전개되어 왔다고 말할 수는 없다. 따라서 '모든' 서정이 '낡고 오래된' 인습으로 부정되고 폐기되어야 하는 것은 결코 아니다. 최근 들어 저자는 '서정'을 둘러싼 이러한 현실적 문제제기 앞에서 깊은 회의를 하지 않을 수 없다. 여러 잡지에 발표된 수많은 신작시들의 독특한 언어 세계와 마주하면서 오히려 언어의 과잉으로 점점 더 무기력해져 가는 깊은 상실감을 경험하지 않을 수 없었기 때문이다. 그 많은 시의 언어들이 목적과 방향을 잃은 채 무분별하게 흩어지는 광경을 보면서, 앞으로 시는 도대체 무엇을, 누구를 위해 존재해야 하는가를 새삼 다시 묻지 않을 수 없는 것이다.

이러한 문제의식에서 저자는 '뒤를 돌아보는 시선'을 가진 작품들을 특별히 주목하지 않을 수 없다. 게다가 이러한 시를 쓴 시인들의 면면을 보면 거의 대부분 우리 시단의 원로나 중진들이라는 사실 앞에서 여러 가지 생각에 잠기지 않을 수 없다. 모두가 앞을 향해 달려가기 바쁘고, 온통 젊은이들의 상상력을 따라잡기에 분주한 우리 시단의 현실을 생각할 때, 어쩌면 지금 우리 시는 앞을 향해 달려가는 것이 아니라 오히려 점점 더 퇴보하거나 무의미한 언어의 재생산에만 몰두하고 있는 것은 아닌지 진지하게 성찰하지 않을 수 없다.

이처럼 저자는 최근 시에서 '앞을 바라보는 시선'보다는 '뒤를 돌아보는 시선'에 더욱 눈길이 간다. 그것도 눈앞에 아주 가까이 있는 대상을 바라보는 시선보다는 오히려 멀리 있는 대상을 주목하는 시선에 경외감을 갖게 된다. 현재와 과거의 간극이 깊고 넓을수록 미래를 향하는 마음은 더욱 풍요로워질 것이다. 그러므로 '뒤를 돌아보는 시선'은 이미 '앞을 내다보는 시선'에 다름 아니다. 이러한 역설적 시공간 의식이야말로 가장 서정시다운 본령이 아닐까 싶다. "멀리 있는 것이 없다면 우리가 어떻게 가까이 있는 것과 살 수 있겠는가", "바라보는 저 너머가 없다면 우리가 어떻게 여기서 / 살 수 있겠는가"(「시선을 기리는 노래」, 『시인수첩』, 2011.여름)라고 노래한 정현종의 시선이 특별하게 다가오는 이유도 바로 여기에 있다. 시가 무르익을수록 아주 오래된 시공간의 흔적과 기억을 지금의 시공간으로 데려오고자 하는 목소리는 더욱 깊어지는 것이다.

떠나온 지 마흔해가 넘었어도
나는 지금도 산비알 무허가촌에 산다
수돗물을 받으러 새벽 비탈길을 종종걸음치는
가난한 아내와 부엌도 따로 없는 사글셋방에 산다
문을 열면 봉당이자 바로 골목길이고
간밤에 취객들이 토해놓은 오물들로 신발이 더럽다
등교하는 학생들과 얼려 공중화장실 앞에 서서
발을 동동 구르다가 잠에서 깬다
지금도 꿈속에서는 벼랑에 달린 달개방에 산다
연탄불에 구운 노가리를 안주로 소주를 마시는
골목 끝 잔술집 여주인은 한쪽 눈이 멀었다

삼분의 일은 검열로 찢겨나간 외국잡지에서

체 게바라와 마오를 발견하고 들떠서

떠들다 보면 그것도 꿈이다

지금도 밤늦도록 술주정 소리가 끊이지 않는

어수선한 달동네에 산다

전기도 안 들어와 흐린 촛불 밑에서

동네 봉제공장에서 얻어온 옷가지에 단추를 다는

가난한 아내의 기침 소리 속에 산다

도시락을 싸며 가난한 아내보다 더 가난한 내가 불쌍해

오히려 눈에 그렁그렁 고인 눈물과 더불어 산다

　　—신경림,「가난한 아내와 아내보다 더 가난한 나는」(『창작과비평』, 2011.여름) 중에서

　화자는 "전기도 안 들어와 흐린 촛불 밑에서 / 동네 봉제공장에서 얻어온 옷가지에 단추를 다는 / 가난한 아내"와 "가난한 아내보다 더 가난한 내"가 살았던 "떠나온 지 마흔해"의 시공간을 회상한다. "무허가촌", "비탈길", "사글셋방", "오물", "공중화장실", "달개방" 등 기억 속의 모든 것들은 지독한 가난을 표상하는 것들이지만, 그래도 화자는 그 시절을 떠올리며 "그렁그렁 고인 눈물과 더불어" 살아가고자 하는 작은 소망을 간직하고 있다. 결코 화려하진 않았지만, 어쩌면 가장 따뜻하고 아름다웠다고 말할 수 있는 지난 시절의 기억을 떠올리며 오늘을 살아가는 자신의 마음을 성찰하는 태도를 보여준다. 그래서 화자는 "세상은 바뀌고 바뀌고 또 바뀌었는데도" "번지가 없어 마을사람들이 멋대로 붙인 / 서대문구 홍은동 산 일번지 / 나는 지금도 이 지번에 산다"는 사실을 강조하고 있는 것이다.

이처럼 지난 시절의 가난했던 생활을 다시 떠올리며 현재를 의미화하는 시선은 그동안 우리 시에서 보여준 낯익은 방식이라는 점에서 특별할 것은 없다. 주제도 뻔하고 구조도 단순하며 언어마저 평범하다. 그럼에도 불구하고 저자에게 이 시는 아주 아름답고 절제된 시로 다가온다. 여기에 어떤 언어가 더 필요하며, 어떤 지식과 철학이 요구되며, 어떤 구조적 새로움이 의미화되어야 하는가? 물론 이러한 시는 앞을 향해 질주하는 오늘날의 젊은 시인들에게는 크게 공감을 주지 못하는 '낡고 오래된 관습'으로 받아들여질지도 모른다. 그렇다고 해도 이 시의 시공간에 내포된 '성찰적 의미'를 전혀 읽어내지 못하는 단순화에 빠져 버려서는 안 된다. 다시 말해 언어의 표층에 드러난 일상적 생활의 모습을 한낱 평범한 일상적 진술로만 이해하는 오류를 범하지는 말아야 하는 것이다. 이런 점에서 "천상병이를 거지시인이라고 놀려주던 / 친구들은 다 시인이 되지 못 되고 / 천상병이는 시인으로 남게 되었군요"(「거지 시인 온다」, 『실천문학』, 2011.여름)라는 김규동의 시가 결코 평범하지 않은 시적 진술을 내포하고 있음에 주목할 필요가 있다. 김규동이 천상병과 권정생을 현재로 불러오는 이유는 오늘날 '시인'의 존재 의미를 다시 일깨우고자 하는 아주 의미심장한 의미를 담고 있기 때문이다.

　　어두워질 때까지
　　그렇다 그는 해 지는 줄도 모른다

　　산야에서
　　나물 뜯고

국화꽃을 따는 권정생이
어째서 시인인가
배고픈 줄 모르고
산기슭 헤매는 그가

밤이면 홀로 늦은 저녁 지어 먹고
불 밝히고
동시, 동화 쓰다
지치면 밖에 나가
별을 쳐다보며
외로움 달래던 그가
어째서 우리 모두의 시인인가
아이들에게뿐 아니고 우리 모두에게
스승인가

그가 세상을 떠나기 전에 쓴
편지 한 장이 있다
내 졸작시집을 읽고
써 보낸 독후감이다

나는 답답하거나 고통스러울 때는
이 편지를 꺼내 읽고
눈시울 적셔본다

마음이 정리되기 때문이다

그는 원고료가 생기거나 인세를 받으면
고아원에 보냈다
나는 그러질 못했다

의사는 인제 3개월 넘기지 못할 것이니
수술이 필요 없다고 했다
병원에서 돌아온 즉시
나는 권정생의 편지를 다시 읽었다

— 김규동, 「왜 권정생인가」(『실천문학』, 2011.여름) 전문

인용 시에서 화자는 권정생이 "어째서 우리 모두의 시인인가"를 반복해서 묻는다. 이러한 물음은 결국 오늘날의 시인들에게 '당신들은 과연 시인이라고 할 수 있는가?'를 정직하게 묻는 것에 다름 아니다. 그의 시의 평범함만큼이나 권정생의 삶은 너무도 평범하고 소박하였지만, 이러한 권정생의 시인됨은 시한부 선고를 받은 화자에게 시인으로서의 마지막 생을 깊이 성찰하게 한다. "그는 원고료가 생기거나 인세를 받으면 / 고아원에 보냈다 / 나는 그러질 못했다"라는 고백에는 뒤를 돌아보는 화자의 뼈아픈 성찰이 담겨 있다. 그래서 "병원에서 돌아온 즉시 / 나는 권정생의 편지를 다시 읽"게 되는 것이다. 이는 지나온 삶을 정리하는 마지막 순간만큼이라도 '시인됨'을 지키고 싶은 화자의 간절한 목소리가 담겨 있다. "밤이면 홀로 늦은 저녁 지어 먹고 / 불 밝히고 / 동시, 동화 쓰다 / 지치면

밖에 나가 / 별을 쳐다보며 / 외로움 달래던 그"의 지극히 평범한 삶을 돌아보면서, 굳이 '시인'이라는 권위를 내세울 필요조차 없이 삶 그 자체를 시로 살았던 '진짜' 시인의 몸과 마음을 비로소 내면화하고 있는 것이다.

이처럼 '뒤를 돌아보는 시선'은 오히려 앞을 준비하고 대비하는 겸허한 시선이다. "갈아끼울 것들이 너무 많이 급해서 그걸 찾아 떠났다 경주 잠적 3박泊 4일日"(「경주에 가다」, 『시작』, 2011.여름)의 정진규의 시선과, "10살 때 추석빔으로 엄마가 사준 / 꽃그림 코고무신 / 가슴에 안고 잠 들었"던 기억 속에서 "너는 어디 갔니?"(「아! 나 어떻게 해」, 『시와사람』, 2011.여름)라고 수차례 묻는 신달자의 시선 역시, 무조건 앞을 향해 달려온 삶을 잠시 멈추고 '뒤를 돌아보는 시선'으로 자신과 세상을 조용히 응시하는 화자의 성찰적 태도를 보여준다. 뿐만 아니라 자본과 문명의 속도에 짓눌린 맹목적 근대에 맞서 자연 그대로의 삶을 온전히 회복하려는 '뒷걸음질'을 하는 시선도 있어 주목된다. "찰랑이는 황금빛 잎새를 보려고 숲 속으로 들어갔"(「자작나무」, 『시와사람』, 2011.여름)던 신대철의 시선, "마을 안에 차 집어넣고 / 이 집, 한 집 건너 저 집, 또 저 집, / 구름처럼 피고 있는 살구꽃과 만"(「살구꽃과 한때」, 『문학과사회』, 2011.여름)나는 황동규의 시선이 그러하다. 이러한 시선에는 자연의 이법理法을 거스르면서까지 오로지 인간 중심으로만 살아온 근대적 삶에 대한 철저한 반성이 내재되어 있다. 이런 점에서 "일찍 시들어버리는 토마토의 가지와 잎을 보며, 생각해 본다 / 저것들을 제멋대로 가지 뻗도록 그냥 내버려두면 어떨까?"(「토마토 키우기」, 『문학들』, 2011.여름)라고 말하는 김신용의 시선과, "참나무 숲이 말했다. / 아무리 빈궁해도 / 난 이 겨울추위를 장작으로 팔지 않았다."(「참나무 숲에서 거절당하다」, 『문예중앙』, 2011.여름)라고 말하는 조정권의 시선은, 한 발짝 더 뒤로 물러서서 삶과 현실을 정직하게 들여다보고자 한다는 점에서 더욱 의미심장하다. 아마도 김용택이 수십 년 동안 '섬진강'을 노래하는 일을 멈추지 못한 것도 바로 이 때문이 아닐까 생각된다. 그에게 '섬진강'은 자연의 흐름과 인간의 운명이 온전히 한데 어우러진 근원적 장소이기 때문이다. 근원을 지향한다는 것은 결국 '뒤를 돌아보는 시선'을 통해 실현된다. 근원을 찾는다는 것은 지금의 삶에 대한 성찰을 통해 앞을 향해 달려가는 역설적 의미를 지니고 있는 것이다.

문득

잠에서 깼다.

이야기가 이어지지 않은 어머니 생각으로 정신이 번쩍 든다.

어머니의 뒷말을 찾던 아내는 옆에 잠들어 있다.

기운 달빛은 마을을 빠져나가고

열린 문틈으로 들어오는 소슬바람결을 따라 풀벌레 울음소리가 끊긴다.

문득 생이 캄캄하다.

별빛 하나 없는 밤에도 강을 건너

콩밭의 경계를 찾던 뿌리를 거두며 어머니는 강을 건너와 강가에 선다.

아가, 강 저쪽이 왜 이리 어둡다냐.

어머니, 발들이 다 묵었습니다.

물이 흐르는데, 물이 흐르는데, 강을 건널 힘이 내게 없어

이제 내 눈이 저 건너 강기슭에도 가 닿지 못하는구나.

강가에서는 회수할 것이 없구나.

퍼낼 수 없는 오래 묵은 생의 슬픔이 고인다.

그러나 무엇이 슬픈가. 슬픔도 환하게 강에 비운다.

잠든 어머니의 강가에는

구절초 꽃이 피어 있다.

이 발걸음으로 앞선 저 물살을 어찌 따라잡을까.

나는 옛 강에 누웠다.

새벽이다.

— 김용택, 「섬진강 29」(『문학동네』, 2011.여름) 전문

80년대 초반 「섬진강 1」로 시작된 김용택의 시가 30여 년의 세월을 거쳐 다시 섬진강을 따라 노래하며 「섬진강 29」, 「섬진강 30」으로 이어지고 있다. "이야기가 이어지지 않은 어머니의 생각"처럼 기억은 가물가물하고, "문득 생이 캄캄하다"는 것을 느끼며 "오래 묵은 생의 슬픔이 고"여 있음을 발견하게 된다. 그럼에도 불구하고 화자는 "그러나 무엇이 슬픈가"라고 물음으로써 섬진강의 현재적 의미를 새롭게 제시하고자 한다. "이 발걸음으로 앞선 저 물살을 어찌 따라잡을까"를 걱정하면서도, "잠든 어머니의 강가에는 / 구절초 꽃이 피어 있다"라는 사실만으로도 작은 행복과 위안을 얻을 수 있음을 일깨워주고자 하는 것이다. 이러한 인식은 "슬픔도 환하게 강에 비운다"는 지나온 삶에 대한 깊은 성찰에서 비롯된 것이다. 더군다나 이러한 상실과 슬픔의 시간이 "새벽"으로 끝맺음된다는 사실이 결코 예사롭지 않다. "'원류를 따라서' '근원을 짚어서' '근본을 찾아서'"(신달자, 「시작노트」, 『시인수첩』, 2011.여름) 떠나는 길은, 비록 "별빛 하나 없는 밤"을 통과하는 시간일지 모르지만, 그 과정의 끝에 도달하면 또다시 "새벽"이 찾아올 것임을 확신하는 것이다. 이처럼 '뒤를 돌아보는 시

선'은 '앞을 내다보는 시선'과 결코 다르지 않다. 지난 30여 여 년 동안 천천히, 아주 천천히, '섬진강'은 그렇게 흘러왔듯이, 앞으로도 '섬진강'은 우리 시의 한 중심에서 천천히, 아주 천천히, 끝없이 흘러가게 될 것이다. 지금 우리 시가 서정의 본질을 근본적으로 다시 성찰해야만 하는 이유는 바로 여기에 있다.

젊은 서정의 새로운 길 찾기
80년대 생 시인들의 시를 중심으로

지금, 서정을 말하는 것

지금, 서정을 말하는 것은 요즘 우리 시단의 모습을 전혀 모르는 얼토당토 않은 생각일까? 서정의 개념과 본질을 앞세워 요즘 시의 의미와 존재 이유에 대해 논의한다는 것은 교과서적인 규범에 갇혀 시를 이해하고 평가하려는 보수적 문학론의 한계를 자인하는 것일까? 더군다나 젊은 시인들의 시세계를 '서정'이라는 장르적 틀 안에서 설명하려는 것은 최근 시의 흐름과 경향에 둔감한 시대착오적인 발상이 되는 것일까? 1980년 이후 태어난 젊은 시인들의 시를 '서정'이라는 본질적 조건으로 바라보려는 저자의 시도가 내내 불안하고 걱정스러운 것은, 지금 우리 시가 직면한 변화의 현실을 충분히 알면서도 젊은 시인들의 시세계를 전통적 시학의 차원에서 평가하려는 편협한 시선이 될지도 모른다는 우려를 떨쳐내기 힘들기 때문이다. 어쩌면 젊은 시인들의 상상세계에는 '변해야 할 것'과 '변하지 말아야 할 것'에 대한 근본적 이해가 결여되어 있어서, 서정의 본질에 기대어 시의 존재 이유와 새로운 가능성을 찾아내려는 시도 자체가 어불성설일지도 모르는 것이다.

이러한 우려를 조금이나마 피해가기 위해서, 저자는 80년대 생 시인들과 같은 20대 시절에 시와 서정의 문제를 고민했던 중요한 기억 한 가지를 떠올려본다. 한국 시학의 최고 권위자였던 김준오 평론가의 '시론' 강의를 직접 들었던 저자는 당시 선생님께 이런 질문을 한 적이 있다.

"서정의 본질은 동일성에 있고 시의 해석은 이러한 동일성의 세계관을 토대로 이루어져야 한다는 것이 선생님의 『시론』을 관통하는 일관된 주장인 듯합니다. 하지만 이 책에서 분석의 대상으로 인용된 시 대부분은 사실상 지금 우리가 살고 있는 90년대의 현실과는 전혀 다른 시대에 창작된 시라는 점에서, 어쩌면 『시론』은 지금의 시를 설명하기에는 적합하지 않을지도 모른다는 생각이 조심스럽게 듭니다. '동일성의 시학'이라는 선생님 『시론』의 본질적 명제는 충분히 의미가 있고 설득력 있는 논리이지만, 90년대를 사는 지금 무수히 쏟아지는 시의 실제적 모습은 아무리 들여다봐도 동일성으로는 설명할 수 없는, 아니 설명하기 힘든, 오히려 서정과는 무관한 소위 탈서정, 반서정의 세계에 압도되어 있는 것은 아닐까요? 그렇다면 지금 창작되고 있는 시마저 이와 같은 서정의 원리, 즉 동일성의 시학으로 설명하는 것은 불가능하지 않을까요? 다시 말해 서정은 이제 과거의 시적 규범을 설명하는 관념으로 남아 있을 뿐, 오늘날 시의 변화를 읽어내는 유효한 의미를 상실한 것으로 볼 수는 없을까요?"

조금은 도전적이고 무례했을지도 모르는 이 질문에 김준오 평론가는 이런 대답을 해주었다. 당시의 설명을 저자의 기억으로 재구성해보면 아래와 같다.

"그렇습니다. 지금 우리가 살고 있는 90년대의 시는 '서정'의 본질이라는 규범적 명제로 설명하기에는 진정 어려움이 많습니다. 만약 지금 시를 예로 들어 『시론』을 다시 써야 한다면, 동일성의 시학과는 다른 지점에서 현대시의 변화에 주목하여 기술하는 것이 어쩌면 타당할지도 모르겠습니다. 하지만 아무리 시대가 변하고 그에 따라 시가 변한다 해도 동일성의 시학이라는 시론의 본질 자체가 바뀌거나 변화하는 것은 아니라는 점을 명확히 해둘 필요가 있습니다. 그렇다면 지금 우리 시의 급격한 변화를 어떤 시론적 준거로 설명할 수 있는가 하는 문제에 부딪치게 되는데, 여기에서 절대 간과해서는 안 될 문제는 최근 우리 시의 변화 역시 서정의 본질에 근거해서 전략적으로 이해할 필요가 있다는 겁니다. 즉 지금 우리 시는 왜 서정의 본질과 규범으로부터 계속해서 이탈해 가고 있는가? 무엇이 시를 소위 탈서정, 반서정의 세계를 지향하게 하는지, 시를 둘러싼 제반 환경의 변화를 정확하게 이해할 필요가 있다는 것입니다. 다시 말해 서정의 본질마저 위협하는 탈서정 혹은 반서정의 현실적 지향과 가치가 어디에서 비롯되는가를 명확하게 인식하는 데서 요즘 우리 시의 변화가 지닌 의미를 찾아낼 수 있다는 것이지요. 결국 탈서정이든 반서정이든 급격한 변화로서의 실제적 현상에 주목하기에 앞서, 본질로서의 서정에 대한 이해가 분명하게 전제되어야만 탈서정과 반서정의 이유, 즉 '탈脫'과 '반反'의 변화가 지닌 의미를 명확히 이해할 수 있다는 것입니다. 그래서 저는 여러분들이 『시론』을 통해 시의 다양한 현실과 마주하기에 앞서 무엇보다도 시의 개념과 본질에 대한 충실한 이해를 먼저 할 수 있기를 바랍니다."

오래된 기억을 떠올려 장황하게 김준오 시론의 한 방향을 정리해두는 것은, 최근 젊은 시인들의 시가 서정의 본질을 의도적으로 외면하거나 굳이 관심을 두지 않으려는 자유로움 속에서 상상력의 가능성을 지나치게 합리화하고 있는 것은 아닌지 진지하게 묻고 싶어서이다. 저자는 젊은 시인들의 상상세계에 부여되는 자유로움이라는 찬사는 현실과 사회를 비판적으로 뛰어 넘는 사회적 성찰과 맞물릴 때 진정한 의미를 얻을 수 있다는 생각을 갖고 있다. 철저하게 개인화된 비유와 상징, 세속화되는 차원을 넘어서 신변잡기적인 쇄말주의로 흘러가버린 시의 언어와 구조, SNS의 확산으로 실시간으로 공유되는 우리 시대의 상처와 절망을 시적 현실로 옮겨 담아야 한다는 강박이, 최소한의 소통마저 뛰어 넘은 생경한 언어와 기호 그리고 이미지의 세계를 장황한 요설로 그로테스크하게 보여주는 것이 자칫 시의 새로움으로 과장되고 있는 것은 아닌지 지극히 염려스럽기 때문이다. 점점 더 모든 것들이 관념화되고 세속화되는 현실에서 인간의 본질에 가장 깊숙이 닿아 있는 사랑마저 가벼운 연애로 변질되고, 가장 순수한 자아와 대면하게 되는 극단적 절망의 순간마저 남들에게 보이기 위한 퍼포먼스가 되어 버리는 것이 지금 젊은 시인들의 상상세계가 지닌 한 단면임을 부정할 수 없는 것이다. 김준오 평론가의 『시론』이 80년대 초반 첫 출간 이후 끊임없이 갱신을 거듭하면서, 지나간 문제의식을 확장하고 새로운 시적 쟁점을 부각시키는 과정을 계속해서 반복했다는 점은 지금 우리 시의 변화에 시사하는 바가 아주 크다. 변화는 필연적인 것이므로 그것을 거부하는 것은 가능하지도 바람직하지도 않다. 따라서 시의 변화와 갱신 그 자체를 거부하거나 외면해서는 결코 안 된다. 다만 그 변화의 이유와 근거가 명확하여 창작의 새로운 방향성을 제시하는 시학의 갱신으로 확장해 나갈 때 지금 우리 시의 변화는 진정한 의미를 구현할 수 있을 것이다.

관계성의 생략과 기호화된 형식

박준의 시집 『당신의 이름을 지어다가 며칠은 먹었다』(문학동네, 2012)는 시의 위기를 공공연하게 외치는 지금 우리 시단의 사정을 무색하게 할 만큼 상당한 판매부수를 올린 베스트셀러 시집이다. 이러한 이례적인 시집 판매 현상은 최근 텔레비전 드라마에서 등장인물들의 소품으로 시집이 적극 활용되거나, 종합편성채널의 다양한 독서 관련 프로그램에 직접적으로 소개되는 마케팅의 영향이 아주 크다고 할 수 있다. 사실상 이제 시집도 광고나 홍보를 통해 상품성의 가치를 키워나가야 한다는 출판사의 마케팅 전략이 점점 중요하게 부각되고 있는 실정이다. 이러한 외적 현상은 '연애'라고 하는 대중적이고 통속적인 제재가 시의 내부로 깊숙이 들어와 있어서 더욱 자연스럽게 연결되고 있다. 물론 시에서 '사랑'이라는 주제는 현실과 사회를 읽어내는 가장 본질적인 키워드이고, 이미 오래된 시적 알레고리이므로 새삼스러운 주제는 아니다. 하지만 이때 '사랑'은 표면적으로는 세속적임을 가장하더라도 통속적인 것과는 전혀 무관한 것이라는 점에서, 오히려 인간의 본질적 세계를 구현해내는 문제적인 장치로 구조화되었음을 간과해서는 안 된다.

반면 요즘 젊은 시인들의 시에서 두드러진 '연애'로 표면화된 '사랑'의 의미는 전혀 다른 시각으로 바라보아야 한다. 그것은 주체와 세계의 불화를 견뎌내고 이를 통합하고 치유하는 내적 성찰의 과정인 서정의 의미가 결여되어 있어서, 현실과 사회의 알레고리적 관계 설정으로 이해되는 사랑의 의미와는 전혀 다른 것이다. 그저 표층으로서 남녀의 물질적 관계에 대한 이야기에 압도되어 절망과 슬픔의 감정을 직접적으로 토로하는 언술 방식과 시적 구조에만 집중하고 있을 뿐이다. 주체와 세계의 관계가 사라진 자리에 개인의 신변과 사소한 일상만이 도처에 자리 잡고 있는 것이다. 물론 이러한 현상은 지금 우리 시대 젊은이들의 모습을 사실적으로 담아낸 것으로 이해할 수도 있을지 모르겠다. 소위 '연애' 과잉의 시대에 '사랑'마저 점점 세속화되어 가는 지금 현실의 모습을 솔직하게 그려냈다고 평가할 수도 있는 것이다. 아마도 박준의 시가 대중들에게 특별히 주목받는 이유는, 이러한 지평을 새롭게 열어나가는 시인으로 평가되고 있기 때문이 아닐까 싶다.

나는 유서도 못 쓰고 아팠다 미인은 손으로 내 이마와 자신의 이마를 번갈아 짚었다 "뭐야 내가 더 뜨거운 것 같아" 미인은 웃으면서 목련꽃같이 커다란 귀걸이를 걸고 문을 나섰다

한 며칠 괜찮다가 꼭 삼 일씩 앓는 것은 내가 이번 생의 장례를 미리 지내는 일이라 생각했다 어렵게 잠이 들면 꿈의 길섶마다 열꽃이 피었다 나는 자면서도 누가 보고 싶은 듯이 눈가를 자주 비볐다

한껏 땀을 흘리고 깨어나면 외출에서 돌아온 미인이 옆에 잠들어 있었다 새벽 즈음 나의 유언을 받아 적기라도 한 듯 피곤에 반쯤 묻힌 미인의 얼굴에는, 언제나 햇빛이 먼저 와 들고 나는 그 별을 만지는 게 그렇게 좋았다

—박준, 「꾀병」 전문

인용 시는 "나"와 "미인"의 사소한 연애를 담고 있다. 물론 이들의 연애를 사소하다고 말하는 것은 무책임한 외부 관찰자의 시선으로만 시를 바

라본 결과일지도 모른다. 표층적으로는 "유서도 못 쓰고 아팠다"고 말할 정도로 "나"에게 "미인"과의 연애는 절대적인 것이고, 이러한 연애의 아픔은 "이번 생의 장례를 지내는 일"이라고 말할 정도로 심각한 의미를 내포하고 있기도 하다. 그런데 여기에서 무엇보다도 중요한 문제는, 아픔을 공유하는 두 사람, 즉 "나"와 "미인"의 관계성이 제대로 드러나지 않는다는 사실이다. 제목에서처럼 마치 "꾀병"을 앓듯 써내려간 시에는 인물들의 행동만 묘사되어 있을 뿐, 이러한 행동의 이면을 들여다보게 하는 인물들 간의 관계가 생략 혹은 삭제되어 있는 것이다. 다만 행간을 읽는 것이 시의 독법이라면, "나"는 어떤 이유에서인지는 확실하지 않지만 세상과 단절된 존재이고, "미인"은 "문을 나섰다" 돌아오는 것으로 세상과 연결된 존재라고 볼 수 있다. 그러므로 "미인"은 "나"가 세상과 만나게 되는 최소한의 소통의 도구 역할을 대신해주고 있는 존재이다. 그래서 "나"는 "미인"을 향해 "보고 싶은 듯이 눈가를 자주 비볐"고, "햇빛이 먼저 와 들"어 있어서 "그 별을 만지는 게 그렇게 좋았"다고 고백하지만, "미인"은 "나"의 아픔에 대해 "뭐야 내가 더 뜨거운 것 같아"라고 대수롭지 않게 말하거나 "나의 유언을 받아 적기라도 한 듯 피곤에 반쯤 묻"혀 있을 따름이다. 주체로서의 "나"의 사랑은 "미인"에게로 가서 지극히 평범한 일상이 되어 돌아올 뿐 특별한 의미로 감각화되고 있지는 않은 것이다. 죽음을 떠올릴 만큼 아픈 세상을 살아가는 "나"의 마음조차도 세속화된 일상의 한 가운데 아무렇지 않게 놓여 있는 것, 그것으로 인해 "나"의 아픔은 "미인"으로 지칭되는 현실 앞에서 언제나 "꾀병"일 수밖에 없다는 것이 시인의 궁극적인 메시지인 것이다.

주체와 대상의 불화를 무엇보다도 주목하는 것이 서정시의 본질적 세계이다. 즉 주체와 대상 혹은 세계와의 관계성이 '서정'을 이해하는 핵심적인 지표가 되는 것이다. 젊은 시인들의 시에는 이러한 관계성의 의미가 과감하게 생략된 채 주체와 대상 그 자체가 지닌 각각의 모습을 건조하게 나열하는 병치은유적 발상에 멈추어 있는 것이 대부분이다. 그래서 그 '사이'를 읽어내는 역할을 일방적으로 독자에게 떠넘기고, 화자는 눈앞에 보이는 현실을 요약적으로 기술함으로써 주체와 대상 각각의 위치만을 설정하는데 그치는 것이다. 결국 주체와 대상 간의 실제적 삶의 문제는 구체적으로 드러나지 않고, 기호화된 형식만이 간신히 인간의 모습을 대신하는 언술로 작용할 뿐이다. 다시 말해 기호만 남고 실제는 뒤로 숨어버리는, 그래서 삶의 절실함보다는 기호에 대한 의미 해석에 골몰하는 태도가 오히려 전면화되고 있는 것이다. 유진목의 시집『연애의 책』(삼인, 2016)이 '사랑'이라는 구체적 관계를 형상화하고 있으면서도 사랑의 의미를 추상적이고 관념적인 개념으로만 구조화하는 이유도 바로 여기에 있다. 사랑 그 자체의 의미보다는 그것을 기호화하는 형식의 구조화가 시에서 더욱 중요한 요소로 작용하고 있는 것이다.

시옷에서 이응까지 선 채로 포개었다가 아득히 눕는 이야기 보드라운 바람이 창문을 넘어오고 눈부신 커튼이 사샤 소쇼 수슈 스시 우리는 동그랗게 아야 어여 오요 우유 으이 가느다란 입술이었다가 오므린 입술이었다가 벌어진 입술로 누워 있는 사이 속옷을 아무렇게나 벗어서 발끝에 거는 사이 까르르 속삭이고 웃어버린 이야기 상처난 상처도 오해한 오해도 너는 쉬쉬 하고 나는 엉엉 울고 붉어진 이마를 쓸어주는 저녁에도 거기서 우리는 석양을 마주보는 사이 소원을 말하고 들어주는 사이 서운한게 많아도 꾹꾹 참는 사

이 어쩌다 새 옷을 입으면 멋지다고 말해주는 사이 말하자면 별 게 다 근사
하고 별 걸 다 기억하는 사샤 서서 소쇼 수슈 스시 서서히 떨어지다 아련히
돌아눕는 시옷에서 이응까지 아야 어여 오요 우유 으이 소인처럼 찍혀 있는

—유진목, 「사이」 전문

인용 시에서 반복되는 "사이"라는 표제는 관계성을 전제한다는 점에서
는 문제적으로 읽힐 수 있다. 하지만 주체인 화자와 대상인 "너"의 "사이"
를 열거하는 시의 구조는 둘 사이의 관계성을 심화 확대하는 점층적 장
치로 전혀 기능하지 못한 채 표층적인 관계에 대한 평이한 나열로 흐르
고 있을 뿐이다. 게다가 이러한 나열의 속성은 소위 남녀 간의 사랑에서
흔히 발견되는 사소한 일상의 평범한 서술일 따름이다. 인용 시를 섹스의
알레고리적 구조화로 읽을 수도 있겠지만, 이러한 해석은 크게 중요한 문
제가 아니다. 인간의 내밀한 관계마저 기호화된 형식으로 요약하는 방식
에서 서정시의 본질에 대한 문제의식을 좀처럼 발견하기 어렵다는 데 더
큰 문제가 있기 때문이다. 즉 주체와 대상이 필연적으로 하나가 되는 소
통 혹은 통합의 과정에 대한 형상화가 삭제된 채, 기호화된 언술 체계로
시적 즐거움을 찾을 것을 독자에게 은근슬쩍 요구하는 데 집중하고 있는
것이다. 물론 이러한 시적 전략이 전적으로 잘못된 것이라고 판단할 뚜렷
한 근거는 없다. 다만 이러한 기호적 언술이 자칫 인간의 육체적 내밀함
에 내포되어 있는 다양한 감정의 깊이마저 삭제시켜 버릴 위험성이 있다
는 점에서, 주체와 대상의 관계에 대한 이해를 본질적인 명제로 삼고 있
는 서정시가 심각하게 왜곡될 소지가 있음을 경계할 필요가 있다는 것이
다. 뿐만 아니라 사랑의 심층에 자리 잡은 육체성의 의미를 추상적 기호

가 대체해 버림으로써 관계에서 빚어지는 다양한 의미 효과를 추상화된 관념 안에 가두어 버리는 결과를 초래할 수도 있다. 아마도 이러한 관념적 언술은 주체가 대상의 본질에 대한 심층적인 인식을 의도적으로 거부하는 데서 오는 현상이 아닐까 싶다. 다시 말해 지금의 시적 주체들은 주체와 대상 사이에서 형성되는 서정시의 본질을 파고드는 데 전혀 초점을 두지 않고, 지금 눈앞에서 바라보고 있는 대상 그 자체를 내면 공간이나 의식 공간에 떠오르는 대로 담아내는 것에 집중하고 있다. 그 결과 사랑의 본질에 대한 심층적 이해가 아닌 사랑의 형식에 대한 표층적 구조화만 남게 됨으로써, 주체와 세계의 관계에서 비롯되는 서정의 본질적 세계는 실종되고 마는 것이다.

절망의 포즈와 서정적 불화

80년대 생 젊은 시인들의 시에서 '죽음'에 대한 형상화를 아주 흔하게 볼 수 있다는 것은 그 자체로 아이러니가 아닐 수 없다. 눈앞에 펼쳐진 경험적 세계와 시가 의도하는 본질적 세계 사이의 모순과 괴리가 이러한 아이러니적 세계 인식으로 나아가는 것이라면 젊은 시인들답지 않은 시적 깊이를 지니고 있다고 말할 수도 있을 듯하다. 하지만 이러한 도저한 죽음은 시를 시답게 만들기 위해 관습적으로 배치한 일종의 클리셰cliché일 뿐, 이 세계와의 불화를 강조하는 의미 있는 시적 기호로 확장되고 있지는 못하다는 점에서 아쉬움이 남는다. 즉 젊은 시인들의 시에서 죽음은 절망을 환기하는 시적 수사로 형상화되기 십상이어서, 이러한 절망의 포즈는 화자의 내적 성장을 가져오는 통과의례의 상징으로까지 나아가지는 못하는 것이다. 다시 말해 이들의 시에는 누구보다도 심한 성장통을 경험한 과거의 주체가 현재의 시적 주체로 거듭나는 일종의 이니시에이 션initiation 모티프를 보여주지만, 절망을 경험하는 지난날의 과정에서 현 재를 의미 있게 바라보는 진정성 있는 성찰의 징후를 발견하기는 어렵다. 결국 절망의 형식이 곧 시의 형식이 되어야 한다는 강박이 더욱 중요하게 자리 잡고 있는 것이다. 박희수의 시집『물고기들의 기적』(창비, 2016)이 죽음과의 친연성을 드러내는 것에 압도되어 있는 이유도 바로 이러한 강 박이 불러오는 절망의 포즈에서 비롯되었다고 할 수 있다.

> 철호(輟浩)는 어릴 적 내 친구였고 중학교 2학년 때 차에 치여 죽었다. 고 등학교를 거쳐 대학교, 대학교에 가도 삶은 달라지지 않았다. 유달리 꽃이 많 이 지던 그해 가을 바닥에 뒹구는 폐지에 냉소를 보내자 폐지도 내게 냉소를 환하게 기울였다. 바늘땀이 아무 데로나 걸어가는 그해, 가을, 시도 때도 없 이 땀을 흘렸다. 바닥, 움켜쥠, 환한 양버즘나무의 얼굴, 검열받는 나날은 자 기 자신이 아닌 것들에게만 충실한 시간, 그날밤 학교의 연못을 내려다보며 검은 기름을 생각했다. 그때 철호를 만났다. 우리는 처음엔 어색한 얼굴로 서 로를 바라봤지만, 곧 웃으며 포옹했다. 바닥, 움켜쥐고, 병든 양버즘나무의 얼굴. 철호는 내가 많이 변했지만 아무것도 변하지 않았다고 말해주었다. 철 호는 내가 가야 할 곳이 있다고 말했다.

> — 박희수, 「죽음의 집 1」 중에서

시적 화자의 성장 과정에서 엄청난 영향을 미쳤을 것으로 짐작되는 친 구 철호의 죽음을 일기 형식으로 담담하게 서술하고 있는 시이다. 화자에 게 철호의 죽음은 "고등학교를 거쳐 대학교, 대학교에 가도 삶은 달라지지 않았"을 정도로 내적 성장을 멈추게 할 만큼의 상처와 고통을 안겨주었다. 그래서 그는 "가을 바닥에 뒹구는 폐지"에게조차 "냉소를 보내"며 세상과의 지독한 단절을 의식적으로 살아왔지만, 돌아오는 것은 "폐지도 내게 냉소를 환하게 기울"이는 거듭되는 절망의 연속일 뿐이었다. 이러한 세계와의 불화는 "자기 자신이 아닌 것들에게만 충실한 시간"을 살아가지 않을 수 없도록 만들었고, "학교의 연못을 내려다보며 검은 기름", 즉 '죽음'의 그림자를 떠올리는, 그래서 환영 속에서 죽은 철호를 다시 만나는 정신 이상을 겪기도 한다. "병든 양버즘나무의 얼굴"을 한 철호는 화자에게 "많이 변했지만 아무것도 변하지 않았다고 말해주"는데, 이는 외적으로는 성장했지만 내적으로는 전혀 성장을 하지 못한 채 철호의 죽음 그 순간에 머물러 있는 화자의 모습을 표현한 것이다. 그래서 철호의 환영이 화자에게 "가야 할 곳이 있다"고 한 말은, 곧 '죽음'을 의미한다는 점에서 충격적이다. 어릴 적 친구의 죽음으로부터 한 발짝도 나아가지 못한 화자는, 어른이 되어서도 친구의 환영에 시달리며 죽음과 마주하는 일상을 살아가고 있는 것이다.

　박희수의 시는 성장통을 앓고 있는 청년 화자의 상처와 고통의 기록으로 가득 차 있다. 그리고 이러한 경험을 시적으로 형상화하는 방식에 서사적이면서 극적이고, 실험적이면서 해체적인 언술의 개성을 보여준다. 하지만 이러한 성장의 내적 성찰과 외적 형식이 유기적이라고 보기는 어렵다. 그것은 경험의 구조화에 대한 집착이 언어와 형식에 압도되어 내적 성찰의 과정을 전경이 아닌 배경의 차원으로 떨어뜨려 버리고 있기 때문이다. 이처럼 삶의 리얼리티를 외면한 성찰의 관념화는 젊은 시인들의 죽음을 제재로 한 시에서 흔하게 볼 수 있는 현상이다. 앞의 시인들에 비해 젊은 서정의 가능성을 가장 많이 내재하고 있는 이병일의 두 번째 시집 『아흔 아홉 개의 빛을 가진』(창비, 2016)에도 관념화된 죽음이 환기하는 절망의 포즈는 두드러진다.

갈참나무 잎 지는 초저녁, 하늘 한쪽은 맑고
짚 검불 타는 냄새 쪽으로 달이 기울어갈 때
나는 죽어도 황홀하게 죽고 싶어
고통의 형체도 없이 새까맣게 죽고 싶어
나는 정갈하지도 않은 철부지로 죽고 싶어
엉겅퀴 꽃대 뻣뻣하게 꺾여 있는 들판 한가운데서 죽고 싶어

그러나 나는 웅덩이 묘지에 핀 검은 꽃송이
혹은 악취를 움켜쥔 불쏘시개,
노루의 죽음을 유쾌하게 찢어발기는 허깨비였으니
면상도 새까맣고 피와 살도 새까맣게 반짝거렸지

깃털보다 많은 똥들이 희번덕희번덕 묽어질 무렵
입 다물지 않고 거품 무는 죽음이 찰박거리는 곳,
나는 죽은 것들의 영혼을 씻기려고
목울대를 밀고 또 밀어 곡(哭)을 내뱉고 싶어
아무도 나무랄 수 없는 까마귀 귀신이고 싶어
후미진 곳의 희미한 물소리에 귀 트이고 싶어

—이병일,「까마귀 귀신」전문

인간이 시의 중심이 아니라 무수한 동물들을 시의 중심으로 내세운, 그래서 동물성의 세계와 화자가 발 딛고 서 있는 인간 세계의 관계를 의미화하는 것에 주목하는 이병일의 시적 발상은 그 자체로 서정적인 지향을 내포하고 있다. 하지만 "유달리 어두운 뼈만 먹는 것들"(「시인」)이 시인의 세계라는 부정적 인식은 시적 주체의 갈등과 혼란을 극단적으로 내면화하고 있어서 온전히 서정적 세계를 지향하기에는 부정성이 너무 강하다. "죽은 것들의 영혼을 씻기려고" "까마귀 귀신이고 싶"다는 태도는, "악취를 움켜쥔 불쏘시개" 같은 죽음의 세계를 전복하는 삶의 가능성을 보여주기도 한다. 그래서 화자는 마지막 행에 "후미진 곳의 희미한 물소리에 귀 트이고 싶어"라고, 전체적으로 시의 어조와 정서에 어울리지 않는 희망을 제시하는 것을 놓치지 않으려 하는 것이다. 그럼에도 불구하고 "죽고 싶어"를 연속적으로 외치는 목소리에는 "노루의 죽음을 유쾌하게 찢어발기는 허깨비"와 같은 세상에 대한 부정과 회의로 가득 차 있다. 시인이 보여주는 수많은 동물들의 형상은 자연 그 자체에 대한 동일성의 갈망이라기보다는, 현실을 부정적으로 사유하는 주체 바꾸기의 측면이 두드러진다는 점에서, 이병일의 시는 주체와 세계의 갈등을 오히려 강조하는 데 초점을 두고 있다. 그의 시가 동물들의 '서사'에 집중하는 이유도 바로 이러한 갈등의 세계를 주축으로 하는 서사의 요소가 핵심적인 전략으로 작용하기 때문이다. 이런 점에서 이병일의 시를 '서정적 불화'라고 명명하면 어떨지 모르겠다. 더 이상 주체 중심적 서정의 세계에 머무르지 않으려는, 그래서 주체와 대상의 동일성을 지향하지 않고 오히려 '불화' 그 자체를 냉정하게 보여주려는 인식 속에서 '다른 서정'의 세계를 조심스럽게 지향하고 있는 것이다.

젊은 서정이 불가능한 시대

처음으로 돌아가서 지금은 다시, 서정을 말하는 것이 진정 가능한 시대인가? 80년대에 태어난 시인들의 새로운 상상력에 서정의 본질이라는 시 장르의 관습이 여전히 의미 있는 세계로 남아 있기나 한 것인가? 그리고 비평적 시각에서 이들의 시를 서정이라는 틀 안에서 이해하려는 시도가 과연 설득력 있는 해석으로 나아갈 수 있을까? 지독한 성장통을 앓으며 역사의 그늘을 견뎌왔던 지난 80년대의 시인들과는 너무도 다르게, 관계의 소통이 아닌 개인의 내면을 중시하는, 그래서 "슬프네 나는 전체성을 / 전체성을 얻을 수 없네"(박희수, 「전체성」)라고 솔직하게 말하는 80년대 생 시인들에게서 굳이 주체와 세계의 관계를 전제로 한 서정의 의미를 발견하려는 것 자체가 불가능한 일일지도 모른다는 것이다. 그럼에도 불구하고 급격한 변화의 시대를 살아가면서도 진정 변해야 할 것과 변하지 말아야 할 것 사이의 긴장을 놓쳐서는 안 되는 것이 서정의 가치라는 사실만큼은 완고하게 지켜내고 싶어 이렇게 무모한 해석을 시도하고 말았다. 무모하다는 말이 결국 이 글의 무용함을 자인하는 꼴이 될지도 모르지만, '젊은 서정의 새로운 길 찾기'에 대한 의미 그 자체를 훼손시키지는 않으리라 믿는다. 다만 네 권의 시집을 읽는 동안 그 길이 좀처럼 보이지 않는다는 사실에 우리 시의 새로운 가능성에 대한 회의감을 감출 수가 없었다는 점은 숨길 수 없을 듯하다.

지난 80년대의 해체시 운동에서 보여주었던 도저한 미학적 실험조차도 '말할 수 없는 시대'의 억압의 산물이었음을 직시할 필요가 있다. 무자비한 폭압의 시대를 살았던 시인들의 생생한 목소리를 듣고 자란 80년대 생 시인들에게 이러한 문제의식을 공유하라는 주문은 어쩌면 또 다른 억압이 될지도 모르겠다. 산문과는 달리 시는 광장의 시대를 선도하는 직접성을 지니고 있다는 점을 반드시 기억해야 한다. 최근 들어 시의 정치성과 역사성이 더욱 주목받았던 이유는 우리 시대의 절망을 환기하는 역설적 의미를 가장 유효하게 드러낼 수 있는 장르가 시이기 때문이다. 시는 그 어느 때보다 혼란스러운 시대에 가장 빛을 발하는 장르이다. 결국 '서정'은 이러한 혼란의 시대를 성찰함으로써 안정적이고 질서 있는 구조를 찾아가는 문제적 장치가 된다. 물론 이러한 안정적 질서에 대한 추구는 서정이 보수적 관념으로 오해받는 결정적 이유가 되기도 한다. 하지만 젊은 시인들이여, 지금 우리가 사는 세상은 다시, 서정을 말하지 않을 수 없는 시대가 아닌가? 위기의 시대를 가로지르는 서정의 진실이 더욱 절실하게 요구되는 때가 바로 지금이 아닌가? 그러므로 젊은 시인들의 상상 세계는 지금과 같은 자유로움과 절망의 포즈를 넘어서 미학적이든 실천적이든 현실과 사회를 외면하지 않고 언제나 광장의 중심에 서 있는 모습을 보여야 한다. 지금 서정이 지향해야 할 궁극적인 가치는 바로 이러한 문제의식으로부터 새롭게 출발해야 하는 것이다.

이런 점에서 주체와 세계의 동일성이라는 서정의 본질은 '공동체성'에 대한 지향을 전제로 한다는 점을 반드시 기억해야 한다. 노래가 시가 되는 시대, 그래서 대중들의 감성을 울리고 하나로 모으는 노래의 공동체성이야말로 서정의 본질을 온전히 드러내는 지향점이 될 수도 있음을 주목할 필요가 있다. 굳이 서정이라는 말의 기원을 노래와 연관시키지 않더라도, 광장에서 함께 부르는 노래의 생명력과 시대정신을 지금 우리 시의 미래는 특별히 주목해야 하는 것이다. 지난 해 노벨문학상을 수상한 노래하는 음유 시인 밥 딜런의 존재는 지금 우리 시단에 시사하는 바가 아주 크다. 그동안 시가 혹은 문학이 진정으로 인간의 삶과 얼마나 가까이 있었는 지에 대한 근본적인 문제제기를 던져 주었다고 할 수 있기 때문이다. 앞서 언급한 대로, '서정'은 혼란과 혼돈의 시대를 진정성 있게 성찰하는 방향 성을 지녔다는 점에서 상당히 정치적인 장르이기도 하다. 위기의 시대를 넘어서 안정적이고 질서 있는 세계를 찾아가는 문제적 장치가 바로 서정 이기 때문이다. 80년대 생 시인들의 시에서 젊은 서정의 불가능성을 읽어 낼 수밖에 없다는 것은 우리 시의 미래가 결코 밝지만은 않다는 사실을 정 직하게 보여주는 것이 아닐 수 없다. 지금은 그 어느 때보다 '서정'이 요구 되는 시대라는 역설적 문제의식을 결코 외면해서는 안 될 것이다.

소멸과 생성, 부재와 존재

'을숙도' 시의 생명성

강과 바다 그리고 생명

부산의 시인들에게 강과 바다는 근원적이고 본질적인 장소로서의 생명성을 지닌다. 특히 부산의 낙동강 하구는 강과 바다가 비로소 만나는 곳이라는 점에서 강의 소멸과 바다의 생성이라는 양가적 의미가 시적 긴장을 조성하는 미학적 기반이 되기도 한다. 부산의 시문학에서 강과 바다는 구체적 삶을 매개로 한 생활공간인 동시에 궁극적 자연의 세계를 내면화하는 존재론적 의미를 지닌다. 그리고 식민과 분단 그리고 산업화라는 굴곡 많은 역사의 소용돌이 속에서 상처 받고 고통 받은 인간의 운명을 상징적으로 표상하는 곳인 동시에 자본과 문명에 의해 훼손된 자연에 대한 비판으로서의 생태학적 문제의식을 직접적으로 드러내는 곳이기도 하다. 이처럼 강과 바다는 부산의 시문학이 태어나고 성장하고 늙어가고 죽어가는, 마치 인간의 생로병사를 함께 하는 것과 같은 근원적 생명의 장소임에 틀림없다. "바다에 이르러 / 강은 이름을 잃어버"리고, "강의 최후는 / 부드럽고 해맑고 침착하"며, "죽음을 매개로 한 조용한 전신轉身 / 강은 바다의 일부가 되어 / 비로소 자기를 완성한다"라고 했던 허만하의 시는 바로 이러한 생명성을 노래한 것이다. 강이라는 이름의 존재론적 의미의 상실은 끝이 아니라 새로운 시작이라는, 즉 바다라는 새로운 이름을 부여받음으로써 비로소 "어머니 품에 돌아가"(허만하, 「낙동강 하구에서」)는 것과 같은 근원으로의 회귀를 통해 비로소 자기를 완성하는 본질적인 세계에 다가가게 된다는 것이다. 부산의 시문학에서 낙동강 하구의 끝자락, 바다가 시작되는 작은 모래톱인 '을숙도'의 상징성을 특별히 주목하게 되는 이유도 바로 여기에 있다.

부산의 시인들에게 바다가 지닌 절대적 상징성은 다대포, 태종대, 달맞이고개 등 해안의 비경을 중심으로 한 자연의 아름다움에 대한 동경에서부터 자갈치시장, 부산항 등 고단한 삶의 현장을 통해 본 생활의 구체성에 이르기까지 제재와 표현에서 다양한 모습으로 형상화되었다. 또한 낙동강은 금정산과 더불어 부산의 정신이 오롯이 새겨진 장소로서 다양한 시적 변주를 통해 시인들의 내면 깊숙이 자리 잡아 왔다. 이 가운데 '을숙도'는 부산 시단의 원로에서부터 신예에 이르기까지 부산의 상징성을 구현하는 보편적인 장소로서 각별하게 의미화되었다. 강과 바다가 비로소 만나는 지점이라는 소멸과 생성의 양가적 세계에 대한 존재론적 형상화, 인간의 편리에 의해 심각하게 훼손되어 버린 자연의 모습, 즉 인간중심적 세계관에 의해 파괴된 자연에 대한 비판적 성찰이 바로 그것이다. 그리고 이러한 시적 경향은 모두 생명성이라는 본질적 가치에 대한 시적 열망을 담고 있다는 점에서 가장 서정적인 지향성을 드러냈다. 주체와 세계의 동일성을 지향하는 서정시의 운명은 분열과 대립 이전의 근원적 세계로 돌아가는 데 본질이 있기 때문이다. 이런 점에서 '을숙도'는 부산의 시인들에게 가장 서정적인 장소가 되지 않을 수 없다. 대부분의 시인들이 을숙도의 모습을 내면화하면서 '어머니'를 함께 떠올리는 것도 서정의 본질에 내재된 근원적 세계를 탐색하는 과정을 보여주는 것이라고 할 수 있다.

장소의 상실과 근원적 모성성의 세계

을숙도는 낙동강의 하구에 위치한 작은 모래톱으로 해마다 수많은 철새들이 찾아오는 자연 본래의 생명성을 보존하고 있는 곳이었다. 그래서 자본과 문명에 길들여져 점점 황폐해져가는 거대 도시 부산에 맑고 깨끗한 숨소리를 불어넣는 생태적 장소로서의 역할을 아낌없이 다해왔다. 그런데 국가에 의해서 주도된 산업화와 근대화 정책은 끊임없이 자연을 훼손하고 파괴하는 이기적 욕망을 심화시켰고, 그 결과 이러한 생명과 자연의 보고는 본래의 모습을 잃어버린 채 생명성과는 거리가 있는 문명적이고 인위적인 공간으로 점점 변질되어 왔다. 수자원 개발이라는 명목 하에 물길을 막아 하구둑을 건설하고 하루에도 수많은 차들이 건너다니는 교량을 만드는 등 인간의 이로움과 편리를 위해 "강이 죽고 / 새가 죽고 / 섬이 죽"어 버리는, 그래서 더 이상 새들의 기억이 살아 숨 쉬는 장소가 아닌 "죽은 것들이 많은 을숙도"(강영환, 「을숙도·2」)의 모습으로 타락해 버리고 만 것이다. 다시 말해 지금 을숙도는 분명 존재하지만 그것은 인간에 의해 만들어진 장소일 뿐 자연 그대로의 원형성을 간직한 장소로서의 을숙도는 이미 부재한 것이나 다름없는 것이다. 장소의 부재는 곧 기억의 상실을 의미한다. 즉 기억하지 못한다는 것은 더 이상 생명체들에게 의미 있는 장소가 되지 못한다는 것을 의미한다. 우리가 진정으로 기억하며 떠올리는 을숙도의 참모습은 이미 오래전에 사라져 버리고 말았기 때문이다. 더 이상 생명의 모습을 온전히 간직하지 못함으로써 이제는 아무도 찾지 않는 죽음의 장소로 표상될 수밖에 없는 비관적이고 절망적인 인식을 더욱 심화시키고 있는 것이다.

새들은 더 이상 날지 않을 것이다.
섬에서 불어오는 갈대바람과
어머니 살 속 같은 모래벌에 유년을 부비며 커온
이곳 장림동의 아이들까지도
까마득히 잊게 될 것이다.

태초에 새들이 날았고
새들 따라 정처없이 떠나온 사람들
언제부턴가 땅을 일구며 살아왔다는 것도
끝내는 잊게 될 것이다.
어제의 새들이 어디론가 떠나가
오늘은 돌아오지 않는 것처럼

—최영철, 「을숙도 근처」 전문

을숙도 근처를 지나는 화자의 마음에는 "어머니 살 속 같은 모래벌에 유년을 부비며 커온" 따뜻하고 소중한 기억이 있다. 그곳에 살았던 사람들 대부분은 "태초에 새들이 날았고 / 새들 따라 정처 없이 떠나온 사람들"처럼 언제나 자연과 더불어 하루하루를 살아왔지만, 지금은 "장림동의 아이들"이 그렇듯 그 기억들을 "까마득히 잊"고 살아가고 있다. 게다가 인간이 더 이상 기억하지 못하는 것보다 더 큰 문제는 "새들"조차 인간과 새들이 함께 어우러져 살았던 기억을 잃어 버려 "더 이상 날지 않을 것이"고, "어제의 새들이 어디론가 떠나가 / 오늘은 돌아오지 않"음으로써 생명이 살지 않는 황폐한 죽음의 땅으로 변해가고 있다는 사실이다. "끝내는 잊게 될 것이다"라는 화자의 단호한 어조가 너무도 절망적으로 들리는 것은, 이제는 을숙도가 생명의 장소가 아니라는, 그래서 모두가 기억하지도 않고 기억할 이유조차 없는 불모의 장소가 되어가고 있다는 뼈아픈 사실의 확인에 있다.

그런데 이러한 장소의 상실은 "어머니"라는 근원적 모성성과도 연결된다는 점에서 더욱 문제적이다. 어머니의 세계와 이어지는 탯줄과 같은 장소를 잃어버렸다는 것, 그것도 추억의 대상으로조차 남아 있지 않다는 것은 지독한 슬픔의 상징이 되지 않을 수 없는 것이다. 이 때문에 시인들은 을숙도를 노래하면서도 유독 어머니에 집착하는 강박을 보인다. 비록 현실 공간으로서의 을숙도는 그 모습을 잃어버린 채 사라지고 말았지만, 을숙도 본연의 생명성이라는 정신적 가치만큼은 결코 잃지 말아야 한다는 강한 의지가 근원적 모성성의 세계에 대한 지향으로 나타나는 것이다. "어미 젖가슴 그리울 때 / 우리 을숙도로 가자"(황갑윤, 「을숙도」)라거나, "저녁의 푸른 별 다가와서 어머니를 부르고 있"(김성배, 「을숙도·1」)는 것, 그리고 "먼 길 돌아돌아 뒤채던 물줄기도 / 다다른 하구에서 지친 몸 푸는 시간 / 빗장 연 어머니 자궁 따뜻하게 감싼다"(김정, 「가을 을숙도」)라는 표현에서 이러한 지향성을 충분히 읽어낼 수 있다.

이처럼 을숙도는 인간과 새들이 자연과 더불어 하나가 되는 이상적인 공간이고, 어머니의 젖줄이나 자궁과 같은 근원적 세계로 이어진 운명적 장소이다. 하지만 지금 우리는 이러한 생명의 장소가 자본과 문명이라는 근대의 폭력으로 인해 끊임없이 훼손되어 가는 반생명적인 현실을 살아가고 있다. 마치 하구에 이르러 강으로서의 목숨을 다하는 낙동강의 운명처럼, 이제 을숙도는 "사람들이 쳐 놓은 거미줄 같은 덫"과 "사람들이 난

도질한 쇳자국"(이도연, 「을숙도 매립지」)이 생명을 위협하는 소멸과 죽음의 공간으로 변해가고 있는 것이다. 결국 "하루 종일을 나는 / 을숙도에서 놀았다."(조의홍, 「을숙도·1」)라고 순수하고 아름다웠던 기억을 떠올리는 시인들의 목소리를 이제는 사실상 듣기 어려워졌다. "새들의 낙원 을숙도"(김명옥, 「붉은머리오목눈이의 편지」)라는 이름도 이제는 먼 과거의 얘기가 되고 말았다. 그래서인지 소멸의 상처와 고통이 생각보다 더 깊고 아프다는 사실에 크게 절망하지 않을 수 없다. 하지만 이러한 지독한 상처와 고통을 이겨내고서야 비로소 새로운 생명이 생성될 수 있다는 사실을 을숙도는 잔잔한 낙동강 하구의 물결과 더불어 우리에게 가르쳐준다는 점을 절대 간과해서는 안 된다. 강이 소멸되는 자리는 곧 바다가 시작되는 장소라는 자연의 섭리를 새삼 일깨워주고 있는 것이다.

이런 점에서 을숙도를 표상하는 시들의 주제의식은 소멸이 곧 생성을 준비하는 가장 근본적인 토대가 되고, 부재하는 것에서 진정한 존재를 발견하게 되는 역설의 진리를 형상화하고 있다. 낙동강의 참다운 아름다움은 바다와 만나는 하구에 이르러 강이 소멸된다는 데 있어서, 강과 바다의 결합이 이루어내는 자연의 질서를 온전히 보여주는 을숙도의 장소성을 특별히 주목하고 있는 것이다. 사라지고 잊혀져버린 세계에 대한 기억과 향수는 서정시의 근원적 세계에 대한 갈망에 그대로 대응된다. 따라서 서정시를 쓰는 시인들이 자연의 본질적 생명성을 간직한 곳이 사라져가고 잊혀져가는 것에 대해서만큼은 깊은 탄식을 토로하는 것은 너무도 당연한 시적 정서의 표현이 아닐 수 없다. 하지만 이러한 탄식이 오로지 절망으로만 끝이 나지 않고 새로운 시작을 의미하는 희망을 보여준다는 데 을숙도의 상징성이 있음을 반드시 기억해야 한다. 강의 소멸과 바다의 생성이라는 양가적 긴장 속에서 을숙도의 서정성과 생명성은 소멸과 부재의 자리를 생성과 존재의 자리로 변용하는 서정적 통합의 세계를 열어나가고 있는 것이다.

부재의 존재성과 서정적 통합의 세계

바다와 합일되는 하구에 이르러 강으로서의 모든 것을 잃어버린 채 바다 속으로 사라져 버리는 것이 낙동강의 운명이다. 낙동강이 바다와 만나면서 강으로의 운명이 소멸된다는 것은 곧 더 이상 강으로서의 존재성을 드러내지 않는다는 부재의 의미를 실존적으로 보여주는 것이다. 게다가 낙동강은 바다와 만나기 직전 인간의 허위적 욕망에 의해 마지막 물길마저 막혀버렸다는 점에서, 이미 죽은 강이 되어 바다로 흘러가는 비극적인 실존의 경험을 보여주고 있기도 하다. 하지만 이러한 소멸 혹은 부재의 절망적 순간은 다른 한편으로 보면 새로운 생성 혹은 존재의 시간으로 볼 수도 있다는 데 문제적 장소성이 있다. 부재는 존재를 증명하기 위한 역설적 의미공간일 수도 있다는 점에서, "낙동강 천삼백 리 물길 끝자락 / 떠나보내는"(차달숙, 「을숙도의 저녁」) 끝자락인 동시에 바다가 시작되는 새로운 장소성을 지니고 있는 을숙도의 양가적 형상은 부재의 존재성을 드러내는 실존적 시공간을 표상하고 있는 것이다. 이러한 역설적 세계 인식은 주체와 세계의 대립을 조화와 통일의 세계로 이끌어내려는 서정시의 본질적 통합의 세계를 상징적으로 보여주는 것임에 틀림없다.

강 끝에 닿은 뒤에야 이별을 보았다
낯선 바람이 머리카락에 났다

하단 갈대 숲 모두 꺾어 든 바람이

강물 젖은 노을에 내렸다

철새 그리운 울음을 먹물로 감추고

하구에 쌓이는 모래알 언덕에

꼬리가 긴 강을 숨겼다

숨은 강물인들 혼자 마를 수 있으랴

불티 꺼진 젊음들이 돌아온 벌판에서

강은 다시는 소리하지 않았다

삭신에 불이 붙는 아픔도 건져내지 못하고

갈대숲에 번지는 노을 소리만

쌓이고 쌓여 을숙도를 간직하고 있었다

— 강영환, 「을숙도·1」 전문

"강 끝에 닿은 뒤에야 이별을 보았다"는 것은 소멸과 부재의 극한적 상황을 드러낸 것이다. 그래서 "낯선 바람"이 부는 것이고, "철새"는 "그리운 울음 먹물로 감추"어야만 하는 것이다. "바람"과 "갈대"와 "노을"과 "모래알"은 이미 본래의 모습을 잃어버린 지 오래이므로 "꼬리가 긴 강을 숨"기고 있을 따름이고, "강은 다시는 소리하지 않"음으로써 지난 시간들과의 이별을 선언하고 말았다. 하지만 첫 연과 끝 연의 의미 구조를 유심히 살펴보면, 바다를 만나면서 결국 이별을 하게 되는 강 끝의 운명임에도 불구하고 끝끝내 "을숙도를 간직하고 있"으려는 간절한 마음만큼은 잃지 않으려 하고 있음을 알 수 있다. 모든 것이 바다로 흘러들어 이제는 강으로서의 모습을 찾을 수는 없는 부재의 현실이 되고 말았지만, "갈대숲에 번지는 노을 소리만"으로도 "을숙도를 간직하고 있었다"는 데서 강의 부재는 소멸이 아닌 또 다른 생성을 준비하는, 그래서 부재의 존재성을 드러내는 새로운 상징으로 재인식되고 있는 것이다. 그리고 이러한 강과 바다의 이별 혹은 만남은 을숙도라는 매개적 장소로 인해 부재와 존재의 간극을 메워주는 통합적 의미를 갖게 된다는 점을 주목할 필요가 있다. 이러한 합일의 세계를 두고 허만하는 "죽음을 매개로 한 조용한 전신轉身"으로서의 "적멸寂滅의 아름다움"(허만하, 「낙동강 하구에서」)을 보여준다고 했는데, 이러한 변화와 역설의 세계 인식은 을숙도의 생명성에 내재된 시적 긴장을 아주 선명하게 의미화하는 것이 아닐 수 없다.

그렇다면 부재 이후의 새로운 존재는 도대체 어떤 형상을 하고 있는 것일까. 아마도 그것은 죽음 너머의 초월적 이상 세계의 모습이거나 역설적으로 다시 근원으로 돌아가려는 원초적 생명성의 세계를 표상하는 것이 되지 않을까 싶다. 강물이 바다와 만나 다시 생명을 노래하는 신화적이고 원형적이며 자연친화적인 생태적 장소로서의 모습을 형상화한 데서 바로 이러한 세계를 온전히 발견할 수 있는 것이다. 환상적으로든 현실적으로든 을숙도 본연의 생명성을 주목하려는 이러한 시적 태도는 부재의 자리에서 오히려 존재의 의미를 다시 발견하고자 하는 집요한 탐색의 과정을 보여준다.

날마다 새 날이 탄생한다
새의 나날은 어떤 것일까
전동카트가 을숙도 도감을 펼친다

무량한 갈대숲을 헤치고

사각의 나무 액자 안

분주한 새들의 마을이 쏟아진다

알락오리, 민물가마우지, 논병아리, 넓적부리

유독 흰 날갯짓을 퍼덕이는 큰고니

먼 시베리아에서 날아온 귀한 손님들

낙동강은 그들의 부리가 닿을 때마다

어린애처럼 까르륵거리며

먹이를 흘려보낸다

잠시 습지 쪽에서 깃털을 말리는 맑은 눈동자

물갈퀴가 물갈퀴를 데리고

열푸른강을 산책하면

숨소리들이 가볍게 잔물결을 일으킨다

매일 건너야 할 벅찬 강이 오더라도

을숙도 도감을 펼치면

새들의 고공비행 훈련 소리로 활기가 넘친다

—김명옥, 「을숙도 도감」 전문

"날마다 새 날이 탄생한다"의 "새 날"이 "새의 나날"이란 말로 변용되는 언어적 세계가 이 시 전체의 상징적 의미를 충분히 대변해주는 생명성을 내재하고 있다. 화자가 꿈꾸는 "새 날" 즉 을숙도의 새로운 생명성은 "새의 나날"을 온전히 만들어 주는 데서부터 시작된다는 본질적 세계에 대한 회복을 지향하고 있는 것이다. 비록 "도감"이라는 사진첩 속의 세상이라 할지라도 "분주한 새들의 마을이 쏟아진다"는 환상을 화자의 내면으로 불러오는 것은, 자본과 문명으로 일그러진 반생명적 세계의 모습을 환상의 형식으로라도 현실 가까이에 두고자 하는 의식적인 노력이 아닐 수 없다. "알락오리, 민물가마우지, 논병아리, 넓적부리 / 유독 흰 날갯짓을 퍼덕이는 큰고니 / 먼 시베리아에서 날아온 귀한 손님들"이 생명의 날갯짓을 하며 맘껏 을숙도의 하늘을 날 수 있게 되기를 진심으로 열망하고 있는 것이다. 물론 "을숙도 도감"이나 "사각의 나무 액자"와 같은 인위적 프레임에 갇힌 을숙도의 세계는 자연 그대로의 모습이 아닌 인공적 세계라는 점에서 분명 한계는 있다. 하지만 이러한 한계야말로 지금 우리가 직면한 엄연한 현실이라는 점을 무조건 외면해서는 안 된다는 것이 시인의 생각이 아닐까. 이러한 갇힌 세계 안에서 발견되는 을숙도의 모습에는 자연의 생명성 그대로가 아닌 인위적인 사진 속 모습으로 기억되고 소환되는 잃어버린 을숙도의 현실에 대한 비판적 성찰이 담겨 있는 것이다. "을숙도 도감을 펼치면 / 새들의 고공비행 훈련 소리로 활기가 넘친다"는 마지막 연이 모순적이고 중층적인 의미로 해석되는 이유도 바로 여기에 있다. 변해버린 실제의 모습은 인간이 만든 형식과 구조 안에서만 의미화되고 있다는 사실을 비판적으로 인식함으로써, 새들이 인간의 프레임 바깥으로 나와 을숙도의 하늘을 "활기가 넘"치는 모습으로 자유롭게 날아다니는 모습을 그리워하는 아이러니적 시선을 깊숙이 내재하고 있는 것이다.

근원으로의 회귀와 서정성의 회복

서정시는 근원으로 돌아가는 욕망이라는 정의는 서정시의 본질적 세계관을 온전히 반영하고 있다. 폭주기관차처럼 몰아쳐온 맹목적 근대의 급격한 속도 경쟁으로 인해 자연과 생명의 자리는 본래의 모습을 잃어버린 채 깊은 상처와 고통의 시간을 견뎌야만 했다. 신과 자연과 인간이 조화롭게 공동체를 이루며 살아가던 총체성의 세계가 사라진 지는 이미 오래되었고, 분열과 대립, 갈등과 대결의 상황 속에서 승자가 되기 위한 인간의 욕망은 자연과 생명의 자리를 무분별하게 삼켜 버리는 괴물이 되어 왔음을 부인하기 어렵다. 그 결과 지금 자본과 문명의 중심에서 살아가는 우리는 인간의 자리마저 내주어야 하는 심각한 위기를 자초하고 말았다. 이제서야 근원으로의 회귀를 공공연하게 말하고는 있지만, 때는 이미 늦어 버려서 삶의 현장 곳곳에 회복 불가능한 상처와 고통이 만연되어 있는 것이 숨길 수 없는 현실이다. 이러한 모순된 현실 앞에서 인간은 도대체 어떤 방향으로 나아가야 하는 것일까. 예나 지금이나 그 답은 언제나 변함없이 확고하다고 할 수 있는데, 그 답을 이미 잘 알고 있으면서도 자신들의 이기와 편리를 위해 더욱 강한 욕망을 앞세워 온 인간의 탐욕은 끝이 없다. 하지만 이제는 그 답을 결코 외면해서는 안 된다. 자연과 생명의 가치를 다시 삶의 한 가운데로 이끌어내는 일을 더 이상 뒤로 미룰 수 없다는 사실 앞에서 인간은 한없이 겸허해질 필요가 있는 것이다.

이런 점에서 소멸과 생성, 부재와 존재의 시간을 힘겹게 살아온 '을숙도'를 형상화한 시들은 우리 시대의 올바른 방향을 선도하는 의미 있는 시학적 지평이 될 수 있다. 낙동강이 하구에 이르러 바다와 만나는 자연의 질서 안에는 그동안 자본과 문명을 등에 업은 괴물로서의 인간이 저지른 욕망에 대한 비판적 성찰의 의미가 선명하게 담겨 있기 때문이다. 죽음과 삶이 맞닿은 운명적 공간으로서 을숙도가 지닌 장소의 의미는 그 자체로 서정시의 본질적 세계를 표상하고 있다고 해도 과언이 아니다. 새들과 인간과 강물과 바다가 어떠한 구별도 없이 온전히 하나가 되는 세계의 모습은 진정으로 서정시가 나아가야 할 유토피아의 세계에 다름 아닌 것이다. 그리고 이러한 서정성의 회복은 지금 우리 시가 반드시 풀어내야 할 의미심장한 숙제이기도 하다. 과잉된 언어의 세계가 빚어내는 혼란과 불통의 시세계는 자본과 문명의 과잉으로 인위적인 프레임에 갇힌 을숙도의 세계와 전혀 다를 바 없기 때문이다. 앞으로 우리는 인간의 과도한 욕망이 자연의 흐름을 막고자 설치했던 커다란 장벽들과 경계들을 과감하게 허물어뜨림으로써 진정한 소통의 길을 찾아 나서야 한다. 그리고 그 자리에 다시 물길을 내고 떠나간 새들을 불러 모으는 인고의 시간을 스스로 감당해야만 한다. 생명의 자리를 무너뜨리는 것은 순간이었지만 그 자리에 다시 생명을 불어넣는 데는 엄청난 시간이 필요하다는 사실을 결코 모르지는 않았다. 그럼에도 불구하고 우리가 그런 악행을 서슴지 않았다는 점에서 이제는 그 고통은 오로지 우리의 몫이 되지 않으면 안 된다. "밤마다 강물은 기침을 한다. / 새들도 밤새도록 기침을 한다. / 작은 섬들도 따라 기침을 한다."(박철석, 「을숙도에서·2」)라고 했던 시인의 안타까움을 이제는 더 이상 외면해서는 안 되는 것이다.

노장시학老莊詩學의 정립과 실천

박제천의 시론

적막寂寞의 상상력

박제천은 1965년『현대문학』으로 등단하여『장자시莊子詩』(1977),『심법心法』(1979),『율律』(1981),『달은 즈믄 가람에』(1984),『어둠보다 멀리』(1987),『노자 시편』(1988),『너의 이름 나의 시』(1989),『푸른 별의 열두 가지 지옥에서』(1992),『나무 사리』(1995),『SF-교감』(2001) 등을 출간한 시력詩歷 50여 년의 원로 시인이다. 그의 시는 동양정신과 미학에 바탕을 두고 시적 주체의 존재론적 의미를 지속적으로 탐구해 왔는데, 대체로 한두 편의 개별 작품에 머무르는 단편적인 생각을 넘어서 시집 한권 분량의 기획 의도를 갖고 현대시의 정신과 미학의 큰 줄기를 찾고자 하는 진중한 모색의 과정이었다. 그러므로 박제천의 시는 그 자체로 시론의 성격을 동시에 지니고 있어서, 각 시집이 갖고 있는 세계 인식과 미학의 방향을 통해 그의 시론이 어떻게 형성되고 발전해 왔는지를 유추할 수 있다. 즉 그는 첫 시집『장자시』를 출간하기까지 "상상력의 훈련"에 집중했고, 두 번째 시집『심법』에서는 "마음의 궁리"를, 세 번째 시집『율』에서는 "자연과의 습합"을, 네 번째 시집『달은 즈믄 가람에』에서는 "이 땅에 살다간 것들에 대한 관심"에 전력을 다했다.[1] 이러한 일련의 과정은 자연스럽게 '노장

---

1   박제천, 「사물의 이름을 따라 쓴다」, 『박제천시전집』 4, 문학아카데미, 2005, 58쪽. 이하

시학'의 정립과 실천이라는 시론적 모색으로 심화되었는데, 그의 시가 동양정신의 현대적 탐구에 집중한 것 역시 바로 이와 같은 자신의 시론과 시의 동일성을 추구한 결과라고 할 수 있다.

그의 시론을 이해하는 과정에서 오수환의 그림은 가장 핵심적인 오브제이다. 아홉 번째 시집 『나무 사리』 말미에 실린 「시인의 에스프리」는 『오수환 화집』에 수록된 자신의 글을 재수록한 것으로, 그의 시론을 오수환의 그림을 통해 제시한 것으로 이해할 수 있다. 즉 그는 "그의 그림을 밝히는 일은 동시에 나의 시를 말하는 일에 다름없다"고 하면서, "이 글로 나의 시론을 대신하기로 한 것"[2]이라고 했다. 여기에서 그는 '적막'이라는 화두를 던지는데, "어느 무엇도 생각함이 없고, 어느 무엇도 함이 없으니 곧 움직이지 않음"이라고 '적막'을 의미화함으로써 "적막이 만물의 본"이라는 점을 무엇보다도 강조했다. 또한 '적막'은 "보이지 않음"으로, "보이는 것을 그리는 데서 출발해 보이지 않는 것을 보아냄"이라는 시창작의 원리를 유추해낸다.[3] 여백의 상상력과 미학을 통해 '비움'을 통한 '채움'이라는 역설적 세계인식에 닿고자 하는 데 그의 시론의 일관된 방향이 있는 것이다. 그가 무엇보다도 시 창작에 있어서 '상상력'의 중요성을 강조하는 이유도 바로 여기에 있다. 시에 있어서 언어는 절대적인 존재 조건이지만, 언어를 버리고 언어를 넘어서고 언어를 초월하는 여백 속에서 무한한 상상력의 경지를 열어나가는 것이 시 창작의 본질이 되어야 한다는 것이다. 물론 그는 이러한 시 창작 과정에서의 상상력을 섣불리 언어로 옮기려는

전집에서의 인용은 『전집』으로 약칭하고 제목, 권수, 쪽수만 밝힌다.
2   박제천, 「老莊詩學 – 적막, 그 도깨비들의 삶」, 『전집』 4, 33쪽.
3   위의 글, 34쪽.

태도는 철저하게 경계해야 한다고 보았다. 시와 언어의 본질적 관계마저도 잊어버린 바로 그 자리에서 저절로 흘러 넘쳐나는 것이 참다운 의미의 시라고 보는 것이다. 이처럼 박제천의 시론은 모든 인위적인 것을 제거하고 상상력과 언어의 원초적 결합마저 잊어버린 무無의 세계에서 진정한 의미에서의 시가 탄생한다는 일관된 철학을 견지했다.

곡신谷神의 정신과 자연과의 습합習合

박제천의 시에서 특별히 강조하는 '적막'과 '여백'의 시정신은 노자의 '곡신谷神'[4]에 깊이 뿌리내린 시론적 토대이다. 오수환의 그림 표제이기도 한 '곡신'에서 "'곡谷'은 여성성에 대한 은유이며 '신神'은 여성성이 가지는 신묘한 기능"[5]으로, 현대 문명과 대비되는 '자연'의 본성을 의미한다. 이러한 여성성의 내포적 의미는, 음陰의 세계가 있어서 문명적 표상으로서의 양陽의 세계가 비로소 실현되는 것이고, 보이지 않는 세계의 움직임이 있어서 보이는 세계의 진실이 더욱 아름다울 수 있음을 말한다. 공간적인 측면에서 살펴본다면, 골짜기는 잘 보이지 않는 세계를 의미하는 것이고 게다가 그 속에 존재하는 숨은 신의 모습을 명명한 것이므로, 이는 곧 보이지 않는 세계의 진실된 표상을 상징적으로 담고 있다. 결국 '곡신'은 자본과 문명의 대립과 갈등이 더욱 가속화되어 가는 현대 사회를 근원적으로 성찰하는 정신이라는 점에서 현재적 의미는 아주 특별하다. 이러한 노

---

4   "곡신은 불사하니, 이것을 현빈이라고 한다. 현빈의 문은 이것을 천지의 근이라고 하니 면면하게 존재한 것 같으나 작용해서 훼손됨이 없는 것이다[谷神不死 是謂玄牝. 玄牝之門, 是謂天地根. 綿綿若存, 用之不動]." 위의 글, 38쪽.

5   이성희, 『無의 미학』, 새미, 2003, 42쪽.

자의 정신을 통해 박제천은, 언어에 대한 과도한 집착으로 사물과 대상을 자신의 의식 안에 가두고 통제하려는, 그래서 명명과 소유의 언어 의식에 지나치게 경도된 오늘날의 시적 태도에 대한 반성의 의미를 담아내고자 했다.

> 오수환의 그림을 보면 마음이 편해진다. 편해진다는 것은 마음이 비었기 때문이다. 화가의 그림에 마음이 비었기에 보는 내 마음도 비어지는 것이다. 나아가 화가의 마음이 비었기에 화가의 그림도 마음이 비어지는 것이다. 마음의 빔을 허(虛)라 하고, 이러한 허가 모이면 도(道)가 되는데, 그러히 허하게 하는 것을 심재(心齋)라 한다. 장자의 「인간세」에서 공자의 한 말씀을 빌려 온 것이다. 공자에 따르면 이러한 심재를 하기 위해서는 일체를 잊어버리는 좌망(座忘)이 앞서야 하고, 이는 오로지 심덕(心德)을 갖기 위함이라 한다.
>
> ─「老莊詩學─ 적막, 그 도깨비들의 삶」, 『전집』 4, 37쪽.

박제천은 오수환의 그림을 통해 마음의 빔, 즉 허虛의 상태야말로 시 창작의 기본 조건임을 말한다. 일체의 사물과 대상에 대한 선험적인 관념을 버리고 주체와 대상이 우열의 차원을 넘어서 동등하게 하나가 되는 자연스러운 경지가 바로 시의 세계라는 것이다. 이것은 도를 깨우치기 위해 모든 마음을 청정하게 하는 심재心齋와 같은 것으로, 사물과 대상의 모든 것을 잊어버린 채 오로지 사물 그 자체가 되어 버리는 물아일체의 세계, 즉 좌망座忘을 통해 가능해진다는 것이다. 이러한 좌망과 심재의 과정은 박제천의 시가 지향해온 정신적 수행으로, 그의 시론 역시 이러한 무위無爲의 세계관과 무용無用의 자연관에 깊이 뿌리를 내리고 있다. 특히 자본주의 문명의 거침없는 속도에 짓눌려 자연마저 인간을 위한 도구로 전락시켜 버림으로써 인간의 필요에 의해 취사선택되는 왜곡된 자연에 대한 시적 성찰은, 오늘날 시가 존재해야 할 가장 중요한 이유가 되어야 한다는 점을 특별히 강조하려는 것이다. 이를 위해서는 일체의 모든 사물에 대한 소유나 집착을 벗어던지고, 대상 혹은 자연을 주체의 시선으로 왜곡하거나 억압하려는 태도를 철저하게 경계해야 한다. 그가 "속에서는 시가 끓어 넘치는 데도, 그걸 종이에 옮기지 않는다. 안에 넣고 푹 삭이는 것이 아니라 아예 잊어버리거나 내버려 두는 게다"[6]라고 말하는 이유도 바로 여기에 있다.

> 나는 어제 내가 본 바람이 오늘 내가 보는 바람과 틀리고, 내일 보게 될 바람과 다르다는 것을 언제나 새삼스럽게 깨달으며 늘 이러한 깨달음 속에 살고 싶어 한다. 그것은 우리 앞의 자연이 살아 있음을 온몸과 마음으로 느끼는 일이자 때로는 나 자신이 곧 자연의 하나로 변신하는 일이기도 하다. 숨 쉬고 있는 자연의 숨소리를 듣고, 생각하고 있는 자연의 뜻을 헤아리고, 말하고 있는 자연의 목소리에 귀를 기울이는 일, 이것이 내 작시의 한 규범이 되어 있다. 따라서 나의 시는 놓아두어도 제 갈 길을 따라간다.
>
> —「사물의 이치를 따라 쓴다」,『전집』4, 58쪽.

앞서 언급한 대로, 박제천은 세 번째 시집『율』에서 '자연과의 습합'을 시적 화두로 삼았다. 그에 의하면 '자연'은 자연 그대로 존재할 때 시적 의

---

6   박제천,「시정신의 완성을 위하여」,『전집』4, 43쪽.

미를 자유롭게 생성해낼 수 있다. 어제 본 바람과 오늘 본 바람이 다르고, 내가 본 바람과 타인이 본 바람이 또 다르므로, 자연에 명명을 하고 분류를 하고 인간의 편리에 맞게 취사선택하는 것은 인간에 의한 자연의 자의적 왜곡이 되지 않을 수 없다. 그는 "이 세상의 이름이란 사람의 작위에 불과한 것"이므로, "자연의 내용과는 무관하게 우리들 사람이 만들어내는 약속의 허구성을 들춰보자는 마음"[7]이 시가 된다고 한다. 내용과 형식의 결합으로서의 언어 기호가 만들어내는 자연의 의미는 사실상 자연의 본질과는 무관한 특정 언어 집단의 자의적인 약속에 불과하다. 게다가 이러한 약속은 성장하고 발전하는 언어의 역사성에 기대어 볼 때 너무도 불완전하고 유동적이다. 그래서 그는 "자연이 살아 있음을 온몸과 마음으로 느끼는 일", "자신이 곧 자연의 하나로 변신하는 일", "숨 쉬고 있는 자연의 숨소리를 듣고, 생각하고 있는 자연의 뜻을 헤아리고, 말하고 있는 자연의 목소리에 귀를 기울이는 일"이 시 혹은 시인의 전부가 되어야 한다고 본다. 그의 말대로 "그냥 놓아두어도 제 갈 길을 따라"가는, 그래서 인간의 편협하거나 왜곡된 시선으로 자연을 바라보지 않고 자연을 자연 그대로 긍정하고 바라보는 것, 이러한 자연의 습합이 시의 본질적 미학이 되어야 한다는 것이다. 「이름 짓기」는 이러한 그의 시론을 그대로 옮겨놓은 작품이라고 할 수 있다.

누군가가 말하였다
나무를 심되 큰 나무는 살리기 어렵고

---

7   박제천, 「이름 짓기」, 『전집』 4, 104쪽.

잔 나무는 크기를 기다릴 수 없다

누군가 評하였다

어떤 나무는 가지도 몸통도 뿌리도 없으니

절로 크고 절로 죽을 뿐

기다리거나 버려두거나 마음나라의 일이어라

묻건대

어찌 나무 심기를 떠올렸을까

저 또한 한 그루 나무이려니

덧붙이자면

바람이든 물푸레나무든 곡괭이자루든

지렁이든간에

이름짓기 나름 아닌가

돌아앉아서 祕文을 뒤적이다 보니

함부로 作名하는 자는 天機漏泄罪를 입는다고 한다

이 봄에 내가 심은 나무는

그 때문에

虛名도 藝名도 本名도 없다

나무가 제 스스로 이름 지으리라 기다릴 뿐이다

—「이름 짓기」

　어쩌면 이 세상의 모든 사상은 이름 짓기와 구별 짓기에서 왔다고도
할 수 있다. 각자가 명명한 이름과 구분한 경계는 자신들의 학문과 사상
을 규정하는 철옹성이 되어, 다른 생각과 다른 관점을 끊임없이 경계하고

부정하면서 더욱 분화되고 파편화되어 온 것이다. 하지만 정작 이러한 명명과 구분은 자연과 사물의 실재성에 명확히 다가서는 것이라고 자신 있게 말할 수 없음은 자명하다. 그럼에도 불구하고 인간은 이러한 이름 짓기나 구별 짓기를 결코 포기할 수 없고, 오히려 이러한 행위를 더욱 견고히 함으로써 타자와는 구별되는 자신만의 영역을 확보하고자 했다. 결국 명명과 구분은 자연의 본질과는 전혀 무관한, 인간에 의해 왜곡되고 편향된 작위에 불과하다. 즉 인간은 "함부로 작명作名하는 자"에 다름 아니어서 "바람이든 물푸레나무든 곡괭이자루든 / 지렁이든간에 / 이름짓기 나름"인 것이다. 그러므로 박제천은 시는 "허명虛名도 예명藝名도 본명本名도 없"어야 한다고 본다. 즉 시를 쓰는 행위는 섣불리 나무에 이름을 붙여주는 데 있는 것이 아니라, "나무가 제 스스로 이름 지으리라 기다"리는 데서 진정한 의미를 찾을 수 있다는 것이다. 주지하다시피 '습합'은 이질적인 것들끼리의 자연스러운 결합을 의미한다. 불교에서 사용하는 훈습熏習이란 말처럼, 어떤 것에 계속하여 동일한 자극을 주면 자기도 모르는 사이에 점차 그 영향을 받게 되는 것을 말한다. 마치 옷에 향기가 배는 것처럼, 이질적인 두 가지가 서로 만나면 영향을 받아 온전히 하나가 되는 것이 바로 '습합'이다. 이처럼 박제천이 말하는 자연과의 습합은, 인간으로서의 시인이 자연을 대상물이나 소유물로 보지 않고 완전히 동등한 개체로 인식함으로써, 어느 순간 자기도 모르게 자연과 하나가 되는, 말 그대로 물아일체物我一體의 세계를 지향하는 데서 시 창작의 본질을 구현해내고자 하는 것이다.

사물과의 일체화와 동일성의 시학

주지하다시피 서정시에서 주체와 세계의 만남은 동일성을 지향하고, 이러한 동일성의 세계는 사물과의 대립과 갈등이 없는 친화의 세계를 표상한다. 즉 주체와 사물의 각각의 특성이 상실되고 소멸된 자리에 동일성의 미적 체험이 형상화된 것이 바로 서정시의 본질적 세계인 것이다. 이처럼 주체와 대상 혹은 사물 사이에 어떠한 경계나 간극이 없는 '거리의 서정적 결핍lyric lack of distance' 상태에서 서정적 주체로서의 자아는 비로소 존재론적 의미를 생성해낸다. 박제천의 시론은 바로 이러한 서정시의 본질에 천착해 사물과의 친화를 통한 동일화의 시적 전략을 일관되게 모색해왔다. 그 속에서 그는 자본과 문명에 길들여져 온 자신의 삶을 끊임없이 성찰하고, 왜곡된 인간의 시선에 의해 재단되는 도시적 삶의 위험성을 철저하게 경계해 왔다. 심지어 동일성의 시학이 지닌 권력적 언술체계, 즉 모든 대상과 사물을 주체의 시선 안으로 편입시키려는 과도한 서정적 욕망마저 버리고 또 버리려 했다.

범박하게 말하자면 내 시에 쓰이는 모든 낱말들은 삶의 상징어이자 그 삶의 양태를 보여주기 위해 사용되는 은유의 기능을 갖고 있다. 나는 본시 나라는 한 인간의 삶을 들여다보고, 그 삶의 의미와 구조, 그 삶의 축적과 지향, 그 삶의 진솔성과 타락, 그 삶의 나눔과 하나됨을 기록하는 걸 시라고 생각하는 자이다.

이것은 허망한 분별심으로 나와 남을 가름이 아니다. 나를 통해 내가 살려는 길이다. 내가 나를 모르고, 또 저를 모르는데 어찌 나를 알고 저를 알 수 있는가. 시냇물 소리로 혀를 삼고, 산의 빛깔로 몸을 삼고, 이 산과 강, 저 땅을 모두 적멸도량으로 삼는 매월당(梅月堂)류의 발상이 아니다. 내가 물이 되고 산의 빛깔이 되고 자연이 되며, 그것들이 또한 내가 되는 동일성의 원리를 내 게 적용하고 싶었기 때문이다.

—「삶의 상징과 존재의 은유에 대해서」, 『전집』 4, 63쪽.

인용문에서 명시하고 있듯이 서정시는 주제와 대상의 성찰적 관계를 모색하는 데 있어서 아주 유효한 시적 전략이 된다. 이를 위해 시인이 적극적으로 탐색하는 시어는 "삶의 상징어"이고 "은유의 기능"을 기본적인 속성으로 한다. 여기에서 상징과 은유는 주체와 사물의 관계에서 차이성 속의 유사성을 지향하는 비유적 표상을 드러내기에 충분하다. 하지만 이러한 비유는 주체의 시선 안에서 사물과 대상을 의미화하는 방식이 아니라, 주체와 사물의 완전한 통합을 전제하는 동일성의 원리에 바탕을 두고 있다. 즉 "시냇물 소리로 혀를 삼고, 산의 빛깔로 몸을 삼고, 이 산과 강, 저 땅을 모두 적멸도량으로 삼는" 식의 도구적 수단으로서의 언어 선택이 아니라, "내가 물이 되고 산의 빛깔이 되고 자연이 되며, 그것들이 또한 내가 되는", 그래서 주체와 사물 간에 어떠한 간극도 존재하지 않는 세계를 지향한다. 이러한 세계인식은 주체가 사물을 주관해온 서정시의 주체 중심주의에 대한 반성을 내포하고 있어서 더욱 의미심장하다. 다시 말해 주체에 의해 사물이 포착되고 형상화되는 것이 아니라, 그래서 사물이 단순히 주체의 시선 안에 자리 잡은 대상물로서의 기능을 넘어서 그 자체로 존재하고 의미하는 독립적 실체로서의 의미를 가진다는 사실을 특별히 강조하는 것이다. 그가 "내게 있어서의 사물들은 그 모두가 꿈을 꾸는 삶으로 존재한다"[8]고 말하는 것도 바로 이런 이유에서이다. 그러므로 시는 이러한 사물과 자연의 꿈에 '명명命名'을 하는 차이와 구별 짓기로 존재해서는 안 되고, 사물과 대상 그 자체가 스스로 꿈을 꾸는 자유를 만끽하는 데서 은근슬쩍 시인 자신의 삶을 동화시키는 동일성을 추구해야 한다는 것이다. 따라서 그의 시는 이러한 서정적 시론의 구조화를 효율적으로 드러내기 위해 주체와 사물의 이중구조가 두드러진 상징과 은유를 시 창작의 핵심적인 방법론으로 삼고 있다.

바닥에 엎드려 숨죽이고 있는 돌을 보았다
흐르는 물살에 맨살이 조금씩 닳아지는 게 보였다.
깊숙이 숨어 있는 영혼과도 눈이 마주쳤다
대개는 숨어서 생쥐처럼 눈을 빛내며
바깥을 훔쳐보는 내 영혼과 흡사해
싱긋 웃고 말았다
하기는 내 삶도 다 닳아 빤빤하기가 돌과 같다
녀석의 영혼을 집게손가락으로 끄집어내려다 시들해졌다
그래선가 다리를 걷어부치고 물 속으로 뛰어들어
물장구나 칠밖에
그 바람에 돌은 5센티미터쯤 옆으로 자리가 바뀌어졌다

—「돌」

8   박제천, 「삶의 상징과 존재의 은유에 대해서」, 『전집』 4, 64쪽.

표층적으로는 나와 돌의 이중구조로 되어 있지만, 자연스럽게 나와 돌이 하나로 통합되는 과정에서 서정시의 동일화를 아주 선명하게 보여주는 작품이다. 물 밑 바닥의 돌에서 "깊숙이 숨어 있는 영혼"을 발견하고, 그것을 응시하는 나의 시선에서 "바깥을 훔쳐보는 내 영혼"과의 유사성을 깨닫는 과정에서 주체와 사물로서의 돌은 이미 통합된 실체로서 새로운 존재론적 의미를 갖게 되었다. 그리고 주체로서의 화자는 사물을 나에게 투사시키는 게 아니라 오히려 "내 삶도 다 닳아 빤빤하기가 돌과 같다"고 말함으로써 주체를 사물에 투사시켜 완고한 동일화를 시도한다. 이 때문에 화자는 물 속의 돌을 끄집어내려는 마음을 버리고 스스로 물 속으로 뛰어드는 적극적인 의미화를 모색하고, 그것에 반응하는 돌의 모습 역시 "5센티미터쯤 옆으로 자리를 바"꾸어 주체의 자리를 만들어주는 조화를 지향한다. 이처럼 주체와 사물이 각각의 마음을 앞세우기보다는 서로의 마음 안에서 자신을 성찰하는 자리를 만들어감으로써, "돌의 삶이 내 삶을 상징하고, 돌에 은유해 내 삶의 단면이 구체화되"[9]는 시의 세계를 창조하고자 하는 것이다.

> 30년 가까이 시를 써오면서 언제나 내가 갖는 관심은 나를 비롯한 갖가지 사물의 관계라 할 수 있다. 꽃이며 새와 같은 유정한 것들은 물론 바람이며 돌과 같은 무정한 것들이 갖고 있는 삶의 순결성에서부터 그것들의 꿈과 진실이 내게 보고 듣고 느끼고 겪게 하는 의미에 이르기까지 끊임없이 내가 찾아다니는 이 헤매임은 실로 업이라는 말로밖에는 설명되지 않을 것 같다. (…중략…)

---

9   위의 글, 66쪽.

사물과의 이러한 식의 대화를 나는 상상력의 여행이라고 명명한다. 이 여행길의 헤맴은 내게 있어 업(業)이라 쳐도, 사물에게는 탐방이 아니겠는가.

—「상상력의 여행」, 『전집』 4, 94 · 96쪽.

　시 혹은 시인의 업을 "사물과의 관계"로 정의하고, 그것들을 찾아가는 "상상력의 여행"을 시 창작의 과정이라고 말하는 것은 일면 상식적이고 보편적인 시의 정의와 크게 다를 바 없다. 또한 이러한 시적 정의는 시의 형식이 아닌 시의 정신을 강조한다는 점에서 동양주의 시학의 전통에 깊숙이 맞닿아 있다. 그렇다고 해서 그의 시가 오로지 동양정신에만 기울어져 있었던 것도 아니다. 그는 "한때 발레리는 내 동경의 대상이었다"[10]고도 했고 보들레르의 「교감」에 기대어 상징주의의 확장을 시도하기도 했다. 이러한 서구의 시적 전통에 대한 수용과 더불어 그는 "발레리가 동경의 대상이라면, 장자는 나를 압도하는 힘이었고, 노자는 먼발치에서 다만 그윽히 나를 바라볼 뿐이었다"고 말한 데서 알 수 있듯이, 동서양을 넘나드는 시적 통찰의 과정을 통해 자신의 시와 시론의 입지를 구축해왔다. 프랑스 상징주의의 전통에서부터 동양적 사상에 이르기까지 그의 시론적 사유는 넓고 깊다. 그리고 이러한 탐색은 그의 시와 시론이 한 곳에 머무르지 않고 끊임없이 변화를 시도하며 당면한 현실과 사회를 성찰하도록 하는 의미 있는 시의 길이 되기에 충분했다. 특히 그에게 노자와 장자는 절대적인 위치를 차지한다. 그의 말대로 "장자는 내 시의 출발점의 말뚝이고, 노자는 그보다 20여 년이 지난 뒤의 말뚝"[11]이 되었던 것이다.

10　박제천, 「방황하는 정신의 고요함」, 『전집』 4, 398쪽.
11　위의 글, 401~402쪽.

노자와 장자는 언제나 나를 천의 얼굴을 가진 사나이로 만든다. 예컨대, 『장자』의 「소요유」를 읽으면 나는 자유주의자가 된다. 허나 「제물론」을 들여다보면 회의론자가 되고, 「양생주」를 들치면서는 낙관론자로 바뀐다. 노자의 경우도 마찬가지다. 흐르는 물과 함께 흘러가다보면 도피주의자가 되고, 물이 돌을 뚫는 것을 보면 저항주의자가 된다.

노자와 장자 앞에서 나는 탐험가가 되고, 숭배자가 되고, 천적이 되고, 시의 초심자를 대하는 듯한 넉넉함과 안쓰러움에 빠져들기도 한다. 노자가 유가의 천지를 증폭시켜 자연을 탄생시킬 때 나는 그 자연의 미물이 되지만, 장자가 하늘과 땅, 그리고 그 중심의 힘인 자연에 한 걸음 더 나아가 우주를 창조할 때는 그야말로 당황한 나머지 나도 하나의 별이 되거나 지푸라기처럼 이리저리 내돌려진다.

—「방황하는 정신의 고요함」, 『전집』 4, 399쪽.

박제천의 첫 시집 『장자시』가 당시 한국 시단에 던진 충격은 상당히 의미심장했다. 낡고 진부한 서정이나 기교주의에 빠진 난해성의 시가 대세를 이루었던 시기에, 경전에 대한 정확한 비유와 상징, 불가를 비롯한 종교적 심오함은 시가 형식적 기교의 산물이 아닌 정신의 산물이라는 점을 유감없이 보여주었다. 장자의 원전에 기대고 있지만 표피적인 철학적 해석을 버리고 언어마저 넘어선 자리에서 형상화된 상상력의 깊이는 아주 특별한 시적 징후로 다가오지 않을 수 없었다. 연작시 형식을 선호하고 서사적 기법을 즐겨 썼으며 "언어의 의미만이 아니라 소리의 효과조차 시적 긴장을 창조하는 요소로 중시"했던 그의 시는 "무가적^{巫歌的} 어조"[12]의 독특성으로 접신의 경지를 보여주었다고 할 수도 있다. 인용문에서 알 수 있듯이, 그는 노자와 장자를 자신의 틀 안에서 가두어 획일적으로 이해하려 하지 않았고, 선험적인 진리에 갇혀 자신의 시를 철학적 재해석으로 이끌고 가는 단순한 시적 경로를 결코 밟지 않았다. 그에게 사상은 시시각각으로 변하는 것에 불과해서, 자신의 삶이 놓인 각각의 자리와 사상이 만나는 그 순간적 깨달음에 철저하게 동화되는 느슨한 연대를 모색해왔다. 이러한 시적 사유의 자유로움이 시력 50여 년을 살아오는 동안 끊임없이 성찰하고 변모하는 시의 깊이를 형성해온 튼튼한 토대가 되었음에 틀림없다. 아마도 그의 시와 시론을 일컬어 노장시학^{老莊詩學}이라고 굳이 명명하지 않았던 이유도 바로 여기에 있지 않을까 싶다. 그에게 있어서 노자와 장자의 시적 사유는 여전히 한 곳에 머물러 있는 것이 아니라 어디로 흘러갈지 전혀 알 수 없는 미지의 사유로 인식되고 있기 때문이다. 다만 그것은 지금 자신이 발 딛고 서 있는 현실에 대한 구체적 비전으로서만 의미를 가지는 것이므로, 생경한 시어와 낯선 구조의 형식주의적 시 창작법이 주도하는 오늘날의 시단에 사뭇 도전적인 발언으로 삼기에 충분하지 않을까 싶다. 따라서 그에게 장자와 노자는 사물과의 일체화와 동일성의 시학을 정립하기 위한 일관된 성찰의 과정일 뿐이다. 이러한 사실은 그의 시론이 지향하는 변함없는 신념이요 체계이면서 동시에 끊임없이 변화하는 시론적 모색의 과정이기도 한 것이다.

---

12   김준오, 「비전과 시의 존재 양식」, 『전집』 5, 157쪽.

현대시의 변화와 본질에 대한 성찰

2000년대 들어 현대시의 변화가 다소 급격하게 진행되어 시의 본질 혹은 서정시의 본질에 대한 이런저런 논란이 지속적으로 제기되었다. 장르론적으로 시 혹은 서정시는 아주 견고한 체계를 갖고 오랫동안 그 위상을 누려왔는데, 이러한 근본적인 서정시의 장르론적 체계마저 심각하게 흔들릴 정도로 현대시의 변화는 조금은 과격하고 급진적인 방향으로 흘러왔다. 대체로 서정시의 본질에 내재된 주체중심주의에 대한 회의와 반성으로 탈서정 혹은 반서정의 가능성을 새로운 방향으로 삼았던 것이다. 또한 이러한 탈脫 혹은 반反의 방법론적 새로움은 기성 정치와 제도에 맞서는 시대정신과 맞물리면서 참여와 저항의 미학적 장치로 부각되기도 했다. 이러한 급격한 변화의 과정에서 시와 정치 혹은 현실의 표면적 모순과 괴리 앞에서 스스로 혼란을 말하는 시인도 있었고, 언어의 과잉으로 독자와의 소통에 어려움을 겪으면서도 시의 공동체성이 아닌 개인성의 확대를 당연시하는 흐름도 있었으며, 대부분의 시가 정치적임을 자임하며 다시 리얼리즘의 시대적 의미를 유난스럽게 강조하는 리얼리즘'들'의 혼란도 겪어야만 했다. 결국 현대시의 변화는 '변하지 말아야 할 것'과 '변해야 할 것' 사이의 경계에서 다소 어정쩡한 모습으로 방황함에 따라, 시와 독자의 관계는 최소한의 소통의 기능마저 상실해 버린 것은 아닌지 정직하게 묻지 않을 수 없다.

이러한 변화와 혼란의 정점에서 새롭게 읽는 박제천의 시와 시론은 지금 우리 시를 진정성 있게 돌아보는 성찰적 의미를 지니고 있다. 그의 시와 시론은 언제나 '변하지 말아야 할 것'과 '변해야 할 것' 사이에서 시적 긴장을 잃지 않고 의미 있는 돌파구를 마련하는 데 몰두했다. 그에게 있어서 노장시학의 정립과 실천은 동양적인 미학에 대한 집착이 아니라, 구별과 차이에 대한 과잉으로 흐르는 현대시의 언어적 위계에 대한 반성적 사유에 중요한 바탕이 있다. 즉 그의 시론이 노자와 장자의 철학에 빚지는 것은 서구적 근대의 폐해가 현대시의 본질마저 위협하고 있는 상황에 대한 적극적인 대응으로서의 의미를 지니고 있는 것이다. 그렇다고 해서 그의 시론이 동양적 초월주의를 이상적 방법론으로 절대시하고 있는 것은 결코 아니다. 오히려 이러한 시도조차 또 다른 명명의 언어적 폭력이 될 수도 있다는 우려를 철저하게 경계하고 있다는 데서 그의 시론이 지닌 특별한 의미를 찾아야 할 것이다. 결국 그의 시론은 주체로 환원되는 서정시의 전통적 관습마저 과감하게 허물어뜨림으로써 시적 주체의 일탈을 감행하기도 했다. 그리고 이러한 일탈의 실험을 구조화되고 조직화된 권력적 위계에 맞서는 시대정신으로 변주해 나감으로써 상대적 자율성과 독립성을 지켜왔다. 그의 시론이 어느 한 곳에 머무르지 않고 '변해야 할 것'을 찾아가는 끊임없는 변화의 여정이었던 이유도 바로 여기에 있다. 이제서야 그는 자신의 시론을 일컬어 '노장시학'이라고 조심스럽게 명명하고 있을 뿐이다. 여전히 그는 동서양의 시와 시론을 넘나들고 있고, 매체 환경의 급격한 변화에 따른 시의 소통 방식에 대해서도 깊이 있는 고민을 하고 있다. 이런 점에서 그의 시와 시론은 끊임없이 변화와 갱신을 모색하고 있는 중이며, 이러한 시도는 현대시의 변화와 본질에 대한 성찰에 근본적인 이유가 있다. 다시 말해 그는 우리 시가 깊이 뿌리를 내려 세상과 함께 번성하는 시적 토양을 무엇보다도 중요하게 생각하고 있는 것이다.

사람의 성정이 물이라면 그 물이 땅으로 흘러들어와 식물의 씨를 깨우고, 싹이 터서 뿌리를 내리고 줄기를 올려 꽃을 피우고 열매를 이루는 것이 시라 할 수 있다. 여기서 사람의 성정이나 식물의 씨가 시인을 뜻한다면, 땅은 시인에게 주어진 문학적 환경이라 할 수 있다. 좋은 땅에서 좋은 씨가 자라야 좋은 열매를 볼 수 있듯이 시인된 자는 그가 시의 시를 뿌려야 할 땅부터 먼저 알아보고 골라보아야 할 것이다. 시의 씨가 뿌려질 땅은 두말할 것도 없이 숨을 쉬고 있는 살아 있는 땅이어야 한다.

—「도교는 한국 현대시의 무한한 동력이다」, 『전집』 4, 469쪽.

"시인된 자는 그가 시의 시를 뿌려야 할 땅부터 먼저 알아보고 골라보아야 할 것"이라는 말에서처럼, 박제천의 시론은 그의 시가 "시를 뿌려야 할 땅"을 찾고, 그 땅에 "좋은 씨"가 자라 "좋은 열매"를 맺게 하는 것이 시인에게 주어진 가장 기본적인 역할임을 강조하고 있다. 어쩌면 이러한 말은 특별할 것이 전혀 없는 아주 보편적인 시의 토대에 대한 상투적인 발언일지도 모른다. 하지만 이러한 상투적인 생각조차 본질적 세계 인식이 아닌 주변부적 사유로 밀려나 버린 것이 오늘날의 우리 시가 직면한 모습이 아닐까. 시의 토양으로서의 근본적인 정신에 대한 사유는 뒷전인 채 겉으로 보이는 언어의 낯섦과 기괴함 그리고 구조적 실험에만 몰두함으로써, 정작 시가 독자와 무슨 대화를 나누어야 하는지를 진정성 있게 성찰하지 않는 아스팔트 위에 핀 꽃과 같은 것이 지금 우리 시의 모습인 것이다. 이런 점에서 언어에 압도되어 새로운 언어 만들기에만 전념하는 현대시는 잠시 언어의 과잉을 유보한 채 가만히 사물을 응시하고 바라보는 연습을 할 필요가 있다. 조금은 낡고 진부하게 느껴질지도 모르지만, 지금 박제천의 시와 시론에 의식적으로 다가서 보는 것은 '오래된 미래'를 사유하는 현대시의 역설적 전략이 되기에 충분하다. 어느새 우리는 '오래됨' 앞에서 오히려 '새로움'을 발견하고 동경하는 또 다른 변화의 길 위에 서 있음을 결코 간과해서는 안 될 것이다.

산북도로 위에서 시를 노래하다

강영환의 신작시에 부쳐

생활과 현실 그리고 언어

생활과 현실이 시의 중심을 이루던 시대는 이제 먼 옛날이 되고 만 것인가. 시가 인간의 삶을 정직하게 바라보는 대신에 언어적 기호의 추상성에 갇혀 생활과 현실을 스스로 포기하고 있는 것은 아닌가. 문학이 언어예술이란 점에서 시 역시 언어적 기호가 지닌 상상력의 확장을 결코 외면해서는 안 되겠지만, 언어적 기호로서의 시가 시니피앙의 차원에서 끊임없이 미끄러지기만 한다면 그것은 이미 소통의 차원을 넘어선 무의미한 기호의 소비에 불과한 것이 되고 만다. 따라서 시는 언어적 기호로서의 표상 이전에 생활과 현실이 빚어내는 상상력의 결정체라는 사실을 반드시 주지해야 한다. 시가 생활과 현실을 매개로 하지 않고 오로지 언어적 기호의 작용으로만 나아간다면, 도대체 시는 무엇 때문에 또는 누구를 위해 존재하는 것인지를 근본적으로 묻지 않을 수 없기 때문이다. 2000년대 들어 우리 시가 보여준 딜레마는 바로 이러한 혼란과 혼동에서 비롯된 것이었다. 즉 매체 환경의 변화와 문학 지형의 변화가 우리 시의 새로운 가능성을 적극적으로 요구하는 시대적 상황을 내세워 저마다 새로운 시의 언어 혹은 새로운 시의 구조를 찾는 데만 너무도 분주했다. 그 결과 언젠가부터 우리 시에서 생활과 현실의 모습이 급격히 사라져 가고 있다. 여전히 시의 언어는 넘쳐나는데, 그래서 시는 그 어느 때보다도 많이 창작되고 있지만, 시에서 인간의 삶의 모습을 발견하기란 여간 어려운 일이 아니다. 지금 우리 시단이 '도대체 시란 무엇인가' 라는 근본적 물음 앞에서 계속해서 머뭇거릴 수밖에 없는 이유도 바로 여기에 있다. 이제 시는 과도한 언어의 추상성으로 인해 근본적인 자기성찰에 직면하게 된 것이다.

이러한 우리 시단의 혼란과 혼돈에도 전혀 아랑곳하지 않고 자신의 시세계를 변함없이 이끌어 온 시인이 바로 강영환이다. "우리가 살고 있는 이 땅의 현실을 표현"(「작가탐방 – 시인 강영환을 찾아서」, 『오늘의문예비평』, 1991.겨울, 36쪽)하는 것이 전부였던 시인은 지금도 "넘어진 작은 이웃"에게서 진정 "사람 사는 냄새"(「열광」)를 맡으며 시를 쓰고자 한다. 처음부터 그는 자신의 시에 대해 "직설적인 표현이 많아서 정직하다고 합니다만 시적 기교가 빈약하여 무미건조하고 도덕성에 치우쳐 재미가 없는 편"(「작가탐방 – 시인 강영환을 찾아서」, 30쪽)이라고 겸손하게 말했다. 하지만 이러한 시세계를 고집하는 그의 시정신은 예나 지금이나 너무도 완고하고 철저하다. 첫 시집 『칼잠』에서 보여주었던 '이웃에 대한 따뜻한 시선'은 그의 시가 궁극적으로 지향하는 세계인데, 이러한 공동체의식이 지금은 그의 삶터인 산복도로 위에서 체험적으로 형상화되고 있다는 점에서 그의 시는 삶 그 자체라고 해도 과언이 아니다. 어쩌면 그의 시세계가 이러한 시정신을 일관되게 유지해왔다는 사실은 오히려 그에게 큰 짐이 될지도 모른다. 하루가 다르게 변해가는 시단의 속도를 따라잡지 못한 구태의연한 시로 평가될 위험성도 있기 때문이다. 그러나 저자는 독자들에게 혹은 평론가들에게 이렇게 되묻지 않을 수 없다. 시인이 '칼잠'을 노래했던 시대, 즉 "사회현실과 맞물려 따뜻한 이웃에의 사랑 없이는 결코 편안한 잠을 이룰 수 없"었던 시대, 그래서 "어려운 처지에 처할수록 이웃을 생각하고 그들과 함께 평화로운 잠을 위해 노력해야 한다는 절실한 감정이 솟구쳐 올랐던"(「작가탐방 – 시인 강영환을 찾아서」, 32쪽) 시대와 비교할 때, 지금 우리 시대는 과연 얼마나 진보했으며 얼마나 평화롭고 행복한 시대를 살고 있다고 자신할 수 있겠는가? 강영환 시인의 언어가 처음부터 지금까지 시적 언어의 기교나 수사 대신에 자신이 발 딛고 서 있는 삶터에서 이웃들의 생활과 현실의 밑자리를 살피는, 언어의 직접성에서 드러나는 리얼리티를 절대 포기할 수 없는 이유는 바로 여기에 있다. 그의 시는 지금도 매일매일 산복도로 위에서 세상과 정직하게 만나기를 간절히 소망하고 있는 것이다.

체험의 육화와 생명의 공간성

강영환은 산복도로의 시인이다. 그에게 산복도로에서의 일상적 체험은 온전히 그의 시를 형성하는 근원적 토대가 된다. 산복도로는 부산 지역의 특수한 장소적 의미를 지닌다. 한국전쟁을 거치면서 피난민들과 실향민들을 중심으로 형성된 산복도로의 삶의 공간은 부산 서민들의 역사적 상처와 고통을 고스란히 안고 지금까지 이어져 왔기 때문이다. 산을 깎아지른 곳에 "울 없는 집들이 붙어 앉아" "다닥다닥 이마 붙이고 사는 산 번지"(「산 5번지」), "나무 대신 집이 서있는 산"(「집산」)이 바로 산복도로 주변의 풍경이다. 그곳에서는 자본과 문명의 속도를 따라잡지 못한, 그래서 하루하루의 일상을 허겁지겁 고개를 오르듯 살아갈 수밖에 없는 평범한 서민들의 삶이 골목골목마다 왁자지껄한 소리로 들려온다. 지난 30여 년 동안 강영환 시인은 이 산복도로 위에서 바다를 바라보며, 뒷산을 오르며,

이웃들과 부대끼며 노래하고 시를 썼다. 그의 시 어디에서도 관념의 유희를 발견하기 어려운 이유는 바로 이러한 시적 체험의 진정성 때문이다. 비록 거칠고 투박한 산복도로 위에서의 삶일지라도, 그곳에서 뿜어져 나오는 생활의 진실을 시로 육화해내려는 그의 시정신은 화려하지는 않지만 그 자체로 아름답다. 그의 시는 '예술이란 진실한 내용이 미적인 형식으로 잘 형상화된 것'이라고 보았던 헤겔 미학의 핵심을 잘 보여주는 듯하다. 정신적 내용과 감각적 형식의 불일치가 선명하게 부각되는 요즘 우리 시단의 모습을 생각할 때, 시의 진정성을 결코 놓치지 않으려는 시인의 완고한 시정신은 그 어떤 미학적 실천보다도 아름다운 세계를 보여주는 것이 아닐 수 없다.

굴다리를 지나 산복도로에 올랐다

이쪽 바닥은 어둠이고
저쪽 하늘은 빛이다

반은 빛이고 반은 어둠인 굴다리를
하루에 두 번씩 지나는 내 몸도
반은 어둠이고 반은 빛이다

그곳을 지나는 극히 짧은 순간에
어둠은 빛을 갉아 먹었고
빛은 어둠을 깎아 내었다

긴 성장통이다 그곳 낡은 벽에는
살펴보지 않았으면 몰랐을 금이
출렁거림으로 지층을 만들고
고치같은 낙서가 목을 매달았다

고치를 열고나서는 그 때마다
버림받은 키가 거꾸로 컸다
새 살이 차올라 밀어낸
낡은 껍질이 벗겨졌다

쉽게 떨어진 날개옷은
병든 몸이 토해낸 그늘이었고
온갖 성장통이 뭉쳐진
시커멓고 딱딱한 허물이었다

아침에 간 길을 따라 늦은 저녁에 다시
공복을 안고 찾아가는 그곳
어둠이면서 한편은 빛인 굴다리를 지나
지층을 타고 한 계단 내려서면
도시에 환한 등이 켜졌다

바닥과 하늘은 온통
어둠 속에서 빛을 캔다

나는 굴다리를 지나 다시 집에 든다

—「굴다리를 지나」전문

산복도로에서 도심으로 오르내리는 길의 경계에 "굴다리"가 있다. 시인은 "반은 빛이고 반은 어둠인 굴다리를 / 하루에 두 번씩 지나는" 일상을 수십 년째 이어오고 있다. 마치 "긴 성장통"을 겪는 것처럼, 그는 어둠과 빛의 경계를 오가면서 삶의 진실에 조금씩 다가서고자 했던 것이다. "온갖 성장통이 뭉쳐진 / 시커멓고 딱딱한 허물" 같은 "굴다리"는 산복도로에서의 삶을 정직하게 보여주는 표상이기 때문이다. 자본과 문명을 향해 맹목적으로 달려온 근대의 문화는 산복도로의 삶을 "어둠"으로 읽으려 할지 모르지만, "바닥과 하늘은 온통 / 어둠 속에서 빛을 캔다"는 데서 알 수 있듯이 그곳은 "어둠이면서 한편은 빛"인 양가적 세계의 시적 긴장을 지닌 곳이다. 어둠과 빛의 경계를 구분하려는 시각부터가 이미 자본주의적이고 문명지향적인 태도인 라는 점에서, 어둠을 통과해야 빛의 세계를 발견할 수 있고 빛의 세계는 어둠의 세계로 돌아옴으로써 비로소 안정을 되찾는다는 사실은 시인을 끊임없이 성찰적으로 이끌어낸다. 그래서 시인은 오늘도 "나는 굴다리를 지나 다시 집에 든다"라는 일상적 고백을 그의 시의 본령으로 삼고 있는 것이다.

산복도로는 부산의 산들을 허리를 타고 관통하는 길이다. 그래서 위로는 산들을 올려다보고 아래로는 바다를 바라보는 빼어난 전망을 자랑한다. 언젠가부터 부산의 공간적 지형은 해안선을 끼고 바다를 가로막는, 그 결과 육지에서는 바다를 바라볼 수 없고, 바다에서는 고층빌딩에 온통 가려져 산들을 볼 수 없는, 너무나 인간중심적인 환경으로 변해버렸다. 심지어 산허리를 따라 낮게 흐르듯 이어져 있는 산복도로마저 "다시 한 계단을 올라섰다 / 여전히 보이지 않는 바다"(「오래된 노예」)에서처럼 수직으로 치솟는 문명의 스펙터클에 굴복하고 있는 것 같아 안타까울 따름이다. 그래서인지 최근 들어 강영환의 시는 자본과 문명의 속도 경쟁에 허덕이는 현대인의 삶을 근본적으로 성찰하는 생명의 공간으로 산복도로를 재발견하고자 한다.

산 번지는 사람 사는 곳이 아니다
숲이 사는 곳이다
풀과 나무와 돌과 새와 버러지가 사는 곳이다
높은 번지에 세운 집들은 나무거나
나무 위에 만든 작은 구멍이거나
새집 곁에 얽어놓은 거미줄이다
울 없는 집들이 붙어 앉아
서로 몸을 데운다 마음을 나누기 위해
다닥다닥 이마 붙이고 사는 산 번지는
난쟁이들이 숲을 이뤄 높이 사는
키 낮은 집이 간직한 못자리다
비 온 뒤 솎아내지 못한 배추밭이다.

어느 때부터 숲이 사는 곳이 아니라
사람이 사는 산 번지에는
까마귀도 지붕 모서리에 앉았다가고

물방울도 집과 집 사이를 빠져 나간 뒤

흔적으로 숱한 미로를 남긴다

구불거리는 고샅은 바다로 몸을 틀어

바다가 먼 비탈에도 서있어도

파도소리 출렁거리는 봉창에 불빛을 켜고

떠가는 배가 짐승들을 태운 뒤, 아직

멸망하지 않은 숲을 향해 간다

깨진 하늘이 보이는 연약한 지붕과

또 다른 지붕이 맞대 이어진 간이역은

낯선 사람을 배척하지 않는다

―「산 5번지」 전문

산복도로, 즉 "산 번지는 사람 사는 곳이 아니다 / 숲이 사는 곳이다"라는 인식에서부터 시인은 산복도로 위의 삶이 무엇을 지향해야 하는가를 분명하게 말하고 있다. "풀과 나무와 돌과 새와 버러지가 사는 곳", "울 없는 집들이 붙어 앉아 / 서로 몸을 데운다 마음을 나누기 위해 / 다닥다닥 이마 붙이고 사는 산 번지"의 존재 이유는 "숲이 사는 곳"으로서의 의미를 되찾는 데 있다. "파도소리 출렁거리는 봉창에 불빛을 켜고 / 떠가는 배가 짐승들을 태운 뒤, 아직 / 멸망하지 않은 숲을 향해" 가는 것, 그것이 바로 산복도로가 지향해야 할 진정한 삶의 이정표인 것이다. 하지만 산복도로마저 "어느 때부터 숲이 사는 곳이 아니라 / 사람이 사는 산 번지"가 되어 가고 있는 것이 오늘날의 뼈아픈 현실이다. 산과 바다를 사이에 두고 콘크리트 문명이 할퀴고 지나간 도시의 상처에 새 숲을 만들어주어야 할 생명의 공간마저 자본과 문명의 편리 앞에 무릎 꿇고 마는 현실이 점점 더 만연되어 가고 있는 것이다. 김광섭의 「성북동 비둘기」에서 '산 번지가 사라지고 새로운 번지가 들어서면서 쫓겨났던 성북동 비둘기'처럼, "난쟁이들이 숲을 이뤄 높이 사는 / 키 낮은 집"들이 옹기종기 모여 있는 산복도로에서의 삶마저 더 이상 난쟁이의 행복을 용납하지 않는 것이다. 시인이 콘크리트 집으로 둘러싸인 산복도로의 모습을 '산'의 형상으로 바라보고 싶은 이유도 바로 여기에 있을 것이다. 즉 산복도로를 끼고 산으로 난 방향으로 무수히 많은 콘크리트 집들이 들어서 있지만, 그것은 모두 "나무 대신 집이 서있는 산"과 같은 모습으로 존재해야 한다는 것이 시인의 궁극적 메시지이다. 다시 말해 '집'과 '산'의 경계를 허무는 것, 그래서 '집산'이 되는 것, 그것이 바로 산복도로가 생명 공간으로서의 본연성을 지켜나가는 길임을 무엇보다도 강조하고 싶은 것이다.

인간의 욕망과 자본의 폭력에 대한 성찰

자본과 문명에 맞서 생명의 본성을 지키려는 시인의 의지는 결국 인간의 욕망에 대한 근본적 성찰로 나아간다. 자본주의 사회에서 인간의 욕망은 광기와 열광으로 대변될 만큼 스펙타클하다. 작고 소박하고 낮은 것에도 감동하던 시대의 모습은 더 이상 찾을 수 없고, 크고 화려하고 높은 것에 대한 감격만이 의미가 있는 시대가 되고 만 것이다. 오늘날 도시의 축제는 이와 같은 자본주의적 모습을 생생히 보여준다. 축제의 콘텐츠는 사람들에게 오래도록 여운을 남기는 감동을 주기보다는, 당장의 화려함으로 사람들을 압도하는 일시적인 퍼포먼스에 시간과 자본을 전적으로 투자하고 있는 것이다. 강영환 시인은 인간의 허위적 욕망이 불러온 이와 같은 '열광'의 형식에 대해 지극히 회의적인 시선을 보낸다. "해운대 일출에 열광하는 일이 / 다대포 일몰에 열광하는 것보다 / 무엇이 더 나은지 설명할 수가 없다"라는 말은, 스펙타클의 시대를 살아가는 현대인들의 욕망에 대한 반성의 목소리이다. 그래서 그는 "넘어진 작은 이웃이 눈물 대신 / 흘리는 선혈 때문에 씨익 웃고 가는 / 깨진 무릎에서 사람 사는 냄새가 나고 / 버리지 못하고 덤벼들고 싶은 불행에 / 열광하고 또 열광"(「열광」)하는 삶을 진정으로 소망한다.

눈은 낮게 물에다 둔다

앉았거나 누웠거나 하는 불구인 강에

눈물 대신 갈대는 사지를 꺾어 넣었다

물안개에다 거처를 정하지 못하고 떠도는 강물

붉은 늑골과 푸른 늑골 사이 빛나는 고통에다

칼끝을 꽂아 숨을 끊었다

몸 위에 강철 강을 포개 얹고 가는 강

죽은 갈대 사이 태양은 목마르고

거꾸로 된 산이 숨 막혀 울상이다

물에 떠 온 발바닥이 스스로 갈아 앉았다

벌판에 남은 폐가를 끄집어낸 뒤

눈이 흘러 서쪽으로 간다 노을이 졌다

안심하고 흐르는 강을 들어냈다

어둠은 피안에 닿은 뗏목을 허물었다

강물, 꿈쩍 않는 소용돌이에 초점을 두고

낮은 포옹은 영원을 꿈꾸는 사치다

눈을 감았다 뜬 잠간 사이 눈물마다

돌로 변한 강이 벌판에 남는다

더 필요한 눈물이 내게 남아 있는가?

치사량에 못 미치는 맹독이 필요하다

입술에 발라 마시는 강물을 위해

끊임없이 도피해가는 장구에비 꼬리를 밟고

강물을 마비시키는 새벽안개가 눈에 든다

풍경이 멀고, 눈이 멀고, 입술이 멀다

소리 없이 표류하는 강을 불러

물로 돌아가는 계단을 묻고 또 묻는다

—「눈에 강」 전문

자본주의 사회에서 인간의 욕망은 자연의 순리 앞에서도 폭력적이다. 강에 "칼끝을 꽂아 숨을 끊"게 만드는 끔찍한 횡포는 인간의 편리와 행복을 내세워 스스로를 합리화하기에 분주하다. 그 결과 "몸 위에 강철 강을 포개 얹고 가는 강", "돌로 변한 강"이 간신히 강의 모습을 하고 있을 뿐이다. 이미 인간은 "더 크고 싶은" 자연의 마음마저 왜곡하여 "성장점을 잘라 키를 망쳐 놓고 / 몸을 비틀어 허리를 꺾"고, "손발을 묶어 뒤틀리게" 하면서도 마치 "그게 사랑인 것처럼"(「분재」) 행세해 왔다. 그래서 "어둠이 감춘 핏빛 노을 속으로 강이 찢겨진 상처에서 솟는 피고름이 맑은 물과 섞"(「경계에 서다」)이는 일이 아주 흔한 광경이 되고 말았다. 인간의 삶 도처에 자본과 문명의 상처가 아물지 않고 끊임없이 신음하고 있는 것이다. 인간의 숨결과 같이 흐르던 강마저 '눈에 가시'처럼 "눈에 강"이 되어버렸다면, 이제 인간은 어디에다 인간의 본성을 내려놓아야 할까. 이 때문에 "소리 없이 표류하는 강을 불러 / 물로 돌아가는 계단을 묻고 또 묻는" 시인의 마음은 너무도 절박하다. 인간에 대한 사랑을 가장한 '열광'이 무서운 '광기'로 변해, 자본과 문명 앞에서는 어떠한 폭력도 정당화되는 씻을 수 없는 결과를 합리화하고 말았기 때문이다.

아침 산길에 까마귀가 짖었다

까악-, 까악-, 까아-악

(…중략…)

관음사 텃밭을 터전으로 삼는 까치가 떼로 전깃줄에 앉아 머리 위에서 다시 경계를 넘나드는 까마귀소리로 짖었다
손을 휘둘러 소리를 쫓았지만 한 바퀴 선회한 뒤 일시에 몰려오는 것이 아닌가
멀리 있던 놈들까지 합세하여 떼로 눈 옆 지근거리 텃밭에 앉았다 휴우-
죽는 줄만 알았다 힛치콕의 '새'를 떠올리며 손 휘두른 일을 후회했다

까악-, 까악-, 까아-악

까마귀는 사회적 동물이다 바람 감춘 산비탈에 몰려 산다

고라니 시신을 뜯던 충혈된 눈과 눈 파먹기 좋은 구부러진 부리와 썩은 살을 찢는 발톱을 지녔다

사회적 짐승은 전쟁을 좋아하나보다

저들은 전쟁 밖에 난지 않았다고 울부짖었다

자주포를 쏘고, 미사일을 발사한 뒤 끝내는 최신예 전투기를 날렸다

뿌리까지 적을 색출하기 위해 눈에는 눈, 무기를 맹신한다고

까악-, 까악-, 까아-악

(…중략…)

적그리스도들은 언제나 태어난다

목숨 다한 노인을 대신하여 입가에 웃음을 띠는 아기가 있다

까마귀는 소리로 증언한다

선택은 전쟁뿐이라고 울부짖는 적그리스도에게 손 휘두르는 일은 위험하다

동쪽 하늘이 밝아진다

잎 다 진 겨울나무 숲 산중으로 복면한 수천의 나비, 떼로 몰려 와 까마귀를 향해 총을 난사한다

검은 옷이 찢겨져 숲에 자유낙하, 전쟁이 졌다

시신을 둥글게 덮어주는 순결, 첫눈이다

하얗게 펄펄 마음 환한 적요가 온다

미끄러지지 않고 비탈길을 가는 법을 나목 숲에 가르친다

까악-, 까악-, 까아-악

—「까마귀소리」 중에서

시인은 아침 산길에서 만난 까마귀소리에도 경계와 공포의 심리를 드러낸다. 까마귀는 "사회적 동물"로서의 인간의 폭력성을 표상한다. 특정한 공간 안에서 사회적 관계를 영위하는 사회적 동물로서의 인간에게 있어서 자신들의 경계를 위협하는 모든 행위에 대한 저항은 최소한의 정당방위라고 할 수 있다. 하지만 이러한 정당방위는 타자에게는 또 다른 위협으로 인식되면서 더 큰 폭력을 불러오기 마련이다. 인용 시에서도 굳이 까마귀를 "손을 휘둘러 소리를 쫓"지만 않았어도, "일시에 몰려오는" 까마귀의 위협은 화자에게 찾아오지 않았을지도 모른다. 여기에서 시인은 자연을 경계하고 위협하며 공격하는 인간의 마음으로부터 전쟁과 폭력의 광기가 초래하고 있음을 경고하고 있다. 이 모든 것이 인간의 욕망과 자본의 폭력이 초래한 극단적 모습이다. 자신의 경계를 누구에게도 허락하지 않으려는 인간의 개인주의적 욕망은 결국 주체와 타자의 조화와 통합을 기대하지 않는다. "도처에 짐승들 살기 좋은 그늘을 만든 뒤 숨어가 들키지 않"(「국방색」)게 하려는 마음은 이제는 전혀 찾을 수 없게 된 것이다. 오로지 "뿌리까지 적을 색출하기 위해 눈에는 눈, 무기를 맹신"하는 호전적인 태도만이 살길이라고 믿고 있을 따름이다. 인용 시에서 까마귀는 나비떼에 의해 죽임을 당했지만, 까마귀의 죽음은 곧 나비의 죽음을 불러올 것임에 틀림없다. 따라서 "선택은 전쟁뿐이라고 울부짖는 적그리

스도에게 손 휘두르는 일은 위험하다." "시신을 둥글게 덮어주는 순결"의 표상인 "첫눈"이 더없이 소중하게 다가오는 이유는 바로 여기에 있다. 인간의 욕망과 자본의 폭력은 인간중심적이고 주체중심적인 세계의 가장 어두운 그림자이다. 타자의 공간과 타자의 의식을 깊고 넓게 포용하는 주체의 태도야말로 자본과 문명의 횡포를 극복하는 현대적 삶의 모습이 되어야 한다. 시인은 우리 모두에게 이러한 삶의 진리를 말해주고 싶은 것이다. "미끄러지지 않고 비탈길을 가는 법을 나목 숲에 가르"치듯, 인간과 자연 모두가 더불어 행복하게 사는 미래 사회의 이정표를 제시하고자 하는 것이다.

강영환 시인은 "인간의 삶에 기여하지 못하는 시는 예술로서의 가치가 없다"(「작가탐방−시인 강영환을 찾아서」, 38쪽)라고 단호하게 말한 바 있다. 시와 개인, 시와 사회의 관계 안에서 공동체의 구성원으로서 개인과 사회 전체를 향해 열린 의식을 표방하는 것이 강영환 시의 궁극적 지향점이다. 이번에 발표된 신작시는 그가 일관되게 지켜온 이러한 시정신을 더욱 깊고 넓게 보여주었다는 점에서 더욱 의미가 있다. 생활과 현실의 중심에서 인간의 삶을 노래하는 것이 시라는 완고한 의식이 그 어느 때보다 절실하게 요청되는 때이다. 그래서인지 산복도로 위에서 생활과 현실을 노래하는 일을 멈추지 않은 강영환의 시세계가 요즘 들어 더욱 빛을 발한다. 그는 오늘도 산복도로의 일상 속에서 이웃들의 삶에 기뻐하고 슬퍼하며 살아가고 있다. "그들만큼 뜨거워지고 싶어", "그들보다 더 사랑하고 싶어", 산복도로 위에서의 삶과 노래를 그토록 "열광"하며 살고 있는 것이다. 그는 "지쳐 열광을 놓는 순간이 끝"(「열광」)이 될 것이라는 의미심장한 말을 남겼다. 아마도 이 말은 그의 시의 출발점이 산복도로였듯이, 그의 시의 종착점 역시 산복도로가 될 것임을 유언처럼 남긴 것이 아닐까. 자본과 문명의 세계를 넘어 그의 시는 언제까지나 '굴다리를 지나'며 '빛'과 '어둠'의 경계를 서성이고 있을 것임에 틀림없다.

제국주의 비판과 제3세계적 연대의 리얼리티

김태수의 베트남 시편에 부쳐

65년 체제와 신제국주의

1960년대는 4월혁명의 정신으로부터 시작되었음에 틀림없지만, 한편으로는 4월혁명의 실패와 좌절에서 비롯된 정치적 파행, 즉 5·16 군사쿠데타가 불러온 신식민지 현실이 수많은 왜곡과 모순을 초래한 혼란과 혼돈의 시대였다. 특히 1965년은 미국에 의해 치밀하게 계획된 한일협정의 굴욕이 있었고, 그 결과 식민지를 겪은 제국주의의 피해자였던 우리나라가 한순간에 가해자의 위치에 서는 베트남 파병이라는 자기모순을 합리화한 해이기도 했다. 이처럼 한일협정, 베트남 파병 등은 5·16 이후의 정치적 상황과 밀접하게 연관된 문제였음을 결코 간과해서는 안 된다. 그리고 이에 맞서는 1960년대 이후 한국문학의 양상은 미국에 의해 획책된 아시아적 문제의식 안에서 논의하지 않으면 그 본질을 제대로 이해할 수 없다는 사실도 반드시 유념해야 한다. 결국 1960년대 이후 한국문학에 대한 논의는 '65년 체제'를 주목함으로써 4월혁명의 시대정신이라는 동어반복을 넘어서 당시의 문학이 지닌 중요한 쟁점들을 문제적으로 읽어내는 새로운 시각이 필요하다.

5·16 이후 박정희 정권은 이반된 민심을 수습하기 위해서 반공주의를 민족주의, 성장주의와 결합시키는 경제적 근대화 정책을 추진하는 데

집중했다. 이러한 경제정책을 성공적으로 이루어내기 위해서는 막대한 자본이 필요했는데, 미국과의 우호적 관계 속에서 그들의 정책을 적극적으로 지지함으로써 이와 같은 자본의 문제를 해결하려는 전략을 지니고 있었다. 따라서 박정희 정권은 아시아에서 베트남의 공산화를 막으려는 미국의 전략적 이해에 적극적으로 동참하는 결정을 내렸고, 그 대가로 식민지에 대한 한일 청구권 문제를 일본의 경제 원조 방식으로 해결하는 데 합의하는 굴욕적인 외교를 승인했던 것이다. 또한 이러한 합의를 명문화한 한일기본조약의 이면에는 베트남전쟁에 전투병을 파병하는 데 동의하는 충격적인 사실도 은폐하고 있었다는 사실을 절대 간과해서는 안 된다.

이처럼 표면적으로 보면 1965년 한일협정은 식민지 청산을 둘러싼 한국과 일본 간의 직접적 이해관계에 따른 것처럼 보이지만, 한일 간의 협상의 실질적 배후에는 아시아에서의 패권을 장악하고자 했던 미국의 신제국주의 전략이 강력하게 작동하고 있었다. 당시 미국은 자본주의와 공산주의의 양극화가 심화되고 있는 아시아의 현실을 극도로 경계했기 때문에, 이러한 냉전 상황이 극에 달했던 베트남전쟁에 참전함으로써 아시아의 공산화를 막아내는 것을 최우선의 과제로 설정하지 않을 수 없었던 것이다. 그리고 이러한 아시아에서의 신제국주의 전략을 효과적으로 이루어내는 데 있어서 한국과 일본의 우호 협력이 절대적으로 필요하다고 판단했다. 그 결과 미국은 경제 원조를 필요로 했던 박정희 정권과 식민지에 대한 부채를 청산하기를 원했던 일본의 의중을 교묘하게 이용함으로써 한일협정을 이끌어냈고, 이를 통해 베트남전쟁에서 승리하기 위한 경제적, 군사적 교두보를 마련하고자 했던 것이다. 결국 박정희 정권은 미국의 아시아 패권주의에 적극적으로 동조함으로써 경제개발 5개년 계획을 실현할 수 있는 막대한 자본을 일본으로부터 원조하는 굴욕적 선택을 하고 말았다. 5·16 이후 점점 심화되어 가는 국가적 민심의 혼란과 불안을 해소하는 데 경제적 근대화가 최선의 방식이라는 정치적 계산을 하고 있었으므로, 이를 이루어내기 위해서는 수단과 방법을 가릴 이유가 없다고 보았던 것이 당시 박정희 정권의 권력적 판단이었던 것이다.

이처럼 1965년 한일협정과 베트남 파병은 동전의 양면과 같은 것으로, 미국의 신제국주의 전략에 의해 철저하게 계획된 아시아 패권주의의 결과였다. 따라서 4월혁명으로부터 시작된 1960년대 문학의 시대정신은 '1965년 체제'를 특별히 주목해야 하고, 한일협정과 베트남 파병에 은폐된 미국의 신식민지 전략에 대한 비판에 초점을 두고 바라볼 필요가 있다. 또한 이러한 신제국주의의 수용은 결국 식민의 역사를 제대로 청산하지 못한 과오에서 비롯되었다는 점을 분명하게 자각하는 데서 1960년대 이후 한국문학의 역사적 방향을 새롭게 이해해야 할 것이다.

이러한 문제의식에서 1965년 이후 한국문학은 미국과 소련 중심의 냉전체제에 맞서는 제3세계의 연대와 실천에 주목했는데, 1970년대 초반까지 이어졌던 베트남 파병에 대한 비판적 문제제기는 그 중심에서 살펴봐야 할 가장 중요한 쟁점이 아닐 수 없다. 하지만 이와 같은 문제제기는 1960~1970년대 박정희 정권 아래에서는 절대 말할 수도 말해서도 안 되는 침묵과 금기의 대상이 될 수밖에 없었다. 그래서 대부분의 시인들은 진실을 토로하고 싶었지만 결코 말할 수 없었던 시대의 고뇌와 상처를 온전히 짊어지고 살아가야만 했다. 아마도 80년 광주의 봄을 거치지 않았다면 여전히 침묵은 계속되었을지도 모르는 일이다. 광주의 봄을 지나고 나서야 한국문학은 오랜 침묵을 떨쳐내고 당당하게 역사적 진실을 외치는 용기를 비로소 실현할 수 있었다고 해도 과언이 아니다.

김태수 시인의 경우에도 1970년대 초반에 겪었던 자신의 베트남 참전 경험을 연작시로 쓰기 시작한 것이 1984년이었고, 그리고 이를 묶어 시집 『베트남, 내가 두고 온 나라』를 발간한 것이 1987년이었으니, 지난 역사의 상처와 모순을 정직하게 기억하고 증언하고자 했던 시인의 목소리가 숨죽이며 견뎌야 했던 침묵의 시간이 얼마나 고통스러웠을지 짐작하고도 남음이 있다. 아마도 그가 베트남 연작시를 쓰기 이전에 "날 보고 자꾸 벙어리가 되라고 한다"(「농아일기 1」, 『농아일기』, 시로, 1984, 37쪽)라고 했던 농아들의 침묵을 주목했던 것은, 말할 수 없는 시대를 살아온 시인의 고통을 상징적으로 이끌어내고자 했던 때문이 아니었을까. 지금 다시 그 시대를 호명하는 시인의 목소리에서 그때의 못 다했던 말들이 한 맺힌 절규처럼 들려오는 이유도 바로 여기에 있다.

제국주의 비판으로서의 베트남전쟁의 시적 형상화

김태수 시인은 『베트남, 내가 두고 온 나라』의 자서自序에서 "내 스무 살의 시작은 '자유의 십자군'이라는 허울 좋은 이름으로 출정한 베트남전쟁, 너무나도 참혹하고 황폐했던 기억에서 출발되었다"라고 말했다. 그리고 "이 전쟁은 오래도록 내 양심에 커다란 상처 자국을 남긴 몹쓸 기억이 되고 말았다"라는 속죄와 통한의 심정을 토로했다. 그가 진정으로 괴로워했던 '양심'의 문제는 "황색의 피부를 가진 동양의 젊은이들이 같은 피부를 가진 민족의 통일을 저지하기 위하여 그들의 가슴에 수많은 총알들과 살상용 무기들"을 퍼부은 전쟁에 대한 기억을 평생 짊어지고 살아왔다는 데 있다. 그는 "이곳 병장 월급이 / 그곳 선생 월급보다는 낫다"는 생각을 할 수밖에 없는 지독한 가난의 굴레를 벗어나기 위해, 스스로 "아주 재미있는 월남생활"(「편지」)이라는 거짓을 합리화하는 위악僞惡의 시대를 용인하고 말았다. 그리고 이러한 자본의 위력 앞에서 식민의 기억마저 잊어버린 채 또 다른 식민의 폭력에 동조해버린 지난 시절의 생생한 기억은, 그에게 평생 씻을 수 없는 '양심'의 상처로 남아 뼈 속 깊이 사무치는 고통을 안겨 주었던 것이다.

이러한 자기모순과 상처의 기억을 씻어내기 위해 시인은 베트남전쟁의 피비린내 나는 현장을 정직하게 응시하는 일관된 태도를 가지고자 했다. "은유와 직유로 망가진 세상"이 아닌, "빌어먹을 비유가 뭐냐 / 나는 그런 것 안 쓴다"(「편지」)라는 단호한 태도로 베트남전쟁의 참상을 사실적으로 증언하는 리얼리티에 그의 시적 지향을 모조리 쏟았던 것이다. 그의 베트남 연작이 미국이라는 거대한 제국주의의 횡포에 희생당하고 이용당한, 그래서 식민과 억압의 기억을 함께 안고 있는 제3세계의 동질성에 스스로 균열을 가한 제국주의에 대한 준엄한 비판의 목소리를 강하게 부각시켰던 것은 바로 이러한 시적 지향을 올곧게 드러내기 위한 것이었음에 틀림없다.

전우여 우리들이 지나가고 있는 곳은
동지나 바다라고 했지
사실일까 내 생각으로는
안타깝게도 스무 살을 마감하는
황천 입구 그 어디가 아닐까

(…중략…)

시월의 하루를 바람 불던 부산항

표정 없이 손 흔들던 여고생들

소리 내어 울부짖던 어머니, 어머니

먼데서 눈물 훔치던 연인들

악을 쓰며 부르던 아느냐 그 이름 백마고지 용사들

소리 소리들은 아직도

시월 바람으로 휘돌고 있을까

거대한 병력 수송함 바렛트호

18노트 꽁무늬의 물거품으로 흩어지고 말았을까

진우여 도대체

우리들은 어디로 가는 것일까

—「바렛트호 선상에서」 중에서

    한국의 젊은 청년들을 베트남 전장으로 데려가는 미국의 수송선 바렛트호 선상에서의 기억을 형상화한 작품에서, 저마다 사연을 안고 베트남 전쟁에 참전한 이제 갓 스무 살을 넘긴 청년들의 마음에는 출발부터 "황천입구"를 떠올려야만 하는 두려움과 불안으로 가득 차 있었을 것이다. 하지만 그들은 도대체 누구를 위해 전쟁에 참전해야 하는지를 당당하게 묻지도 못한 채, 언제 닥칠지도 모르는 죽음과 마주할지도 모르는 운명을 스스로 선택해야만 했다. 또한 가족과 연인을 떠나보내는 남은 자들의 한숨과 눈물에도, 자신들의 가난으로 인해 그들을 사지死地로 내몰 수밖에 없는 가난한 시대에 대한 원망과 한스러움이 가득 차 있었다. 그러나 정작 그들 모두는 이러한 일들이 미국이 주도한 아시아 패권주의에 동조하는 박정희 정권의 권력적 야심에서 비롯된 처참한 희생이 될 줄은 꿈에도 몰랐을 것이다. 앞으로 닥칠 자신들의 죽음을 무릅쓰고라도 지키고자 했던 가족의 안위와 조국의 운명, 그것이 "도대체 / 우리들은 어디로 가는 것일까"와 같은 두려움 속에서도 그들을 지켜낸 애국심이고 자부심이었음을 안다면, 어느 누구도 그들에게 제국주의의 대리자라는 오명을 함부로 덧씌울 수는 없을 것이다. 다만 당시 그들 모두가 "남지나해南支那海를 거슬러 / 우리들이 향하는 // 십자군, 허울 좋은 이름의 출병出兵과 / 불안한 스무 살 젊음"(「오음리, 그 아침안개」)임을 깨닫기에는 너무도 어린 조국의 순수한 청년이었다는 사실이 더욱 아프게 다가오지 않을 수 없을 따름이다.

실종되었던 두 명의 아군들은
갈기갈기 찢겨져 수색조에 의해 발견되었다
덮은 바나나 너른 잎사귀에
더덕더덕 묻어 있는 조국의 피도 굳었고
적의 기습에 부서진 경창갑차 부근
언덕배기 바나나 밭 아래 황토 흙에 누워 있었다

적에게 끌려가면
날선 칼로 껍질을 벗겨낸다는 그 말이
사실이었을까 고개를 젓다가

6·25민족전쟁의 어두운 구덩이 속에서

북에서 내려 온 나의 살붙이들은

또 다른 나의 살붙이를

새끼줄로 목을 조이거나 죽창으로 찌르거나

제 손으로 구덩이를 파게하곤

산 채로 묻었다던가

정말 적에게 끌려가는 것보다 나았을까

침울한 이 한나절은

사상이 무어냐 이념이 무어냐

개떡 같은 독백으로 보냈고 또 한나절은

피엑스와 아리랑하우스를 돌며

가슴이 터지도록 술을 마셨다

탁자를 두드리며

조국 코리아의 슬픈 유행가를 불렀다

—「죽은 자들과 산 자들」 중에서

　　인용 시에서 "적"의 실체는 진정 누구인가를 묻는다는 자체가 말이 되지 않는 일일지도 모른다. "아군"과 "적군"으로 갈라서 서로를 죽여야만 했던 이 전쟁에서 진짜 '적'은 전장에서 서로에게 총칼을 겨누었던 아군들도 베트콩들도 아니었다는 사실을 그들은 진정 모르지는 않았을 것이다. 이 모든 진실을 의식적으로 외면한 채 '산 자'로서의 화자가 '죽은 자들'의 침묵과 슬픔의 이유를 묻는 고통의 시간을 겪지 않은 병사들이 과연 얼마나 있었을까. 한국전쟁이라는 동족상잔의 기억을 안고 살아온 화자에게 있어서 "사상"과 "이념"이 도대체 무엇이냐고 항변하는 것은 그래서 더더욱 당연한 울분이 아닐 수 없다. 지금도 남과 북이 분단을 넘어선 통일을 간절히 염원하고 있는 우리의 소망처럼, 시인이 참전했던 이 전쟁 역시 베트남 민족의 통일을 위한 필수불가결한 전쟁이었음을 깨닫는 데는 그리 오랜 시간이 걸리지 않았을 것이다. 그 결과 왜 자신은 미국의 편에서 베트남 민족을 살상하는 데 앞장서고, 동료들의 죽음을 눈앞에서 목도하는 참극을 견뎌야만 하는지, 인간을 처참하게 살육하는 짓을 아무렇지 않게 자행하면서 거두는 전쟁의 승리는 과연 누구를 위한 것인지를 냉정하게 묻지 않을 수 없었던 것이다. 이 모든 일이 "조국 코리아의 슬픈" 운명 때문임을 누구보다도 잘 아는 시인으로서는 "유행가"에 기대어 절망과 상처를 견디는 것 외에는 다른 방법을 찾지 못했다는 사실이 너무도 안타까울 따름이다.

하지만 지금 시인은 당시의 나약한 자신을 뛰어넘어 이러한 비극적 고통을 진정으로 극복하는 방법으로 역사적 진실과 정직하게 마주하는 선택을 하고 있어 문제적이다. 아시아의 약소국가로 수많은 외침을 견디며 살아온 우리 역사에 대한 고통과 상처의 기억들, 특히 "우리 역사도 / 대동아전쟁, 틈바구니에 끼여 슬펐던 기억이 / 있다 정신대 일본 놈들의 가슴에 짓눌려 / 남양군도南洋群島, 뜨거운 천막 속에서 질펀대며" 살았던 치욕의 역사를 정직하게 응시하는 데서 양심의 상처를 치유하는 길을 진정으로 찾고자 하는 것이다. 그래서 그는 "포로로 잡혀온 / 여자 전사"의 "도대체 당신들의 정체는 무엇인가요 / 자유의 십자군? 웃기지 마셔요"(「포로가 되어 끌려 온 어느 여자 전사」)라는 말에 더욱 절망하지 않을 수 없었다. 식민의 기억 속에 깊숙이 뿌리 내린 상처의 기억들을 씻어내기는커녕 오히려 또 다른 식민의 횡포를 자행하는 대리인으로 살았던 자신을 정직하게 바라보게 했던 베트남 여전사의 절규 앞에서, 그 어떤 말도 할 수 없었던 자신을 속죄하고 성찰하는 진정한 시적 방향을 다시 찾고자 하는 것이다.

시인은 베트남을 떠나온 지 10여 년이 흐른 즈음, 광주의 봄이 역사의 모순과 상처에 당당히 맞서는 것을 보고 난 후, "내게 베트남에 관한 시를 쓰게 한 것은 우리와 너무 닮은 그들 역사"(「자서」) 때문이었다는 뒤늦은 고백을 할 수 있었다. 거대한 제국주의 미국에 의해 철저하게 계획되고 조종된 베트남전쟁은 처음부터 '적'을 잘못 규정한, 그래서 진짜 '적'인 미국을 위해 피식민의 기억을 공유하고 있는 아시아 공동체를 '적'으로 삼아 싸운 자기모순이었음을 더 이상 부정하거나 외면하고 있을 수만은 없었던 것이다. 수십 년의 세월이 흘러 "한때 동갑내기 적군이었던" 베트남 작가 반레 레지투어와 평화롭게 만나 두 손을 맞잡고 진정한 화해를 했던 모습이 그 자체로 감동적일 수밖에 없는 이유도 바로 여기에 있다. 그리고 베트남의 시인 앞에서 "통일 베트남의 시인 레지투어여 / 용병국가 코리아는 아직도 분단 중"(「베트남 작가 반레 레지투어에게」)이라고 정직하게 말함으로써, 베트남 통일 전쟁에 제국주의의 일원으로 참여했던 자신에 대한 부끄러움을 진정으로 사죄하는 모습에서 비로소 그의 베트남 연작시는 새로운 길을 찾았다고 해야 할 것이다. 베트남 시인 휴틴의 말처럼, "가슴팍을 겨누었던 총구들, 서로가 동양인임을 / 잠시 잊었을 뿐이었다"(「휴틴의 시 「겨울 편지」를 읽다」)라고 서로를 향해 진정으로 말하는 순간, 따이한과 베트콩의 젊은이들이 초로의 늙은이가 되어 다시 만나 비로소 진정한 화해와 용서의 길을 새롭게 열어가게 되었던 것이다.

속죄와 성찰, 제3세계적 연대로서의 리얼리티

김태수의 베트남 시편은 "타민족의 해방전쟁에 제국주의의 용병으로 참전한 병사가 느낄 수 있었던 적개심과, 같은 제3세계 민중으로서의, 또한 같은 동양인으로서의, 그리고 역사적 상황이 비슷했던 후진 식민지인으로서의 동질감, 즉 피해자이며 가해자인 한반도 파월 장병의 정서를 거짓 없이 형상화"(김형수, 「남들이 버린 삶을 그는 함께 했다」, 『기억의 노래, 경험의 시』, 작가시대, 2011, 178~179쪽)했다. 이러한 그의 시적 지향은 피해자로서의 기억을 앞세우기보다는 가해자로서의 속죄와 성찰의 목소리를 전면화하는 데서부터 진정성을 확보하고자 했다는 데 중요한 의미가 있다. 특히 제국주의의 폭력이 무참히 가해지는 전쟁의 현장에서 남성에 의해 대상화되는 베트남 여성의 성적 고통을 비판적으로 성찰하는 그의 시선은, 앞서 그의 시에서도 언급되었던 식민지 시기 중부태평양 남양군도에서 철저하게 유린당한 우리의 누이들과 온전히 겹쳐지면서 더욱 뼈아픈 상처로 각인되지 않을 수 없다. 식민지 시기 위안부 여성들의 처참한 실상을 누구보다도 잘 알면서도 제국주의의 탈을 쓴 남성적 폭력과 언어적 유희를 아무렇지 않게 자행했던 '따이한'들로 인한 죄스러움으로, 지금까지도 그는 전장에서 만났던 베트남 여성들의 '광기어린 눈빛'을 잊지 못하고 있는 것이다.

하굣길이었을까
비에 젖은 아오자이 사이로
빨간 속옷이 비치는 여중학생들
스쳐 지나가자

'헤이 붐붐 라이라이'

자전거는 멈추고

전우여 비에 헝클어진 그녀 머리칼 사이로

번뜩이는 광기를 보았는가

무서웠다 오한이 머리를 파고드는

매복 지점, 비는 내리고

물속에서 거머쥔 소총이 떨렸다

비 그치자 밤하늘의 무수한 별빛들 틈새로

더욱 크게 다가서던

아아, 그 여학생의 눈빛

—「젖은 눈빛의 여학생」 중에서

　아무리 피 끓는 젊은 청춘들의 욕망이었다 하더라도 최소한 윤리조차 실종되고 마는 것이 전쟁의 현실이라면 그 어떤 전쟁도 합리화될 수 없음은 당연하다. 자전거를 타고 하교하는 어린 여학생조차 성적 대상으로 조롱하는 병사들의 시선에서, 일제 말 식민의 세월에 희생당한 우리 누이의 역사는 전혀 기억되지 못할 만큼 세속화되어 있었다는 사실 앞에서 화자는 절망한다. 백마부대가 있었던 바닷가 인근 동하이 휴양소 부근 마을에서 "서툰 베트남어 몇 마디로 흥정이 이루어지는 / 아낙들"(「동하이 휴양소 부근 마을 풍경」)을 상대로도 그러했고, "동굴 속 / 돌 자갈 위에 쓰러"뜨려

"줄줄이 능욕"(「포로가 되어 끌려 온 어느 여자 전사」)했던 베트남 여전사에게서도 제국주의의 횡포보다 더한 남성적 폭력성을 숨기지 못했던 것은, 극한의 전쟁 상황이었다는 사실로도 결코 용서할 수 없는 반윤리적 행위였음에 틀림없다. 이 때문에 시인은 『베트남, 내가 두고 온 나라』에 수록된 시들에서 베트남 여성들의 광기어린 눈빛에 서린 한과 눈물에 특별히 주목하지 않을 수 없었다. "우리들에게 무슨 한이 있었기에 / 알 수 없는 월남 여인네의 원망스런 눈빛은 // 부대로 돌아오는 트럭 속에서도 / 돌아와 누운 침대 위에서도 / 땀 절은 군복 상의 가슴 쪽에 오래 묻어 있"(「사원에서 만난 월남 여인」)는지를 자신을 향해 계속해서 물어야 했던 것도, 남성적 폭력에 의해 유린당한 그들의 한과 눈물을 씻어내는 진정한 속죄를 하지 않고서 베트남을 말한다는 것은 처음부터 불가능한 일임을 누구보다도 잘 알고 있었기 때문이다.

이러한 속죄와 성찰의 목소리가 지향하는 그의 시적 방향은 베트남도 우리도 아시아 약소국가의 상처와 고통을 공통으로 지닌 민족이었고, 이와 같은 상처와 고통의 세월은 유럽과 미국이라는 서구 제국주의에 의한 식민화에 가장 큰 원인이 있었다는 동질적인 역사 인식을 하는 데서부터 출발한다. 즉 자본과 이데올로기를 앞세운 강대국의 횡포에 짓눌려온 제3세계 민중들의 공동체적 연대를 통해 지난 역사의 과오와 모순에 강력하게 저항하는 비판과 성찰의 시선을 견지하고자 하는 것이다. 앞서 언급한 것처럼, 베트남 작가 반레 레지투어와 시인의 만남은 이러한 그의 시적 지향이 비로소 현실화되는 극적 순간이었다는 점에서, 베트남을 소재로 한 여러 시편 가운데 가장 문제적인 작품이라고 평가할 만하다.

'그대 계속해서 가라, 그러면 어디에 도달하더라도 도달한다'

세종문화예술회관에서

한때 동갑내기 적군이었던 레지투어 당신 손잡으며

스무 살의 베트남 닌호아읍(邑), 포로로 잡혀온

깡마른 체구의 당신 동료들을 보면서

한 주먹거리밖에 안 되는 것들 주먹 치켜세우며

엿 먹이던 일을 제일 먼저 생각하다니

전쟁은 뒷전, 한 통의 씨레이션과

비 오는 날 초소 앞을 자전거로 지나가는 여중학생들

젖은 속옷에 비치는 하얀 살갗들

캄란만(灣) 수진마을에서

당신 나라 여인네들 일 달러 지폐로 거래하는 사이 그대는

호치민 루트를 맨발로 걷고 있었다

쌀을 빻는 듯한 폭발음 뇌까지 쑤셔오거나 들이부은

고엽제 위로 벙커시유, 검은 비 쏟아지고, 그리고

'지구 혼돈의 시절도 이렇지 않았으리라. 마을은 풀벌레조차 멎은, 완전히
영혼을

잃어버린 폐허의 세계'

황천 저쪽 풍경에

그때 동갑내기 적군이었을 그대 넋 놓고 있을 줄

— 「베트남 작가 반레 레지투어에게」 중에서

베트남전쟁을 서사화하는 데 온 삶을 바쳐온 작가 반레가 서울에 왔을 때 그와의 만남을 형상화한 이 작품은, "한때 동갑내기 적군"을 친구로 맞이하는 시인의 속죄와 성찰의 목소리를 가감 없이 표출하고 있다. 제국주의의 용병을 자임하며 베트남 민족전쟁을 몸과 언어로 유린했던 지난 시절에 대한 진정한 용서와 화해를 구하고자 했던 시인의 진정성을 온전히 전하는 모습을 보여주고 있는 것이다. 여전히 지금 우리는 미국을 비롯한 강대국들의 논리에 의해 국가와 민족의 이해가 엇갈리고 있으며, 남북문제와 같은 분단 현실에 대해서도 주체적으로 대응하지 못하는 신식민지의 상황을 벗어나지 못하고 있다는 부끄러운 사실을 "통일 베트남의 시인 레지투어"(「베트남 작가 반레 레지투어에게」)에게 솔직히 말하고 있는 데서 이러한 그의 진정성은 더욱 분명하게 드러난다. 다시 말해 식민지 자본의 거짓 풍요로움을 자랑하는 자기모순에서 아직도 벗어나지 못하고 있는 우리의 신식민지적 현실에 대한 부끄러움을 솔직하게 인정함으로써, 제국주의의 편에서 그들에게 총을 겨누었던 지난 시절의 과오에 대한 진정한 용서를 구하고자 했던 것이다. 그리고 이러한 그들의 화해는 제국과 식민의 기억을 공유하는 공동체적 동질성으로 제국주의의 역사에 저항하는 영원한 우군이 될 것을 다짐하는 미래지향적 약속으로 볼 수도 있을 것이다.

어쩌면 그들의 입장에서 볼 때 베트남전쟁에서 우리들이 가한 폭력과 살상은 미국이라는 제국주의의 폭력보다도 더더욱 용서할 수 없는 것이었을지도 모른다. 그들은 한 시인의 입을 빌어 우리를 "모두 용서했다"라고 말했지만, 그렇다고 해서 우리들은 "얄팍한 입술을 거친 한 줄기 가벼운 언어로 / 화해를 구하"는 것이야말로 그들에게 "너무 염치없는 일임"을 더욱 분명하게 자각할 수 있어야 한다. "우리들은 적이 아니었다 그래서 부끄럽다"(「휴틴의 시 「겨울 편지」를 읽다」)라고 말하는 베트남 시인의 말이 우리들의 양심을 더욱 부끄럽게 만든다는 사실을 진정으로 깨달아야 하는 것이다.

시인은 지금, 다시 "그 수풀의 나무들은 지금쯤 싹을 틔울까"(「지금 그 숲은」)를 생각하고, "여태 돌아오지 못하는 동무들"이 "그 숲에 머물러"(「연두색 나뭇잎에 대한 단상」) 있음을 떠올리면서, 베트남과 우리가 진정으로 화해에 이르는 새로운 길을 찾고자 한다. 시인이 처음으로 베트남의 기억을 증언하는 시를 쓴 것이 남해안 어느 작은 섬의 초등학교 사택에서 아이들을 가르쳤을 때였다는 사실과, "한때 베트남 초등학교 선생이었던 또이"(「또이, 그녀의 일번 도로」)를 호명하는 시선이 겹쳐지는 것이 그래서 더욱 예사롭지 않다. 그에게 있어서 "또이"는 지금, 다시, 베트남의 기억을 올바르게 증언하고자 하는 시인 자신이 베트남에 두고 온 시적 상징이 아닐까. 그래서인지 "너는 어디 갔느냐"(「또이, 그녀의 일번 도로」)라고 그녀를 찾는 화자의 목소리가 "닌딘 마을 늪지대"에 "저녁 내내"(「내가 처음 만나 베트콩」) 내렸던 빗소리처럼 들려오는 듯하다. 그 빗소리가 평화롭게 들리는 어딘가에서 시인과 "또이"가 만나 진정으로 화해는 모습이 보고 싶다. 아마도 이러한 상상의 현실화가 이루어진다면 시인의 베트남 시편도 비로소 마침표를 찍을 수 있지 않을까 생각된다.

정곡正鵠의 언어

김경훈, 『우아한 막창』

시인은 언어로 사유하고 행동하는 사람이다. 그래서 시의 언어는 시인의 가치와 지향을 가장 정직하게 드러낸다. 시와 시인을 일치시키는 개성론의 관점에서 볼 때, 시의 언어는 시인의 언어 그 자체라고 해도 과언이 아니다. 그런데 최근 들어 우리 시는 분리주의의 관점에서 시와 시인의 구분을 너무도 당연시하거나 노골화하고 있어 문제가 아닐 수 없다. 다시 말해 시의 언어와 시인의 언어를 명확히 구별함으로써, 시의 언어를 일상의 언어를 넘어선 가공의 언어로 세공細工하기에 분주한 것이다. 물론 이러한 세공 작업은 시의 언어를 일상의 언어와는 다른 미학적 언어로 새롭게 창조하는 형상화의 과정이므로, 시어의 세공 자체를 특별히 문제 삼을 이유는 없다. 다만 이러한 세공의 과정이 우리의 생활과 현실 그리고 역사를 형상화하는 미학적 필연성을 담보하지 못함으로써, 장식적이고 수사적인 차원에서 외화성外華性 언어에 머물러 있다는 데 가장 큰 문제점이 있다. 좋은 시는 진실한 내용이 미적인 형식으로 잘 형상화될 때 비로소 실현될 수 있다. 즉 정신적 내용과 감각적 형식의 조화로운 결합이 좋은 시가 창조되는 결정적 조건인 것이다. 최근 우리 시의 언어 과잉과 형식 미학을 좋은 시의 사례로 보기 어려운 이유는 바로 여기에 있다.

이런 점에서 김경훈의 시집 『우아한 막창』은 최근 우리 시의 언어가 지향하는 미학성의 문제점을 근본적으로 성찰하는 중요한 계기가 된다. 그의 시는 소위 시론 혹은 시창작론이 요구하는 최소한의 요건조차 거부하는 형상화 이전의 날 것으로의 언어를 보여주고 있기 때문이다. 그럼에도 불구하고 그의 시는 견고하고 의미심장한 시적 진정성을 지니고 있다. 사물과 대상을 직접적으로 말하기보다는 에둘러 표현하는 데 익숙한 시의 오랜 관습을 깨부수기라도 하듯, 그의 시는 오로지 정곡正鵠을 찌르는 데만 집중한다. 그래서 그의 시에 나타난 언어는 다소 거칠고 투박하지만 너무도 정직하고 단단하다. 이는 그의 시가 "지친 사람들의 술 한 잔, 담배한 개비, 차 한 모금"을 지향한다는 데 가장 큰 이유가 있다. 그에게 있어서 시는 미학이거나 예술이기 이전에 생활과 현실 그 자체를 진솔하게 말하는 역사적 진실인 것이다.

의사와 간호사들이 뒤집어졌다

연극쟁이 남편 따라 제주에 와 사는 대구댁이
어디서 그게 그 말이라는 걸 주워듣고는
경상도 억양으로 천역덕스럽게 써본 것인데

며느리 딸 낳고 어느 할망이 말했다는
'헌 씹에서 새 씹 낫져!' 이후 최고의 압권이다

말이 단지 의미만 공유하는 게 아니라
스스로 가치를 가지는 것인 바
그 때 묻지 않는 정곡(正鵠)의 언어 덕분인지

민망한 가운데서도 치료는 잘 되었다고 한다

—「"애가요, 보댕이가 아파서요!"」 전문

　인용 시는 이번 시집에 수록된 작품 가운데 첫 번째 시이다. 왜 시인은 이렇게 직설적이고 조금은 민망한 시를 시집 첫머리에 두었을까. 아마도 그것은 이 시가 시인의 시론의 방향을 가장 잘 보여주기 때문이 아닐까 싶다. 그의 말대로 "말이 단지 의미만 공유하는 게 아니라 / 스스로 가치를 가지는 것"이라는 지적은, 지금 우리 시가 깊이 생각해야 할 중요한 문제의식이 아닐 수 없다. 언어가, 그것도 시의 언어가 기호적 체계 위에서 의미의 공유만을 지향하는 관념의 차원으로 전락해가고 있는 것이 오늘날 우리 시단의 현실이기 때문이다. 따라서 이제 더 이상 '감춤의 미학'이니 '은폐의 수사학'이니 따위의 시론적 명제는 설득력을 얻기 어렵다. 사람들의 생활과 현실 가까이에서 "때 묻지 않은 정곡의 언어"를 구사하는 것, 이것이야말로 진정한 의미에서 시의 가치요 지향점이 되어야 하는 것이다. 이런 점에서 인용 시는 비록 "민망한" 상황을 표현한 것일 수 있지만, 그 언어의 중심에 거짓 수사와 현란한 비유가 없다는 점에서 가장 '시적'이라고 할 수 있는 것이다.

　이처럼 김경훈의 시는 생활과 현실의 중심에서 전혀 가공되지 않는 살아 있는 언어를 지향한다. 그의 시에 자주 등장하는 제주어가 토속적이고 복고적인 차원이 아닌 현실을 가장 깊이 있게 드러내고 정직하게 바라보는 소통의 도구가 되는 이유도 바로 여기에 있다. 그래서 그는 "편안한 거짓에 길들여지면 / 불편한 진실이 경계를 허문다"(「가름도새기 가름을 돌다」)라고 단호하게 말하는 것이다. 이러한 언어의식은 그의 생활 곳곳에 일상처럼 자리 잡고 있는 것으로 보인다. "낮추되 비굴 않고 / 비우되 과시 않는"(「우아한 막창」) 그의 삶 자체가 바로 시인 것이다.

> 그냥 아무거나 걸치고 다니는 나를 보고
>
> 가리는 것이 아니라 꾸미는 거라고 그렇게
>
> 포장을 해야 사람이 달라 보인다고 그렇게
>
> 치장해야 좀 팔리는 물건이 된다고 그렇게
>
> 무기 없이 전장에 나간 병사처럼 그렇게
>
> 내세울 무엇 없으니 그런 거라고 그렇게
>
> 유행이나 계산도 모르며 장치도 없이 그렇게
>
> 대접 못 받으며 값싸게 어찌 사냐고 그렇게
>
> 그냥 아무에게나 속내 드러내는 나를 보고
>
> ―「당신도 치장도 좀 하고 그러세요」 전문

시인과 시의 완전한 일치를 다시 한번 경험하게 하는 작품이다. "그냥 아무거나 걸치고 다니는 나" 혹은 '시'를 향해 세상 사람들은 '꾸미고 포장하고 치장해야' 된다고 말한다. 아마도 "유행이나 계산"에 점점 길들여져 가는 자본주의 문명 앞에서 좀 더 현실적인 인간이 될 필요가 있지 않겠느냐는 뜻일 것이다. 하지만 시인은 이런 충고 앞에서 그것 모두가 "가리는 것"이라는 완고한 태도를 고수한다. 설령 "대접 못 받으며 값싸게" 사는 한이 있더라도, "그냥 아무에게나 속내 드러내는 나"를 잃어버리고 싶지는 않은 것이다. 저자가 생각해도 그는 혹은 그의 시는 자본주의 문명 사회와 너무도 맞지 않는 참 바보스러운 모습을 하고 있다. 또한 "내 신분이 내년이면 '비정규직 공무원'에서 / '무기계약직 노동자'로 바뀐다 // 그래서 좋다 / 더 사람다워진다는 것이다 // 축배!"(「호칭과 신분」)라고 말하는 참 못난 시인이기도 하다. 하지만 이런 시인의 모습이 저자는 너무도 미덥고, 이런 마음에서 시가 창작되어야 진정한 시가 된다고 굳게 믿고 싶다. 그는 "배설은 폐허를 삭혀 / 존재의 숲 일군다"는 데서 "어느 누구도 / 막창 먹을 땐 똥폼 잡지 않는다"(「우아한 막창」)라는 삶의 진실을 발견하고자 한다. 진실한 '내용'이 미적인 '형식'으로 잘 형상화된 것이 시라는 사실을 그의 시는 너무도 잘 보여준다. 그의 시는 형식적이고 구조적으로는 우아함을 갖고 있지 않지만, 아니 정확히 말해 스스로 이런 식의 우아함을 거부하고 있지만, 생활과 현실에 뿌리내린 시적 진정성이 있어서 너무도 우아하다고 하지 않을 수 없다. 이러한 역설적 세계 인식이 그의 시를 풍자와 해학의 미학으로 이끌어 왔던 게 아닐까 싶다.

그동안 김경훈의 시는 제주의 시인 대부분이 그러했듯 4·3의 역사적 상처와 아픔을 노래하고 식민과 분단이데올로기의 희생이 된 제주의 고통을 증언하고 고발하는 데 집중했다. 이러한 역사의식과 현실인식은 제주의 시인이라면 누구나 짊어지고 가야 할 숙명이 아닐 수 없었다. 육지 사람들에게 제주는 우리나라에서 가장 아름다운 풍광을 자랑하는 장소로 손꼽히지만, 식민과 분단의 역사는 이토록 아름다운 섬마저 전쟁과 살육의 광기어린 섬으로 바꾸어버렸기 때문이다. 김경훈의 시는 바로 이러한 제주의 역사적 현장으로부터 단 한 발짝도 벗어나지 않았다. 이번 시집은 이와 같은 주제의식으로부터 조금은 비껴 선 자리에 있는 것처럼 보이지만, 근본적으로 그의 세계관은 같은 곳을 지향하고 있다.

제주의 지형은 한라산을 중심으로 바다를 향해 펼쳐진 부드러운 언덕의 모습을 하고 있다. 하지만 엄마의 품속 같은 그 아름다운 평화의 세계를 우리의 역사는 끊임없이 배반해 왔다는 사실을 반드시 기억할 필요가 있다. 우리가 오늘의 역사에서 제주라는 섬을 '평화의 섬'으로 부르고 기억할 필요가 있는 이유도 바로 여기에 있다. 이런 점에서 시인은 제주의 미래가 "탐욕의 찬합같은", "탕진의 서랍같은", "폐허의 곽집같은"(「초초초 고층아파트, 그 천공天空의 우상」) 수직적 욕망으로 타락하지 않기를 진정으로 원한다. 제주는 한라산을 중심으로 바다를 감싸 안은 완만한 수평적 평화의 세계라는 사실을 결코 잊어서는 안 되는 것이다. 김경훈의 시가 너무도 일상적이고 평범한 언어의 세계를 보여주고 있음에도 불구하고, 그 어떤 시인보다도 깊이 있는 시의 세계로 다가오는 것은 바로 이러한 역사의식과 현실의식에서 비롯된 자연스런 결과이다. 시는 "저급한 식탁의 언어가 아니라 우아한 막창의 배설"(「자서」)이어야 한다는 그의 시론이 예사롭게 들리지 않는다. "어느 누구도 / 막창 먹을 땐 똥폼 잡지 않는다"라는 평범한 일상을 깊이 성찰하는 시적 사유와 실천이 절실하게 필요한 때임을 새삼 생각하지 않을 수 없다.

실존의 감각과 감각의 실존

서규정, 『그러니까 비는, 객지에서 먼저 젖는다』
김종미, 『가만히 먹던 밥을 버리네』

'정치적'인 감각의 허위를 넘어서

요즘 시단은 너도 나도 '정치적'이다. 아니 모두가 '정치적'인 장場 위 / 안에서 시를 쓴다고 말한다. 정확히 말해 그렇게 말하고 싶어 한다. 물론 이 말은 전혀 틀린 말은 아니다. 시 역시 어차피 인간과 세상에 대한 어떤 목소리의 형상이라면 일정 부분 '정치적'인 것은 너무도 당연하기 때문이다. 하지만 지금 '정치적'인 것을 둘러싼 쟁점은 이런 식의 추상적이고 관념적인 태도로 시의 존재 의미와 위상을 찾는 데 있지 않다. 아주 구체적인 대안은 되지 못한다 할지라도 시가 생활과 현실을 외면해서는 안 된다는 조금은 경직된 관점에서 '정치적'인 것의 실천을 찾고자 하는 노력이 더욱 절실한 때이다. "짝퉁 일색의 가면 무도회장" 같은 시단을 향해 "시민혁명은 계속된다"(『백야』)라고 선언하는 데서 진정한 의미에서의 '정치적'인 감각을 찾아야만 하는 것이다.

이런 점에서 서규정의 시는 감각의 허위를 걷어내는 데서부터 시의 진정성을 찾고자 한다. 하지만 그가 시의 '감각' 그 자체를 부정하는 지독한 현실주의자는 아닌 듯하다. 문제는 '감각'이 아니라 감각의 '허위'에 있으므로 그의 시는 소위 리얼리즘과 모더니즘의 통섭을 지향하는 게 아닐까 싶다. 다시 말해 그의 시는 철저하게 현실의 한 가운데에 놓여 있으면서도 그것을 평면적으로 응시하는 서술적 태도보다는 그 안에 숨겨진 '실존의 감각'을 찾으려고 하는 것이다. "오래된 벽화는 / 바탕이나 채색이 아니라 // 깊이다 / 깊이로 외친다"(「네가 운다」)라는 말에서처럼, 그에게 있어 시는 '채색'의 과정이 아니라 '깊이'를 채우는 과정이다. 모진 풍파를 겪은 돌 위에 갈고 새겨 완성하는 벽화처럼 그의 시는 '깊이'로 말을 하는 자세를 견지하고자 한다. 그리고 그의 벽화에 새겨진 '깊이'는 신산한 삶의 여정이 만들어낸 '실존'의 자리로 승화한다. 그의 시에서 '감각'은 '실존'이 만들어내는 가장 자연스러운 언어의 '깊이'인 것이다.

서규정의 시에서 실존의 감각이 두드러지게 형상화되는 자리는 대부분 '상처'의 자리이다. 그 상처는 줄곧 기억의 시선으로 드러나면서 자전적 형식으로 구체화된다. 그의 시가 어느 한 곳에 정착하지 못하고 이곳저곳을 떠도는 '황야의 정거장'과 같았던 이유도 바로 '상처' 때문이었을 것으로 짐작된다. 이번 시집에서도 그는 여전히 길 위를 떠도는 자의 모습을 처절하게 보여준다. 그래서 그는 "그러니까 비는, 객지에서 먼저 젖는다"(「그 집 앞」)라고 말한다. "고통이 오면 고스란히 당하며 살았"(「모든 축제엔 비가 내린다」)던 기억을 되짚어 가면서 그의 시는 고통의 기억과 상처를 점점 더 깊숙이 내면화하고 있는 것이다.

> 언제여, 마른 꿈으로 접어 날렸던 종이비행기는 농약 먹은 풀밭에
> 지금은 어떤 자세로 뒤집혀져 있는지 모르더라도
> 맑고 찬 하늘 부셔 오히려 눈물 나고, 흰 두루미 앉았다 뜨던
> 벌판은 벗어나야 비로소 벌판이겠지

모내기 논에서 동네 사람 몇 웃겨 놓더니, 세탁이나 이발

그 좋은 일자리 다 놔두고 배우가 되겠다고

노을에 물든 마을을 떠난 푼수를 기억하나요

미사일 기지촌으로 가는 트럭, 미군 무릎 위에 인형처럼 떠가던

양공주의 익다만 미소와 같이

나라가 약하면 우는 일보다 호호실실 웃어야 할 것이 더 많았던

독재와 개발, 젊은 피를 팔러가던 월남전

지글지글 끓던 라디오와 흑백TV에서 듣고 본

서푼 짜리 익살로는 통하지 않던 격랑의 세월을 건너며

대체 무얼 하며 늙었을까

묻지 마세요

꾸욱 다문 입, 생략된 부분이 더 절창일 것이며

우리 삶은 한판 꿈이거나, 연극 같지 않던가요

산다는 건 새끼를 꼬듯 제 갈 길 꾸불꾸불 꼬아가듯

백학, 한 모금의 물로 가슴을 적시자마자

긴 목과 다리를 일직선으로 비틀어 짜고, 날아가고 날아가던

金堤, 눈 속에 남은 물기들을 골고루 골라주던 트럭과 먼지의 나날

—서규정, 「金堤」 전문

젊은 날 고향을 떠나온 화자는 격동의 현대사를 고스란히 살다가 이제
는 "대체 무얼하며 늙었을까"라는 회한을 남긴다. 아무리 "우리 삶은 한판

꿈이거나, 연극 같"다고 하더라도, "산다는 건 새끼를 꼬듯 제 갈 길 꾸불 꾸불 꼬아가듯"한 운명임을 늙어서야 깨닫는 화자의 심경은 허망하고 또 허망하지 않을 수 없을 것이다. "그 좋은 일자리 다 놔두고 배우가 되겠다"던 낭만적 꿈도 사라지고, "먼지의 나날" 속에서 보낸 지난 세월은 고향을 향해서 자신을 "기억하나요"라고 물을 수밖에 없는 곤궁한 현실에 내몰리게 했다. 결국 화자는 더 이상 한 곳에 정착을 꿈꿀 수 없는 이방인으로서의 유랑자적 삶을 선택하지 않을 수 없다. 하지만 화자의 유랑은 현실에서 실패한 자의 도피나 방황이 아니라 "마른 꿈으로 접어 날렸던 종이비행기"를 되찾기 위한 '실존' 찾기의 여정이라는 점에서 사뭇 문제적이다. 그가 받은 상처의 시절이 오로지 그만의 것이 아니었던 이유가 개인이 아닌 현실의 모순에 있음을 깨달으면서, 그의 시는 한 개인의 삶에 국한하지 않고 공동체의 운명을 성찰하는 방향으로 나아가고 있기 때문이다. 그에게 상처의 자리가 "참 달디 달았다"(「맛있는 상처」)라고 느껴지는 순간, 공동체의 삶을 온전히 껴안은 생활의 자리에는 '실존의 감각'이 더욱 빛을 발하는 순간이 찾아오는 것이다.

이처럼 서규정의 시는 언제나 떠도는 모습이었는데, 이번에도 그의 시는 한 자리에 진득하게 머물러 세상과 사물을 응시하기보다는 걷고 뛰면서 만났던 살아있는 삶의 모습을 바라보는데 집중했다. 즉 그의 시는 분주히 떠돌며 움직이는 가운데 잠시 머문 자리에서 비로소 생성되는 것이 아닐까 싶다. 어쩌면 아무도 거들떠보지 않을 평범한 삶을 만날 때마다 그는 그 자리에서 잠시 갈 길을 멈추어 그 '깊이'를 만져보고 온몸으로 느껴보려 하는 것이다. "이승의 고통을 건너 또 다른 세상의 고행을 찾아 / 이리 비틀 저리 비틀, 술에 술로 가다가 죽는 그 자리"(「프라하의 연인」)에서 비로소 그는 '실존의 감각'을 체험하게 되는 것이다. 감각이 먼저 그의 시심을 일깨우는 것이 아니라 처절한 실존의 경험이 그에게 시의 감각을 살아나게 한다. "실속도 없이 거푸집만 쓰다듬으며 왔"던 시의 길에서 "손가락 끝에서 마치는 아픔"(「파문」)을 발견하는 성찰의 자리, 아마도 이러한 성찰의 한 가운데에서 그의 시는 늘 새로운 모색을 하고 있는지도 모르겠다. "시는 비평가가 / 직접……쓰면 간단할 것을 / 웬 뒷소리들이 많은 것인지"(「그 집 앞」)를 직접적으로 나무라는 그의 목소리 앞에서 비평가의 한 사람으로서 한없이 부끄러움을 느끼지 않을 수 없다. 아직도 그의 '실존'이 얼마만큼의 '깊이'를 담고 있는지를 온전히 가늠할 수 없는 저자가 쓴 이런 글이 도대체 무슨 의미가 있을지도 모르겠다. "함께 숨 쉬는 이 지상에서 제일로 아득한 거리가, 이웃"(「멀고 먼 지도」)이라는 그의 생각을 관념이 아닌 실천으로 받아들일 때 조금 더 그의 시의 깊이에 다가갈 수 있지 않을까 생각해본다.

'감각'의 기억과 실존의 자리

김종미의 시는 잃어버린 혹은 잊어버리고 사는 '감각'을 찾기에 분주하다. 그것은 "사람과 사람사이를 반짝이게 하는 것"(「처음처럼」)처럼 추상적이고 관념적일 때도 있지만, "도로 위에서 먹이를 찾는 비둘기에게 / 브레이크를 밟지 않고 질주할 때 / 유리창 앞을 아슬아슬하게 날아오르는 작은 그것"(「질투」)처럼 조금은 구체적일 때도 있다. 대체로 그것은 의식적인 "망각"을 통해 "들려줘야 할 무엇을 기억"(「질투」)하는 과정으로 형상화된다. 이런 점에서 그의 시에서 '망각'은 일종의 시적 전략으로 '감각'을 극대화하는 유효한 장치로 기능한다. 그리고 때로는 이러한 망각의 징후는 눈앞의 현실을 넘어선 환상의 형식을 보여줌으로써 지금의 현실에서 받은 상처를 치유하는 가능성의 자리로 남게 된다. 결국 그의 시에서 감각은 현실을 넘어선 실존의 자리라는 점에서 관념적이면서도 지극히 현실적인 양가성을 지닌다.

그의 시에서 '감각'은 '기억'을 통해서 비로소 실존적 의미를 찾는다. 그것은 "아름다운 새장을 찢고" 나온 화자가 "날아보고 싶은" 그리고 "나를 안고 싶은"(「새장 밖에서 한 남자가 나를 기다리는 동안」) 마음을 진정으로 확인하는 데서부터 출발한다. 아마도 그의 시가 폐쇄된 공간으로부터의 이탈이라는 이미지에 집착하는 이유도 바로 여기에 있지 않을까 싶다. 갇힌 공간 안에서 탈주의 욕망을 품은 자아여야만 비로소 세상과 자유롭게 그리고 정직하게 만나는 실존적 자아일 수 있기 때문이다. "아무리 사랑스럽게 불러도 / 주인을 기억하지 못하는 눈빛을 가진 짐승"(「고양이 사랑」) 처럼, "짧고도 / 뜨겁고도 / 쓰디 쓴 블랙홀"(「에스프레소」)처럼, 사랑의 감각은 '배반'의 감각을 동반할 때 더욱 절실해진다. "너에 대해 품는 나의 강렬한 적의만이 / 너를 유혹할 수 있다"(「투계」)는 지독한 모순의 감각을 기억하는 순간, 김종미의 시는 비로소 잃어버린 정체성을 온전히 찾는 실존의 순간을 맞이하는 것이다.

밤마다 흉터를 쓰다듬는다

그 흉터가 나를 사랑하여

드디어 나를 쓰다듬을 때 까지

쓰다듬는 일은 지문을 조금씩 나누어 주는 일, 지문도 없고 땀구멍도 없고 솜털도 없이 고집스럽게 상처만을 기억하는 표정 손끝에서 자꾸 미끄러진다 언니 때문이야! 엄마, 왜 날 이렇게 키웠어! 봄꽃 무르익어 피고 지고 여름꽃마저 피려하는데 아직도 민숭한 목백일홍 둥치를 치며 너는 왜 이 따위야! 여름 익고 익어 목백일홍 물컹한 꽃뭉치 토해낼 때 나는 왜 이 따위야! 제 뺨을 치는, 가장자리가 꿈틀대는 흉터, 너 예쁘다 예쁘다 아예 믿지를 않더니 너 예쁘다 예쁘다 정말 믿어주는 그 사이, 백만 명이 아귀다툼 하는 한 평의 땅을 쓰다듬는다 지문은 신생아의 첫 눈물이 떨어질 때 생긴 파문, 꽉 주먹 쥔 흉터가 웃는다 아, 배냇짓이다

— 김종미, 「흉터가 배냇짓을 하며」 전문

"밤마다 흉터를 쓰다듬는" 화자의 행위는 "고집스럽게 상처만을 기억하는 표정"을 극복하려는 감각적인 몸짓이다. "언니"와 "엄마"로 대변되는 여성은 여성으로서의 화자의 불안과 공포를 더욱 증폭시켜서 "언니 때문이야! 엄마, 왜 날 이렇게 키웠어!"라는 지독한 원망과 탄식으로 점점 더 극대화된다. 계절의 순환에 따라 성숙하는 인간의 모습을 바라보면서도 "나는 왜 이따위야!"라는 자학이 가득할 뿐이다. 끝도 없이 상처의 자리인 "흉터"를 쓰다듬어보지만, "그 흉터가 나를 사랑하여 / 드디어 나를 쓰다듬을 때까지"는 화자조차도 "흉터"의 감각이 만들어내는 '실존'의 의미를 전혀 알지 못한다. "쓰다듬는 일은 지문을 조금씩 나누어 주는 일"이라는 데서, 그리고 "지문은 신생아의 첫 눈물이 떨어질 때 생기는 파문"이란 데서, 상처가 곧 생명의 자리라는 역설의 운명을 비로소 감지하게 되는 것이다. "배냇짓"으로서의 "흉터"가 새로운 감각이 탄생하는 신비로운 자리임을 깨닫는 순간, 그의 시는 감각이 기억해 낸 실존의 자리를 온전

히 경험하게 되는 것이다.

김종미의 시는 "잘못 걸려온 전화처럼" 아주 잠시 특이한 감각의 혼돈을 준다. 비록 그것은 우연한 잘못에 의한 것이지만 "누군가의 손에 가을을 덥석 쥐어 주고 / 황망하게 끊지는 말아야겠다"(「가을」)라는 생각에 이르게 하는 것처럼 결코 우연적인 것만으로 볼 수는 없다. 그의 시는 "사랑했던 몸은 문 밖을 떠돌고 / 우리들의 관계는 문 안에 갇혀있다"(「관계」)라는 전도된 인식을 넘어선 '관계'에 대한 성찰에 깊숙이 닿아 있다. 그래서인지 그는 우연 속에 가려진 혹은 숨어 있는 감각을 예사롭지 않게 보려는 특별한 시선을 가지고 있다. 또한 "아이 둘 낳고 성경처럼 살았"(「미야」)던 감각과 "저 남자 아내는 있을까 / 섹스 할 때도 저런 표정일까 궁금했네"(「터어키탕」)라고 말하는 감각 사이의 교묘한 충돌이 그의 시의 감각을 언제나 살아있게 한다. 어딘가 모르게 매혹적인 감각의 절제와 균형이 더욱 감각적인 자극을 일으키는 시적 긴장이 그의 시의 매력이다. "죽도록 질투하고 / 죽도록 보고 싶고 / 죽도록 미워해서 / 가만히 먹던 밥을 버려"(「도플갱어」)는 데서 철저하게 세속적이면서도 한편으로 가장 정직하고 절실한 감각의 떨림을 발견하게 된다. "참았던 어항을 쏟아버"렸을 때 비로소 "쏟아진 물이 내 얼굴을 따뜻하게 덮"(「도플갱어」)는 우연한 경험은 감각이 만들어내는 필연적인 실존의 순간이다. 아주 잠시 그의 시에서처럼 저자도 "오래되어 버리고 싶은 남자와 여자를 새롭게 연결해 주는 / 그런 것이 있을까요"(「처음처럼」)를 생각해본다. 아마도 지금 우리 시는 이러한 감각을 찾으려는 조금은 진지한 노력을 해야 하지 않을까 생각해보는 것이다.

실존의 감각과 감각의 실존은 다르면서도 같은 모습이다. 즉 감각이 실존을 먼저 의식하느냐 나중에 의식하느냐의 차이일 뿐 양자가 모두 실존의 자리에 대한 미학적 탐색이란 점에서 일치되는 것이다. 실존이 사라진 자리에 감각만이 덩그러니 남아있는 시가 최근 우리 시단을 지배하고 있다고 말하면 너무 지나친 생각일까? 시가 다른 장르에 비해 '감각적'인 것을 지향한다 할지라도 감각이 실존을 동반하지 않는다면 자칫 기계적이고 도식적인 이미지로 전락할 우려가 있다. 실존의 자리를 굳이 민중이니 여성이니 하는 또 다른 관념 속에 묶어두지 않는다 할지라도, 감각이 시인의 주변에 놓인 현실의 자리를 외면한 지독한 관념이 된다면 시는 점점 더 독자와는 먼 장르가 되고 말 것이다. 어차피 시는 혼자만의 것이라는 생각은 아주 위험한 독선이다. 지금 우리에게 시는 더욱 더 독자와의 소통을 고민해야 한다. 물론 이러한 만남과 대화에는 여러 가지 형식과 감각에 대한 이해와 전략이 요구되는 것이 당연하다. 다만 그 감각이 조금 더 실존에 다가서려 하는 노력이 절실하다는 것이 저자의 생각임을 밝혀둔다.

근원으로 돌아가려는 노년의 시적 여정

신진, 『석기시대』

변화와 본질 사이의 시적 긴장

최근 들어 시의 변화가 심상찮다. 급격하게 변화하는 시대의 조류와 이에 조응하는 독자의 관심과 인식의 변화에 맞게 현대시도 변화를 모색하는 것은 너무도 당연한 일이겠지만, 변해야 할 것과 변하지 말아야 할 것 사이의 시적 긴장을 놓치고 오로지 시의 변화와 갱신이라는 현실적 가치에만 매몰되어 버린다면 문제가 아닐 수 없다. 물론 이러한 문제의식은 시의 장르적 관습을 고수하려는 보수적 시학의 위계를 옹호하려는 것이 결코 아니다. 다만 시의 변화와 갱신이 가져올 새로운 시의 면모를 긍정적으로 바라보면서도, 여타의 다른 장르와는 명백하게 구분되는 시 장르 자체가 지닌 본질적 의미마저 훼손하는 극단적 변화의 방식이 되어서는 안 된다는 점만은 분명하게 지적해두고 싶다. 결국 지금 현대시는 변해야 할 것과 변하지 말아야 할 것 사이에서 내적 성찰을 지향하는 본질적인 문제의식을 가질 필요가 있다. 지난 시대의 시에서 무엇을 변화시켜야 하고 그 속에서 또 무엇을 올곧게 지켜내야 하는지에 대한 시적 긴장을 견지하는 데서 앞으로 우리 시가 나아가야 할 진정성 있는 방향성을 찾을 수 있는 것이다.

신진의 아홉 번째 시집 『석기시대』는 이러한 변화와 본질 사이에서의 시적 긴장을 보여준다는 점에서 문제적이다. 시인이 "시도 하릴없이 노년에 든 듯하다"라고 직접 밝히고 있듯이, 이번 시집에 수록된 시들은 대학 교수로서 정년을 하고 낙동강변의 자연 속에서 살아가는 노년의 성숙한 언어들로 이루어져 있다. "시보다 말보다 조금 더 쌈박한 동작이 있기를 바라는 마음 또한 간절하다."(「시인의 말」)라는 데서 알 수 있듯이, 이번 시집은 시인으로 살아왔던 지난날들에 대한 깊은 회한과 성찰의 시선으로 온전히 채워져 있는 것이다. 시의 언어보다 삶의 동작을 더욱 중요하게 인식하는 시인의 언어는 이미 언어라기보다는 행동이고 실천이다. 그에게 주어진 노년의 자유로움이 비로소 시를 시답게 바라보고 인식하는 평온함과 절실함을 동시에 안겨준 것은 아닐까. 이번 시집을 읽으면서 가장 먼저 떠오른 생각은, 굳이 왜 지금 '석기시대'를 꿈꾸고 있는 것인가에 있었다. 모두가 급격하게 변화하는 문명의 속도에 편승해 편리와 이기를 추구하기에 분주한데, 시인은 오히려 돌칼을 들고 원숭이들과 마주하는 원시시대의 삶을 동경함으로써 의도된 역행을 감행하는 아이러니를 보여준다. 이러한 아이러니는 문명적 현실에 대한 비판과 풍자의 알레고리적 성격을 지닌다는 점에서, 가장 과거적인 모습을 통해 가장 현대적인 세상을 성찰하는 문제적 시각을 드러낸다는 점에서 의미심장하다. 이 또한 그의 시가 견지하고 있는 변화와 본질 사이의 시적 긴장이 아닐까 싶다.

지금까지 시인은 불합리한 시대에 맞서 현실 비판에 뛰어든 청년 시절의 시세계를 지나 근대 문명의 자기모순과 상처를 치유하는 자연에 대한 지향성과 생명의식에 바탕을 둔 생태적 지향성 그리고 이러한 현대 사회의 파편화되어 가는 인간관계를 공동체적으로 통합하려는 움직임까지, 언제나 우리 시대의 문제적 지점을 외면하지 않고 정직하게 대응하는 비판적 현실의식을 일관되게 보여주었다. 게다가 이러한 그의 현실 지향적 시세계는 다다이즘과 초현실주의 등과 같은 모더니즘이 주도했던 부산 시단의 암묵적 억압을 뚫고 지켜온 것이란 점에서 더욱 문제적이다. 현상에 대한 형식적 대응으로서의 미학적 자의식을 넘어 현실과 사회의 모순을 정직하게 응시하는 사회적 모더니티의 추구가 폭압의 세월을 견뎌야만 했던 시대 정서에 부합하는 올바른 시적 방향이라고 보았던 것이다. 다만 이 참혹한 세월에 온전히 맞서 싸우지 못한 채 '신화神話'의 추상성에 스스로를 가둘 수밖에 없었던 것은, 시인만의 아픔이 아닌 그 시대를 살아온 우리 시의 공통적인 슬픔이고 운명이 아니었을까. 아마도 그의 시는 이러한 신화의 추상성을 점점 더 현실 가까이로 이끌고 가면서 끊임없는 변화를 시도해 왔던 것이 아닐까 생각된다. 그리고 어쩌면 이번 시집은 이러한 변화의 막다른 끝에 다다른 시인의 내면을 숨김없이 보여주는 것이 아닐까 싶다.

원시적 생명성과 신화적 공동체성

이번 시집의 표제작인 「석기시대」 연작은 원시적 생명성을 추구하는 시인의 아이러니적 세계 인식을 보여준다. 즉 모두가 미래지향적이고 문명지향적인 세계를 향해 맹목적으로 달려가면서 실적과 성과 위주의 자본주의의 양적 세계에 탐닉하고 있는 지금, 시인은 오히려 거꾸로 시간을 돌려 문명과 자본으로 인한 세계의 갈등이 처음부터 존재하지 않았던 '석기시대'로 돌아가 현재를 비판적으로 성찰하는 시선을 드러내고 있는 것이다. 이러한 아이러니적 태도는 원시적 생명체의 본연성을 되찾으려는 동경의 시선으로부터 자본과 문명에 길들여진 현재의 속물성을 넘어서는 시적 방향을 발견하고자 하는 데 있다. 여기에서 "돌"은 "바람이 쓰다듬고 별빛이 핥으며 / 오랜 세월 식혀 왔"던 것으로, 시인 자신이 살아온 지난 삶이 투영된 객관적 상관물로서의 기능을 한다. 그래서 시인은 "돌을 보면 / 쥐고 싶다"라는 본능에 이끌리게 되는데, 이러한 돌에 대한 집착은 세속적 현실로부터 상처 받은 자신을 다시 올곧게 세워주는 "단단한 심장"과 같은 의미를 가지기 때문이다. 하지만 속물적인 세계는 이와 같이 오래된 돌마저 상업적으로 이용하고 그것을 통해 자본을 축적하려는 음험한 의도를 드러내기 일쑤이다. "진주시 일원에 떨어졌다는 / 운석 조각 찾기에 세상 시끄럽던 해 가을"(「돌도끼 휘두르며 – 석기시대」)의 모습은 바로 이러한 세태를 반영하는 것이 아닐 수 없다.

이처럼 시인에게 있어서 '석기시대'로의 귀의는 속물적 세계에 대한 비판을 통해 잃어버린 인간의 본성을 회복하려는 의지를 표방한 것으로 볼 수 있다. 이는 자연과 인간과 세계가 온전히 하나로 통일되었던 총체성의 세계에 대한 회복을 지향하는 것으로, 원시적 생명성에 대한 재발견이라는 가장 과거적인 지향성을 통해 오히려 가장 미래적인 방향으로 나아가려는, 다시 말해 '오래된 미래'로서의 아이러니적 세계의 긴장을 시공간적으로 형상화한 것이 바로 '석기시대'라고 할 수 있는 것이다.

> 허공에 감사하며 살아야 한다.
> 우리가 동굴 속에서 편히 지내고 있는 것도
> 동굴이 안고 있는 허공 덕분이며
> 돌그릇이 고기를 담을 수 있는 것도
> 그릇이 소중히 안고 있는 허공 덕분이며

불이 열을 내고 빛을 발하는 것도

불을 싸고도는 허공의 베푸심이다.

허공을 섬기고 살아야 한다

과일이며 곡식이며 우리 손에 드는 일

허공이 익혀 전하는 말씀에 다름 아니요

날아가는 나무창도

허공이 받아줄 때 짐승의 살을 얻게 되나니

허공을 섬기며 지내야 한다

허공을 돌보지 않는 날은

살이 상하고 바람이 상하고 빛이 상하게 되리라

허공을 떠나

마음에 몸이 가득 차는 날에는

고기가 고기가 아니고, 곡식이 곡식이 아닐 것이다

살 속에 머릿속에 고이 들여 두고

내장 구석구석 고이들여두라, 허공 받들어

식량이며 사람이며 무시로 드나들게 하고

짐승에게도 가고 물에게도 불에게도 들여두어라

마지막 절벽 앞에 설 때에는

절벽의 먹이가 되어 그대 조용히 허공에 들 것인 즉

—「허공—석기시대」 전문

석기시대 생활공동체 공간인 "동굴"과 생활 도구인 "돌그릇", 그리고
사냥 도구인 "나무창"과 음식을 만드는 "불" 등에서 "허공"의 가치를 읽어

내는 시인의 태도는 지극히 반성적이고 성찰적이다. "허공"은 결국 아무 것도 없음을 의미하지만, 그것으로 인해 감사할 줄 알고 섬길 줄 아는 지혜를 갖게 된다는 데서, 자본과 물질에 대한 과도한 소유 욕망으로 가득 찬 문명사회의 인간이 지닌 탐욕은 부끄러움의 대상이 될 수밖에 없다. 게다가 온통 날카로운 사각형으로 이루어진 세상을 살아가는 지금 모서리의 날카로움에 길들여진 현대인들의 공격성과는 달리, 둥근 세계의 부드러움을 형상화한 '허공'의 포용성과 겸손은 현대를 살아가는 인간의 참된 삶의 태도를 새삼스럽게 일깨워주는 것이 아닐 수 없다. '허공'이 만들어내는 이러한 원형성의 세계야말로 원시적 생명성의 공간을 가장 잘 보여주는 것이며, "수목이 사람 모양을 하고 // 물과 바람과 볕으로 사는 내력 // 사람이 수목이 되어 // 바람 일구고 물 나누고 볕 갈라 쓰며 사는 내력"(「읽고 싶은 글ー석기시대」)에서처럼 자연과 인간이 서로를 구분하지 않고 온전히 통합되는 서정적 세계의 질서를 구축하게 하는 것이다. 그래서 시인은 이러한 '돌'의 원형성에 기대어 자본과 문명에 의해 파편화된 모순의 현실과 개체화된 인간을 통합하는 신화적 공동체성을 갈망한다. 즉 시인에게 있어서 "돌"은 신화적 상징물로서 애니미즘animism적 상상력을 구현하는 매개물이라고 할 수 있다. 하지만 시인은 이러한 애니미즘의 추상적 관념성에 머무르지 않고 이를 도구화하여 모순된 현실을 타개하는 강력한 수단으로 삼고자 한다는 데 특별한 문제의식이 있다. 그래서 시인은 무생물로서의 "돌"에 "뒤집히고 처박혀도 꼿꼿 서"는 강인한 생명력을 불어넣고 있는 것이다.

그대 쓰러진 자리

돌을 세운다

뒤집히고 처박혀도 꼿꼿 서리라

돌 치고 서지 않은 돌 없나니

예 이르자고

손 잘리고 발 꺾이며 구불어 왔나니

꿈이며 노래며 예 벗으렴

지금은 비로소 당당히 설 때

(…중략…)

바로 서기는 바로 눕기보다 편안한 자세

바로 선 동안 잠잘 때보다 따뜻하고

꽃밭에 묻혀 지내기보다 떳떳하다네

예 세우나니

대지(大地)의 주름을 펴고

바람을 지키고 짐승의 길이 되어라

하늘 우는 날에도 땅 갈라지는 날에도 꼿꼿이

머지않아 잊히리, '바로'와 '서기'

어둠 속에서 누운 말이 바른말 되고

천상의 구름이 지상의 땀으로 둔갑하는 날 오리

만날 잊지 않고 우는 때가 오리라

사랑하는 이 쓰러진 자리
돌을 세운다
잊지 말라고 울지 말고 바로 서라고
돌 선 자리 하나하나 대지의 꼭대기인 즉
하늘에 땅에 그대의 도착을 알린다

　　　　　　　　　—「선돌 유래(立石 由來) − 석기시대」 중에서

　"사랑하는 이 쓰러진 자리"에 "돌을 세운다"는 것은 '돌'의 속성, 즉 "'바로'와 '서기'"의 정신으로 "손 잘리고 발 꺾이며 구부려 왔"던 상처와 고통으로 점철된 현실에 대한 비판과 저항의 상징성을 담아낸 것이다. 다시 말해 "둥글거나 모나거나 넓적하거나 삐죽하거나" 언제나 변함없이 바로 서는 돌의 생리를 통해 "당당"하고 "따뜻"하고 "떳떳"하게 살아가는 삶의 태도를 가질 것을 스스로에게 요구하고 있는 것이다. 이처럼 '돌'과 '자신'을 동일시하는 신화적 세계 인식과 '돌'에 자신의 소망을 투영하는 애니미즘적 상상력을 통해, "어둠 속에 누운 말이 바른말이 되고 / 천상의 구름이 지상의 땀으로 둔갑하는" 세상의 모순을 정직하게 비판하는 올곧은 시적 태도를 가질 것을 다짐한다. 또한 이러한 비판과 저항의 정신이 맹목적 대결을 지향하는 태도와는 달리, "갈지 않은 돌은 몸을 상하게 하고 / 갈지 않은 몸은 마음을 상하게 하나니"(「마제석기 − 석기시대」)에서와 같이 진정성 있는 자기성찰로부터 현실 비판의 방향성을 찾고자 한다는 데 더욱 의미가 있다.

이처럼 시인은 스스로에 대한 냉정한 성찰을 통해서만이 모순된 현실을 바로 세우는 시의 힘을 길러낼 수 있다는 사실을 직시하고자 한다. 서정시의 본질이 자기성찰에 있다는 점을 상기할 때, 그의 시는 주체와 세계의 대결과 갈등을 질서와 통합의 세계로 이끌어내는 서정성을 일관되게 지향해 왔던 것이다. 또한 시인은 이러한 서정성의 세계를 올바르게 구현하는 데 있어서 현실과의 대결이라는 긴장을 한시도 놓치지 않았으며, 자신을 성찰하는 완고한 태도로부터 진정성 있는 비판의 실천적 방향성을 정립하고자 했다. 그래서인지 그가 지향하는 '석기시대'는 과거적이라기보다는 오히려 미래적인 면이 두드러진다. 원시적 생명성과 신화적 공동체성을 상징화한 '석기시대'는 자연과 인간과 세계가 온전히 통합된 조화로운 이상적 공동체라는 점에서 가장 미래적인 모습을 지닌 아이러니의 세계인 것이다. 그리고 이러한 아이러니의 세계는 시인이 진정으로 꿈꾸는 생명의 가치를 지닌 세계를 지향한다는 점에서 근원적이고 근본적인 서정시의 본질에 대한 회복을 꿈꾸는 것이기도 하다. 최근 들어 이러한 그의 시 정신이 '노년의 상상력'과 만나 깊이 있는 성찰적 시선을 이끌어내고 있어 더욱 문제적이다. 길이 끝나는 곳에서 새로운 길이 다시 시작되듯이, 노년의 상상력은 새로운 상상력이 시작되는 또 다른 출발점이라는 점에서 아주 특별한 의미를 지닌다고 할 수 있는 것이다.

노년의 상상력과 성찰적 시선

시인은 앞서 언급한 이번 시집의 머리말에서 "노년 역시 주어진 현실인 이상 매일 매일 새로운 마음으로 맞아들이기를 마음먹는다. 비록 빈둥거리다 말지라도."(「시인의 말」)라고 노년에 접어든 시인으로서의 소박한 심경을 밝히고 있다. 인간이라면 누구나 노년을 맞이할 수밖에 없지만 시인은 이러한 노년의 일상과 현실을 긍정적으로 받아들이면서 오히려 "새로운 마음"으로 세상을 살아갈 것을 다짐하고 있는 것이다. 물론 그가 말하는 "새로운 마음"은 말 그대로 새로운 것을 찾거나 구상한다는 의미가 아니라, 지난 시절을 돌아보며 아쉽게 놓쳐 왔던 일상의 작은 소망들을 이제는 조금씩 실천하며 살아가겠다는 마음을 표현한 것이 아닐까. 그리고 이러한 작은 소망은 "높이"에만 집착하며 살아온 지난 시절의 허위적 욕망에 대한 반성으로 "깊이"(「산의 깊이」)를 추구하고자 하는 진정성 있는 자기성찰에 대한 의지를 표명한 것이기도 한 듯하다. 인간의 유한성을 두려워하며 죽음의 문 앞에서 스스로를 돌아보는 노년의 상상력이란 그 자체로 경외롭다. 화려한 수사로 과도한 욕망을 드러내는 그럴듯한 세계는 전혀 보이지 않지만, 평범하고 소박한 일상의 한 가운데에서 가장 편안한 자세로 자신의 내면을 응시하는 시인의 노년의 상상력에서 비로소 시는 완성된다는 사실을 새삼 깨닫게 된다. 그의 일상을 꾸밈없이 써내려간 어느 아침의 풍경이 가장 시다운 시로 느껴지는 이유도 바로 여기에 있다.

마른기침 일어나
어둠의 자투리들을 갠다
쿨럭쿨럭 삽자루 일어나고
눈곱재기 닦으며 털복숭이 한 마리 뛰쳐나온다
몽당 털복숭이 논두렁길 앞장을 서면
밤새 물을 지고 기다렸던 풀들이
노인의 발등에 한 바가지씩 물을 부리고 간다

샛바람 불어 노인의 이마에서 새로 체온을 짚고

복숭아뼈를 타고 쇄골까지 물 기운 오르는 동안

노인은 물꼬 다지고 피 싹 몇 건진다

논바닥 흙의 숨소리 여기저기 모이고 흩어지고

찌르레기 소리 내며 재잘거린다

들판 여기저기 바투 돛을 올리는

농투성이들의 목선들, 여어 – 여어 –

또 하루 함께 지냈구나

받는 이 없어도 저마다의 무사함을 알리고 있다

일평생 칭송 받은 일 없고

알레스카며 앙코르와트며 멀리 가 본 적 없으나

넘길 것 죄 넘기고 남았나니

다시 밝는 날이 짐 되지 않다

툇마루 너머 산이며 들이며 한없이 몸을 푼다

강아지 새삼 다가와 노인의 발등에 몸을 비비고

볕살 알뜰히 날아다니며 젖은 삽날 말린다

털복숭이와 둘이 맞는 툇마루의 아침 밥상

홰나무 가지 사이 샛별조차 기웃거리니

오늘은 갈 때 아니라고 하루 더 쉬다 가자고

몽당 털복숭이 폴짝폴짝 뛰어오르며

주중이 입에 문지르며 조르고 있다

—「노인의 아침」 전문

한 노인이 맞이한 시골 아침의 풍경이 이렇게 평화롭고 고요하다는 사실이 새삼 잔잔한 감동을 안겨 준다. 공허하고 적적하고 그래서 지독한 외로움의 시간일지는 몰라도, 오히려 그러한 시간의 빈틈을 강아지와 풀들과 바람과 흙과 더불어 채워 나가는 노인의 모습이 마치 한 폭의 동양화 속 노옹老翁을 만난 듯하다. 이처럼 그림 같은 풍경에서 갈등과 대결, 욕망과 집착 그리고 자본과 문명에서 비롯된 허위와 갈등은 전혀 찾아볼 수도 없고 찾을 이유도 없다. 그저 "툇마루 너머 산이며 들"과 함께 하면 그만이고, "강아지 새삼 다가와 노인의 발등에 몸을 비비"는 생명의 교감만 서로 나누면 족할 따름이다. 그래서 "털복숭이와 둘이 맞는 툇마루의 아침 밥상"은 전혀 외롭거나 공허하지 않다. 오히려 "홰나무 가지 사이 샛별조차 기웃거리"는 것처럼 세속적 현실이 부러워할 시공간이 아닐 수 없다. 시 속의 화자는 지금 "또 하루 함께 지냈구나"라는 작은 행복감에 젖어 있을 뿐이고, "오늘은 갈 때 아니라고 하루 더 쉬다 가자"라는 소박한 욕심밖에는 더 가진 것도 없고 더 가지려고도 하지 않는다. 오로지 그에게 남은 것은 강아지와 풀들과 바람과 흙과 같은 생명과 자연의 조화로운 세계에 대한 고마움뿐이다. "넘길 것 죄 넘기고 남았나니 / 다시 밝는 날이 짐 되지 않다"라고 말할 수 있는 것도 모든 욕심과 집착을 버렸기에 가능한 일이다. 지금 시인의 일상을 가득 채우고 있는 노년의 상상력은 근원으로 돌아가려는 서정시의 본질에 깊숙이 닿아 있어 참 따뜻하고 포근하고 아름답다. 앞서 '석기시대'에 대한 동경에서도 그랬듯이, 시인은 바람을 맞으며 숲을 지나 강아지 데리고 세상의 처음 그 순간으로 다시 돌아가고 싶은 것이다. 그래서 죽음조차도 아름답게 포용하는 그의 시선이 더욱 깊은 울림을 가져오는 것이 아닐까.

물은 울면서 흐릅니다, 껍질을 벗느라고
울며 갑니다, 몸을 낮추고

바람도 고개 숙인 채 울며 지냅니다
몸을 낮추고, 오랜 노여움을 부려놓습니다

울지 않는다면 꽃인들 초목의 허물을 벗고
어깨살 말끔히 내놓을 수 있으랴?

흙에 이를 때가 되면 생물은 생물이던 때를 잊습니다
마지막 그리움 녹여 내리고
저마다 지고 온 길들을 부려놓고

물방울이 방울을 떼고 물이 되고
물이던 때마저 잊어 고요에 드는 시간
사물도 생물도 아닌 때에 이릅니다

세상의 모든 명색(名色)이 몸을 녹이며
다다른 슬픔의 결정(結晶)

오늘도 받아주소서
온통 신음에 싸여

여기 잊혀 지지 않은 인간 하나

낮은 자리에 이르고자

사위(四圍)의 울음소리 귀담아 듣고 있습니다

—「울음소리 — 장지(葬地)에서」 전문

　이번 시집 곳곳에서 노년의 상상력은 자연을 바라보는 성찰적 시선에서 시적 깊이를 더해준다. 시인은 자연을 바라보는 깊은 성찰을 통해 인간이 지나온 삶의 파편들을 위무하고 진정으로 치유하는 방향을 찾고자 한다. "껍질을 벗"고 "몸을 낮추고" "오랜 노여움을 부려놓"는 데서부터 "꽃"과 "물"과 "흙"과 "생물"들이 온전히 하나로 통합되는 본연의 생명성을 되찾으려 하는 것이다. 인간의 유한성을 거역할 수 없다는 사실이 어느덧 실감으로 다가온 노년의 상상력이 바라보는 죽음은 "세상의 모든 명색名色이 몸을 녹이며 / 다다른 슬픔의 결정結晶"임은 숨길 수 없는 사실이다. 하지만 자연의 소리와 움직임에 귀 기울이는 마지막 모습에서 비로소 생명의 완성을 경험하게 되고, 그래서 시인은 지금 자연과 함께 걷는 길을 찾아 나서느라 분주하다. "오래 묵은 해송의 굽은 허리"를 보고서 "고맙다, 고맙다"(「천년 해송숲길 걸으며」)라고 연거푸 말하기도 하고, "매미소리 뻐꾸기소리 / 알 몸 내다 부리고는 다시 숲으로 사라지"(「숲에서」)는 풍경을 따라 숲에 머무르기도 하며, "아직도 꼬리치며 가물가물 사라지고 있는 / 청류계곡 물놀이"(「청류계곡 물놀이」)의 추억을 되새기기도 한다. 어쩌면 그는 "시인들이 시라는 말로 사람을 속"(「개똥같은 시인 임수생 — 그의 장례에 부쳐」)이는 세상의 모습조차도 온전히 버리고 허허롭게 자연 속으로 조용히 떠나고 싶어 하는지도 모르겠다. "죽음은 차가운 것이"지만 "장례

일에 와서 비로소 그의 시가 시로 다가오고"(「개똥같은 시인 임수생─그의 장례에 부쳐」) 있음을 깨닫는 것도 바로 이 때문이 아닐까 싶다. "나뭇잎을 나뭇잎이게 하"는 것은 "양심"(「몰래 잃어버린」)이라고 강조하는 그의 태도에는 욕망과 허위에 길들여진 세속화된 도시의 풍경에 대한 강한 비판의 메시지가 담겨 있다. 시인임을 자랑하고, 시인은 숲으로 간다는 것을 내세우지만, 정작 가장 허위적인 언어에 도취되어 세상을 현혹시키는 것이 오늘날 시의 현실임을 개탄하지 않을 수 없다. 그래서 오늘도 그의 성찰적 시선은 "전원田園으로 나가는 길"(「인간 벌」) 위에서 서성거리고 있는 것이다.

근원적 상상력과 서정시의 회복

시인은 이번 시집에 함께 실은 「시인의 산문」에서 "내 시 쓰기는 시라는 것이 무슨 심각한 사변을 늘어놓는 것이 아니라, 내적 경험의 언어적 등가물等價物이요, 주관의 사회화를 위한 객관적 상관물들의 협동 체제임을 실감하면서 본격화되었던 듯하다"(「시쓰기 전략의 체험기」, 149쪽)라고 했다. 이는 내적 경험의 기호화라는 주관성의 장르인 시의 본질적 성격을 말하는 것인 동시에, 이러한 주관성이 언어적 수사에 의지한 사변적인 것으로 흐르는 것을 경계함으로써 사회적 의미를 전달하는 공동체적 언어의식을 지켜왔음을 말하고 있는 것이다. 요즘 들어 시가 점점 더 사변적이 됨에 따라 독자들과의 거리는 더욱 멀어져 가고, 인간과 세상을 진정성 있게 이어주는 데 모든 역할을 쏟아야 할 시가 철저하게 개인화된 의식 공간에 매몰되어 있어 안타까울 따름이다. 물론 시는 가장 개인적이고 주관적인, 그래서 자기 고백적 성격이 강한 장르임은 분명하지만, 개인으로서의 시적 발화가 개인의 문제로만 국한되는 것이 아니라 사회로 확장하는 시적 긴장을 보여줄 때 가장 문제적인 개인이 된다는 점을 간과해서는 안 된다. 이런 점에서 신진의 시 창작론은 개인과 사회의 접점을 놓치지 않으려 했던, 즉 개인의 내면과 언어의 등가적 관계에 뿌리 내린 사회적 공동체성을 지향해 왔다는 점에서 귀감이 되기에 충분하다. 그래서 이번 시집에서 '석기시대'와 같은 더욱 근원적인 세계를 말하고 있는 것이나, '노년의 상상력'이 바라보는 시선을 통해 현대 사회의 인간의 삶을 정직하게 성찰하려는 것이, 과거 지향적인 것이 아니라 더욱 미래 지향적인 시적 태도를 드러내는 아이러니가 되는 것이다.

지금 우리 시단은 서정시의 위기를 우려하는 비판적 담론조차 진부한 시각으로 치부될 만큼 서정시의 본질이 심각하게 위협받고 있다. 시대의 변화에 따라 시도 변하기 마련이지만, 그 변화의 중심에 시의 본질마저 왜곡하는 언어의 합리화가 있어서는 안 될 것이다. 모두가 유행을 말하고 첨단을 자랑삼는 시대에 '근원적 상상력'을 강조한다는 자체는 자칫 시대착오적인 것으로 비칠지는 모르지만, 시의 본질은 오히려 이러한 시대를 거스르는 역행의 전략 안에서 제대로 구현될 수 있다는 데 특별한 의미가 있지 않을까 생각된다. 그래서 신진 시인의 '석기시대'라는 시적 화두가 더욱 의미심장하다. '오래된 미래'로서의 언어적 긴장과 시간적 역설이 노년의 상상력과 만나서 깊어진 이번 시집의 시편들은 젊은 시인들의 상상력이 차마 따라갈 수 없는 경험적 세계의 깊이를 보여주고 있다. 아마도 이러한 그의 시적 깊이는 "손에 쥐지 아니하고 / 품에 품지 아니하고 / 꿈에 가두지 아니하며 // 기꺼이 놓는 일"(「사랑, 놓는 일」)을 진정으로 이해하지 못하고서는 쉽게 다가서기 어려울 듯하다. 시인은 지금 인생의 끝 가까이에 있음을 스스로 숨기지 않는다. 하지만 그의 끝은 또 다른 시작이라는 인식 또한 분명하게 가지고 있다. "세상의 끝으로 가던 사내와 / 세상의 끝에서 오던 사내가 / 한 점으로 스미는 지점"(「구름 위에서」)에 시인은 서 있다. 과거는 이제 또 다른 미래를 향해 걸어가고, 미래는 지금 과거를 추억하며 거슬러 오르고 있어 그 시적 풍경이 참 아름답다. 아마도 이 두 사내가 서로 비껴가는 지점 어딘가에서 시인의 시는 또 다시 새로운 길을 걸어가게 될지도 모르는 일이다.

'죽은 시인의 사회'를 살아가는
시적 주체에 대한 성찰

양왕용, 『백두산에서 해운대 바라본다』

최근 들어 시의 내용과 형식이 점점 더 기괴해지고 현란해져가고 있다. 지금 우리가 발 딛고 서 있는 현실이 그만큼 복잡하고 황당한 일들로 가득 차 있기 때문이기도 하겠지만, 그래서 이러한 비합리적 현실 세계를 담아내는 데 기존의 시적 언어가 가진 질서로는 감당하기 힘들어서인지도 모르지만, 어쩌면 이러한 비판적 현실 인식과는 무관한 자리에서 시의 언어와 구조가 낯설고 기이한 형상에만 더욱 길들여져 감으로써 소통의 기능을 상실한 언어의 유희에 매몰되어 버린 것은 아닌지 냉정하게 묻지 않을 수 없다. 양왕용의 시집 『백두산에서 해운대 바라본다』를 읽으면서 이와 같은 최근의 시적 경향을 떠올리게 되는 것은, 시력詩歷 50년, 칠순이 넘은 시인의 언어가 너무나 소박하고 가벼워서 언어의 신기성을 좇아가기에 급급한 젊은 시인들의 시적 현란함이 도대체 무엇을 위한 언어적 선택인지를 성찰하지 않을 수 없기 때문이다. 특히 그의 초기시가 극도의 언어적 긴장tension을 구현하는 은유와 상징을 통해 철학적이고 관념적인 의식을 구체화하는 이미지에 크게 기대고 있었다는 점에서, 지금 시인이 보여주는 말년의 상상력이 최소한의 시적 장치조차 의식하지 않은 채 일상의 언어에 더욱 깊이 다가서고 있다는 점을 주목할 필요가 있다. 아마도 그것은 세속적 현실을 성찰적 태도로 바라볼 만한 성숙한 시의 경지에 다다른, 그래서 시조차 점점 세속화되어가는 현실에 정면으로 맞서는 진정성 있는 시의 자리를 되찾고자 하는 열망의 결과가 아닐까 싶다. 다시 말해 시의 본질과 시적 주체의 본연의 모습으로 돌아가는 것이야말로 시 혹은 시인이 감당해야 할 가장 중요한 지향성이 되어야 한다는 점을 특별히 강조하고 있는 것이다. 그가 지금을 일컬어 '죽은 시인의 사회'라고 단정적인 비판을 하는 이유도 바로 여기에 있다.

모든 것이
돈으로 치환되는
후기자본주의사회에서
시를 쓴다는 것이
어떻게 이 시대와 어울릴까?
시인 지망생 억지로 모아 가르치고
잡지 만들어 데뷔시켜 주고
다시 모임 만들어
전혀 돈으로 치환되지 않는 시들 모아
책 내게 하고
끝내는
그들의 지지로 문단을 주름잡는다는 것이
이 시대의 시인의 길이라면
나는 시인이 아니다
(…중략…)
시인들이 활개치는

죽은 시인의 사회

그렇다면

나는 시인이 아니다.

―「그렇다면 나는 시인이 아니다―죽은 시인의 사회(11)」

　시인으로 하여금 "그렇다면 / 나는 시인이 아니다"라는 뼈아픈 성찰을 하게 만드는 세속화된 일상의 중심에 오늘날 시인의 사회적 책임과 의무가 있음을 직설적으로 말하고 있는 시다. 시와 자본은 본래 전혀 무관한 것임을 충분히 알고 있으면서도, 시가 상품이 되고 시인이 권력이 되는 것을 묵인하고 방조하는 사람들이 바로 시인 자신들이라는 자기모순 앞에서 화자가 할 수 있는 최소한의 방어는, "그렇다면 / 나는 시인이 아니다"라고 말하면서 스스로 이런 '시인으로 살아가기'를 거부하는 것이다. 시 혹은 시인의 세속화를 철저하게 경계하면서 시의 본질을 깊이 성찰하고, '죽은 시인의 사회'를 살아가는 진정성 있는 시적 주체를 되찾고자 하는 시인의 마음을 어떠한 언어적 여과 없이 그대로 표현하고 있는 것이다. 최근 그의 시가 시적 언어와 구조의 긴장의 세계를 넘어서 한없이 자유로운 일상의 언어로 내려온 이유도 바로 이러한 비판적 인식과 전혀 무관하지는 않을 듯하다. 시가 현란해지는 것, 그래서 기괴한 언어와 낯선 구조가 가장 '시적인 것'으로 평가되는 것이야말로 자본주의적 언어 현실에서 비롯되었다고 판단하고 있는 것이다. 그래서 시인은 50년의 시작 생활 동안 계속해서 "버리고 또 버리기"를 시도해 왔다. 언어를 도구로 삼는 시인이 '시적 언어'를 버리고 점점 더 가벼워진다는 것은 상당히 의미심장한 문제의식이 아닐 수 없다. 인간의 내면 깊숙이 감성과 지성의 통합적 세계를 열어주어야 하는 시가 오로지 시인의 독백적 발화에 멈추어 버려 독자와의 소통이 심각하게 단절되어 버린 최근 우리 시의 경향에 비추어 볼 때, 관념적이고 추상적인 생각도 버리고 낯설고 기괴한 이미지의 세계도 버리고 오로지 일상의 언어로 세속화된 일상에 정면으로 다가서 는 그의 시야말로 가장 시다운 모습이 아닐까. 이번 시집에 수록된 백두 산, 고구려 유적지 기행시나 어린 손녀의 성장을 지켜보는 할아버지의 소 박한 마음을 담아낸 시 그리고 남해 바다의 유년의 상상력을 확장하여 해 운대의 밤바다를 형상화한 시, 기독교적 상상력에 토대를 두고 자기성찰 의 본질적 세계를 탐색하는 시는, 어느 시 한편도 시인으로서의 언어적 위계를 내세워 독자와의 소통을 외면하지 않고 그 자체로 독자에게 자신 의 삶을 성찰하게 하는 계기를 심어준다는 점에서 오늘날 시의 기능과 역 할이 어떠해야 하는지를 충분히 말해주고 있는 것이다. 이 가운데 어린 손녀의 성장 과정을 고스란히 시로 담은 '우리 집의 하얀 천사' 연작시가 가장 소박하지만 그래서 오히려 더욱 진솔하게 다가온다.

며칠 동안

의자며 소파며

어른들 손이며

닥치는 대로 잡고 일어서기를

땀 흘리며 연습하더니

드디어

두 발로 홀로 서다.

할머니와 함께 밥 먹다가

두 다리 알맞게 벌려 일어선

우리 집의 하얀 천사

주은.

어른들 박수 소리에

때가 되면 일어서는데

지금까지

조바심으로 기다린 어른들이

어리석다는 표정으로

두 다리에 힘주어 일어선

우리 집의 하얀 천사

주은.

이제는

아장아장 걸을 날만 기다리는

어른들에게

또 조바심이냐는 듯이

주님이 주신 미소 짓고 서 있는

우리 집의 하얀 천사

주은.

—「'주은'의 일어서기 – 우리 집의 하얀 천사(5)」

　　어린 손녀를 돌보는 할아버지의 마음이 아주 소박하게 표현된 시이다. 손녀의 일거수일투족을 예사롭지 않게 바라보는 시인의 마음이 가족이 아닌 제3자에게는 다소 유별나다는 생각이 들기도 하겠지만, 한편으로 대부분의 독자들은 시를 읽으면서 자신의 아들과 손주들의 작은 몸짓 하나에도 울고 웃었던 기억을 자연스럽게 떠올리면서 저절로 시와 온전히 하나가 되는 경험을 하게 된다. 시인의 초기시에 나타난 유년시절의 형상화 대부분이 할아버지와 관련을 맺고 있다는 점도 겹쳐서 생각해보면, 손녀에게로 향하는 시인의 조금은 유별난 시선이 더욱 각별한 울림을 갖지 않을 수 없다. 즉 아버지의 역사보다는 할아버지의 역사가 오히려 그의 삶의 원체험적 시공간을 이루었다는 사실을 이해한다면, 어린 손녀의 손짓 발짓 하나가 그대로 시의 세계로 내면화되는 것은 시적 원체험을 기억하고 현재화하는 또 다른 방식으로 받아들일 수도 있는 것이다. 이처럼 시인에게 유년의 기억은 현재를 의식화하는 감수성의 근원이라는 점에서 아주 특별하다. 그의 시가 50년의 세월을 지나오는 동안 조금씩 변화의 길 위에 있었지만, 근본적 토대만큼은 유년시절의 장소인 바다의 상상력에서 그다지 멀리 비껴서 있지 않았다. 언어도 형식도 관념도 이념도 모두 내려놓을 수 있을지언정 그의 시에서 절대 변할 수 없는 원형적 시공간이 바로 '바다'이기 때문이다. 이번 시집에서도 이러한 바다의 상상력은 여전히 중요한 모티프를 이루고 있어 주목된다.

새해 첫 날
새벽 바다 일출 보기 위하여 나섰으나
해보다 먼저 구름 본다.
며칠 계속
새벽 잠 설치며
해 먼저 보기 위하여 나섰으나

보이는 것은

검은 모래 사장과

그 뒤의 구름 끼인 수평선.

막상 해 떠오르는 순간에는

구름에 가려

한참만에 솟는

구름 위의 해만 바라보다가

실망하여 돌아 온다.

그런데

왜 사람들은

새벽마다 해 먼저 보기를 원하는가?

구름에 가려

오랫동안

여러 모양으로 떠오르는 해보다

온통 맨덩어리

정작 눈부셔서 오래 볼 수 없는

그러한 해만 보기 원하는가?

—「새벽 바다」

이번 시집의 제목에서 유추할 수 있듯이, 지금 시인은 부산의 바다를 가장 가까이에서 볼 수 있는 해운대에서 살고 있다. 대학교수로 몸담았던 학교 근처 금정산을 떠나 해운대로 거처를 옮긴 것도 바다의 원형성에 이끌린 자연스러운 이동이 아니었을지 모를 일이다. 그만큼 그에게 바다는 자신의 시 전반을 지배하는 근본심상이면서 지금의 현실을 성찰하도록 하는 본질적이고 궁극적인 세계이기도 하다. 다만 이번 시집에서 바다는 그동안의 원형성을 일정하게 유지하면서도 현실을 사유하는 매개체로서 시적 변용의 과정을 보여준다는 점에서 조금은 다른 의미로 다가온다. 새벽 바다의 구름과 검은 모래 사장 그리고 눈부신 해 가운데 유독 "정작 눈부셔서 오래 볼 수 없는" 해에만 집착하는 인간의 허위를 우회적으로 비판하고 있는 것이다. 보이는 세계의 거짓과 보이지 않는 세계의 진실이 혼동되어 버린, 그래서 보이는 세계의 현란함에 열광하다보니 정작 보이지 않는 세계의 숨은 진실을 외면하고 살아가는 현대인들의 자기모순을 시인은 직시하고자 하는 것이다. 결국 그에게 바다는 자기성찰의 서정적 비전을 열어가는 가장 근원적인 세계인 동시에 오늘날 인간의 허위적 의식을 정직하게 비추어보는 거울과 같은 의미를 지닌다. 급격하게 변화하는 시의 길 위에서 변하지 않는 본질의 세계를 통해 변화를 말하는 역설적 깊이를 보여주고 있는 것이다.

양왕용 시인은 과작의 시인이다. 시력 50년에도 불구하고 이번 시집이 여섯 번째에 해당한다. 시론과 시교육론을 전공한 학자의 길을 병행해서 걸어온 탓도 물론 있겠지만, 무엇보다도 시를 쓰면서도 끊임없이 시의 위계를 버리고 또 버려온 진정성 있는 시인의 길을 걸어온 때문이 아니었을까. 첫 시집에서부터 이번 시집에 이르기까지 그의 시집을 통독하면서 그와 같이 시의 길을 걸어가면서 점점 언어를 버리면서 시를 써온 시인이 있을까 하는 생각을 하지 않을 수 없었다. 이러한 시의식의 흐름은 네 번째 시집 『버리기, 그리고 찾아보기』에서부터 두드러지기 시작하더니 이번 시집에 이르러 더욱 가벼워진 시의 언어로 다가왔다. '시의 죽음'을 말한 지는 이미 오래되었다. 다행히도 아직 시는 완전히 죽어버리지 않았지만, 시와 독자의 관계는 심각한 단절을 겪고 있어서 굳이 시의 죽음을 선언하는 것조차 무의미하게 느껴지는 것이 사실이다. 그동안 시는 형식적으로든 내용적으로든 아주 견고해졌다. 그렇다면 이러한 견고한 시적 세계는 도대체 누구를 위한 절차탁마의 과정이었다는 말인가. 소통 불능의 시대에 시조차 소통 불능을 합리화하기에 급급하다면 진정 시의 현재적 위상과 의미는 어디에서 찾아야 한다는 말인가. 양왕용의 시는 이러한 비판적 문제제기에 일정한 답을 제시하고 있다는 생각이 든다. '죽은 시인의 사회'를 살아가는 시적 주체에 대한 성찰, 언어에 힘을 빼고 형식과 구조에 대한 고민을 잠시 유보한 채 세속의 언어 그대로를 사용함에도 불구하고 전혀 세속화되지 않는 시의 길에서 다시, 독자들은 시의 곁으로 천천히 걸어오지 않을까.

절정과 쇠락 사이에서의 시적 긴장

최정란, 『장미키스』

최정란의 시집 『장미키스』는 온통 붉다. 첫 시집 『여우장갑』(문학의전당, 2007)의 오렌지 빛이 『사슴목발 애인』(산지니, 2016)에서 붉은 기운을 더하더니, 이번 시집에서는 짙은 붉은색이 시집 전체를 압도하고 있다. 이번 시집에 수록된 시편들이 온통 일상의 상처와 고통을 견디는 시적 화자의 내면으로 가득 차 있음을 볼 때, 생의 순간마다 붉은색이 지닌 강렬함을 절대 놓치지 않으려는 시인의 완고한 의지가 담겨 있는 게 아닐까 싶다. 시인은 이러한 정열 혹은 열정이 쇠락해 가는 거역할 수 없는 현재의 일상을 거스르고 싶은 시적 고투를 의식적으로 벌이고 있는 것이다. 일상과의 싸움은 늘 지독하고, 이 지독한 싸움의 과정에서 절정의 순간을 지켜내는 것이야말로 시를 쓰는 이유이고, 또 시인으로서 살아가는 존재 이유를 증명하는 최선의 길이라는 것을 강렬한 색채의 상징성으로 말하고 싶은 것이다.

시인은 "몇 번이나 이 생에 더 와야 충분히 사랑할 수 있을까"(「시인의 말」)라고 말하면서, 내면의 빈자리를 어루만지면서 그것을 가득 채울 수 있는 진정한 '사랑'을 꿈꾸고 있다. 그래서 시인은 "꽃 잡아라 꽃, 아직 얼마 못 갔을 것이다"(「봄날은 간다」)라며, 떠나가고 소멸되고 점점 사라져 가는 것들에 대한 안타까움과 그것들을 자신의 곁에 머무르게 하려는 집요한 의식에 사로잡혀 있다. 아마도 시인이 '장미'의 세계에 오랫동안 매료되어 왔던 것은 이와 같은 쇠락과 소멸에 대한 두려움을 의식적으로 극복하려는 데서 비롯된 가장 붉고 아름다운 것에 대한 시적 욕망이 아니었을까. 이번 시집에서도 '장미'는 시인의 내면과 존재를 규정하고 의미화하는 뚜렷한 상징으로 자리 잡고 있다.

> 장미와 입을 맞추었지
> 가시를 끌어당겨 장미향기를 입술 안으로
> 깊이 빨아들였지
> 장미는 벌린 내 입을 더 크게 벌리고
> 내 심장을 꺼내 가졌지
> 그날부터 나는 심장이 없지
>
> 장미와 같은 시간을 호흡했지
> 바다와 하늘도 같은 고요를 들이쉬고 내쉬었지
> 별의 어깨를 출렁거리며 밤과 낮이
> 파도처럼 흰 한숨을 몰아쉬었지
> 그날 장미에 심장이 생겼지
> 세상은 장미의 들숨과 날숨으로 채워졌지
>
> 나는 한 점 후회 남김 없어
> 다만 후렴이 들어간 노랫말을 쓰기 시작했지
> 짧은 시간을 함께한 꽃은 빨리 지지
> 짧은 시간에 모든 숨결을 다 주기 때문이지
>
> ─「장미키스」 전문

"장미와 입을 맞추"고 "장미와 같은 시간을 호흡"하는, 그래서 "그날부터 나는 심장이 없"고 "그날 장미에 심장이 생"기는 전도된 현상은, 화자가 장미를 흠모하고 동경하는 데서 더 나아가 장미와 온전히 하나가 되려는 의식적인 선택의 결과이다. "무성한 당신"이고 "무심한 당신"(「장미」)을 향한 화자의 사랑은, 지나온 삶의 순간마다 자신의 심장을 유혹해온 장미를 향한 맹목적 사랑을 아낌없이 보여준다. 시인에게 장미는 가시 많은 위험한 꽃이지만, 그것에 찔리는 상처를 견디고 이겨내는 데서 진정한 사랑을 경험하고 간직할 수 있게 된다고 굳게 믿고 있는 것이다. 이러한 자학적 포즈로서의 시는 일상의 순탄함이 허락되지 않았던 지나온 시간들에 대한 상징이기도 하고, 그것들과 맞서 싸워온 시인의 고통스런 내면의 실체이기도 하다. 그래서 시인은 차라리 장미와 동화되는, 그래서 장미의 아름다움과 고통이라는 양가성을 넘어서는 방법으로 스스로 장미가 되는 위험한 선택을 하게 된 것이다. 그래야만 시인은 비로소 "나는 한 점 후회 남김 없어"라고 안도의 순간을 맞이할 수 있다고 보았기 때문이다.

이러한 시인의 열정에 대한 탐닉은 시간의 흐름을 거스를 수 없는 인간의 한계에 대한 의식적 도전이기도 하다. 이번 시집 곳곳에서 시인은 붉은색의 강렬함을 의식적으로 보여주면서도, 한편으로는 쇠락해가는 자신에 대한 쓸쓸함을 숨기지 못하고 있다. "꽃 지는 일"(「꽃 지는 일, 쉽다고 누가 말하나」)과 "사랑을 잃은 사람"(「글라디올러스」) 그리고 "해야 할 세상일 다 끝내고"(「공공연한 비밀」) 덩그러니 세상에 던져진, 늙고 병들고 잃어버리고 놓쳐 버린 상실의 고통에 빠져 있는 몸과 마음을 유독 아프게 바라보는 이유도 바로 이 때문이다. 그래서 시인은 "미련을 버려, 그렇지 않으면 / 더 슬퍼질 뿐이야"(「유모차를 미는 저녁이 지나간다」)라고 말하면서도, "있잖아 우리는 오래 살아야 한대"(「공공연한 비밀」) 라며 존재의 소멸에 맞서려는 소박한 의지를 드러내기도 한다. 뒤를 돌아보지 않고 오로지 앞으로만 달려가는 일상의 시간들 속에서, 그것을 내적으로 수용하되 그것을 주체적으로 변화시키려는 대결의식도 결코 놓치지 않으려 하는 것이다. "제 몸이 소금우물"이라고 스스로 고통을 내면화하는 시적 지향은 이러한 의지를 감당하려는 시인의 적극적인 태도를 드러낸 것이라고 할 수 있다.

삶의 가장 깊은 토막에 사다리 내렸을까,
마른 아가미 헐떡이는 물고기 여자

비탈을 깎으며 급하게 내닫는 바람에
창자도 알집도 빼주고, 속이란 속 다 빼 주고
불볕에서도 썩지 말라고
깊은 농도의 염분을 살 속에 저장한 여자

비린내 모르던 생의 전반부
가장 기름진 토막부터 썩을까 염려했을까
속속들이 제 몸이 소금우물이다

소금물 긷는 일, 일생의 화두로
산비탈에 어렵사리 나무기둥 세우고
기둥 위에 황토자리 깔아 염전 일구며
짜디짠 삶의 파노라마 펼치는

깡마르고 검게 탄 여자

파도도 해안도 수평선도 본 적 없어
바다라고는 모르는 여자
소금우물과 비탈길 오르내리며 용맹정진,
제 뼈를 갈아 소금 굽는 여자

불 위에 꼬리지느러미 휘청 오그라드는,
독한 소금 간이 된 물고기 여자
반 토막, 등 푸른 부처가 다녀가셨다

—「간고등어」 전문

　　"창자도 알집도 빼주고, 속이란 속 다 빼 주고" "깊은 농도의 염분을 살 속에 저장한 여자"는 시인 자신을 상징적으로 표상한 것임에 틀림없다. 제 몸 속에 소금을 저장하고 시간의 흐름을 견뎌 썩지 않으려 안간힘을 다하는 것, 이러한 삶의 태도는 시인이 끝끝내 붉은 정열을 고수하려는 절박한 이유가 된다. "비린내 모르던 생의 전반부"가 어느새 지나가 버린 지 오래인 지금, "비탈을 깎으며 급하게 내닫는 바람" 맞으며 이제는 "가장 기름진 토막부터 썩을까 염려" 하는 또 다른 싸움을 시작하지 않을 수 없 는 것이다. 하지만 시인은 이와 같은 지독한 싸움을 결코 외면하거나 부 정하지 않고 정면으로 당당하게 마주하려 한다. 스스로 "독한 소금 간이 된 물고기 여자"가 됨으로써 "등 푸른 부처"의 초월적 신화에 가까이 다 가서려 하는 것이다. "파도도 해안도 수평선도 본 적 없어 / 바다라고는 모르는 여자"로서의 운명, 그래서 언제나 살아 있는 고등어가 아닌 죽은 고등어를 썩지 않게 하기 위해 소금을 내면 가득 담고 살아온 여자, 이러한 상징성은 지독한 일상을 온 몸 가득 젊어지고 살아온 시인 자신의 내적 고통을 응축하고 있다.

시인은 "가장 좋은 사과부터 먹는 습관을 가진 / 좋은 사람이 되고 싶었는데, / 어쩌다 날아다니는 사과탄에 한 쪽 모퉁이가 먹힌 / 사람이 되었을까"(「썩은 사과의 사람」)라고 자조적으로 말하고 있다. 늘 이렇게 삶은 우리의 기대와 소망을 역행하는 결과를 무심코 던져주기 일쑤라는 점에서, 언제나 일상은 자신과의 내밀한 싸움을 거치지 않고서는 이겨낼 수 없는 상처와 고통의 연속이 될 수밖에 없다. 하지만 시인은 이러한 지난한 시간들을 원망하거나 회피하기보다는, 그것을 자신의 삶을 지탱하는 전화위복의 계기로 삼아 적극적인 변화를 꿈꾼다. 그 꿈은 때로는 비현실적이고 초월적이지만 오히려 가장 현실적인 일상의 한 가운데에서 뜻밖의 진실로 다가오기도 한다. 이것이 바로 시적 진실이다. 시인은 바로 이러한 시적 진실을 찾기 위해 지독한 일상과의 싸움에서 언제나 당당함을 잃지 않았다. 시인의 일상적 삶은 "자주 아팠"고, "자주 서러웠"(「슬픔의 지층들」)지만, 이런 때일수록 시인은 현실로부터 도망치기보다는 "언제인가 깨어나야 할 현실"을 더욱 의식하면서 "날마다 깨어나는 꿈"(「위험한 침대 5」)의 시간을 살아왔던 것이다. 그래서 시인의 시간은 언제나 위험한 것들에 관한 기록으로 가득 차 있다. 그것이 바로 시라고 믿고 있는 것이다. 오늘도 시인은 아주 짙은 붉음의 열정 속에서 더욱 붉은 빛을 발하는 시적 방법을 찾고 있을지도 모르겠다. 다만 시인은 "짧은 시간을 함께한 꽃은 빨리 지"(「장미키스」)고 만다는 사실만큼은 철저하게 경계하고 있는 듯하다. 비록 "영원으로 날아오르는 불새 아니어도 / 인생의 질량만큼 불살랐으니 후회 없다"(「부지깽이」)라고 말할 수 있다면, 오늘도 시인은 시를 통해 작은 위로와 위안을 얻게 될 것이다. 이처럼 시인은 절정과 쇠락 사이에서 시적 긴장을 놓치지 않기 위해 오늘도 붉은 열정을 포기하지 않는 고통스러운 일상을 정직하게 살아가고 있는 것이다.

제 3 부

따뜻하고 아름다운 시선으로 보는 세상

근원에 이르는 고통과 자기성찰의 길

송유미의 시세계

언젠가부터 송유미의 시는 근원을 향해 천천히 걸어가고 있는 듯하다. 시인에게 있어서 근원을 향한 길 찾기는 운명과도 같은 것이어서, 시를 쓰는 일과 근원으로 향하는 길은 자연스럽게 만나지 않을 수 없다. 그런데 송유미의 시가 걸어가는 길에는 결핍과 상처로 암각된 기억이 군데군데 자리잡고 있어서, 시인에게 있어서 근원에 이르는 길은 여간 고통스러운 경험이 아니다. 그래서 시인은 세상에 대한 막연한 희망과 기대를 갖기보다는 오히려 슬픔과 절망으로 한없이 겸허해진 절대고독의 세계를 갈망한다. 즉 상처와 고통으로 돌아오는 인간의 욕망 앞에서 상처받기보다는 차라리 모든 세속적 욕망을 버림으로써 진정한 존재의 의미를 찾고자 하는 것이다. 송유미의 시가 불교적 세계에 바탕을 두고 있는 것도 바로 이러한 의식에서 비롯된 것이 아닐까 싶다.

시인은 자신을 철저하게 부정함으로써 '부재의 존재성'을 갈망한다. "나는 나 아닌 것"으로 이루어져 있다는 자기 부정을 "나를 알고 있는 모든 이들이 나를 만들어 왔다는 깨달음"(「자서」)의 세계로 이어나가면서, 주체에 의한 자기 인식이 아닌 타자에 의한 주체의 재구성을 기본적인 세계 인식의 과정으로 받아들인다. 이러한 주체의 소극적 태도는 송유미 시의 근본적 세계를 구성한다. 그의 존재는 고작해야 "괄호 속에서만 살아 있는 이름"(「내 이름은 나 밖에 모른다 – 유클리드의 산책」)에 불과하다는 철저한 비극적 인식에 사로잡혀 있는 것이다.

오른 손은 엄마 것, 왼손만 내 것이다. 내가 살고 있는 곳은 광안리이고 생각이 사는 곳은 이기대(二技臺)이다. 창밖은 부산 타워고 꿈속은 에펠탑이 있는 파리. 영화 〈4월의 이야기〉를 보면 4월이고 영화 밖을 나오면 라일락 핀 5월이다. 피아노를 치다 보면 손가락은 일곱이고 그대의 얼굴을 만지다 보면 손가락은 수천(數千) 수만(數萬)이다.

어제는 없었고 오늘은 손수건 같은 사막이다. 내가 꿈꾸는 시들은 사실 먼지고 먼지가 생각보다 빨리 될 수 없는 나는 서러워 눈물이 난다. 고래의 뱃속에서 고래의 눈물 속에서 미끄러지다 자빠지다 그…렇…게 시(詩)를 쓰다 보면 시(詩)도 없는 거울 속이다. 너무 말짱한 하늘이 압정처럼 나를 누른다.

두렵다 거울 속을 걷다가 눈을 맞는다.
눈을 맞으면 나는 지워질 것이다.
지워지는 시간, 지워지는 점
누구에게도 기억나지 않는 모래알일 것이다.
　　　　　　　　　　　　—「모래시인의 자화상 – 유클리드의 산책」 전문

인용 시의 화자는 몸과 생각이 일치된 완전한 육체성을 구현하지 못한다. "오른손 / 왼손", "내가 살고 있는 곳 / 생각이 사는 곳"의 불일치는 주체의 불완전성을 암시한다. 현존하는 일상과 꿈꾸는 이상적 세계의 불일치는 언제나 고독과 불행을 동반하지만, 이러한 고통 속에서만 그의 시는 진정으로 완전성을 꿈꿀 수 있다는 점에서 역설적이다. "어제는 없었"다는 데서 과거를 부정하고, "오늘은 손수건 같은 사막"이라는 데서 현재를 고통스러워하지만, "내가 꿈꾸는 시들은 사실 먼지"라는 고백을 통해 화자는 불완전한 세계에서 완전을 꿈꾸는 허위성보다는 차라리 불완전한 세계를 온전히 수용하고자 한다. 결국 화자는 불완전한 세상으로부터 영원히 지워져 "누구에게도 기억나지 않는 모래알"과 같은 존재가 되고 싶은 것이다.

이처럼 송유미의 시는 '부재의 존재성'에 대한 탐색에 몰두하고 있다. 그에게 있어서 시는 더 이상 말로써 억지로 무언가를 전달하거나, 비유나 상징으로 관념을 치장하는 수사修辭가 될 수 없다. 한동안 시인은 '공空'이란 제목으로 연작시를 썼던 것으로 기억한다. 그런데 이 '공空'의 흔적마저 모두 버리거나 숨겨버렸다. 아마도 시인의 세계는 더욱 철저하게 '공空'의 세계로 들어가고 있는 것이 아닐까 싶다. 시인이 형상화한 '공空'의 세계는 현실로부터 벗어난 순수자아가 언어마저 버린 채 마주한 세계, 즉 일체의 말이 필요 없는 풍경 그 자체를 보여주었다. 하지만 '공空'의 세계는 현상적 언어를 넘어선 더 큰 의미를 함축하고 있는 언어적 세계이기도 하다는 점에서 그 자체로 역설적이고 모순적이다. 현상적인 말은 사라지고 없지만, 그 침묵 속에 더 큰 울림과 의미를 내포하고 있는 것이 바로 '공空'의 세계인 것이다. '공空'은 존재를 증명하기 위한 부재의 표현이다. 부재를 통한 존재 증명은 모순과 역설을 가로지르는 것이란 점에서 상당히 힘겨운 과정을 거치지 않을 수 없다. 그래서인지 이번 시집 전체는 비극적 어조로 가득 차 있다. 시인의 삶은 "언제나 막다른 골목이었"(「그림 숙제—습習」)고, "내 몸에 자라는 기억들 뿌리가 썩고 있"(「천 개의 고요가 탑을 쌓다—유클리드 산책」)는 현실적 고통의 연속이었기 때문이다. 그래서 시인은 지금까지 "숫돌 위에서 무뎌지는 감성을 갈다가 / 다 닳아지는 생"(「칼의 노래」)을 살아올 수밖에 없었던 것이다.

　　집을 그리고 있었어. 바람에도 날아가지 않을 지붕이 될 만한 집은 없었어. 점점점 두 다리는 헐거워지고 근심은 덮을 색깔이 없었어.

　　다음날도 그 다음날도 산을 그리자 나무들이 사라졌어. 나무를 그리자 새들이 사라졌어. 사람을 그리자 집이 사라졌어. 마음 하나 집어넣기가 얼마나 어려웠던지 자꾸 창자가 터지는 몸이었어.

　　길을 그렸어. 언제나 막다른 골목이었어. 생(生)은 늘 절벽을 안고 우리 힘들게 싸웠던 나무도 울고 풀들도 울었어. 온 하루 무언가 그리기 위해 생각을 휘젓지만 내 몸에 묻은 얼룩 하나 덧칠하지 못했어.

　　강을 그리자 물이 사라졌어. 숲을 그리자 무덤이 사라졌어. 연기처럼 사라지는 아침에 닿아보니 세상은 너무나 말짱해서 나는 내 살을 꼬집어보았어.
　　숲을 그리자 나무가 사라졌어. 해를 그리자 구름이 사라졌어, 아버지가 사라졌어. 엄마가 나타나자 할머니가 사라졌어.

　　　　　　　　　　　　　　　　　　　　　— 「그림 숙제 – 습(習)」 전문

　　화자에게 "집"은 언제나 불안정한 곳이었다. "바람에도 날아가지 않을 지붕이 될 만한 집"은 처음부터 없었다. 그래서 늘 "근심"이었지만, 그 근심을 덮어줄 만한 색깔조차 찾을 수 없었다. 하얀 도화지 위에 그가 그리는 모든 것들은 조화롭게 형상화되지 못했다. "산을 그리자 나무들이 사라졌"고, "나무를 그리자 새들이 사라졌"으며, "사람을 그리자 집이 사라졌"다. 산과 나무와 새들이 사람들의 집 주변에서 아름다운 풍경을 이루는 완전하고 조화로운 그림을 그린다는 것은 처음부터 불가능한 일이었다. 그럼에도 불구하고 화자의 삶을 제외한 "세상은 너무나 말짱해서", "내 몸에 묻은 얼룩 하나 덧칠하지 못"하는 비극적 삶은 점점 더 큰 고통으로 다가올 수밖에 없었다. 아버지를 기억하면 엄마가 사라지고, 엄마를 떠올리면 할머니가 사라지는, 그래서 온가족이 하나의 풍경 안에 함께 들어오지 못하는 조각난 슬픔이 바로 그의 가족사진이었던 것이다. 아마도 그의 시의 근원적 고통은 바로 이러한 가족사의 상실과 아픔에서 기인하는 것으로 보인다. 하지만 그동안 송유미의 시는 이러한 가족사의 모습을 직접적으로 형상화하는 것을 상당히 꺼려하는 듯했다. 이는 시인이 가족에 대한 기억을 철저하게 부정하기 때문이라기보다는 가족을 구체적으로 기억할만한 실존적 경험을 갖고 있지 못하는 데서 비롯된 것이 아닐까 생각된다. 이처럼 가족을 향한 추억마저 추상적 관념으로밖에 기억할 수 없다는 사실에서부터 송유미의 시의 비극성은 더욱 심화되고 있는 것이다.

모든 것은 끊고 맺음에서 생기는 고통이었다.
숫돌 위에서 무뎌지는 감성을 갈다가
다 닳아지는 생이었다.
창자를 끊어내듯 추억을 잘라먹고 살아온 청춘이었다.
종이에 스쳐도 피가 나던 어린 시절도 있었다.
두부보다 나약해서 등을 굽히며 살았다.

시뻘건 녹물이 뼈 속을 타고 흘렀다.

무딘 내 감성만 이가 빠져갔다.

무엇이든 성금성금 썰리는 식욕이

까짓것, 캄캄한 절망쯤은 가볍게 썰었다.

상처를 도려낸 자리마다

생살이 돋아나기도 하였다.

칼집 속에 갇힌 어두운 시절은

스스로 빛나기 어려웠지만,

누가 내 생을 한 칼에 목을 날린다면

상현달이 환히 보일 것이다.

—「칼의 노래」 전문

　　짐작해보건대 그의 가족사는 "끊고 맺음에서 생기는 고통"의 연속이었던 듯하다. 자신의 삶에 대한 구체적인 기억은 전혀 서술되어 있지 않지만, "무뎌지는", "닳아지는", "잘라먹고", "피가 나던", "나약해서" 등 거의 모든 시행에 걸쳐 부정적인 어휘들이 난무하고 있다는 점에서, 그의 지나온 삶에 대한 기억은 음산하고 우울한 날들이 대부분이었던 것 같다. 그래서 그는 "창자를 끊어내듯 추억을 잘라먹고 살아온 청춘"이 될 수밖에 없었다. 화자에게 있어서 과거는 "창자를 끊어내"는 고통을 감수하더라도 다시는 떠올리고 싶지 않은, "종이에 스쳐도 피가 나던" 슬프고 고통스런 기억이었던 것이다.

　　이처럼 그의 시 여기저기에 형상화된 가족의 모습은 추상적이고 관념적인 형상일 뿐이다. "날마다 누군가의 오르지 못하는 / 계단이 되었다가

지친 몸으로 / 비오는 남의 처마 밑에 새우잠 청"(「사닥다리의 승천昇天」)하거나, "늙은 햇살 아래 채송화 웃고 / 아침 마당에는 밥상이 뒹굴었다. / 새들이 더 이상 집을 짓지 않는 / 탱자울타리 집"(「기억의 오후」)의 모습으로만 기억되고 있는 것이다. 아마도 그의 시에서 행복한 기억을 떠올리는 것은 "아장아장 꽃시계탑 속에서 내 일곱 살 걸어나온다 (…중략…) 물방울무늬 원피스 입은 젊은 엄마 곁에 고동색 양복 입은 아버지 하얗게 웃는다"(「꽃시계 속에 성聖& 聖& 비둘기 가족 산다」)가 유일하지 않을까 싶다. 하지만 이러한 행복한 기억마저 "오후 세시 잠시 암전"의 상태로 멈추어버렸다. 그에게 있어서 기억은 아주 즐거웠던 추억마저 "암전"의 상태로 남아 있는 철저하게 비극적인 형상들뿐인 것이다. 이 때문에 시인은 가족에 대한 기억을 구체적인 시간과 공간의 서사로 재현해내지 못하고, 의도적 망각의 장에서 자꾸만 기억을 추상화시키고 있는 것이다. 기억하고 싶은 것만을 기억하려는 시적 의지, 하지만 끝끝내 잊어버릴 수 없는 기억을 추상적인 형상으로나마 보듬어 안고 있는 것이다. 이와 같은 시적 긴장의 과정을 거쳐 송유미의 시는 기억의 상처와 고통을 넘어서는 새로운 방향을 찾고 있다고 할 수 있다.

인용 시에서 "까짓것, 캄캄한 절망쯤은 가볍게 썰었다 / 상처를 도려낸 자리마다 / 생살이 돋아나기도 하였다"라는 반전은 아주 의미심장한 대목이다. 그의 시가 상처와 고통을 거부하거나 외면하면 할수록 그 강도만 더욱 가속화될 뿐이므로, 시인은 근원에 이르는 고통을 오히려 담담하게 받아들이는 자세를 취한다. 그리고는 절망을 썰어내고 상처를 도려내는 근본적 치유를 감행한다. 그래야만 "상처를 도려낸 자리마다 / 생살이 돋아나"는 고통의 시적 승화가 가능해지기 때문이다. 송유미의 시가 유독

자기성찰을 강화하는 이유도 이러한 의지와 무관하지 않을 성싶다.

산더미같이 쌓인 그릇을 씻기 위해 개수대 앞에 선다.
밥공기들을 하나하나 "퐁퐁"을 묻혀 닦아내다가
문득, 씻지도 않고 쓰는 마음이 손바닥에 만져진다.
먹기 위해 쓰는 그릇이나 살기 위해 먹는 마음이나
한번 쓰고 나면 씻어두어야
다음을 위해 쓸 수 있는 것이리라.
그러나 물만 마시고도 씻어두는
유리컵만도 못한 내 마음은
더럽혀지고 때 묻어 무엇 하나 담을 수 없다.
금이 가고 얼룩진 영혼의 슬픈 그릇이여,
깨어지고 이가 빠져 쓸데없는 그릇을 골라내듯
마음을 가려낼 것은 가려내어
담아야 하는 것이 아닌가 하는 생각이 든다.
누룽지가 붙어서 좀처럼 씻어지지 않는 솥을 씻는다.
미움이 마음에 눌어붙으면 이처럼 닦아내기 어려울까.
닦으면 닦을수록 윤이 나는 주전자를 보면서
영혼도 이와 같이 닦으면 닦을수록
윤이 나게 할 수는 없을까 생각해 본다.
그릇은 한 번만 써도 그냥 지나치지 못하고
깊은 속까지 씻으려 들면서
세상을 수십 년 살면서도

마음 한 번 비우지 못해

청정히 흐르는 물을 보아도

묵은 때를 씻을 수가 없구나.

남의 티는 그리도 잘 보면서

제 가슴 하나 헹구지 못하고

오늘도 아침저녁 종종걸음 치며

죄 없는 냄비의 얼굴만 닦고 닦는다.

—「냄비의 얼굴은 반짝인다」 전문

송유미의 시 가운데 상당히 낯설게 느껴지는 작품이다. 화자의 직접적 어조가 자기성찰의 세계를 아주 선명하게 드러낸다는 점에서 주체의 어조를 뒤로 감춘 다른 시들과는 구별되기 때문이다. 그럼에도 불구하고 이 시는 앞으로 송유미의 시세계가 열어가야 할 중요한 방향이 되지 않을까 싶다. 그동안 그의 시는 "금이 가고 얼룩진 영혼의 슬픈 그릇"으로서의 자신의 모습을 시적 이미지로 형상화하는 데 치중했다면, 이제부터 시인은 이 그릇에 새겨진 상처와 고통의 자리인 금을 메우고 얼룩을 닦아내는 삶을 구체적으로 펼쳐보고 싶은 게 아닐까 싶다. "금이 가고 얼룩진 영혼의 슬픈 그릇"은 연민의 대상이 될 수는 있을지언정, 결국에는 "물만 마시고도 씻어두는 / 유리컵만도 못한" 존재일 수밖에 없음을 비로소 깨달았기 때문이다. 그래서 시인은 지금부터라도 "마음을 가려낼 것은 가려내어 / 담아야 하는 것이 아닌가 하는 생각"을 한다. "닦으면 닦을수록 윤이 나는 주전자"처럼, "씻으면 씻을수록 반작이는 찻잔"처럼, 자신의 "영혼도 이와 같이 닦으면 닦을수록 / 윤이 나게 할 수는 없을까"를 진지하게 고민한다.

"남의 티는 그리도 잘 보면서 / 제 가슴 하나 헹구지 못하고 / 오늘도 아침 저녁 종종걸음 치며" 살아가는 자신의 일상에 대한 근본적 성찰을 하고 있는 것이다.

에른스트 피셔는 서정시의 본질을 "근원으로 돌아가고자 하는, 낱말의 관습적인 의미와 결합을 벗어버리고 거기에다 젊음의 신선함과 오랫동안 잊혔던 마법적인 의미를 복원하고자 하는 욕망"(『예술이란 무엇인가』)이라고 말했다. 이처럼 송유미의 시는 근원으로 향하는 길 위에서 고통을 만나고, 그 고통과의 정면 대결 속에서 진정으로 자신을 성찰하는 서정시의 모습을 찾고자 한다. 더군다나 '근원'의 세계는 추상과 관념의 세계를 벗어나 구체적이고 일상적인 세계로 점점 나아가고 있어서 그 진정성은 더욱 빛을 발한다. 그동안 그의 시는 일정한 폐쇄성 속에 있었던 것이 사실이다. 그 폐쇄적 시공간은 시인의 아포리아일 수도 있지만, 독자에게는 짙은 안개 속 풍경일 때가 많았다. 이러한 한계를 극복하는 시적 방법론으로 자기성찰의 직접성을 노출하고 있어서 앞으로 송유미의 시적 변화를 조심스럽게 예감하게 한다.

저자는 그의 시가 좀 더 세상 밖으로 뛰쳐나왔으면 하는 바람을 가져본다. 그의 시의 화자는 언제나 혼자서 생각하고 혼자서 길을 걷고 혼자서 사물을 응시하고 혼자서 사람을 바라본다. 그러므로 그의 시의 주체는 타자를 관조하거나 타자에 의해 관조되는 운명을 살아갈 뿐 절대로 주체와 타자의 결합을 보여주지 않는다. 그래서 그의 시는 항상 고독하고 독백적이다. 시의 어조를 일컬어 '엿들어지는 독백'이라 했을 때, 최근 우리 시에서 중요한 것은 '독백'이라는 시의 본질에 대한 강조가 아니라 '엿들어지는'이라는 소통의 가능성에 대한 문제이다. 따라서 세상이 그의 시를 엿들으려 하기 위해서는 그 역시 세상을 엿들으려는 최소한의 모습을 보여주어야 한다. 마치 서로를 모르는 체 사는 것처럼 보이지만 결국은 서로의 가까이에서 서로의 말과 생각을 엿들으려는 모습에서 비로소 시는 존재의 형상과 의미를 갖게 되는 것이다. 이런 점에서 송유미의 시가 근원에 이르는 고통의 길 위에서 주체의 과잉을 넘어선 타자를 향한 지향성과 주체와 타자의 교섭을 통한 자기성찰의 세계를 보여준다는 점은 너무도 반가운 일이 아닐 수 없다.

송유미 시인은 그동안 여러 권의 시집을 출간한 우리 시단의 중견 시인이다. 하지만 세상은 여전히, 아직도, 시인을 신인으로 기억한다. 『살찐 슬픔으로 돌아다니다』(푸른사상, 2011)에 대한 이런저런 글들을 읽어보니, 어떤 이는 이 시집을 두 번째 시집으로, 또 어떤 이는 첫 시집이라고 말하고 있었다. 저자는 여기에서 굳이 진실을 밝혀내고 싶지는 않다. 아마도 시인은 이번 시집마저 처음이자 마지막 시집으로 기억하고 싶을지도 모르겠다는 생각이 들기 때문이다. 그의 시는 언제나 "내가 절실한 만큼 다가왔다가 무심한 만큼 멀어지는 '유클리드'의 길"(「시인의 말」, 『살찐 슬픔으로 돌아다니다』) 위에 있다. 절실함과 무심함의 경계에서 그의 시는 계속해서 '산책자'의 길을 걸어갈 것이라고 믿고 싶을 따름이다. '길이 끝나자 새로운 길이 시작되었다'라는 조금은 상투적인 말을 시인에게 전하고 싶다. 끝끝내 시인은 시인일 수밖에 없음을 꼭 기억해주길 바란다.

늙은 상수리나무의 따뜻한 동화처럼
박진규의 시세계

따뜻한 서정이 그리울 때

요즘 들어 유난히 따뜻한 서정이 그리울 때가 많다. 매일같이 시를 읽고 시론을 공부하고 시에 대한 이야기를 나누면서 살아가고 있지만, 언젠가부터 시를 읽는 것이 힘들어지고 시의 의미 찾기와 해석의 강박에 시달리면서, 시와 더불어 살아가는 일이 때로는 고통을 안겨 주는 업業이 되고 말았다. 시를 읽고 시를 쓰며 살아가는 소박한 행복을 꿈꾸면서 문학에 발을 들여놓았던 처음의 마음은 온데간데없고, 시의 언어와 시의 구조를 해석하는 이론의 과잉 앞에서 늘 허덕이는 인생이 되었다는 자괴감이 들기도 한다. 자본과 문명의 속도에 짓눌려 하루가 다르게 급변해가는 세상의 틈바구니에서 조금은 거칠고 느리고 어눌한, 그래서 낡고 오래되었다고 폄하될지라도 가끔은 그 오래된 것들에 대한 기억 속에서 내일을 향해 달려가는 힘을 얻고 싶은 마음 간절하다. 낯설고 기괴한 언어의 비의秘意보다는 소박한 일상의 날것 그대로의 언어가 더 소중하게 느껴진다. 시의 언어와 세상이 만나는 순간, 일상의 언어 안에 감춰진 잔잔한 울림을 새롭게 발견하고 깨닫는 순간이야말로 가장 시적인 경험이 되는 것이 아닐까. 어느 날 우연히 책상 위에 놓인 남편의 시를 읽으며 눈물 흘리는 아내의 모습, 아빠가 아들과 딸들에게 한 편의 시로 들려주는 어색한 이야기, 자신을 낳고 길러준 어머니, 아버지의 마지막 자리를 살펴드리는 자식의 마음을 담은 시, 이 모든 작은 일상들이 그대로 시가 되어 시로 말하고 시로 소통하는 공동체의 자리가 지금 우리 앞에 놓인 시의 세상일 수는 없을까. 이러한 일상의 행복을 가져다주는 시에 대한 갈증 때문인지, 박진규의 첫 시집 『문탠로드를 빠져나오며』에서 만난 따뜻한 서정의 세계는 잔잔한 감동을 안겨주기에 충분했다. 책상 위에 쌓아둔 관념과 이론을 잠시 밀쳐두고 오로지 마음으로 교감하면서 그의 시를 읽고 또 읽었다. 굳이 어떤 해석을 앞세우지 않고서도 그의 시는 온전히 내 마음 밭에 씨를 뿌리고 거름을 주었고, 그의 시집을 다 읽고 나서는 내 마음이 성큼 자랐음을 느낄 수 있었다. 다시, 시를 읽는 즐거움과 작은 행복이 밀려오는 순간이었다.

이번 시집은 크게 3부로 나뉘어져 있는데, 범박하게 구분한다면 자연, 일상, 가족이란 세 개의 키워드로 정리할 수 있다. 물론 이러한 구분은 해석을 위한 임의적인 것일 뿐 명확히 구분되는 것은 결코 아니다. 그의 시에서 자연은 일상의 한 가운데 놓여 있기도 하고, 가족을 응시하는 시선이 되기도 한다. 다시 말해 자연과 일상 그리고 가족이 온전히 하나가 되는 조화로운 세계 안에 그의 시가 깊숙이 뿌리 내리고 있는 것이다. 주지하다시피 서정시는 서사나 극과는 달리 자아와 세계의 동일성을 추구하는 근본적인 세계관에 바탕을 둔다. 여기에서 동일성은 동화나 투사의 원리에 입각해 자연 혹은 대상과의 일체화를 지향하고, 궁극적으로는 대립과 갈등을 넘어서 세계의 온전한 조화와 통일을 꿈꾸는 서정적 비전을 제시한다. 박진규의 시는 이러한 서정시의 세계관을 교과서적으로 형상화한 작품들이 대부분이다. 그래서 때로는 진부할 수도 있고 작위적인 서정의 틀 안에 갇힌 느낌이 들기도 하는 것이 사실이다. 하지만 서정 상실의 시대라고 해도 과언이 아닌 지금, 이렇게까지 서정적 세계에 집착하는 그의 시는 오히려 전략적 의미를 지니고 있다고 볼 수도 있지 않을까. 그에게 서정은 자본과 문명의 세계가 지배하는 현대 사회를 비판하고 성찰하는 문제적 장치로 적극적인 기능을 하고 있다. 그러므로 그의 시에 두드러진 자연과 일상 그리고 가족은 지금 우리 사회를 돌아보고 성찰하는 작은 축도라고 볼 수 있다. 또한 그의 시가 보여주는 자연과의 일상적 대화는 지금 우리 사회가 반드시 되찾아야 할 생태적 사유와 인식의 한 방향을 보여주는 것이기도 하다. 인간과 자연이 일상의 영역 안에서 조화로운 행복을 가꾸는 삶, 이것이 바로 그의 시가 궁극적으로 지향하는 따뜻한 서정의 세계인 것이다.

자연과의 대화와 동화적 상상력

박진규의 시에는 자연과의 대화가 너무도 자연스럽게 일상적으로 형상화되어 있다. 그는 자연에게 말을 걸고 자연의 목소리를 듣고 심지어 자연의 마음과 생각까지 이해하는 신비한 능력을 가졌다. 주체의 시선으로 자연을 포섭하려는 인간 중심적 서정시의 모순과 한계를 뛰어 넘어, 자연과 더불어 놀며 이야기하며 생각하는 평범한 일상의 모든 것들이 그대로 시가 된다. 그래서 그의 시에는 "갈색벌레", "매미", "배추벌레"와 같은 곤충에서부터 "애호박", "목련", "모과나무", "홍매", "느티나무", "동백" 등 채소와 과일, 나무, 꽃 등 자연 그대로의 소재가 온통 넘쳐난다. 아마도 그는 이러한 자연과 친구처럼 대화를 나눌 줄 아는 신통한 능력을 타고난 듯하다. 그래서 일상 어디에서든 자연을 바라보는 시선이 예사롭지 않고, 자연의 순리 앞에서 인간적 삶의 상처와 모순을 성찰하는 깨달음의 시선도 두드러진다. 주체의 시선 안에서 자연을 맹목적으로 읽으려는 태도를 완전히 버린 채, 자연의 작은 움직임 하나하나에도 귀 기울여 그 속내를 읽어내려는 태도 그 자체가 시로 형상화된다. 그러므로 그의 시에는 어떤 작위도 없고 형식이나 구조에 대한 치밀한 계산도 보이지 않는다. 오로지 일상 한 가운데 우리가 쉽게 놓치고 살아가는 자연들과 도란도란 대화를 나누는 동화적 상상력에 자신의 몸과 마음을 온전히 맡겨볼 뿐이다.

갈겨니는 계곡 물빛이어서
계곡이 아무리 유리알처럼 투명하여도
자신은 감쪽같다고 생각하는 것이다
그러나 위에서 하루 종일 내려다보고 있는
늙은 상수리나무는 알고 있었던 것이다
잠시도 가만있지 않고 물속을 헤집고 다니는 갈겨니
그 여리디여린 몸이 가을빛을 받아
바닥에 지 몸보다 더 큰 그림자를 끌고 다닌다는 것을
상수리나무는 행여 배고픈 날짐승이 눈치챌까봐
아침부터 우수수 이파리들을 떨어뜨려
어린 갈겨니를 덮어주었던 것이다

—「화엄사 중소(中沼)」 전문

"자신은 감쪽같다고 생각하는" "갈겨니"는 어리석음과 자만심에 빠져 있는 인간의 모습을 빗대고 있다. 자신은 "계곡 물빛"을 닮아서 아무에게 도 눈에 띄지 않을 것이라는 오만한 태도는, 모든 것을 자기중심으로 이 해하고 판단하려는 인간의 이기적 욕망을 비유적으로 형상화한 것이다.

그래서 "그 여리디여린 몸이 가을빛을 받아 / 바닥에 지 몸보다 더 큰 그림자를 끌고 다닌다는 것을" 알 턱이 없다. "배고픈 날짐승이 눈치" 채는 것은 시간문제임에도 불구하고, 자신의 위험한 상황을 인지하지도 못한 채 오히려 "잠시도 가만있지 않고 물속을 헤집고 다니는" 과잉 행동도 서슴지 않는다. 그런데 화자는 이러한 어리석은 인간의 모습을 닮은 갈겨니를 보면서도 실망하거나 외면하기보다는, 그것을 말없이 이해하고 바라봐주는 "늙은 상수리나무"에게 슬며시 마음을 뺏긴다. 어리석은 "갈겨니"를 질책하거나 무시하기는커녕 "우수수 이파리들을 떨어뜨려 / 어린 갈겨니를 덮어주"는 "상수리나무"의 마음에 깊이 다가서려 한다. 즉 자연의 따뜻함으로 인간의 상처와 모순을 감싸 안으려는 화자의 시선이 "늙은 상수리나무"의 마음과 자연스럽게 조화를 이루고 있는 것이다. 탱자나무와 작은 새들의 만남(「조심操心」), 갈색벌레와 피라칸다 잎사귀의 공생(「고선枯蟬」), 모과나무와 어린 벌레의 성장(「모과나무를 지나며」) 등 그의 시 곳곳에 나무와 새, 벌레 등과 같은 자연의 아름다운 공생으로 가득한 것은 바로 이런 마음 때문이다. 굳이 '어른이 읽는 동화'를 염두에 두지 않더라도 박진규의 시는 그 자체로 동화적 상상력으로 넘쳐 난다. 그의 시의 화자는 동화 속 주인공이 되어 길가에서 만난 자연들과 일상적 대화를 나누고, 이러한 자연과의 교감 안에 숨겨진 따뜻함을 깨달아간다. 그러므로 그의 시는 우리의 삶 가까이에 있는 평범한 일상 속의 자연을 시적 주인공으로 삼아서 소박하지만 너무도 따뜻한 동화의 세계를 아름답게 그려내는 데 집중하고 있는 것이다.

봄밤 느티나무아래 차를 대놓았다

아침에 보니 앞 유리창에 좁쌀만한 진액이 가득 묻어있다

얼추 5,000개 정도?

그 다음날도, 또 그 다음날도

점점 촘촘해지는 저는 느티나무의 말

외로운 느티나무는 나와 비슷해서

나는 느티나무의 말을 알 수 있게 되었다

밤의 말이 그렇듯 느티나무가 토해놓은 말은 격렬하다

누구에게나 외발로 견뎌야 하는 외로움이 있다

아무렇지 않은 척해도 아무렇지 않은 게 아니어서

매미처럼 몸이 텅 빌 때까지 울고 싶었던 느티나무의 말을,

언젠가 운전대에 얼굴을 한참이나 묻고 있다가

주차장을 걸어 나가던 퇴근길의 어둑한

가장에게 건넨 느티나무의 말을

도대체 어떻게 알 수 없단 말인가?

괜찮아, 널 좋아하는 사람도 많아

속삭여주는 태양과 달과 별과 비와 바람의 말을

봄밤 느티나무 아래 차를 대본 사람은 안다

당신보다 느티나무를 이해하기가 더 쉽다고 말하면

당신에게 조금 미안한 일이지만

—「느티나무의 말」 전문

느티나무와 주차장에 차를 대놓았던 사람들의 교감에서 따뜻한 동화의 세계를 만나게 하는 시다. 차 유리창에 떨어진 느티나무 진액이 성가

실 만도 한데, 화자는 그것을 자신에게 던지는 "느티나무의 말"이라고 생각한다. 그리고 어느새 "외로운 느티나무"와 자신의 마음을 그대로 겹쳐 "느티나무의 말을 알 수 있"을 정도로 하나가 된다. 그때부터 화자는 매일같이 묵묵히 "느티나무가 토해놓은 말"을 들어주고, "외발로 견뎌야 하는 외로움"을 위로해주며, "매미처럼 몸이 텅 빌 때까지 울고 싶었던 느티나무"의 상처를 온몸으로 감싸 안아준다. 그런데 이러한 화자의 위로는 고스란히 자신에게로 돌아온다. "언젠가 운전대에 얼굴을 한참이나 묻고 있다가 / 주차장을 걸어 나가던 퇴근길의 어둑한 / 가장"은 화자 자신의 모습일 것이다. 그런 자신에게 건네는 "느티나무의 말", "괜찮아, 널 좋아하는 사람도 많아"는 이 세상 무엇과도 바꿀 수 없는 진정한 위로가 아닐 수 없다. "봄밤 느티나무 아래 차를 대본 사람"만이 알 수 있는 동화의 세계는 지금 우리에게 환상의 형식이 결코 아니다. 일상의 한 가운데 자연과 맞닥뜨리는 현실에서 동화를 꿈꾸지 못하는 삶이야말로 얼마나 비관적일지는 짐작하고도 남음이 있다. 그래서 "사직시장 한 쪽에 할머니"가 파는 "애호박 두 개"를 보면서 "그 횅한 생의 자리"(「애호박」)를 생각하고, "통도사 영각影閣 앞 매화나무가 아픈가보다"며 "살금살금 매화나무를 지나기로"(「부처님의 편지」) 하고, "길을 가다가 솔방울 만나면 나도 모르게 한 발이 들"리는 데서 "이렇게 삐뚤삐뚤한 것들이 의외의 숲을 만든다는 것을"(「솔방울」) 깨닫기도 하는 시인의 상상력은 그 자체로 따뜻한 동화의 세계를 보여주고자 하는 것이다. 더군다나 이 모든 것들이 일상과 완전히 구분되는 자연만의 영역 안에서 이루어지는 것이 아니라, 우리의 일상적 삶 가까이에서 실현된다는 것이 더욱 아름답고 의미 있는 감동을 전해준다. 그에게 자연은 곧 일상이고, 일상은 곧 자연이다. 그래서 그는 '늙은 상수리나무의 따뜻한 동화처럼' 지금 우리의 현실이 첨예한 대립과 갈등을 넘어서 자연과 더불어 따뜻하고 조화로운 삶으로 가득 차기를 진정으로 바라고 있는 것이다.

도시적 일상에 대한 성찰과 이웃에 대한 사랑

박진규의 시에서 일상은 대부분 그가 살아가고 있는 도시의 한 가운데에서 벌어지는 일들이다. 자본과 문명의 극단으로부터 자유롭지 못한 도시인들의 마음으로는 좀처럼 이해하기 힘든 시간적 여유와 공간적 평온함이 그의 시에 소박한 풍경을 만들어낸다. "기차가 연착한다고 역무원은 연신 미안해하지만 / 플랫폼에 나온 승객 네 명은 도무지 말이 없"(「원동역에서」)는 것처럼 정해진 시간의 구속에 연연하지도 않고, "퇴근길 전철에 자리가 나 앉았다 / 내 어깨 팔이 옆 사람 어깨 팔과 닿았다 / 아, 따뜻하다 / 내 체온이 건너가고 옆 사람 체온이 건너온다"(「초가을」)에서처럼 이웃과의 소통에 작은 기쁨을 느끼고, "오늘 퇴근길에 한 잔 어떤가? / 우리 오랜만에 자갈치로 빠져봄세"(「자갈치 가자」)라며 추억을 거슬러 오르는 일상을 꿈꾸는 것이 그의 시다. 자본의 횡포에 짓눌린 현대인의 일상은 무한한 속도와 경쟁 속에서 상처와 고통에 허덕이기 일쑤이므로, 가끔은 도시적 일상을 벗어나거나 아니면 도시 안에 남겨진 자연의 풍경이라도 내면화하려는 시인의 성찰적 태도가 너무나 소중하고 반갑지 않을 수 없다. 박진규의 등단작 「문탠로드를 빠져나오며」는 이와 같은 도시적 일상의 한 가운데에서 자연의 존재 이유를 묻는 것인 동시에, 현대 사회에서 인간의 일상적 삶의 이유를 묻는 자기 성찰적 비전을 보여준다는 점에서 아주 의미 있게 다가온다.

달이 저 많은 사스레피나무 가는 가지마다

마른 솔잎들을 촘촘히 걸어놓았다 달빛인 양

지난 밤 바람에 우수수 쏟아진 그리움들

산책자들은 젖은 내면을 한 장씩 달빛에 태우며

만조처럼 차오른 심연으로 걸어들어간다

그러면 이곳이 너무 단조가락이어서 탈이라는 듯

동해남부선 기차가 한바탕 지나간다

누가 알았으랴, 그 때마다 묵정밭의 무들이

허연 목을 내밀고 실뿌리로 흙을 움켜쥐었다는 것을

해국(海菊)은 왜 가파른 해변 언덕에만 다닥다닥 피었는지

아찔한 각도에서 빚어지는 어떤 황홀을 막 지나온 듯

연보라색 꽃잎들은 성한 것이 없다

강풍주의보가 내려진 청사포 절벽을 떨며 기어갈 때

아슬아슬한 정착지를 떠나지 못한 무화과나무

잎을 몽땅 떨어뜨린 채 마지막 열매를 붙잡고 있다

그렇게 지쳐 다시 꽃 피는 것일까

누구나 문탠로드를 미끄덩하고 빠져나와 그믐처럼 시작한다

—「문탠로드를 빠져나오며」 전문

    부산의 대표적 관광지 해운대의 명소 '달맞이 언덕'을 이렇게 긴장감 있는 시적 언어로 표현한 시가 또 있을까? "그렇게 지쳐 다시 꽃 피는 것일까"라는 물음에는 문탠로드, 즉 달맞이 길을 지나는 사람들의 애환이 바다 절벽에 아슬아슬하게 자라는 "해국"과 "무화과나무"의 "아찔한 각도

에서 빚어지는 어떤 황홀"에 그대로 겹쳐진다. "만조처럼 차오른 심연"과 "동해남부선 기차가 한바탕 지나"가는 소리의 대비에는 복잡한 도시 생활에 지쳐버린 상처받은 자들이 일상적 슬픔을 떨쳐버리려는 안간힘이 그대로 묻어나고, "아슬아슬한 정착지를 떠나지 못한" 채 "잎을 몽땅 떨어뜨린 채 마지막 열매를 붙잡고 있"는 데서 현대인들의 일상에 가득한 절실함이 진정성 있는 삶의 자세를 일깨우게 한다. 길이 끝난 곳에서 다시 길이 시작된다는 말처럼, 화자는 달맞이 언덕길을 지나가면서 "누구나 문탠로드를 미끄덩하고 빠져나와 그믐처럼 시작"하는 새로운 삶의 길을 발견하자 하는 것이다. 이처럼 무심코 지나친 일상의 풍경 안에 숨어 있는 존재 이유를 재발견하려는 박진규의 성찰적 시도는, 어떤 인위적인 경계나 권력적 언술의 위험성을 넘어서는, 자연 혹은 대상과의 혼연일체를 보여준다는 점에서 그 진정성이 돋보인다. "나는 거의 지워져 어두운 측백나무가 되었다"(「원동역에서」)라고 말하거나, 강가에 덩그러니 놓인 "긴 나무의자"를 보고서 "강을 보며 늙어가고 있는 어떤 산책자"(「긴 나무의자」)의 삶을 떠올리거나, 어느 노부부의 식사를 지켜보면서 "봄동 겉절이 접시를 앞으로 가만히 밀어주는 아내의 말"과 "젓가락으로 무른 고사리나물을 넌지시 가리키는 남편의 말"(「어떤 식사」) 사이의 무언의 사랑을 동경하는 이유도 바로 여기에 있다. 그의 시에서 언어는 더 이상 인간에 의한 위계적 언술 행위가 아니라 자연과 사물 그 자체의 생명력으로 살아 숨쉬는 말이다. 그래서 그는 저절로 나무도 되고 강물도 되고 의자도 되고 길도 되는 것이다. 이러한 사물-되기는 주체와 대상의 경계를 구분 짓고 차별 짓는 근대적 삶에 대한 철저한 반성을 내포하고 있다. 지금 우리 시가 자연과의 동화를 꿈꾸는 일이 흔한 일이 되었으면서도, 그래서 자연과 더불어 사는 삶을 마치 유행처럼 향유하고 있으면서도, 정작 이웃에 대한 사랑은커녕 최소한의 관심조차 외면해버리는 현대 도시 사회의 이면을 정직하게 들여다보면 참으로 씁쓸하지 않을 수 없다. 이런 점에서 자연이든 사람이든 단절과 고립이 아닌 특별한 관계 맺기를 시도하는 그의 시는, 지금 현대시가 다시 서정의 중요성을 진정성 있게 보여주어야 하는 분명한 이유를 담아내고 있다고 평가할 수 있다.

사람이 느티나무를 통과하는 것이 다 보일 정도다
어제는 낯선 이에게 인사하고 혼자 웃었다
읽던 책을 덮고 책이 된 나무를 생각하였다
물을 마시려다 물에게 고맙다고 말해주었다
용건 없이 누구에게 불쑥 전화를 해보았다
네가 오는 것이 아니라 내가 그쪽으로 가는 거다
한낮에도 어김없는 별들을 떠올려 보았다
가슴 깊은 곳
희디흰 것이 조금씩 쌓여가는 커다란 항아리
오늘도 불편한 하루를 희망하기로 하였다

—「노안(老眼)이 온 뒤」 전문

나이가 들어 노안이 오면 불편하기 마련이다. 여러 감각 가운데 특별히 시각에 절대적으로 의존해온 근대적 삶에서 세상의 모습이 흐릿해진다는 것은 사물과 대상에 대한 정확한 인식이 불가능해진다는 것을 의미하므로, 시각에 철저하게 길들여진 삶에 심각한 혼란이 찾아오는 것은 당연하다. 하지만 화자는 노안이 찾아온 뒤의 시각을 "사람이 느티나무를 통과하는 것이 다 보일 정도"라고 새롭게 인식한다. 더 이상 시각에 의존할 수 없는 "불편한 하루"가 의외로 사물과 대상들 사이의 전혀 새로운 관계를 형성하게 한다는 데 시인의 문제의식이 담겨 있다. 때로는 잘 보이지 않아 "낯선 이에게 인사하고 혼자 웃"는 겸연쩍은 상황에 맞닥뜨리기도 하지만, 이러한 부끄러운 일들이 오히려 사람과 사람 사이의 따뜻한 관계를 만들어내는 작은 소통이 될 수도 있다는 것이다. 또한 시각이 완전할 때는 "읽던 책"에만 관심을 두던 것이 노안이 온 뒤로는 "책이 된 나무를 생각"하게 되었고, "물을 마시려다 물에게 고맙다고 말해주"기도 했으며, "한낮에도 어김없는 별들을 떠올려 보"는 새로운 일상의 경험을 가져다주기도 한다. 그러므로 이제는 자신의 시선 안에 누군가를 일방적으로 불러오는 것이 아니라 스스로가 "그쪽으로 가는" 적극적인 관계지향성을 보인다. 잘 보이지 않는다는 것, 그것은 현대 사회를 살아가는 데 있어서 아주 불편한 일인 것은 분명하지만, 보이지 않는다는 것이 오히려 인간의 마음 안에 새로운 풍경을 만들어줌으로써 우리 사회의 인간관계를 더욱 깊고 따뜻하게 만들어준다는 점을 깨닫게 하는 것이다. 물론 여전히 우리 사회는 "용건 없이 누구에게 불쑥 전화를 해보"는 마음을 반갑게 여기지 않을지는 모르지만, 그래서인지 "불편한 하루를 희망하"는 시인의 마음이 더더욱 소중하게 생각되지 않을 수 없다. 이런 점에서 입 안에 "혓바늘"이 돋은 것을 "어떤 말이 날아간 빈 자리"(「혓바늘」)라고 표현하는 시인의 상상력이 예사롭지 않게 느껴진다. 이웃을 향해 쏟아냈던 무수한 상처의 말들이 움푹 패여 혓바늘이 되었다는 데서, 언젠가부터 공동체의 마음을 송두리째 잃어버린 채 이웃들에게 무관심하거나 공격적인 태도를 보이는 현대인의 단절적 태도를 비판적으로 성찰하고 있는 것이다. 이러한 소통 불능의 시대에 시마저 소통의 어려움을 기법적으로 합리화하는 것이 과연 올바른 것인지를 진지하게 묻지 않을 수 없다. 지금 우리 사회에서 적어도 시만큼은 모두가 한데 어우러져 공감을 나누고 위로를 하고 격려를 하는 공동체의 장이 되어야 한다는 것을 박진규의 시는 실천적으로 보여주고 있다.

뒤를 돌아보는 시간과 가족 서사의 시적 형상화

현대시에서 가족 혹은 가족주의의 형상화는 새삼스러울 것이 없는 오래된 주제이다. 이는 공동체의 상실이라는 근대적 삶에 대한 반성으로 점점 더 개인화되고 파편화되어 가는 자본주의적 일상의 모순을 극복하려는 진지한 자기 탐색의 과정이라고 할 수 있다. 그리고 이러한 가족의 시적 형상화는 기억 혹은 추억의 방식으로 호출되는 경우가 대부분이므로 뒤를 돌아보는 시간의식에 철저하게 기대고 있다. 인간의 시간이 미래를 향해 급속도로 달려가고 있음에도 불구하고 자꾸만 뒤를 돌아본다는 것은 결국 현재의 삶을 성찰하는 역설적 세계인식을 담아낸 것으로 이해할 수 있다. 서정시의 본질을 근원으로 돌아가는 것으로 이해하는 것처럼, '가족', '고향' 그리고 '유년'의 기억은 서정시의 본질을 구현해내는 가장 근본적인 토대가 되는 것이다. 이런 점에서 박진규의 시는 자신의 일상 가운데 운명처럼 존재하는 가족의 이야기를 시로 형상화하는 데 상당한 공을 들이고 있다.

어머니와 단둘이 찍은 사진이 한 장 뿐이다

용두산공원 용탑 앞에서 여름 교복을 입은 고등학생이

두 팔로 어머니 오른 팔을 감싸고 있다

어머니는 그 해 돌아가셨는데

병이 깊어 꽃무늬 원피스가 많이 부어있다

아마 그 공원 밑에 살던 친척에게 돈을 꾸러 갔던가 보다

지금부터 30년 전 지나가던 공원 사진사한테 찍은 사진이다

그 순간 어머니 팔을 꼬옥 낀 것이 얼마나 다행인가?

—「오래된 체온」 전문

돌아가신 어머니에 대한 추억이 담긴 "30년 전 지나가던 공원 사진사한테 찍은 사진"을 보는 시인의 눈가가 촉촉이 젖어 있지 않았을까. 그 사진이 "어머니와 단둘이 찍은" 유일한 것이었다는 점에서 어머니를 향한 그리움의 깊이를 충분히 느끼게 한다. "옛적 용돈 달라고 투정부리던 어린 나에게 / 조금만 기다려봐라 하시던 가난했던 아버지"(「약」)를 통해서도 유추할 수 있듯이, 가난한 가계를 꾸려나가느라 온갖 신산한 고통을 혼자서 다 짊어졌을 어머니, 그런 어머니의 "병이 깊어 꽃무늬 원피스가 많이 부어있"었던 기억을 지금 다시 사진을 통해 떠올리는 것은 화자의 마음 안에서 결코 쉬운 일이 아닐 것이다. 간신히 "그 순간 어머니 팔을 꼬옥 낀 것이 얼마나 다행인가?"라고 말하는 것으로 위안을 삼아보지만, 북받쳐 오르는 화자의 마음을 억누르는 아이러니에 지나지 않음을 눈치 채기란 그리 어려운 일이 아니다. 아무리 세월이 흘렀어도, 그때에 비해 지금은 훨씬 잘 살게 되었지만, "그 순간 어머니의 팔"에서 전해졌던 "체온"을 지금 다시 느끼고 싶은 마음만은 예나 지금이나 간절한 것이 당연하

다. 이러한 시인의 마음이 지금 자신의 가족을 꾸려나가는 근원적인 바탕이 되는 것도 너무나 자연스러운 일이 아닐 수 없다. 감을 먹다가 까만 씨를 보고 탄성을 지르는 아이에게 "이 하얀 것이 바로 너란다 / 옛날 할아버지가 어린 나에게 보여준 것이란다"(「내력」)라고 말하는 것에서, 자신의 가족사를 구성하는 인연을 소중하게 대물림하며 살아가고자 하는 시인의 소망이 충분히 전해져 온다. 이처럼 박진규의 시는 가족에 대한 남다른 시선을 보여줌으로써 파편화된 가족의 일상이 온갖 사회 문제를 야기하는 근대적 현실의 어두운 면을 성찰적으로 응시한다. 그의 가족시에서 병든 아버지와의 무언의 대화가 두드러진 이유도, 가족의 상처와 고통을 공유함으로써 진정한 소통에 이르는 시적 가능성을 발견하고자 하는 데 중요한 의미가 있지 않을까 싶다.

밖에 벚꽃이 피었다고 말씀드렸지요
귀에 가까이 대고
별 대수로운 일 아니라는 듯
봄이니 봄꽃이 피었다고요
그러나 꽃은 미치도록 찬란한 봄날
꽃 본 눈빛 들킬까봐 꽃 피해 다닌 몇 날
침상에 붙은 아버지 등을 떼어내면서
밖에 산책하러 가자할까 달막달막하였지요
그러다 꽃이 다 지고 말았지요
쓸쓸히 나는 안심이 되었지요

―「병문안」 전문

봄날 환하게 핀 벚꽃을 보면서 아버지를 떠올리는 화자의 시선이 너무도 아프게 다가온다. "별 대수로운 일 아니라는 듯 / 봄이니 봄꽃이 피었다고요"라고 말은 했지만, "미치도록 찬란한 봄날"을 만끽하지 못한 채 병석에만 누워 계신 아버지를 생각하면 이런 봄날이 결코 환영할 만한 것이 아님은 당연하다. 그래서 화자는 애써 "꽃 본 눈빛 들킬까봐 꽃 피해" 다니기도 했지만, 마음 한 켠에는 아버지에게 "밖에 산책하러 가자할까 달막달막"하는 마음 가득하기도 하다. 마지막으로 봄꽃이라도 실컷 보여주고 싶은 마음과 "기저귀를 아래로 흘린 난감한 아버지"(「동백」)를 바라보는 마음 사이에서, 환한 봄꽃을 보면서 새로운 삶의 기운을 얻을지도 모른다는 기대감과 봄꽃들을 보며 자신의 처지를 얼마나 가슴 아파할지 두려워 차마 보여주고 싶지 않은 절망이 수시로 교차한다. "그러다 꽃이 다 지고 말았"는데, 그래서 이제는 아버지에게 봄꽃을 보여드리고 싶어도 보여줄 수 없는데, 오히려 "나는 안심이 되었지요"라고 말하는 화자의 마음은 너무도 "쓸쓸"할 따름이다. 차라리 볼 수 없는 것이었으면 좋았을텐데, 아름다운 꽃들의 모습조차 너무 아름답다는 이유로 보여드릴 수 없는 화자의 마음이 오죽하겠는가. 이러한 박진규의 시는 병든 아버지를 걱정하는 마음으로부터 가족 모두의 안위를 걱정하는 마음으로 확장되는데, "들일 나간 엄마 찾아다니며 젖먹이며 어린 내가 키운 고명딸", "일찍 가신 엄마 품에 열 살도 못 있어본 막내라 보고만 있어도 애엔"한 누이동생에게서 "일찍 뜬 달 엄마 기다리며 그렁그렁한 눈으로 보던 달"(「기일 다음날」)을 떠올리는 것은 이러한 남다른 가족의식에서 비롯된 것이다.

연휴에 어린이날이 붙어 삼일을 노는데

칼기운이 싫어서 수염을 그냥 두었는데

사춘기 딸아이가 자기 스타일이 아니라며

연방 눈을 흘긴다

나는 셀 수 있는 수염을 슬슬 만지며

짭조름한 수염내를 흠흠거리며

만화책 읽는 딸아이의 햇감자알 같은 어깨에

몰래 다가가 턱을 비벼주었다

정오가 다 되어서 어린 염소 부리듯

식구를 데리고 그 허름한 식당에 가서

양파양념 넣어 걸쭉한 국수를

아침 겸 점심으로 먹는데

국수를 젓가락에 감고 고개를 숙였는데

내일 내일이 생각나 혼자 가슴께가 저릿하였다

—「내일」전문

　　인용 시에서 알 수 있듯이, 박진규의 시는 가족 안에서 평화로운 일상을 꿈꾸며 소박한 행복을 담아내는 일에 각별한 애정을 기울인다. 연휴라서 가족과 보내는 시간이 많을수록 가족의 일상을 더 많이 걱정하게 되는 아버지의 마음이 울컥 쏟아지는 듯하다. 평범한 가족의 일상 안에서 내일을 걱정하며 살아가지 않을 수 없는 가장의 현실이 그대로 겹쳐져 나 역시 "가슴께가 저릿"해온다. "어릴 때 들일 끝낸 아버지 / 안방에 누우며 내시던 낮은 신음소리 / 아이구 아야야야"를 "중년이 되어 고단한 몸 뉘이니 / 아이구 아야야야"(「아이구 아야야야」)라고 똑같이 하는 자신의 모습에서, 한 가족의 생계를 책임지는 가장으로서의 삶의 무게가 짓눌려져 옴을 느끼게 되는 것이다. "과일가게에서 아내가 수박을 고르"는 모습에서 "혹 벌거숭이 나에게 오던 길도 저랬나?"(「수박 톡톡」)를 묻는 것도, 가족의 소박한 일상을 지켜내야 한다는 자신의 책임감에 대한 무언의 압력이 되지 않을 수 없다. "아내가 고기를 굽는 동안 / 나는 상추를 씻"(「봄날 저녁에」)는 것이나, "식구를 데리고 그 허름한 식당에 가서 / 양파양념 넣어 걸쭉한 국수를 / 아침 겸 점심으로 먹는" 것은 너무도 평범한 일상이지만, 이러한 평범한 일상마저 온전히 지켜내지 못하는 것이 지금 우리 주변에서 흔히 만나게 되는 가족의 현실이라는 점에서 결코 평범하게 보이지만은 않는다. 아마도 시인은 이러한 어두운 가족의 현실을 해소해나가는 것은 특별히 거창한 무엇을 하는 데 있는 것이 아니라, 소소한 일상의 행복을 소중하게 지켜나가려는 가족 공동체의 따뜻한 마음 그 자체에 있다는 사실을 말하고 싶은 것인지도 모르겠다. 삶이란 일을 마치고 집으로 돌아가면서 한 손에 들고 가는 "빤한 검은 봉지"(「검은 봉지」)에 지나지 않으므로, 그럴듯하게 포장된 삶의 과도한 욕망에 지치고 병들어가는 가족의 이기심을 일상의 소통 안에서 극복해 나가야 한다는 것이다. 어쩌면 우리의 삶은 마치 "수박 한 덩이 고르는 일의 연속"일 따름이므로, "귀를 수박 가까이 대고 / 손가락을 동그랗게 오므린 채 톡톡 / 수박덩이 차례로 두드려"(「수박 톡톡」)듯 좀 더 가까이 다가서서 평범한 일상을 함께 나누는 것이야말로 무엇보다도 가치 있는 삶의 모습이라는 사실을 잊어서는 안 될 것이다. 박진규의 시에 형상화된 가족 서사에서 보듯이, 굳이 파란만장한 삶의 곡절을 담아내지는 않더라도, 지금 우리 사회는 지극히 평범한 가족의 일상과 그것을 추억하는 간절한 그리움이 더욱 절실하게 요구되는 때가 아닐 수 없다. 모두가 앞을 향해 맹목적으로 달려가기에 분주한 지금, 잠시 뒤를 돌아보며 자신의 가족 안에서 잊고 지냈던 옛 이야기를 떠올려 보는 것은 어떨까? 박진규의 시가 독자들과 공유하고 싶은 가족 서사는 바로 이러한 개인적 일상의 소소한 이야기임을 반드시 기억해 둘 필요가 있다.

시의 소통과 공동체의 언어

이번 시집의 해설을 쓰기에 앞서, 박진규 시인이 자신의 시를 통해 딸들과 대화하는 소통의 장을 잠시 들여다보았다. 그의 소소한 일상이 그대로 담긴 블로그에는 시 창작의 숨은 의미들이 딸들의 삶에 조용히 스며들기를 바라는 아빠의 마음이 잔잔하게 담겨 있었다. 막상 딸들과 직접 대면하고는 할 수 없는 쑥스러운 말들에서부터 한 인간으로서 어떻게 살아야 할지를 진지하게 묻는 말들에 이르기까지, 딸을 키우는 아빠의 진심이 그대로 전해져 왔다. 아마도 그는 자신의 시가 누구보다도 가족들에게 가까이 다가가기를 원하고, 이러한 소통이 자신이 시를 쓰는 가장 큰 이유가 된다고 생각하는 듯하다. 굳이 특별한 소재와 구조적 함의를 담아내지 않더라도, 일상의 한 가운데에서 깨달은 평범한 삶의 진리를 가족을 비롯한 이웃들과 함께 공유하려는 소박한 바람이 그의 시의 창작적 동기가 되는 것이다.

요즘 들어 시가 지나치게 과도한 언어와 구조의 장막 속에 스스로를 은폐하고 있어서 착잡하기 이를 데 없다. 다른 무엇보다도 시는 공동체의 산물이어야 한다는 것이 저자의 완고한 생각이어서, 저마다 개인의 방 안에서 극단적인 언어의 향연을 펼치고 있는 요즘 우리 시단의 모습이 결코 좋게만 보이지는 않는다. 물론 시가 상징과 비유의 언어 구조를 통해 미학적 성채를 보여주는 특별한 장르인 것은 분명한 사실이지만, 무수히 쏟아지는 언어들이 우리 주변의 이웃들과 가족들에게조차 울림을 주지 못한다면 도대체 시는 지금 무엇을 위해 존재해야 하는 것일까. 박진규의 시를 읽으면서 이런 생각을 계속해서 할 수밖에 없었던 것은, 그의 시가 보여주는 소박함이 오히려 진정 우리 시가 끝끝내 지켜야 할 시의 본령이 아닐까 하는 생각을 떨쳐버릴 수 없었기 때문이다.

독자들로부터 시가 점점 외면당하고 있는 안타까운 현실에도 불구하고, 끊임없이 새로운 시집이 쏟아지는 아이러니한 상황이 펼쳐지고 있다. 그렇다면 지금 시집은 무엇을 위해, 어떤 모습으로 존재해야 하는 것일까를 진지하게 묻지 않을 수 없다. 물론 이러한 효용적 가치에 대한 접근이 시의 존재 이유에 대한 명확한 해답을 내려주는 것은 결코 아니다. 하지만 어떤 이유에서든지 간에 시가 독자들로부터 외면당하고 있는 것은 사실이라는 점에서, 시와 독자의 관계에 대한 근본적인 성찰을 도외시하는 방향을 합리화해서는 안 될 것이다. 이런 점에서 조금은 낡고 진부한 외양을 지닌 것일지라도, 그래서 독자들이 좀 더 쉽게 공감하고 이해할 수 있는 것이라면, 오히려 이런 시의 모습이 지금 우리 시가 지향해야 할 진정성 있는 방향이 아닐까. 박진규의 시는 이러한 공동체의 언어를 통해 일상 속에서 우리가 쉽게 놓치고 살아가고 있는 삶의 순간들을 절실하게 포착해 낸다는 점에서 아주 미덥다. 그리고 이러한 삶의 순간은 굳이 거창한 말들을 포함하지 않더라도 깊이 있는 자기 성찰의 세계로 이끌고 간다는 점에서 더욱 의미 있게 다가온다. 그의 시를 읽는 내내 한 편의 아름다운 동화를 읽는 듯했다. '늙은 상수리나무의 따뜻한 동화처럼', 그의 시는 저자에게 오래도록 남아 있을 것이다.

"별말 없이"도 따뜻하고 아름다운

박성우의 시세계

1.

요즘 들어 시를 읽는 일이 여간 괴롭고 힘든 일이 아니다. 더군다나 지난한 독서의 과정을 거쳐 한 편의 평문이라도 써야 할 때면, 너무도 낯설고 기괴한 시의 언어와 구조 앞에서 속수무책일 때가 많다. 정작 평론가인 나 자신조차도 시를 온전히 이해하지 못하면서, 독자들에게 시의 숨은 의미를 밝혀낸 것처럼 능청스럽게 평문을 써야 한다는 사실은 심한 자괴감을 느끼게 한다. 이럴 때면 나는 시란 무엇인가 혹은 시는 어떻게 읽어야 하는가와 같은 가장 근본적인 물음을 던지지 않을 수 없다. 오늘날 시의 위상과 의미가 특정한 언어와 구조를 이해한 전제 위에서 공유되는 것이 일반화되었고, 생활과 현실이 사라진 자리에서 지식인의 위계적 언어가 시의 본질적 운명을 압도하고 있다는 점을 생각할 때, 지금 시란 무엇이며 누구를 위해 존재해야 하는가를 진지하게 묻는 것은 가장 현실적인 문제제기가 된다고 할 수 있기 때문이다.

박성우의 『자두나무 정류장』은 이러한 근본적인 질문들을 풀어가는 데 여러가지 실마리를 제공해준다. 그의 시는 경제적 이해관계로 도식화된 자본주의의 병폐와 계몽과 이성에 의해 도구화된 합리주의의 횡포에 대한 저항적 실천으로서의 서정의 현재와 미래를 명확히 보여준다. 또한 지식인의 관념에 갇혀 생활과 현실의 모습을 놓쳐버린 요즘 우리 시에 일상의 진실과 생명의 본성에 대한 탐구를 불러일으킨다는 점에서도 중요한 의의를 지닌다. 게다가 박성우의 시는 자본과 문명에 대한 성찰을 추상적이고 관념적인 언어에 기대어 구조화하지 않고, 어떠한 논리도 지식도 필요치 않은 '생활'과 '생명' 그 자체를 사실 그대로 보여준다는 데 특별한 의미가 있다. 즉 기계적이고 인공적인 언어가 낯설고 기괴한 풍경 안에서 장황한 요설을 뿜어내는 것이 최근 우리 시 일부의 모습이라면, 박성우의 시는 이러한 첨단의 감각과는 무관하게 오히려 너무도 순진하고 촌스럽고 어리숙한 모습을 꾸밈없이 드러내고 있을 뿐이다. 그래서 그의 시에는 어느 누가 읽어도 쉽고 편안하게 다가설 수 있는 친숙함이 깊게 배어 있다. 박성우는 문학 가운데 시가 가장 어렵다고 생각하는 청소년들에게 "그저, 신나고 재미있게 읽어주시길. 눈시울이 빨개졌다가도 금시 행복해지시길. 시 앞에서 쩔쩔매던 지난날에게 한 방 먹여주시길"(『난 빨강』, 124쪽)이라고 말한 적이 있다. 아마도 이 말은 청소년뿐만 아니라 시를 읽는 독자 모두에게 하고 싶은 그의 시론이 아닐까 싶다. 여전히 시 앞에서 쩔쩔매는 독자들에게 "별말 없이"(「별말 없이」)도 따뜻하고 아름다운 세계를 전해주고 싶은 마음, 박성우의 시는 바로 이러한 생각으로 "느릿느릿 쟁기를 끌던 황순이"(「일소」)처럼 그렇게 걸어가고자 하는 것이다.

2.

지금까지 박성우의 시는 자본과 문명이 해체한 가족공동체의 회복을 일관되게 지향해왔다. 그에게 가족은 개인주의의 만연과 파편화된 세계를 극복하는 통합의 가치를 의미한다. 즉 가족공동체의 회복은 차별과 분별의 문명적 세계를 넘어서는 조화와 통일의 동일성 세계를 구현한다는 점에서 서정시가 추구해야 할 가장 이상적인 지향점이라고 인식했던 것이다. 게다가 그의 시는 가족을 '아버지의 부재'로부터 비롯된 가난을 중심으로 형상화하며, 이러한 상처의 근본적 원인이 가족 내부의 갈등과 모순에 있는 것이 아니라 우리 사회의 구조적 모순에 있음을 직시한다는 점에서 현실비판적 성격을 분명히 드러낸다. 이는 자칫 가족주의가 체제를 합리화하는 현실순응적 태도에 매몰될 수도 있음을 의식한 비판적 자기성찰의 결과라고 할 수 있다.

그런데 이번 시집에서 가족공동체의 모습은 가족의 울타리를 넘어서 농경문화의 전통에 깊숙이 뿌리내리고 있다는 점에서 좀더 특별한 의미를 지닌다. 인간의 성장과 성숙을 도시적 시공간으로의 진입을 통해서 실현하고자 하는 것이 근대적 욕망이라면, 이제는 지나온 길을 돌이켜 오히려 도시적 시공간을 거슬러가는 데서 더욱 성숙한 삶의 모습을 발견할 수 있다고 보는 것이다. 그곳에는 주체와 타자를 구분하는 경계도 없고, 이익과 손해를 따져묻는 계산도 무의미하다. 그저 한 사람이 먼저 베풀면 다른 사람이 보답하고, 그 보답이 계속해서 또다른 보답으로 이어지는, 시작도 끝도 없는 베풂과 어울림이 있을 뿐이다. 「어떤 품앗이」는 이러한 농경문화의 전통을 가족공동체의 확장된 모습으로 전해준다.

구복리양반 돌아가셨다 그만 울어, 두말없이
한천댁과 청동댁이 구복리댁 집으로 가서 몇날며칠 자줬다

구년 뒤, 한천양반 돌아가셨다 그만 울어, 두말없이

구복리댁과 청동댁이 한천댁 집으로 가서 몇날며칠 자췄다

또 십일년 뒤, 청동양반 돌아가셨다 그만 울어, 두말없이
구복리댁과 한천댁이 청동댁 집으로 가서 몇날며칠 자췄다

연속극 켜놓고 간간이 얘기하다 자는 게 전부라고들 했다

자식새끼들 후다닥 왔다 후다닥 가는 명절 뒤 밤에도
이 별스런 품앗이는 소쩍새 울음처럼 이어지곤 하는데,

구복리댁은 울 큰어매고 청동댁은 내 친구 수열이 어매고
한천댁은 울어매다

—「어떤 품앗이」 전문

"이 별스런 품앗이"는 "후다닥 왔다 후다닥 가는" "자식새끼들" 마음으로는 좀처럼 이해하기 힘든 일인지 모른다. 아무리 가까운 친척일지라도 내 집이 아닌 이상 먹고 자는 일에서부터 불편한 일이 한두 가지가 아닐 거라는 계산이 앞서는 것은 당연하다. 어쩌면 자식새끼들은 "연속극 켜놓고 간간이 얘기하다 자는 게 전부"인데 굳이 서로 불편하게 왜 그러느냐고 괜한 불평을 늘어놓을지도 모를 일이다. 하지만 그저 "몇날며칠 자췄다"라는 마음만 있으면 그만이라는 "이 별스런 품앗이"가 "두말없이"도 얼마나 따뜻하고 아름다운 일인지를 모르지는 않을 것이다.

이처럼 박성우의 시는 공동체의 가치에 깊은 애착을 드러낸다. 이는 콘

크리트 벽으로 경계를 나누고 나와 너를 철저하게 구분짓는 도시문화와 이윤 창출을 위한 무한경쟁을 자랑삼는 자본주의 경제논리로는 도저히 다가서기 힘든 마음이다. 그의 시는 자본과 문명을 최선이라고 생각하는 도시의 삶과 문화를 "두말없이" 혹은 "별말 없이"도 너무도 부끄럽게 만드는 힘을 지니고 있다. "펄펄 끓는 물솥을 엎질러 된통 데었다던" 할머니를 병원에 모셔드렸더니 그 보답으로 "족히 일년이 넘게" 집을 수소문하여 "참깨 한봉지"를 들고 찾아오신 일(「참깨 차비」), "닭서리꾼"임을 밝혀냈지만 "한동네 환갑어른"이어서 "닭값을 물릴 수도 부아를 낼 수도 없는"데, 다음날부터 닭 주인집 논두렁 밭두렁이며 동네진입로 마을 안길가녘까지 수북한 풀이 시원시원 깎여나가는 일(「닭값」), "물고기잡이가 금지된 / 상수원보호구역에서 그물질을" 한 사람이 "윗마을 청암양반"이라는 것을 알았지만, 큰 수술을 한 아내를 위해 "잉어든 붕어든 닥치는 대로 고아먹였으리"라는 생각에 "청암양반 따라 나도 불법어로에 나서고 싶"(「그물」)은 마음을 두고 굳이 이런저런 말을 덧붙이는 것이 무슨 의미가 있겠는가. 비록 "윗집 할매"가 "내 텃밭에 요소비료를 넘치게 뿌려" "텃밭 상추며 배추 잎이 누렇게 타들어"가더라도, 화를 내거나 원망을 하기는커녕 "비울 때가 더 많은 내 집을 일없이 봐주"시는 할머니에게 "콩기름 한통 사다가 저녁 마루에 두고"(「별말 없이」) 오는 시인의 마음을 따라가지 못하는 저자가 몹시 부끄러울 따름이다.

이러한 공동체성에 대한 탐구는 자본과 문명에 순응하는 인간 중심의 문화를 근본적으로 성찰하는 문제의식으로 심화된다. 즉 자연과 우주의 섭리 앞에서 모든 인간적 시점을 뒤로한 채 자연 그 자체를 주체로 세움으로써, 인간과 자연의 경계를 넘어선 본연의 생명성을 보여주고자 하는 것이다.

소나무에 호박넝쿨이 올랐다
씨앗 묻은 일도 모종한 일도 없는 호박이다

장정 셋의 하루 품을 빌려 이른 봄에 옮겨온 소나무,
뜬금없이 올라온 호박넝쿨이 솔가지를 덮쳐갔다
일개 호박넝쿨에게 소나무를 내줄 수는 없는 일
줄기를 걷어내려다 보니 애호박 하나가 곧 익겠다

싶어, 애호박 하나만 따고 걷어내기로 맘먹었다
마침맞은 애호박 따려다 보니 넝쿨은 또 애호박을 낳고
고놈만 따내고 걷으려니 애호박은 또 애호박을 내놓는다
소나무조차 솔잎 대신 호박잎을 내다는가, 싶더니 애호

호박넝쿨은 기어이 소나무를 잡아먹고 호박나무가 되었다

—「애호」 전문

　"씨앗 묻은 일도 모종 한 일도 없는"데 "소나무에 호박넝쿨이 올랐다"
는 사실은 말 그대로 "뜬금없이" 벌어진 일이다. 그렇다고 해서 이를 두
고 "일개 호박넝쿨에게 소나무를 내줄 수는 없는 일"이라고 생각하는 것
은 철저하게 인간 중심적인 계산일 뿐이다. "줄기를 걷어내려" 아무리 애
를 써도 이미 "애호박 하나 곧 익겠다 싶"은 생각만큼은 절대 거스르기 힘
들다. 그래서 "애호박 하나만 따내고 걷어내기로 맘먹"어보지만, "애호박
은 또 애호박을 내놓"아 인간의 마음을 흔들어놓을 뿐이다. 이처럼 자연

의 이치는 생각보다 훨씬 깊고 견고해서 결코 인간의 마음으로는 거스르기 힘든 위엄을 지니고 있음을 간과해서는 안된다. 처음부터 소나무와 애호박의 동거를 어울리지 않는 일이라고 생각한 것부터가 인간의 눈으로 본 편견이다. 오히려 이 둘의 부조화를 조화로 이끌어내려는 다른 생각을 가질 필요가 있다. 인간과 자연 혹은 자연과 자연을 구분하고 경계짓는 일은 인간을 가장 우위에 두려는 권력적 시선이다. 하지만 생명의 본성은 자본에 길든 인간의 의도나 계산으로 획일화할 수 없다. 설사 "뜬금없는" 상황일지라도, 인간의 생각대로 자연을 재편하려는 것 자체가 아주 위험한 발상이다. 결국 "호박넝쿨은 기어이 소나무를 잡아먹고 호박나무가 되"는 것이 자연의 섭리다. 혹 이를 두고 그것이 소나무인지 호박나무인지 끝끝내 정체성을 따져묻는다면, 이 또한 구분과 경계에 길든 인간적 사고에서 비롯된 생각이 아닐 수 없다.

이처럼 박성우의 시는 구분과 경계에 익숙한 근대 자본주의의 병폐를 넘어서 근원적 생명성에 토대를 둔 통합적 세계의 진실을 지향한다. 이를 통해 서정시의 본질에 더욱 가까이 다가서고자 하는 것이 그의 시가 일관되게 추구해온 전략이라고 할 수 있다.

열 달 동안만 입이었던 입
아니, 열 달도 못되게 입이었던 입,
입 벌리고 하품하다
문득, 사십년 전의 입을 만져본다

자궁 안에서만 입이었던 입

이도 잇몸도 없이

과일과 고기를 받아먹던 입

심장을 뛰게 하던 입

엄마를 쪽쪽 빨아

눈 코 입 손 발을 키우던 입

입 한번 연 적 없으나

엄마와 조곤조곤 얘기하던 입,

사십년 전의 입을 내려다본다

이제는 뱃살에 가려진 입

신경 안 쓰면 때가 끼는 입

손가락 하나로도 가려지는 입

입에게 입의 일을 맡기고

입을 꼭 다문 입

입조심 할게요, 조아릴 때마다

나도 모르게 두 손 모아 가리던 입,

사십년 전의 입을 간질여본다

손끝으로 간질간질 간지럼 태우니,

뱃살 출렁이며 웃는 입

―「배꼽 3」 전문

「배꼽」 연작은 가족에서 공동체로, 농경문화적 상상력에서 생명의 근원에 대한 탐구로 이어져온 그의 시의 흐름을 통합적으로 보여준다. 잘 알다시피 배꼽은 인간의 생명을 이어주는 근원적 상징이다. 비록 "열 달 동안" "자궁 안에서만 입이었"고 지금은 "입에게 입의 일을 맡기고 / 입을 꼭 다문 입"에 불과하지만, "엄마와 조곤조곤 애기하던 입"의 근원적 기억만큼은 온전히 남아 있다. "우리가 밥 배불리 먹고 / 배를 문지르는 버릇이 생긴 것"도, "고플 때도 입이 아닌 / 배를(아니, 정확이 배꼽을) 만져보는 것"(「배꼽 2」)도, "사십년 전의 입"을 기억하려는 무의식적인 몸짓이라고 할 수 있다. 이처럼 배꼽은 수십년 세월에 묻혀 실질적 기능은 다했다 하더라도 생명의 근원을 탐색하는 가장 본질적인 자리라는 점에서 여전히 중요한 의미를 지닌다. 더군다나 박성우의 시에서 배꼽은 자연을 매개로 생명의 본성을 재발견하는 의미를 지닌다는 점에서 더욱 흥미롭다. 또한 "아내랑 아기랑 / 배꼽마당에 나와 배꼽비 본다"(「배꼽」)에서처럼 엄마와 아이를 이어주는 즐거움을 담아낸다는 점에서 더없이 행복한 표상이 아닐 수 없다. 목젖을 두고 "평소엔 그냥 목젖이었다가 / 내가 목놓아 울때 / 나에게 젖을 물려주는 젖", "가장 깊고 긴 잠에 들어야 할 때 / 꼬옥 물고 자장자장 잠들라고 / 엄마가 진즉에 물려준 젖"(「목젖」)이라고 유추하는 것도 이와같은 인식에서 비롯된 것이다.

이처럼 박성우의 시는 근원적 생명의 자리를 응시하는 남다른 시선을 지니고 있다. 하지만 이와같은 세계인식이 관념적이거나 추상적이지 않고 자신의 주변에서 일어나는 구체적 일상으로부터 발견된다는 점에서 특별히 주목된다. 게다가 이를 형상화하는 방법으로 서사적 형식과 구조를 도입함으로써 독자들에게 이야기를 들려주는 듯한 친숙함을 제공한다는 점을 기억할 필요가 있다. 그리고 이러한 서사전략은 궁극적으로 주변부적 삶의 지향을 통해 민중적 서정성을 획득하고자 하는 리얼리즘에 바탕을 두고 있기도 하다. 그의 시의 화자나 청자 혹은 인물들이 대부분 우리 주변의 일상인들인 것도 바로 이 때문이다. 그의 시에서 리얼리즘 전략은 화자가 과거의 체험을 객관적으로 보고하거나 지난 일을 회상하는 서술시의 성격을 뚜렷이 보여준다. 여기에서 서사적 구조는 소설의 플롯처럼 완결된 형식을 갖추고 있지는 않더라도, 일상적 삶의 리얼리티를 담아내는 의미 있는 구조로 기능하기에는 충분하다. 박성우의 시가 과거 시제를 즐겨 채택하는 것은 이러한 서사적 구조와 아주 밀접하게 연관된다. 즉 이야기적 요소를 지닌 만큼 시간의 흐름은 필수적이므로, 이를 표현하는 데 과거시제는 본질적 요건일 수밖에 없는 것이다. 그의 시가 기억을 현재화하는 방식으로 구조화되는 경우가 두드러진 이유는 바로 여기에 있다.

3.

몇 해 전 박성우 시인의 동시집 『불량 꽃게』를 받고서 정말 오랜만에 환하게 웃으며 시를 읽었던 적이 있다. 거칠고 딱딱한 비평의 언어에 갇혀 살아온 내게 그의 동시는 소박하지만 꾸밈없는 아름다움 그 자체의 언어가 어떤 것인지를 새삼 일깨워주었다. 사실 시집 자체의 감동보다도 더욱 저자를 놀라게 한 것은, 시집을 담은 봉투에 적힌 '빨강우체통집'이라는 그의 주소였다. 번지나 아파트 동호수와 같은 숫자에 익숙한 저자에게 '빨강우체통집'이라는 주소는 정말 특별한 울림을 안겨주었다. 그리고 사람 발길 드문 시골마을 어딘가에 빨강 우체통이 있는 그의 집 풍경이 예사롭지 않게 떠올랐고, 숫자로만 구분되는 주소에 길든 우체부의 일상에 '빨강우체통집'이라는 주소가 가져다줄 작은 행복을 생각하니 절로 웃음이 나오지 않을 수 없었다. 이번 시집을 읽으면서 그 때의 감동에 더해 또 한 번 감동이 밀려옴을 느낀 것은, '빨강우체통집'에 "이팝나무 우체국"(「이팝나무 우체국」)도 함께 있음을 알았기 때문이다.

> 이팝나무 아래 우체국이 있다
> 빨강우체통 세우고 우체국을 낸 건 나지만
> 이팝나무 우체국의 주인은 닭이다
> 부리를 쪼아 소인을 찍는 일이며
> 뙤똥뙤똥 편지배달을 나가는 일이며
> 파닥파닥 한 소식 걷어오는 일이며
> 닭들은 종일 우체국 일로 분주하다
> 이팝나무 우체국 우체부는 다섯이다
> 수탉 우체국장과 암탉 집배원 넷은
> 꼬오옥 꼭꼭 꼬옥 꼭꼭꼭, 열심이다
> 도라지밭길로 부추밭길로 녹차밭길로
> 흩어졌다가는 앞다투어
> 이팝나무 우체국으로 돌아온다
> 꽃에 취해 거드름 피는 법이 없고
> 눈비 치는 날조차 결근하는 일 없다
> 때론 밤샘 야근도 마다하지 않는다
> 빨강우체통에 앉아 꼬박 밤을 새고
> 파닥 파다닥 이른 우체국 문을 연다

게으른 내가 일어나거나 말거나

게으른 내가 일을 나가거나 말거나

게으른 내가 늦은 답장을 쓰거나 말거나

이팝나무 우체국 우체부들은

꼬오옥 꼭꼭 꼬옥 꼭꼭꼭, 부지런을 떤다

—「이팝나무 우체국」 전문

「이팝나무 우체국」은 그의 시를 읽는 즐거움을 한껏 펼쳐 보인다. "빨 강우체통 세우고 우체국을 낸 건 나지만 / 이팝나무 우체국의 주인은 닭" 이라는 발상부터가 재미있다. 굳이 시의 주인공이 사람이어야 할 필연성 이 없다면, "뙤똥뙤똥" "파닥파닥" "꼬오옥 꼭꼭 꼬옥 꼭꼭꼭" 마당을 활 보하는 "수탉 우체국장과 암탉 집배원 넷"을 지켜보는 일은 여간 흐뭇 한 일이 아니다. "부리를 쪼아"대는 모습을 "소인을 찍는 일"에 빗대거 나, "뙤똥뙤똥" "파닥파닥" 잰걸음을 하는 모습을 "편지배달을 나가"거나 "한 소식 걸어오는" 것으로 유추하는 것도 참 재미있다. 어쩌면 어른들 을 위한 동시 같다는 생각이 들 정도로 잔잔한 감동을 준다. 뿐만 아니라 이번 시집에는 "자두나무 정류장"(「자두나무 정류장」)도 있고 "살구나무 변 소"(「살구나무 변소」)도 있다. 이름을 듣는 것만으로도 행복해지는 느낌처 럼, 박성우의 시는 누구에게나 그렇게 다가간다. "자주자주 / 자두나무 정 류장에 간다"는 그의 가벼운 발걸음이 너무도 부럽다. 특별히 중요한 이 유가 있어서 정류장을 찾는 것은 아니다. 그저 "비가 오면 비 마중 / 눈이 오면 눈 마중 / 달이 오면 달 마중 / 별이 오면 별 마중 간다"는 마음뿐이 다. 그의 시는 바쁜 도시의 일상을 잠시 접어둔 채 무작정 찾아가보고 싶

"별말 없이"도 따뜻하고 아름다운 269

은 내면의 풍경을 간직하고 있다. 자본과 문명의 근대적 삶을 무조건 외면할 수 없는 것이 엄연한 현실이라 해도, 그의 시를 읽고 있으면 맹목적인 변화의 속도를 조금은 늦추어도 괜찮지 않을까 하는 생각에 잠기지 않을 수 없다.

지금 우리 시는 '의미의 소통'보다는 '감각의 촉발'을 지향하는 데 집중하고 있는 것이 사실이다. 생활과 현실의 상처와 고통은 커져가는데, 시는 이러한 현실을 감싸안는 공동체의 가치를 보여주기보다는 철저하게 개인화된 내면의 감각으로 점점 더 숨어들고 있는 것이다. 인간과 인간을 이어주는 가장 감성적인 소통의 도구인 시조차 이제는 지식인의 산물로 변질되어버린 것 같아 안타까울 따름이다. 어쩌면 박성우의 시는 조금은 상투적이고 진부한 발상과 어법을 지닌 것으로 받아들여질 수도 있을 것이다. 하지만 자본과 문명의 속도를 따라잡기에 분주한 우리 시단의 과잉언어에도 불구하고 생활과 현실을 중심에 놓고 사유하고 실천하는 일관된 그의 시세계는, 낡고 오래되었지만 오히려 가장 미래지향적인 역설적의미를 지니고 있음을 간과해서는 안된다. "정작 자기가 / 이 동네 마지막일소인줄도 모르고 / 황순이 앞세워 느릿느릿 비탈밭을 간다"는 "늙다리금수양반"(「일소」)처럼 조금은 어리석고 무심해도 충분히 살아갈 만하다고 생각하는 것, 이것이 바로 박성우의 시가 궁극적으로 지향하는 세계의모습인 것이다. "별말 없이"도 따뜻하고 아름다운 세계, 아마도 지금 시란무엇인가 혹은 시는 어떠해야 하는가와 같은 근본적 질문에 대한 대답은바로 이러한 마음과 생각에서 찾아야 하지 않을까.

원초적 세계와 사랑에 대한 성찰
권경업의 시세계

최근 들어 시 혹은 서정시에 대한 논란이 가속화되었다. '시란 무엇인가'라는 근본적 물음에 대한 해답을 찾기 위한 의미 있는 논란이었다고 볼 수도 있지만, 새로운 언어와 구조를 내세운 일종의 시적 실험에 대한 현상추수적인 논평이 대부분이었다는 점에서 생산적이기보다는 소모적인 측면이 더 많았던 것이 사실이다. 물론 현대 사회의 급격한 변화를 생각할 때 우리 시의 모습 역시 이와 같은 시대의 변화에 둔감해서는 안 된다는 현실적 요구사항을 결코 외면할 수만은 없다. 따라서 젊은 시인들을 중심으로 시도되는 최근 우리 시의 미학적 혹은 언어적 새로움을 무조건 부정적으로 바라보거나 폄하해서는 안 될 것이다. 다만 변화는 본질에 대한 깊은 천착 위에서 이루어질 때 의미가 있다는 점을 반드시 기억해야 한다. 다시 말해 변화는 본질에 대한 이탈 혹은 단절의 징후가 아니라 본질의 가치를 더욱 강하게 부각시키는 시대적 의미를 새롭게 생산해낼 때 진정한 의미를 찾을 수 있다는 점을 간과해서는 안 되는 것이다. 최근 우리 시의 급격한 변화에서 저자가 가장 안타깝게 생각하는 부분은 바로 이러한 문제이다. 즉 본질에 대한 이해를 기본적으로 전제하지 않은 채 변화의 새로움에만 도취된 시가 끊임없이 재생산되는 시의 현실을 심각하게 걱정하지 않을 수 없는 것이다.

권경업의 시를 읽으면서 이러한 시의 본질에 대한 문제를 다시 떠올리는 것은, 그의 시가 언어의 미학적 구조화에 대한 집착을 벗어나 시와 삶, 시와 자연, 시와 사랑, 시와 생명과 같은 내적 본질을 추구하고 있어 특별히 주목되기 때문이다. 즉 그의 시는 언어의 절대성에 기대어 소위 '시적 언어'에 대한 가공과 세련에 주목하기보다는 오히려 날 것으로의 언어와 감각에 기대어 시와 현실의 직접적인 만남과 대화를 시도한다는 점에서 중요한 의미를 지니는 것이다. 특히 그의 시는 인간의 원초적 욕망, 다시 말해 어떠한 세속적 가치로도 왜곡될 수 없는 인간의 본질적 세계를 시적으로 형상화하는 데 집중하고 있다. 인간의 가장 원초적인 세계, 그 어떤 세속적 욕망을 초월한 자리에서 움트는 사랑의 세계를 통해 우리 사회와 현실을 깊이 성찰하는 태도는 그가 궁극적으로 지향하는 시의 본질적 세계라고 할 수 있다. 이번 시집에서 연시戀詩의 형식을 빌어 사랑의 의미를 원초적 세계로 이끌고 가고자 하는 이유도 바로 여기에 있을 것이다.

물론 이러한 원초적 세계와 사랑에 대한 성찰은 자칫 추상적이고 관념적인 차원에 머무를 위험성이 있다. 아마도 권경업의 시가 '산'이라고 하는 구체적 매개를 잃어버렸다면 역시 그러했을 것이다. 하지만 그의 시는 여느 시인들과는 달리 '산'의 역사성과 현장성에 깊숙이 뿌리를 내리고 있다는 점에서 오히려 구체적이고 현실적이다. 더군다나 이번 시집에서 '산'은 그가 추구하는 원초적 세계의 가장 이상적인 표상이 된다는 점에서 아주 특별한 의미를 생산한다. 그의 일상인 산을 오르는 일, 즉 "등산이란, 원초적 에로티시즘"이고, 이러한 원초적 세계는 "목숨을 건다"(「서序」)라고 할 만큼 운명의 시공간적 의미를 지녔다고 할 수 있기 때문이다.

에로사항 많았습니다, 그렇습니다
오르락내리락한 산길들

소년기 헐벗은 금정산부터
발딱 솟은 인수, 선인, 숨은벽 돌아
탕수골, 서북주능, 귀때기청봉 넘어
잦은바위골, 천화대, 범봉
토왕성에 서면, 하늘 끝 은하물 소리
귀를 씻어 흘러가는 지리산 잔돌백이
소청, 중청, 공룡과 용아장성은 물론
멀리, 노랑머리 젖 크고 눈 파란
남의 나라 산길도 걸어보았지만
그 산길들, 희한하게도
머리 희끗희끗해지고서야 알게 된, 뒷동산
마른 갈참나무 잎으로, 다소곳
자신을 가리고 있는 작은 오솔길처럼 기억되는지

이 땅의 마지막 가쁜 숨도
하늘 가장 가까운 오솔길 위에서 끝내고 싶은
굽고 휘고 힘들어하면서도 이곳까지 당도하게 해준
그 많은 길들에게 비로소 고백합니다, 사랑했습니다
참으로, 참으로 사랑했습니다

—「권경업의 시는」 전문

원초적 세계와 사랑에 대한 성찰   273

평생을 산과 더불어 살아온 시인의 감회를 담은 시다. 그는 산에서 "소년기 헐벗은 금정산부터 / 발딱 솟은 인수, 선인, 숨은벽"에서처럼 소년기와 청년기를 거쳐 지금에 이르기까지 원초적 욕망을 함께 했고, "귀를 씻어 흘러가는 지리산 잔돌백이"에서 역사의 아픔을 내면화했으며, "소청, 중청, 공룡과 용아장성은 물론 / 멀리, 노랑머리 젖 크고 눈 파란 / 남의 나라 산길"에서 국경을 넘는 상상력을 경험했고, "머리 희끗희끗해지고서야 알게 된, 뒷동산"에서는 "마른 갈참나무 잎으로, 다소곳 / 자신을 가리고 있는 작은 오솔길"을 마주했다. 말 그대로 산은 그의 삶 전체를 지배하고 총괄했던 원초적 세계에 다름 아닌 것이다. 특히 이러한 원초적 세계가 에로티시즘으로 표상된다는 점은 의미심장하다. 자칫 세속적으로 비춰질 수 있는 성적 표상을 가장 순수한 세계와의 만남으로 변용시킴으로써 원초적 세계마저 철저하게 세속화되어 버린 현실에 대한 신랄한 비판과 풍자를 보여주고 있는 것이다.

노랑 양지꽃 보라 제비꽃
섶을 따라, 쪼르르

꽃핀 레이스의
수줍은 속옷차림, 크아!

3월이 가기 전의
네 속살 한번 더듬고 싶다

—「취밭목 오솔길」 전문

언뜻언뜻 속살 내비치는

자주끝동 반회장저고리 스란치마

어머나! 가을산이

옷고름을 풀어놓았네

―「오솔길 1」 전문

옆으로, 뒤로, 또는

숲 무성한 계곡 사이로

육덕(肉德) 좋은 능선으로

어디로든 가능한 올라가줌

―「오르가즘 9」 전문

산의 형세와 산을 오르는 행위를 성적 묘사와 결부시키는 이러한 시적 발상은 이번 시집 곳곳에서 흔하게 볼 수 있다. 성적인 것을 무조건 속악하게 바라보는 편협한 시선에 대한 노골적인 풍자가 아닐 수 없다. 평생 산을 오르내리며 산과 더불어 살아온 시인에게 산을 향한 사랑이 원초적 성의 세계와 맞닿아 있는 것은 너무도 당연하다. 성적 합일 없는 사랑이야말로 오히려 가장 추상적이고 관념적인 사랑에 그칠 경우가 많다. 그래서 시인은 산을 오르면서 인간으로서의 자신과 자연으로서의 산이 진정으로 한 몸이 되는 합일의 순간을 꿈꾼다. 이 순간이 바로 서정시가 궁극적으로 지향하는 동일성의 세계인 것이다.

시인은 산과 자연을 통해 원초적 욕망을 은폐한 채 살아가는 인간의 허위성을 비판한다. 성을 속악한 것으로 치부하려는 발상과 태도 그 자체가 지극히 허위적인 모습이라고 인식하는 것이다. 그래서 시인은 원초적 성의 모습을 표상하고 있는 자연의 순수성 앞에서 인간은 가식과 위장을 벗어던져야 한다는 점을 강조한다. 그래야만 진정으로 자연과 순수하게 만날 수 있다고 보는 것이다. 인간의 욕망을 끊임없이 제어한 것이 문명적 세계의 가치였다면, 이제는 이러한 문명적 세계의 횡포를 넘어 자연 그 자체의 본연성을 온전히 바라보는 새로운 시선이 필요하다. 이번 시집의 표제인 "바람은 피우는 것입니다, 꽃처럼"에 담긴 의미는 이러한 문제의식에서 출발한 것이다. "바람 없이 꽃이 핍디까"(「바람 예찬」)라는 물음에서처럼, "바람"에 담긴 인간의 세속화된 시선을 지우고 "바람" 그대로의 자연성을 찾아보고자 하는 시인의 시선은 그만큼 본질적이고 생명적이다. 이 모든 것이 '사랑' 그 자체의 본질을 발견하고자 하는 시인의 깊은 성찰의 결과가 아닐 수 없다.

앞서 말했듯이 이번 시집은 전체적으로 연시戀詩의 형식으로 구성되어 있다. 시인은 "그 하찮다는 연애시를 열렬히 / 쓰다가 쓰다가, 세상 다하는 날까지 / 쓰다가 죽고 싶다"(「다들 하찮다지만」)라고 고백할 정도로 연시에 대한 애정이 남다르다. 그만큼 연시는 그의 시세계의 본질을 구성하는 가장 이상적인 형식이라고 할 수 있다. 특히 이러한 연시의 특성은 시인의 삶의 체험과 정신적 성숙의 과정과 온전히 결부되어 있어서 아주 구체적이고 생활적이라는 점에서 의미가 있다. 또한 시인에게 연시의 형식은 단순한 사랑노래의 차원을 넘어서 삭막하고 모순된 현실과의 대비를 통해 사랑의 순수함을 역설적으로 증명하는 전략적 장치가 되기도 한다. 다시 말해 이번 시집에서 연시의 형식은 모순된 현실에 대한 비판적 성찰로서의 알레고리적 성격을 내포하고 있다고 할 수 있는 것이다.

연시는 현란한 수사를 동원해 독자에게 미학적 즐거움을 주기보다는 직설적인 감정을 토로함으로써 독자의 직접적인 공감을 불러일으키는 고백시의 구조를 취하는 것이 일반적이다. 연시가 사랑에 대한 명상을 짧은 경구로 표현하는, 그래서 대체로 짧은 서정시의 형식을 취하는 이유도 바로 여기에 있다.

> 쑥밭재 가을 하늘 잿마루에 귀를 대면
> 총총, 떠나보낸 젊은 날이 저만치
> 아름다운 날들이 저만치
>
> 조개골 은빛 물방울로 구르던 사랑아
> 이제는, 갈꽃 흐드러진 하구(河口) 어디쯤
> 지친 다리쉼 할 사람아
> 느릅나무 빈 가지를 흔드는
> 너의 순결 같은 바람에게서
> 차마, 차마 나누지 못했던 말들이
> 파랗게 묻어 나오고
> 나는 종일 이명(耳鳴)에 귀를 앓는다
>
> —「가을 하늘」 전문

인용 시에서 화자는 아름다웠던 젊은 날을 회상하면서 "조개골 은빛 물방울로 구르던 사랑"을 추억한다. "쑥밭재 가을 하늘 잿마루에 귀를 대면"에서 알 수 있듯이, 화자 혹은 시인은 산을 오를 때면 이와 같이 가장 순수하고 아름다웠던 지난날의 사랑에 대한 지독한 그리움에 잠기게 되는 것이다. 산과 마주하면서 "종일 이명耳鳴에 귀를 앓는다"라는 시인의 마음을 이해하지 못한다면 결코 사랑노래를 부를 수 없을 것이다. 언제부턴가 우리 시단에서 순수한 서정의 세계가 담긴 사랑노래가 사라져 버렸다는 사실이 몹시 안타깝다. 지금 우리가 살고 있는 시대의 사랑은 더 이상 특별할 것이 없는 지극히 통속적인 욕망에 불과하다는 비관적 인식이 너무 보편화되어 있기 때문은 아닐까?

이러한 비관적 현실에도 불구하고 시인에게 있어서 사랑은 언제나 시의 시작이요 끝이다. 그리고 그 사랑은 언제나 산과 더불어 살아가는 시인의 마음을 비추고 있다. 시를 읽고 쓰면서 혹은 산을 오르내리면서 그가 진정으로 깨달은 것이 있다면, 그것은 바로 삶은 사랑이고 그 사랑은 인간이 질서라는 명목으로 구획해 놓은 모든 경계와 구분을 허물어뜨리는 원초적 세계라는 사실이다. 아마도 시인은 시의 전부는 사랑이라고, 그래서 사랑 이외의 현란한 수사로 치장된 시는 이미 시가 아니라고 말하고 싶어 의도적으로 거칠고 남루한 날 것 그대로의 시의 언어를 보여주고 있는지도 모르겠다. 이처럼 그의 연시는 갈등과 모순으로 가득 찬 우리 시대의 심각한 단절과 대립을 초월하는 진정한 유토피아를 지향한다. 특히 그에게 있어서 진정한 유토피아는 다름 아닌 '산' 그 자체라는 점에서 아주 특별한 의미를 지닌다. 그래서 그는 어제도 오늘도 그리고 내일도 산을 오르내리는 일을 멈추지 않는다. 그리고 그가 산을 오르는 이상 그의 시 역시 멈추지 않을 것이다. 다만 그의 시에 사족을 단다면, 산에서 시마저 버리는 절대경지의 순간을 맞이하면 어떨까 하는 생각이 든다. 어떤 면에서 그의 시는 산을 너무 사랑한 나머지 산에서 혹은 산에 대해 너무

많은 말을 스스로 풀어놓아버린 것은 아닐까. 이제는 오히려 산을 산 그대로 놓아두는 방법, 즉 비록 시의 형식이라 하더라도 인간의 말로 변용시키지 말고 산 그 자체의 모습을 보여줄 때 가장 큰 의미 있는 울림을 전해주지 않을까싶다. 진정한 서정시인은 궁극적으로 접신接神의 상태를 꿈꾼다는 사실을 기억할 필요가 있다. 시인이 산을 말하는 것이 아니라 산이 시인을 말하는 접신의 경지를 찾을 때, 아마도 그의 시는 더욱 시의 본질에 가까이 다가설 수 있을 것임에 틀림없다.

서정의 시선으로 보는 세상

강달수의 시세계

서정의 시선視線/詩線

언젠가부터 우리 시는 서정의 본질과는 거리가 먼 방향으로 급격한 변화를 시도하고 있다. 서정의 존재 이유와 가치 자체를 부정하거나 외면하는 것은 아니라 할지라도, 전통적인 서정의 지위와 역할은 유효한 맥락을 잃었다는 데는 조심스럽게 동의하면서 시대의 변화 흐름에 부응하는 서정의 혁신 혹은 쇄신을 모색하고자 하는 것이다. 물론 이러한 서정의 갱신에 대한 논의는 변하는 것과 변하지 않는 것 사이의 시적 긴장을 보여주는 바람직한 담론의 장이라고 할 수 있다. 하지만 자칫 이러한 변화나 쇄신에 대한 강조가 서정의 본질 자체를 훼손하거나 변질시키는 것을 합리화하는 징후로 흘러가버린다면, 그것은 서정을 말하면서도 결국 서정을 왜곡하는 가짜 서정 담론이 될 수도 있음을 간과해서는 안 된다. 최근 들어 서정을 둘러싼 다양한 용어들이 변주되고 있는 데서 이와 같은 우려를 금할 수 없는 것이 사실이다.

잘 알다시피 서정은 주체와 세계의 동일성을 본질로 삼는 장르이다. 여기에서 동일성은 주체와 세계의 만남이 일체감을 형성하는 것으로, 각각의 자질과 특성을 의도적으로 소멸시켜 주체와 세계가 완전히 새로운 하나로 통합되는 미적 체험을 의미하는 것이다. 바슐라르의 전언에 따르면,

몽상하는 사람이 말을 할 때 누가 말하는 것인지를 구분하기 어려운, 그래서 주체가 말하는 것인지 아니면 세계가 말하는 것인지의 경계를 나누기 힘든 경지가 바로 서정의 동일성이다. 그렇다면 이러한 서정은 지금 왜 그 설자리를 크게 위협받고 있는 것일까? 그것은 결국 우리가 지금 급격하게 앞을 향해 달려가는 속도 경쟁의 시대를 살아가고 있고, 자본과 문명의 홍수 속에서 개인의 안위와 이익을 앞세우는 데 급급한 나머지 결코 잃지 말아야 할 것들을 무참히 잃어버리고 있기 때문이다. 하지만 이런 때일수록 근본적으로 서정은 자기반영 혹은 자기성찰의 속성을 가진다는 점에서 현실을 돌아보는 전략적 장치로 기능한다는 사실을 오히려 주목할 필요가 있다. 지금 서정은 반서정적 현실을 초극하는 역설의 시대정신으로 가장 현실적이고 비판적인 목소리를 부여받았다고 할 수 있는 것이다.

강달수의 세 번째 시집『달 항아리의 푸른 눈동자』는 이러한 모순된 현실 너머의 진정성 있는 세계를 꿈꾸는 서정의 시선視線 혹은 시선詩線을 뚜렷하게 부각하고 있다. 시인이「자서」에서 분명하게 밝혔듯이, "세상은 자유와 평화를 강조하지만 지금 전 세계는 테러와 전쟁의 화염 속에 불타오르고 있고, 현대 자본주의는 평등과 분배를 외치지만 빈부격차는 더 양극화되어 죽음보다 더 고통스러운 삶을 살아가는 사람들이 늘어나는 시대"임을 정직하게 응시하면서, 이를 비판적으로 성찰하는 진정한 삶의 방향을 외치는 것이 바로 시인의 운명임을 절대 놓치지 않으려 하는 것이다. 그래서 그는 무엇보다도 시가 "생명의 글쓰기, 따뜻한 글쓰기"가 되기를 염원한다. 갈등과 대결의 시대를 넘어서 조화와 통합의 세계를 지향하는 마음으로부터 '서정'의 참 모습이 펼쳐진다고 굳게 믿고 있기 때문이다. 이처럼 강달수의 시는 서정의 시선이라는 일관된 시 정신에 바탕을 두고 자연과의 합일과 세계와의 조화를 꿈꾸고, 순수했던 과거의 기억을 현재적으로 서사화하는 시간의식을 드러낸다. 그에게 서정은 지금 우리 현실을 구원하는 이상적 가치인 동시에 시론 혹은 시 창작론의 근원적 토대라고 할 수 있는 것이다.

자연과의 합일과 세계와의 조화

강달수의 시는 유독 자연을 제재로 한 세계를 두드러지게 형상화한다. 자연 속에 흐드러지게 피어 있는 수많은 꽃들과 나무들 그리고 하늘을 수놓은 별과 내리는 눈과 비 등 그의 시에는 온통 자연을 바라보고 자연을 노래하는 시들로 가득 채워져 있다. 하지만 이러한 자연을 응시하는 시인의 시선은 단순한 관찰자의 태도에 머무르거나 피상적인 이해에 그치는 정도에서 멈추지 않는다. 그는 자연의 내부에 숨겨진 본질적 의미를 통찰함으로써 인간과 자연의 현실적 관계를 비판적으로 성찰하는 문제적 시선을 담아내고자 하기 때문이다. 대체로 자연의 파괴라는 문명의 위험성은 지나친 인간 중심주의에서 오는 것이라는 점을 주목하고, 이러한 인간적 가치의 폭력성과 위계적 시선을 경계하는 성찰적 태도를 문제적으로 형상화하는 데 초점을 두는 것이다.

> 낙타라고 목마르지 않은 것은 아니다
> 모래폭풍이 부는 사하라 사막
> 노을이 내 등위로 물 드는 사막길을
> 몇 백리 달려 도착한 오아시스
> 가죽에 물을 채운 후 또 왔던 길을 되돌아간다

오아시스를 찾지 못하면 인간들은

내 등에 갈무리된 물을 마시려고 혹을 베어낸다

평생 그들을 위해 걷고

등에 무거운 짐을 실었지만

인간들은 우리에게 단백질과 수분 섭취를 위해

수시로 혹과 몸통을 요구하였다

하지만 사막도 죽음도

내가 낙타인 것도 운명이라 생각한다

결코 두려워하지 않고 두 개의 혹으로

기꺼이 홀로 사막을 밤새 걸어간다

모두 다 깊은 잠에 빠진 밤

차디찬 사막에 내리는 별빛을 밟으며,

잘근 잘근 긴 다리를 타고 올라오는

쓰디쓴 관절의 고통을 곱씹으며,

황량한 바람 부는 좁은 우리 속에서

못난 에미를 기다릴 어린 눈망울을 생각하며

아프고 지친 발걸음을 재촉한다.

—「쌍봉낙타」 전문

낙타와 인간의 대비를 통해 인간중심적 세계의 파괴성과 위험성을 부
각하는 시이다. "낙타라고 목마르지 않은 것은 아니"지만, 인간은 오로지

자신의 목마름을 채우려는 욕망으로 낙타를 대상화할 뿐이다. "오아시스를 찾지 못하면 인간들은 / 내 등에 갈무리된 물을 마시려고 혹을 베어"내는 악행을 아무렇지 않게 자행하는 것이다. "평생 그들을 위해 걷고 / 등에 무거운 짐을 실었지만", 이러한 낙타의 수고로움을 대하는 인간의 시선은 "단백질과 수분 섭취를 위해 / 수시로 혹과 몸통을 요구하"는 냉혹한 태도를 서슴지 않을 따름이다. 생명체로서의 동일한 시선은 처음부터 찾을 수 없고, 낙타를 바라보는 연민의 시선조차 어디에도 없다. 오로지 인간의 욕망을 채우려는 생존 본능으로 자연을 지배하려는 인간의식만이 드러날 뿐이다. 하지만 이와 같이 이기적인 인간의 태도에도 불구하고 낙타는 모든 것을 "운명이라 생각"하는, 그래서 냉혹한 자연의 질서조차 순응하며 받아들이려는 생명의 가치와 지향성을 드러낸다. 그래서 "쓰디쓴 관절의 고통" 속에서도 오직 "못난 에미를 기다릴 어릴 눈망울"을 떠올리는 모성성이라는 본연적 생명성을 잃지 않으려 하는 것이다. 이처럼 자연의 질서를 운명으로 받아들이며 순응하려는 낙타의 모습에서, 철저하게 인간중심적으로 변질된 반생명의 현실과 파괴와 죽임을 통해 구축되는 인간의 그릇된 욕망을 반성하지 않을 수 없다. 결국 이 시는 자본과 문명의 무한 속도 경쟁 속에서 자신의 욕망과 안위만을 추구하는 인간의 모습을 비판적으로 성찰하는 문제적 지향성을 보여주는 것이다.

이런 점에서 강달수의 시는 자연을 대상화하는 인간적 태도의 모순을 비판하는 일관된 시선을 갖기를 소망한다. 그가 자연을 바라보는 근본적 인식은 갈등과 대립이 난무하는 부정적 현실 너머의 근원적 통합의 세계를 지향하는 서정의 시선을 추구하는 것이다. 그의 시가 꽃과 나무와 같은 자연의 대상을 통해 인간과 자연의 교감이라는 정서적 일체감을 부각하는 데 집중하는 이유도 바로 여기에 있다. 그래서 그는 "사람도 나무가 될 수 있다면 / 누구나 한번 쯤 되어 보고 싶은 나무"(「자작나무의 눈」)라고도 하고, "얼마나 서럽게 그리우면 / 붉은 눈물이 되었을까"(「진달래꽃」)라고 하면서 자연의 마음을 자신의 마음으로 내면화하기도 하며, "평생 / 이지러지지 않는 달이 되고 / 영원히 지지 않는 별이 되어라"(「타지마할, 그 영원한 사랑을 위하여」)라고 낯선 이방의 땅에서 자신의 운명을 소망하기도 한다. 그에게 자연은 더 이상 추상적 대상이거나 인간과 구분되는 관념적 사물에 불과한 것이 아니라, 온전히 자신과 하나로 통합되는 유기적 생명체로서의 모습임에 틀림없는 것이다. 따라서 그의 시는 동화assimilation와 투사projection라는 서정시의 동일화 원리를 일관된 창작 방법론으로 삼고 있다. 즉 의식적으로 세계를 자신의 내부로 이끌고 와서 그것을 내적 인격화하는 세계의 자아화와, 자신의 내면을 대상이나 세계에 상상적으로 투사함으로써 주체와 세계의 일체감을 이루는 감정이입의 방식을 두드러지게 사용하는 것이다. 이번 시집의 표제시 「달 항아리의 푸른 눈동자」는 이러한 그의 창작 전략을 가장 상징적으로 그려내고 있어 특별히 주목된다.

> 목련꽃이 정물처럼 그려진 봄 밤
> 칠흑 같은 세상, 환하고 훈훈하게 살고
> 모나고 비뚤어진 세상
> 둥글고 부드럽게 살아가라고
> 산과 들 위에 두둥실 떠오른 보름달
>
> 생명을 불어 넣은 백토 한 덩어리

달밤에 활활, 장작불 가마솥에 구워

봄이 무르익는 지상에 하사한

하느님의 선물

달 항아리의 푸른 눈동자

—「달 항아리의 푸른 눈동자」 전문

    화자는 "달 항아리"라는 구체적 정물을 바라본다. 그 세계는 "목련꽃"
이 "그려진 봄 밤"의 모습을 담아내고 있다. 항아리라는 정물의 세계 안에
서 자연의 모습을 발견한 화자는, 그 밝고 환함과 대비되는 "칠흑 같은 세
상"을 생각하고, 달처럼 둥근 항아리와는 달리 "모나고 비뚤어진 세상"을
안타깝게 떠올린다. 즉 대립과 갈등이 난무하는 사각형과 같은 각진 세상
을 비판적으로 인식함으로써, "환하고 훈훈하게 살" 수 있고 "둥글고 부드
럽게 살아" 갈 수 있는 조화로운 세상을 꿈꾸는 것이다. 그래서 화자는 말
없는 정물과 그 속의 풍경화 같은 자연에 "생명을 불어 넣"고자 한다. "달
밤에 활활, 장작불 가마솥에 구워"지는 아름다운 인고忍苦의 시간을 지나
고 나면 비로소 "봄이 무르익는" "하느님의 선물" 같은 세상이 열리기를
간절히 염원하는데, 그 결과물이 바로 "달 항아리의 푸른 눈동자"라고 인
식하는 것이다. 사물과 자연과 인간이 온전히 하나가 되는 과정은, 모순
된 현실 너머의 세계를 꿈꾸는, 그래서 자연과의 합일과 세계와의 조화를
지향하는 시인의 의식을 온전히 상징화하고 있다. "내 가슴에 푸른 잉크
처럼 번지고 간 / 파랑 나비와의 운명적인 사랑"(「달개비꽃」)도 그러하고,
"바람만 불어도 / 눈물이 그렁그렁한 소녀의 / 여리고 붉은 / 초경 같은

꽃"(「오동도 동백꽃」)도 같은 의미를 지닌다.

　이처럼 그에게 자연은 자본과 문명을 추구해온 세속화된 인간이 반드시 회복해야 할 본질적인 장소이고, 결코 타협하지 않고 순응해야 할 운명적인 세계이며, 지금은 사라지고 잊혀진, 그래서 끝끝내 되찾아야 할 삶의 이정표임에 틀림없다. 그의 시가 오로지 서정의 시선으로만 세상을 바라보는 이유도 바로 이러한 문제의식을 추구하려는 일관된 시 정신의 결과이다. 아마도 그의 시가 현재를 말하되 앞을 바라보기 보다는 자꾸만 뒤를 돌아보는 시선을 보이는 것도 이 때문이 아닐까 싶다. 그는 사라지고 잃어버린 것들에 대한 남다른 애착을 갖고 있는 듯하다. 서정의 시선은 이러한 기억 속의 세계를 다시 회복하는 데 또 다른 본질적 지향이 있기 때문이다. 자연과 인간과 세계가 어떠한 대립과 갈등도 없이 온전히 하나로 통합되었던 총체성의 세계를 그리워하는 것, 그의 시는 이러한 시적 세계관에 근본적 바탕을 두고 기억을 서사화하는 현재적 시간의식을 드러내는 것이다.

기억의 서사화와 영원한 현재

　서정시의 본질적 시간은 현재이다. 자연이나 사물을 바라보는 순간적인 감정과 정서를 현재화하여 표현하는 것이 서정시의 시간의식인 것이다. 또한 과거의 일이든 미래의 소망이든 그것은 모두 현재의 순간에 통합되어 '영원한 현재'를 드러내는 것이 바로 서정시의 본질이다. 하지만 서정시의 표지가 현재시제로 구현된다 하더라도 근본적으로 서정은 뒤를 돌아보는 상상력에 절대적으로 기대고 있다는 점에서 현재보다는 과거를 지향하는 경우가 많다. 서정시가 자기성찰의 장르라 할 때, 그 성찰의 대상은 대체로 현재의 모순이기 일쑤이므로, 이러한 모순된 세계 이전의 추억 혹은 기억의 대상이나 세계를 그리워하는 회고적 시선이나 복고적 태도를 드러내는 경우가 많은 것이다. 이 때 과거의 모습은 현재의 모순을 넘어서는 성찰적 의미를 부각하기 위한 것으로, 단순히 과거의 대상으로만 존재하는 것이라기보다는 현재적 의미로 새롭게 호명된 기억이다. 즉 기억의 서사화라는 시적 전략은 전통적 과거의 복원이라는 고루한 답습이 아니라, 현재와의 대화적 관계로 새롭게 의미화되는 역사적 현재로서의 시대적 의미를 확보하게 되는 것이다. 강달수의 시에서 서정의 시선은 이러한 전략으로 과거의 기억을 호출함으로써, 현재를 비판적으로 읽어내는 새로운 시선을 발견하고자 한다. 그의 시가 유년 시절이나 청년 시절의 경험을 서사화하는 이야기적 구조를 두드러지게 드러내는 이유도 바로 여기에 있다.

내 어렸을 적, 차밭이 있던 마을 시냇가
매미 소리가 우루루 쏟아져 내리던
어느 여름날

햇살이 냇물을 간질이며 웃자
집게발을 치켜들고 싸우던 가재 두 마리가
은어들이 그렇게 말려도 멈추지 않던
쌈박질을 멈추고 큰 눈을 껌뻑거리며

흰 구름 떠 있는 하늘을 보며 햇살처럼 웃고

나는 시냇가 돌 틈에서 조막손 타는 줄도 모르고

깊은 낮잠에 빠져 들었다

그래도 그때는 나를 부르는 목소리가 있었고

따뜻한 고봉밥 해놓고 나를 기다리던,

작은 우물과 어머니가 계셨다.

―「내 어렸을 적에」 전문

한 폭의 동양화에 나오는 시냇가의 풍경을 상상하게 만드는 시다. "가재 두 마리"의 "쌈박질"과 그 싸움을 말리는 "은어"의 이야기는 마치 동화의 세계를 보여주는 듯하고, "깊은 낮잠에 빠져들었"던 화자의 모습과 "따뜻한 고봉밥 해놓고 나를 기다리던" "어머니"는 한 여름날의 아름다운 추억을 담은 청소년소설의 한 대목을 떠올리게 한다. 하지만 이 이야기는 그저 상상 속의 이야기나 동화 속의 세계가 아니라 화자의 유년 시절 "차밭이 있던 마을 시냇가"에서의 경험을 담은 것이고, "매미 소리가 우루루 쏟아져 내리던 / 어느 여름날"의 기억을 서사화한 것이다. 따라서 이 시의 서사적 상황은 사실로서의 과거의 경험임에 틀림없지만, 지금의 현실과는 거리가 먼 사라지고 잃어버린 세계의 모습을 닮았다는 점에서 한편으로는 동화적이고 상상적인 느낌을 지울 수 없는 것이다. 그렇다면 시인은 왜 이런 과거의 세계를 떠올리고 그리워하는 것일까? 그것은 바로 지금 우리가 마주한 현실 속에서는 거의 찾아볼 수 없는 멀고 먼 이야기가 되고 말았기 때문이다. 따라서 그는 유년 시절의 조화로운 세계를 다시 불러냄으로써 지금은 만날 수 없는 잃어버린 과거의 기억을 현재화하려는 시적 전략을 드러낸다. "그래도 그때는 나를 부르는 목소리가 있었"다는 데서, 지금 우리에게 진정으로 필요한 것은 따뜻한 공동체의 세계를 간직했던 그 때 그 시절의 "작은 우물과 어머니"와 같은 존재라는 점을 특별히 강조하고자 하는 것이다. 강달수의 시에서 이러한 유년의 풍경이나 청년 시절 그리움의 대상에 대한 목소리는 이번 시집 곳곳에서 두드러지게 발견된다. 그것은 첫사랑의 대상으로 묘사되거나(「함박눈」), 사라진 옛 풍경을 아쉬워하는 목소리(「폐교」)로 형상화하고, 계절의 순환을 통해 지나간 시간의 풍경을 그리워하는 방식(「가을이 떠난 자리」)으로 구체화되기도 한다. 시인은 지금도 늘 "아름다운 청춘"의 시절을 그리워한다. "굶주리고 고통스러웠지만 참 따스하고 해맑은 시절"(「가을 상주해수욕장, 한 곡의 노래가 되다」)을 추억하고 기억하는 데서 그의 서정시는 더욱 빛을 발하는 것이다.

봄은 바람이 되어 푸른 하늘 열리는
철길위로 기차처럼 달려오는가
봄은 파도가 되어 진달래 핀 철길 따라
꿈처럼 출렁거리며 다가오는가

지금 어디에서 무엇을 하고 있는지
이제는 곱디 고운 추억으로만 남아
해마다 진달래꽃 피는 봄만 되면
내게로 달려오는 소녀야

폐쇄된 철길 옆

이 몸서리치도록 화사하고 죽음보다 깊은

진달래꽃 덤불의 정적 속에서

너의 이름을 부른다.

—「봄, 송정역」 전문

모든 것이 개체화되고 파편화되어 버린 세상의 한가운데에서 화자는 "너의 이름"을 생각하며 잃어버린 세계와의 소통을 시도한다. 더 이상 철로의 기능을 할 수 없는, 생명이 다한 문명의 자리에도 "봄은 바람이 되어", "봄은 파도가 되어" 어김없이 찾아오는 것이 자연의 섭리이고, 그곳에 "곱디 고운 추억"을 떠올리는 "진달래꽃"도 당연히 봄을 알리며 찾아온다. 문명의 속도를 자랑하던 기차는 이제는 낡고 오래된 폐물이 되어 멈추어 버렸고, 그 자리를 지키던 역사驛舍도 사람도 모두 떠나버렸다. 하지만 모두가 떠나버린 그곳에도 봄은 찾아오고 진달래꽃은 피어나 지나가는 사람들의 발길을 붙들고 추억 속의 "소녀"를 그리워하게 만드는 것이 자연의 숭고함이다. "폐쇄된 철길 옆 / 이 몸서리치도록 화사하고 죽음보다 깊은 / 진달래꽃 덤불의 정적"에 담긴 시적 긴장은, 과거와 현재를 뛰어 넘는 영원한 현재로서의 서정시의 아름다움을 깊이 있게 드러낸다. 시인이 간절히 부르는 "너의 이름"은 "지금 어디에서 무엇을 하고 있는지" 알 수 없지만, 그 이름을 끝끝내 잊어버리지 않고 불러보는 데서 그의 서정시는 더욱 더 성숙한 아름다움을 형상화해낼 수 있을 것임에 틀림없다.

대결을 넘어서 통합의 세계로

강달수 시인은 먼저 발간한 두 권의 시집『라스팔마스의 푸른 태양』(동림출판사, 2003),『몰디브로 간 푸른 낙타』(푸른별, 2014)에서부터 서정의 시선을 일관되게 유지해왔다. 그의 서정은 세계와의 대결을 두려워하거나 어설프게 타협하는 나약한 모습을 거부한다는 데서 문제적이다. 누구보다도 현실 가까이에서 당면한 세상의 모순을 정직하게 바라보는 그의 시선은, 표면적으로는 현실과의 불화를 전제하고 출발한다는 점에서 서정과는 어울리지 않는다고 볼 수도 있다. 하지만 이와 같은 세상과의 불화는 그의 시가 건강하고 성숙한 서정의 자리를 지키는 주춧돌이 된다. 세계와의 대결을 가로질러 통합의 세계로 나아가는 것이야말로 오늘날 서정시가 존재해야 할 이유를 분명하게 보여준다고 할 수 있기 때문이다. 그가 "큰 눈 내리는 날은 온 세상이 평등해집니다"라고 말하는 것이나, "외로운 눈발들은 서로를 껴안고 눈물을 흘리며 하얗게 녹아내립니다"(「대설」)라고 말하는 것은, 대결의 시대를 넘어선 통합의 세계를 갈망하는 서정 시인으로서의 책무를 온전히 감당하기 위함이다. 지금 서정이 필요한 것은 전통적 복고의 차원에서 정서의 회복을 위한 것이라기보다는, 모순된 현실을 비판적으로 성찰하는 통합적 세계관이 절실하게 요구되는 시대적 소명 때문이다.

지금 시는 이 세상에서 어떤 의미를 가지는 것일까 하는 새삼스러운 질문을 던져 본다. 가장 밀도 있는 언어의 긴장을 보여주는 것이 시라는 점에서 언어의 구조화가 시의 또 다른 본질이 되는 것은 분명하지만, 언어의 형식과 구조를 지나치게 강조한 나머지 그것을 공유하는 공동체적 기반을 자칫 도외시하고 있는 것은 아닌지 적잖이 우려가 되는 것이 사실이기 때문이다. 모두가 서정을 말하고는 있지만 무수한 변종들이 서정임을 강조하는 상황에서, 진정으로 서정의 본질은 '다른 서정'들이 내세우는 새로움의 미학 앞에서 늘 낡고 오래된 것으로 폄하되기 일쑤이다. 하루가 다르게 변해 가는 세상의 모습에 무감각하게 대응하는 고루한 태도도 문제지만, 그렇다고 해서 무조건 변화만을 추구하는 새로움의 허위성은 더더욱 경계해야 한다. 어쩌면 서정은 변화의 시대에 변하지 않는 중심을 지켜내는 역설적 정신으로부터 참된 가치를 구현해낼 수 있을지도 모른다. 강달수의 이번 시집은 이러한 서정의 시선을 뚝심 있게 밀고 나가는 힘을 발견할 수 있어 미덥다. 다만 그가 바라보는 현실이 때로는 표피적이고 피상적일 때도 많아서, 보이는 현실 너머의 보이지 않는 세계를 중층적으로 탐색하는 시선이 다소 아쉬움으로 다가온다. 이 세계를 비판한다는 것은 은폐되고 왜곡된 표층적 현실 이면의 숨겨진 진실을 찾아내는 데 가장 중요한 문제의식이 있어야 할 것이다. 지금 서정은 이러한 이면의 진실을 내적으로 파고드는 깊은 통찰력이 그 어느 때보다 필요하다. 대결을 넘어서 통합의 세계로 나아가는 서정의 시선은 "때론 그 그리움이 시퍼런 칼날이 되"(「겨울, 다대포 해변, 그리움 1」)는 날카로운 시적 긴장의 세계를 가져야 한다는 사실을 결코 외면해서는 안 될 것이다.

식민지 모순에 맞서는
문학적 실천으로의 시적 여정
심훈의 시세계

　심훈은 1919년 경성고등보통학교 4학년 재학 중 3·1운동에 가담했다
가 검거되어 투옥되었고, 같은 해 7월에 집행유예로 출옥되었지만 이 사
건으로 학교에서 퇴학을 당한 후 이듬해 1920년 겨울 중국으로 망명했
다. 북경, 상해, 남경을 거쳐 항주 지강대학之江大學[1]에 입학했으나, 어떤 이
유에서인지는 정확하지 않으나 학업을 다 마치지 않은 채 1923년 서둘러
귀국했다. 당시 심훈은 자신의 중국행 목적에 대해 "북경대학의 문과를 다
니며 극문학을 전공하려던"[2] 것이었다고 밝혔지만, 열아홉 살의 나이로
3·1운동에 가담하고 옥고까지 치른 그의 전력으로 비추어 볼 때 이러한
진술은 중국으로 가야만 하는 어떤 정치적 이유를 은폐하기 위한 일종의
트릭일 가능성이 많다. 심훈이 감옥에 있을 때 어머니에게 보낸 편지를 보
면, 그가 출옥 이후 단순히 유학을 목적으로 중국행을 선택했을 거라고는

1　지강대학은 현재 절강(浙江)대 지강캠퍼스로 편입된 곳으로 미국 기독교에 의해 세워진
　대학이다. 당시 중국의 13개 교회대학 가운데 가장 먼저 세워진 학교로 화동(華東) 지역
　의 5개 교회대학(金陵, 東吳, 聖約翰, 滬江, 之江) 가운데 거점 대학이었다. 당시 이 대학
　은 서양을 향한 중국 내의 중요한 통로 역할을 했으며, 학생들은 5·4운동에도 적극 가담
　하는 등 서구적인 문화와 진보적인 의식을 동시에 배양하고 있는 곳이었다. 張立程·汪
　林茂,『之江大學史』,杭州出版社, 2015 참조.
2　「무전여행기─북경에서 상해까지」,『심훈문학전집』3, 탐구당, 1966, 506쪽. 이하 전집
　에서 인용한 것은 권수와 쪽수만 밝힌다.

보는 것은 설득력이 떨어진다.

> 어머님!
>
> 우리가 천번 만번 기도를 올리기로서니 굳게 닫힌 옥문이 저절로 열려질
> 리는 없겠지요. 우리가 아무리 목을 놓고 울며 부르짖어도, 크나큰 소원이 하
> 루아침에 이루어질 리도 없겠지요. 그러나 마음을 합하는 것처럼 큰 힘은 없
> 습니다. 한데 뭉쳐 행동을 같이 하는 것처럼 무서운 것은 없습니다. 우리들은
> 언제나 그 큰 힘을 믿고 있습니다. (…중략…)
>
> 어머님!
>
> 어머님께서는 조금도 저를 위하여 근심치 마십시오. 지금 조선에는 우리
> 어머님 같으신 어머니가 몇 천 분이요 또 몇 만 분이나 계시지 않습니까? 그
> 리고 어머님께서도 이 땅에 이슬을 받고 자라나신 공로 많고 소중한 따님의
> 한 분이시고 저는 어머님보다 더 크신 어머님을 위하여 한 몸을 바치려는 영
> 광스러운 이 땅의 사나이외다.
>
> —「감옥에서 어머님께 올린 글월」, 『전집』 1, 20~21쪽

아직 성년의 나이에도 이르지 못한 열아홉 살의 글로 보기에는 너무나
성숙된, 조국을 사랑하는 식민지 청년의 강인한 결의가 느껴진다. "한데
뭉쳐 행동을 같이 하는 것처럼 무서운 것은 없습니다"라는 현실에 맞서는
저항의 목소리와, "어머님보다 더 크신 어머님", 즉 조국을 위해 "한 몸을
바치"는 것이 전혀 두려울 게 없다고 결심하는 식민지 청년의 강인한 의
지가 편지 속에 분명하게 드러나 있음을 확인할 수 있다. 게다가 그는 단
한 번도 중국 유학에 대한 계획을 구체적으로 밝힌 적이 없고, 오히려 일

본 유학에 대한 계획을 몇 차례 언급했었다는 점에서 심훈의 갑작스런 중국행은 더욱 의혹으로 남는 것이 사실이다. 또한 그가 북경에 도착해서 이회영, 신채호 등 항일 망명인사들을 만나 그들의 집에서 한동안 머물렀다는 점을 염두에 둘 때, 심훈의 중국행은 3·1운동 이후 어떤 정치적인 목적과 직접적으로 연관된 일이었을 가능성이 많은 것으로 추정된다. 그리고 이러한 그의 특별한 활동은 민족운동에서 출발해서 무정부주의로 나아갔던 단재 신채호와 우당 이회영의 사상적 실천을 통해 자신의 문학과 사상의 근본적 토대를 형성하는 중요한 계기가 되었을 것으로 생각된다.

심훈의 문학 세계는 크게 세 시기로 나눌 수 있는데, 습작기에서부터 중국 체류 시기까지인 1923년 이전, 중국에서 귀국한 1923년부터 모든 정치사회적 활동을 접고 충남 당진으로 내려가기 전인 1932년까지, 그리고 충남 당진에서 농촌을 배경으로 장편소설 창작에 매진하다가 갑자기 병으로 타계하기까지이다. 이러한 구분은 그의 시세계를 살펴보는 데 있어서도 유효한 의미를 지닌다.

앞서 언급한 대로, 심훈의 중국에서의 행적은 그의 초기 시세계가 어떠한 사상적 거점을 토대로 형성되었는지를 이해하는 데 중요한 의미가 있다. 이 시기에 그가 발표한 시는 북경에서 쓴 「북경의 걸인」, 「고루의 삼경」, 북경에서 상해로 이동하는 중에 쓴 「심야과황하深夜過黃河」, 상해에서 쓴 「상해의 밤」, 남경과 항주에 있을 때 쓴 것으로 그의 첫 번째 부인 이해영에게 보낸 편지에 동봉한 「겨울밤에 내리는 비」, 「기적」, 「전당강 위의 봄밤」, 「뻐꾹새가 운다」, 그리고 「항주유기杭州遺記」 연작 시조 14편이 있다. 이 외에도 현재까지 알려진 것으로는 귀국 이전의 마지막 작품인 「돌아가지이다」가 있는데, 이들 시편 가운데 이 시기에 가장 주목해야 하는 작품은 「상해의 밤」이다.

우중충한 '농당(弄堂)' 속으로
'훈둔'장사 모여들어 딱따기 칠 때면
두 어깨 웅숭그린 연놈의 떠드는 세상,
집집마다 마작판 뚜드리는 소리에
아편에 취한 듯 상해의 밤은 깊어가네

발벗은 소녀, 눈먼 늙은이를 이끌며
구슬픈 호궁(胡弓)에 맞춰 부르는 맹강녀(孟姜女) 노래,
애처롭구나! 객창(客窓)에 그 소리 장자(腸子)를 끊네

사마로(四馬路) 오마로(五馬路) 골목골목엔
'이쾌양듸', '량쾌양듸' 인육(人肉)의 저자,
단속곳 바람으로 숨바꼭질하는 '야-지'의 콧잔등이엔
매독이 우글우글 악취를 풍기네

집 떠난 젊은이들은 노주(老酒)잔을 기울여
걷잡을 길 없는 향수에 한숨이 길고
취하여 취하여 뼛속까지 취하여서는
팔을 뽑아 장검(長劍)인 듯 내두르다가
채관(茶館) 소파에 쓰러지며 통곡을 하네

어제도 오늘도 산란(散亂)한 혁명의 꿈자리!

용솟음치는 붉은 피 뿌릴 곳을 찾는

'까오리' 망명객의 심사를 뉘라서 알고

영희원(影戲院)의 산데리아만 눈물에 젖네

—「상해(上海)의 밤(『전집』1, 120~121쪽)」[3] 전문

　서구적 근대와 제국주의적 근대가 착종된 1920년대 상해의 어두운 밤을 적나라하게 보여주는 작품이다. 당시 상해의 모습은 마작, 아편, 매춘 등이 난무하는 자본주의의 병폐와 모순이 그대로 노출되는 장소였다. 특히 "사마로 오마로 골목골목"은 다관과 무도장, 술집과 여관 등이 넘쳐 났고, 줄지어 늘어선 기방들에서 떠돌이 기녀들이 무리를 지어 호객을 하는 세속적 타락이 난무했다. 이처럼 당시 중국 상해의 모습은 심훈이 진정으로 열망했던 조국 독립을 준비하는 혁명의 성지가 아니라 "산란한 혁명의 꿈자리!"로 실망감을 안겨주는 곳이었다. 따라서 그는 상해에 머무르는 동안 "망명객"으로서의 깊은 절망과 탄식에 빠질 수밖에 없었다. 아마도 그가 상해에도 오래 머물지 않은 채 항주로 떠났던 이유와 그곳에서 지강대학에 입학하게 된 사정은, 식민지 청년으로서 조국 독립에 대한 남다른 포부를 가지고 북경을 거쳐 상해로 왔던 자신의 행보에 대한 실망과 좌절이 크게 작용한 결과가 아니었을까 생각된다.

　심훈에게 항주는 "제2의 고향"(『전집』1, 122쪽)이라고 스스로 말할 정도로 아주 특별한 의미가 있는 장소였다. 하지만 그는 항주에서의 일들이나

3　이하 시 인용은 모두 이 책에서 했으므로 쪽수만 밝힌다.

지강대학에 다닐 당시의 일들에 대한 기록이나 전언을 전혀 남기지 않아 구체적인 활동 사항을 파악하기는 힘들다. 다만 심훈의 항주 시절은 식민지 조선 청년으로서의 조국 광복에 대한 신념보다는 북경과 상해를 거치면서 겪어야만 했던 중국에서의 현실적 절망과 회의를 극복하는 과정이 아니었을까 짐작된다. 그가 항주에서 쓴 「항주유기」 연작이 역사적 주체로서의 자각보다는 조국을 떠나 살아가는 망향객으로서의 비애와 향수 등 개인적인 정서를 두드러지게 표면화시켰다는 사실이 이러한 점을 뒷받침한다. 하지만 이러한 시의 변화는 '정치적'인 것으로부터의 좌절에서 비롯된 것이라는 점에서, '정치적'인 것의 탈각이 아니라 '정치적'인 것에 대한 성찰의 문제로 접근하는 것이 바람직하다. 즉 표면적으로는 개인적 서정성의 극대화처럼 보이지만, 심층적으로는 당시 중국 내의 사회주의 독립운동의 분열과 갈등이라는 정치적 상황에 대한 비판을 내면화한 시적 전략을 은폐하고 있는 것으로 이해할 필요가 있는 것이다.

1923년 심훈은 항주 시절을 끝으로 만 2년 남짓 되는 중국에서의 순탄치 않은 여정을 뒤로 하고 지강대학을 졸업도 하지 않은 채 서둘러 귀국하였다. 그의 갑작스런 귀국은 중국 내 사회주의 독립운동의 분파주의와 내부 갈등에 대한 절망과 회의로 더 이상 중국에 머물러 있어야 할 이유가 없다고 판단했던 자기성찰의 결과가 아니었을까 싶다. 그는 조국으로 돌아와 기자 생활을 하면서 영화와 문학 등 다양한 분야에서 자기만의 방식으로 독립운동을 전개했다. 최승일, 나경손, 안석주, 김영팔 등과 교류하면서 신극연구단체인 '극문회'를 조직하고, 1924년 『동아일보』 기자로 입사하여 당시 신문에 연재 중이던 번안소설 「미인美人의 한恨」 후반부 번안을 맡기도 한 것은, 이러한 새로운 결심을 구체적으로 실천하기 위한 행보였다고 할 수 있다.

하지만 심훈이 마주한 식민지 조국은 "아름다운 나의 강산"이고 "백골이나마 이 흙 속에 돌아와 묻히"고 싶은 영원한 고향으로만 바라볼 수 없는 고통스런 현실이었다. "바가지쪽 걸머쥐고 집 떠난 형제, / 거치른 벌판에 강냉이 이삭을 줍는 자매"와 같은 현실이 언제 끝날지도 모를 상처와 고통을 깊이 새기고 있었던 것이다. 하지만 시인으로서의 화자는 조국에 살아가는 자기 자신을 향해 "네 품에 안겨 뒹굴고 싶"고 "젖 물고 어루만지던 어머니의 허리와 같"다고 말하면서, 조국에 돌아와 살 수 있다는 것만으로도 얼마나 소중한가를 뼈저리게 느끼고 있었다. 그래서 그는 "적의 앞에 뽑아든 칼끝처럼" "기상이 늠름"한 산과 "한 모금 마시면 한 백년이나 수를 할 듯 / 퐁퐁퐁 솟아서는 넘쳐넘쳐 흐르는" 바다를 바라보면서 결코 조국 독립에 대한 희망의 끈을 놓지 않았다. 돌아온 조국은 여전히 식민의 땅이었지만, "그 발치에 나도 누워 깊은 설움 잊으오리다"(「나의 강산江山이여」, 37~38쪽)에서처럼 "설움"을 극복하는 새로운 길을 향해 나아가는 데 혼신의 노력을 아끼지 않았던 것이다.

그 결과 심훈의 시는 1920년대 후반에 접어들면서 자신이 처한 식민지 현실과 정면으로 맞서는 뚜렷한 인식의 전환을 보인다. "이게 자네의 얼굴인가? / 여보게 박군, 이게 정말 자네의 얼굴인가?"(「박군의 얼굴」, 60~62쪽)라는 직접적인 목소리에서 강렬하게 드러나듯이, 조국 독립을 위해 싸우다 죽은 친구와 감옥 안에서 온갖 고문을 받아 육신의 상처가 깊어진 친구의 모습을 바라보면서 분노하고 오열하기도 하고, "조선은 마음 약한 젊은 사람에게 술을 먹인다 / 입을 벌리고 독한 술잔으로 들이붓는다"(「조선은 술을 먹인다」, 63~64쪽)라고 말함으로써 조선 청년들의 정신을 술로 왜곡시켜 현실에 안주하게 만드는 식민지 현실에 대한 직접적인 비판을 서슴지 않았던 것이다. 다시 말해 그의 시는 역사적 주체로서 식민지 현실을 더욱 분명하게 직시함으로써, 당대 우리 사회의 모순과 정면으로 맞서는 저항적 실천의 자세를 다시 한번 곤추세웠다고 할 수 있다. 그의 대표시로 알려진 「그날이 오면」은 바로 이러한 정신적 토양 위에서 굳건하게 세워진 그의 시세계의 한 정점을 보여주는 작품이 아닐 수 없다.

> 그날이 오면 그날이 오며는
> 三角山이 일어나 더덩실 춤이라도 추고
> 漢江물이 뒤집혀 용솟음칠 그날이,
> 이 목숨이 끊기기 前에 와 주기만 하량이면,
> 나는 밤하늘에 날으는 까마귀와 같이
> 鐘路의 人磬을 머리로 들이받아 울리오리다.
> 頭蓋骨은 깨어져 散散 조각이 나도
> 기뻐서 죽사오매 오히려 무슨 恨이 남으오리까.
>
> 그날이 와서 오오 그날이 와서
> 六曹 앞 넓은 길을 울며 뛰며 뒹굴어도
> 그래도 넘치는 기쁨에 가슴이 미어질 듯하거든
> 드는 칼로 이 몸의 가죽이라도 벗겨서
> 커다란 북(鼓)을 만들어 들쳐매고는
> 여러분의 行列에 앞장을 서오리다,
> 우렁찬 그 소리를 한번이라도 듣기만 하면

그 자리에 거꾸러져도 눈을 감겠소이다.

—「그날이 오면」(53~54쪽) 전문

조국 독립을 간절히 기원하는 화자의 심경을 고백체의 형식으로 담은 식민지 시대 대표적인 저항시이다. 1연에서 화자는 "그날이 오면"이란 가정법의 반복으로 죽음조차 두려워하지 않을 "그날"의 감격이 하루빨리 찾아와 주기를 간절히 소망한다. "이 목숨이 끊기기 전에 와 주기만" 한다면, "밤하늘에 날으는 까마귀와 같이 / 종로의 인경을 머리로 들이받아" "두개골은 깨어져 산산 조각이 나도 / 기뻐서 죽사오매 오히려 무슨 한이 남으오리까"라고 말하는 데서 그의 독립에 대한 강한 열망을 온전히 느낄 수 있다. 또한 2연에서는 앞으로 일어나기를 고대하는 일들을 지금의 현실로 앞당기는 당위적인 어법을 사용하여 "이 몸의 가죽이라도 벗겨서 / 커다란 북을 만들"겠다는 식의 극단적인 비유를 들어 조국 독립의 감격을 앞당기려는 절박한 심정을 토로했다. 즉 화자 자신이 독립 운동의 선봉을 울리는 "북"이 되어 그 누구보다도 앞장서 나아가겠다는 결연한 의지를 보여주고자 했던 것이다. 이처럼 심훈은 「그날이 오면」에서 조국의 독립을 이루기 위한 일이라면 자신의 죽음조차 전혀 두려워 할 것이 없다는 강인한 의지를 표방하는 데 조금도 주저함이 없었다. "우렁찬 그 소리를 한번이라도 듣기만 하면 / 그 자리에 거꾸러져도 눈을 감겠소이다"에서 강렬하게 드러나듯이, 새로운 시대에 대한 열망과 식민지 모순에 맞서는 저항적 실천이 절정에 도달한 심훈 시의 궁극적 세계를 가장 선명하게 보여주었던 것이다.

심훈은 1931년 사상 문제로 경성방송국을 그만둔 이후 서울에서의 모든 일을 정리하고 1932년 그의 부모님이 계신 충남 당진군 송악면 부곡리로 내려갔다. 이 때 그는 그동안 썼던 시를 모아서 시집 『그날이 오면』을 출판하려고 준비했으나 일제의 검열을 통과하지 못해 결국 시집 출간을 이루지 못했다. 이처럼 1930년대 들어서면서부터 그의 삶과 문학은 사상 검열이라는 커다란 난관에 봉착했다. 아마도 그의 삶이 표면적으로는 역사와 현실의 전면으로부터 한 발짝 물러선 것처럼 보이게 된 결정적 이유는, 이와 같은 검열을 우회하려는 전략적 선택 때문이었던 것으로 짐작된다. 이 때 그는 자신의 사상적 지향성을 일정하게 유지하면서도 일제의 검열을 통과할 수 있는 우회적 방법을 모색하지 않을 수 없었던 것이다. 즉 시 「그날이 오면」과 소설 「동방의 애인」, 「불사조」 등이 일제의 검열을 통과하지 못했다는 현실적 한계를 넘어서기 위해, '국가'를 '고향'으로 변형시켜 계몽적 주체의식을 표면화하는 소극적 현실 대응 전략으로 이러한 난관을 극복하는 방향을 찾고자 했던 것이다. 이런 점에서 「상록수」로 대표되는 그의 후기 소설은 단순히 계몽의 서사가 아니라 식민지 내부에서 허용 가능한 사회주의 서사의 변형 혹은 파열로 이해할 필요가 있다. 또한 이러한 변화는 시 분야에서는 시조 창작으로 집중되었는데, 자연과 고향을 표면적인 제재로 삼는 시조 장르의 본질적 특성은 화자가 직면한 식민지 모순을 우회적으로 담아냄으로써 검열 체계로부터 비교적 자유로울 수 있는 유효한 장르가 될 수 있었기 때문이다.

　　머슴애 거동 보소 하라는 나문 않고
　　잔디밭에 다리 뻗고 청승맞게 피리만 부네
　　무엇이 시름겨워서 마디마디 꺾느냐.

—「버들 피리」(33~34쪽) 전문

누더기 단벌 옷에 비를 흠뻑 맞으면서

늙은이 전대 차고 집집마다 동냥하네

기나 긴 원수의 봄을 무얼 먹고 산단말요.

당신이 거지라면 내 마음 덜 상할걸

엊그제 떠나갔던 박첨지가 저 꼴이라

밥 한 술 얻어먹는 罪에 얼굴 화끈 다는구료.

—「원수의 봄」(34쪽) 전문

    심훈의 시조 창작 정신은 국가적이고 공동체적인 정치성의 밑바탕 위에서 식민지 검열을 우회하면서도 당대 사회의 모순을 비판하는 전략적 장치가 되기에 충분했다. 인용 시는 "1933년 4월 8일 당진에서"라고 창작 시기가 명시되어 있는 「농촌의 봄」 연작으로, 농촌의 일상과 풍경을 선경후정先景後情의 전통적 시조 원리에 응축해 놓은 작품이다. 표면적으로는 심훈 자신으로 대변되는 화자가 농촌의 정경에서 마주한 아름다움에 대한 감탄의 정서가 주된 시적 정조를 이루고 있다. 하지만 인용 부분에서 충분히 짐작할 수 있듯이, 화자는 전원으로서의 자연에 대한 경이로움보다는 그 속에서 살아가는 사람들의 고단함과 상처를 응시하는 데 더욱 집중한다. 즉 식민지 시대 농촌의 극심한 가난을 비판적으로 응시함으로써 식민지 사회의 구조적 모순을 읽어내는 저항적 시선을 내재적으로 견지하고 있었던 것이다. 그래서 화자는 당시 농촌의 현실을 "누더기 단벌 옷에 비를 흠뻑 맞으면서 / 늙은이 전대 차고 집집마다 동냥하"는 부정적인 모습으로 묘사했고, "무얼 먹고 산단말요"라는 탄식이 절로 나오지 않을 수 없었던 "기나 긴 원수의 봄"으로 인식하게 된 것이다. 결국 "당신이 거지라면 내 마음 덜 상할걸"이라고 조금은 냉소적으로 말하는 화자의 태도에는, 거지보다도 못한 삶을 살아가는 식민지 농촌 사회의 참혹한 현실을 직시하지 못한 채 오로지 자연의 아름다움을 갈구하거나 그 속에서 평화로움만을 부각시키려 했던 식민지 내부의 왜곡된 시선에 대한 철저한 반성을 담아내고자 했던 것이다.

심훈은 1901년에 태어나 1936년에 타계했다. 그의 전 생애에 걸쳐 식민지의 그늘은 짙게 깔려 있었고, 그는 이러한 현실을 회피하지 않고 언제나 당당하게 맞서는 적극적인 삶의 방식을 선택했다. 고등학교 시절 3·1독립만세운동에 참여하여 옥고를 치르고 난 후 만 이십 세의 나이로 중국행을 선택하고, 북경, 남경, 상해, 항주로 이어지는 복잡한 여정 속에서 저명한 독립운동가들과 직접적인 교류를 이어나갔다. 그리고 귀국 이후에는 신문사 기자 활동을 하면서 중국에서 직접 겪었던 독립 운동의 분파주의에 대한 비판적 성찰을 토대로 조국 독립을 위한 문학의 방향을 깊이 고민했다. 또한 1930년 이후에는 부모의 곁으로 돌아가 일제의 검열을 우회하는 계몽소설과 시조 창작에 전념했다. 그 결과 그는 36년이라는 짧은 생애 동안 시, 소설, 영화 등 전방위적인 활동을 펼쳐 여러 장르에 걸쳐 상당히 많은 작품을 남겼다. 그럼에도 불구하고 지금까지 『상록수』의 작가라는 타이틀에 압도되어 심훈의 여러 가지 면모가 가려져 있었던 것이 사실이다. 따라서 앞으로 시인으로서, 영화인으로서, 독립운동가로서, 심훈의 다양한 활동과 남겨진 결과물들에 대한 더욱 체계적인 연구와 비평이 활성화될 필요가 있다.

2019년은 3·1운동이 일어난 지 꼭 100주년이 되는 해이다. 그 어느 때보다 강렬하게 심훈의 삶과 문학이 기억되고 호명될 필요가 있음은 당연하다. 이러한 즈음에 심훈의 시집『그날이 오면』은 그 어느 때보다 특별한 의미로 다가오지 않을 수 없다. 그의 간절한 염원대로 "그날"은 이미 오래전에 이루어졌지만, 지금 우리가 살고 있는 세상이 진정 심훈이 기다렸던 "그날"의 모습인지 아닌지에 대해서는 어느 누구도 자신 있게 말할 수 없다. 따라서 3·1운동 100주년을 맞이한 지금 우리는, 1930년 심훈이 그랬던 것처럼 모두가 열망했던 '그날'을 이루기 위해 더욱 진정성 있는 노력을 해야 할 것이다. 심훈의 시는 이러한 새로운 시대정신을 구체적으로 열어나가고 실천하는 데 있어서 가장 의미 있는 출발점이 될 것임에 틀림없다.

김석범의 『火山島』[1]와 제주 4·3

재일조선인으로서의 김석범과 『火山島』

김석범의 『火山島』는 1965년 조총련 재일본조선문학예술가동맹(문예동) 기관지 『문학예술』에 한국어로 연재한 『화산도』(1965~1967)를 시작으로, 조총련 탈퇴 이후 1976년부터 『문학계文學界』에 「해소海嘯」(1976~1981)라는 제목으로 일본어로 게재되었고, 1983년 제목을 '火山島'로 바꾸고 「해소海嘯」에 제10장에서 제12장까지를 추가하여 일본어 판 『火山島』(전3권, 문예춘추文藝春秋)로 출간되었는데, 이것은 작품 전체의 1부에 해당한다. 이후 김석범은 1986년부터 제2부를 『문학계』에 연재하기 시작하여 1996년에 마무리를 짓고 이듬해인 1997년에 2백 자 원고지 기준 2만 2천 매에 달하는 대작 『火山島』(전7권, 문예춘추)를 전권 출간했다. 한국에서는 1983년 출간된 『火山島』(전3권)를 이호철, 김석희가 처음으로 번역하여 『火山島』(전5권, 실천문학사, 1987)가 발간되었고, 2015년 김환기, 김학동에 의해 『火山島』(전7권, 문예춘추) 전권을 번역한 『火山島』(전12권, 보고사) 완역본이 출판되었다. 1957년 발표된 「까마귀의 죽음」을 사실상 『火山島』의 시작으로 본다면 40여 년 만에 제주 4·3사건과 한시도 떨어

---

1   한국어 판 『화산도』와 일본어 판 『火山島』를 구별하기 위해 각각 한글과 한자로 달리 표기하였다.

져 살 수 없었던 재일조선인 작가 김석범의 소설적 여정이 일단락되었다고 할 수 있다. 또한 한글로 창작된 「화산도」가 『문학예술』에 처음 연재된 1965년 이후 50여 년이라는 긴 세월을 지나 2015년에 와서야 비로소 『火山島』전권이 한국어로 번역된 것은 한국근현대문학사의 기념비적인 사건으로 평가할 만하다.

『火山島』의 작가 김석범은 1925년 일본 오사카에서 태어나 평생을 제주 4·3사건을 문학적 원체험으로 삼아 작품 활동을 했다. 특히 「까마귀의 죽음」은 『火山島』의 원형으로 『관덕정』(1961), 한글 『화산도』(1965∼1967), 『만덕유령기담』(1970) 등으로 이어짐으로써, 제주 4·3사건을 평생의 작업으로 삼은 그의 문학적 여정은 지금까지도 계속해서 이어지고 있다. 하지만 정작 그는 제주 4·3사건을 직접적으로 체험하지는 못했다. 그럼에도 불구하고 그가 4·3의 역사적 진실에 뿌리 내린 생생한 증언과 사건에 바탕을 둔 『火山島』라는 대작을 집필할 수 있었던 동력은 어디에서 온 것일까. 그것은 바로 그가 제주를 정신적 고향으로 내면화한 재일조선인이었다는 사실 때문이었다. 재일조선인으로서 남과 북 어떤 이데올로기에도 종속되지 않은 채 해방 이후 우리 역사를 온전히 자신의 세계 안에서 그려낼 수 있었다는 사실은, 김석범의 『火山島』가 제주 4·3을 증언하는 문학으로서 우뚝 설 수 있게 된 원천이 되었다고 할 수 있다. 만일 그가 체험한 일밖에 쓸 수 없는 일반적인 한계를 넘어서지 못하는 작가였다면, 그래서 일본문학의 주류인 사소설적 전통에 기대어 작품 활동을 이어온 재일조선인 작가의 한 사람에 불과했다면, 결코 제주 4·3을 평생의 소설적 주제로 삼는 힘겨운 선택을 하지는 않았을 것이다. 그는 식민과 분단을 몸소 겪은 작가로서, 게다가 남과 북 어느 쪽도 선택할 수 없었던 재일조선인 작가로서, 체험하지 않아도 쓸 수 있는 가능성, 이를 언어로 구체화할 수 있는 방법론을 찾고자 했다. 그것은 해방 이후 우리 역사의 상처와 모순을 소설적으로 증언하고 싶은 강한 열망 때문이었는데, 이러한 필생의 작업은 문학적 상상력을 통하지 않고서는 불가능했다. 제주 4·3의 공포와 살육을 피해 제주에서 일본으로 이주해온 사람들의 학살에 대한 증언이, 그의 내면 깊숙이 자리 잡고 있었던 재일조선인으로서의 허무주의를 일시에 깨뜨리는 커다란 충격이 되지 않을 수 없었던 이유도 바로 여기에 있다. 그러므로 김석범의 『火山島』에 대한 이해는 재일조선인으로서의 김석범이라는 실존적 문제의식을 간과하고서는 그 본질에 다가서기 어렵다. 4·3을 실체적 진실로 경험하지 못한 재일조선인으로서 상상력을 통해 관념을 뛰어 넘는 허구적 진실의 세계를 구축함으로써 역사적 진실과 소설적 진실을 집요하게 탐색한 결과가 바로 『火山島』인 것이다.

『火山島』는 해방 직후 미국과 소련에 의해 남북으로 이원화된 한반도의 현실이 제주의 시공간 안에서 어떻게 폭력화되었는지를 제주 4·3사건을 중심으로 서사화한 작품이다. 김석범은 식민지의 해방이 민족의 주체를 바로 세우는 올바른 길로 나아가지 못한 채 일본에서 미국과 소련이라는 또 다른 식민지 권력으로 겉옷만 갈아입은 당시의 역사적 모순을 결코 받아들일 수 없었다. 따라서 그는 미국과 소련이라는 외세에 기대고 있는 남과 북 모두와 일정한 거리를 두면서, '조선'이라는 분단 이전의 조국을 추상적 기호가 아닌 현실적 가능성으로 받아들이는 선택을 했다. 이러한 선택은 『火山島』가 조선어에서 일본어로 그리고 작가 김석범이 조총련에서 독자적인 재일조선인으로 변신을 거듭할 수밖에 없었던 이유가 되기도 했다. 즉 남과 북이라는 극단적 이데올로기가 강요하는 분단 현실을 극복하는 것이야말로 재일조선인으로서의 자기정체성으로 올곧 게 지켜나가는 길이고, 궁극적으로는 통일 조국을 지향하는 올바른 방향 이라고 굳게 믿었던 것이다. 그에게 제주는 이러한 역사의식을 구체화하 는 가장 본질적인 장소였고, 4·3의 역사에 대한 소설적 증언은 이를 실천 하는 첫걸음인 동시에 최종적인 목표였음에 틀림없다.

김석범에게 제주는 '조국'과 등가의 관계에 있었다. 그는 제주도를 "관 념상의 고향"이라고 하면서, "제주도라는 것은 단순히 지역적인 지방의 하나가 아닌 거야. 그건 조선, 우리가 해방되어 독립을 쟁취해야 할 조선 의 대명사와 같은 것이었지"라고 말했다. 그런데 그와 같은 제주에서 끔 찍한 학살이 일어났고, 그것을 직접적으로 체험한 사람들은 대부분 침묵 하고 있었으므로, 재일조선인으로서 제주를 조국으로 내면화한 자신이야 말로 이와 같은 역사를 소설적으로 증언하는 책무를 짊어져야 한다고 생 각했던 것이다. 『火山島』의 출발이 되었던 「까마귀의 죽음」을 쓸 수 없었 다면 나는 살아있었을지 알 수 없어"라고 말하는 것이나, "그걸 씀으로써 한 발 앞으로 내딛을 수 있었지"[2]라고 말했던 것은, 재일조선인으로서 김 석범의 문학이 어디에서 출발하고 있고, 어느 곳을 향해 나아가고자 했는 지를 명확하게 보여준다. 결국 김석범에게 『火山島』는 분단 조국의 현실 앞에 선 재일조선인으로서 자신의 내면 깊숙이 뿌리 내린 "니힐리즘 극복 의 한 방법"[3]이었다고 할 수 있다. 즉 제국의 언어인 일본어로 수렴되거나

---

2   김석범·김시종·문경수, 이경원·오정은 역, 사회과학연구소 편, 『왜 계속 써왔는가 왜 침묵해 왔는가』, 제주대 출판부, 2007, 78~79쪽.
3   위의 책, 78~79쪽.

포섭되어 버린 재일조선인으로서의 현실적 한계를 넘어서는 역설적 방식으로, 조선어로 말할 수 없는 해방 직후 제주의 역사를 그 누구보다도 강렬하게 각인시키고자 했던 것이다. 다시 말해 자신이 직접 경험하지 못했던 4·3의 역사를 소설적으로 증언하는 방식을 통해 니힐리즘에 빠져 버린 재일조선인으로서의 자기 정체성을 극복하는 방향성을 찾고자 했던 것이다.

나는 스스로를 고향 상실자라고 부르고, '이데아'로서의 고향, 조국도 지금은 내 가슴에서 화석이 됐노라고 진술한 「재일の虛構」에 쓴 적이 있다. "고향에 가고 싶은 것은 이제는 향수 때문이 아니다. 그러한 심정적인 것은 내 내부에서 이미 죽은 지 오래다." 제주도는 그저 '취재'를 위해서만 가고 싶은 곳, 갈 필요가 있는 곳이었다. 고향 제주도를 주로 4·3사건을 테마로 한 작품을 쓰고 있는 사정에서도 그러했지만, 특히 장편『火山島』연재 집필(『文學界』, 1976.2~)를 시작하고부터는 작품의 무대인 현지 제주도나 한국에, 그곳이 설령 옛 모습 그대로라고 하여도, 다녀오지 않고서는 작품을 쓰는 것은 매우 괴로운 일이었다. (…중략…) 제2부 집필은 어찌 해도 한국에 다녀오지 않고서는 쓸 수 있을 것 같지 않았다.[4]

김석범은 1946년 여름 일본으로 밀항한 이후 1988년 제주 4·3 40주년 기념행사에 초청을 받아 한국에 오기까지 40여 년의 긴 세월을 재일

---

4   김석범,「故國行」, 岩波書店, 1990; 곽형덕,「'재일'의 근거로서의『화산도』」,『재일제주인문학에서 세계문학으로』, 제주대 재일제주인센터·탐라문화연구원 학술심포지엄 자료집, 2016.6.22, 94쪽에서 재인용.

조선인으로만 살아왔다. 위의 인용문에서처럼, 그가 자신을 "고향 상실 자"라고 부르는 것은 이렇게 긴 시간이 흘렀다는 사실을 전제한다면 너 무도 당연한 결과가 아닐 수 없다. 물론 그의 한국행이 불가능했던 것은 남과 북 어느 쪽도 선택하지 않았던, 그래서 '조선'이라는 국적을 끝끝내 유지해온 그의 완고한 결심 때문이었다. 그에게 있어서 남과 북으로 구분 된 분단 현실은 절대 받아들일 수 없는 조국의 모순을 극명하게 보여주 는 것이므로, 통일 조국을 향한 강한 열망의 상징으로 '조선'이라는 국적 을 끝까지 지켜내고자 했던 것이다. 1988년 조국 방문 당시 그는 남한 정 부의 감시 속에서도 서울, 광주, 목포, 제주 등을 두루 돌아볼 수 있었다. 이때 그가 『火山島』 제2부를 집필하고 있는 중이었다는 점을 생각한다면, "제2부 집필은 어찌 해도 한국에 다녀오지 않고서는 쓸 수 있을 것 같지 않았다"는 그의 간절함이 어느 정도 해소되지 않았을까 짐작된다. 특히 4·3과 관련한 여러 실증적인 사실들을 직접 눈으로 확인함으로써, 『火山 島』는 더욱 완성도 있는 서사를 구축해낼 수 있었을 것이다. 4·3의 역사 적 진실과 허구적 상상력으로서의 소설적 진실이 만나는 그 자리 위에서, 김석범의 『火山島』는 식민의 올바른 청산을 이루어내지 못한 우리 역사 의 모순을 준엄하게 비판하고 성찰하는 새로운 역사의 길을 열어낼 수 있 었던 것이다.

김석범의 『火山島』가 말하는 제주 4·3사건

일본 오사카에서 태어난 김석범은 14살 때 어머니의 고향 제주도를 처음으로 찾게 된 이후 스스로 "작은 민족주의자가 되었다"[5]라고 말했다. 이러한 민족적 자각은 해방 이후 청년 시절에 서울을 오가면서 새로운 조국 건설에 동참하는 여러 가지 활동을 기획하기도 했지만, 결국 그 뜻을 이루지 못한 채 다시 일본으로 건너가 재일조선인으로서의 운명을 평생 짊어지고 살아왔다. 그가 제주 4·3사건을 소설로 증언하는 데 평생을 헌신하게 된 계기는, 1948년 제주 4·3사건이 발발한 이후 제주를 탈출해 일본으로 건너온 사람들에게서 수많은 양민들의 처참한 학살 소식을 전해들었기 때문이었다. 그들이 전해주는 제주에서의 참혹한 일들은 어린 시절 잠시 머물렀던 제주에서의 삶이 가져다 준 민족적 자각에 대한 강한 책임감을 갖지 않을 수 없게 했다. 따라서 그는 "고향 땅에서 발생한 학살과 투쟁의 사실은 나의 자기 확인을 역시 제주도에서, 그것도 4·3사건 그 자체와 관계하는 것으로 이루어져야 한다고 결정했다"[6]고 말함으로써, "4·3은 나의 문학의 원천"[7]이라는 평생의 문학적 이정표를 정립하게 이르렀던 것이다.

> 나의 4·3을 배경으로 한 소설은 그 역사의 부재(不在) 위에서 탄생했다. 『火山島』는 없었던 것으로 하려는 4·3을 둘러싼 현실의 부정에서 시작된

---

5 위의 글, 179쪽.

6 김석범, 「왜 '제주도'를 쓰는가」, 『월간이코노미스트』, 1974.12; 김학동, 『재일조선인 문학과 민족』, 국학자료원, 2009, 187~188쪽에서 재인용.

7 김석범, 「너무나 어려운 한국행」, 『群像』, 1998.12; 김학동, 앞의 책, 188쪽.

역사의 의지 표출이다. 기억의 살육과 기억의 자살을 동시에 받아들여 거의 죽음에 가깝게 침몰한 망각으로부터의 소생, 그것이 역사에 대한 의지이고 4·3사건의 "50주년의 발언을 할 수 있게 된 것은 완전히 죽음에 이르지 않았던 기억의 승리이다. 살아남은 자들에 의한 망각으로부터의 탈출, 한두 사람씩 어둠 속의 증언을 위한 등장이 빙하에 갇혀 있던 죽은 자들의 목소리를 되살려낸다. 첫걸음이긴 하지만 기억의 승리는 역사와 인간의 재생과 해방을 의미한다.[8]

해방 이후 여전히 식민의 그늘에서 벗어나지 못한, 그래서 일본에서 미국으로 식민의 주체가 바뀐 데 그친 신식민지적 현실에서, 외세의 억압과 폭력으로 인한 공포의 기억으로부터 잃어버린 4·3의 역사를 되살리는 것이 김석범의 소설 『火山島』가 지향하는 최종의 목표였다. 4·3의 역사적 진실을 온전히 밝히는 것이야말로 "역사와 인간의 재생과 해방"이라는 그의 발언에는, 단순히 4·3이라는 개별적 사건의 차원을 넘어서 분단 조국의 현실을 경험하고 지금도 그것을 되풀이하고 있는 우리 역사의 자기모순을 냉정하게 성찰하지 않고서는 한반도의 긴장은 절대 해소될 수 없으며, 나아가 동아시아의 역사적 갈등과 대립도 끝끝내 해결을 할 수 없다는 거시적인 역사의식에서 비롯된 것으로 이해할 수 있다.

『火山島』는 제주 4·3사건이 발발하기 직전인 1948년 2월 말부터 1949년 6월 군경에 의해 제주 빨치산들의 무장봉기가 진압되었던 때까지 대략 1년여 정도의 시간을 배경으로 하고 있다. 해방 직후 식민의 역사

---

8   김석범, 「되살아나는 '죽은 자들의 목소리'」, 『매일신문』, 1998.3.31; 김학동, 앞의 책, 188
     쪽에서 재인용.

를 올바르게 청산하지 못한 데서 비롯되었다는 역사 인식을 바탕으로 한 그의 문제의식은, 일제 치하에서 친일 행적을 한 인물들이 해방 이후 어떤 모습을 보였는가에 대한 세세한 기록을 담고 있을 뿐만 아니라, 해방 직후 미국과 소련의 동향이나 이승만, 김구 등의 정치적 동향 등을 비교적 깊이 있게 다루고 있다. 이러한 역사적 통찰은 4·3의 문제를 단순히 제주의 공산 폭동으로 몰고 갔던 지난 역사의 몰상식을 근본적으로 뒤집고자 하는 비판적 문제의식의 결과가 아닐 수 없다. 또한 공간적 배경에 있어서도 제주도를 중심으로 일본의 오사카와 도쿄, 국내의 서울과 목포, 부산 등을 두루 포괄함으로써, 제주 4·3사건을 제주라는 섬의 문제로 국한하지 않고 한반도와 재일조선인 그리고 동아시아 전체의 시각에서 서사의 확장을 보여주고자 했던 의미 있는 시도였다고 평가할 수 있다.

도청 건물 위에서 성조기가 기세 좋게 펄럭이고 있었다. 남승지는 성조기를 얼핏 보았을 뿐인데도 또렷하게 각인되었다. 왜 미국 국기가 저곳에 있지? (…중략…) 그것이 정말로 우리 국기가 아닌 미국 국기임에 틀림없단 말인가? 깃발을 잘못 그린 한 폭의 풍경화를 본 듯한 위화감을 느꼈다. 식민지 지배에서 해방된 조국의 남단 제주도에까지 이국의 깃대가 우뚝 서 있는 광경은 한순간 그의 머릿속을 어지럽게 만들었다. 여기에 미국 국기가 있다고? 이건 착각이 아닐까? 이런 당혹감에 현실을 수긍하기 어려웠다. (…중략…) 과거에는 일장기가 36년간이나 '국기 게양대'에 걸려 있었다. 그 현실이 아직도 계속되고 있는 것에 불과하다. 본질적으로 뭐가 달라졌단 말인가.(…중략…) 해방 후에도 변함없이 계속되고 있는 이 현실, 실감하기 어려운 현실을 차츰 실감하며 남승지의 가슴 속에는 붉은 고깃덩어리처럼 증오의 감정이 펼쳐진다. 그것은 분노였다.

남승지는 주인공 이방근과 더불어 『火山島』를 이끌어 가는 주요 인물 가운데 한 사람이다. 그는 중학교 교사를 지낸 적이 있는 남로당 지하 조직책으로 일본 오사카에 살다가 조국의 혁명 완수를 위해 제주도로 왔다. 이방근과는 제주 미군정청 통역으로 있는 양준오의 소개로 알게 되었는데, 이방근의 여동생 이유원과 사랑하는 사이로 빨치산 소탕 당시 이방근의 도움으로 일본으로 밀항하여 살아남게 된다. 인용문은 해방이 되어 제주도로 돌아온 남승지가 일본이 떠난 제주 거리에 미국 국기가 버젓이 걸려 있는 현실에 크게 분노하는 부분이다. 이러한 남승지의 비판은 곧 작가 김석범이 당시 제주에 대해 가졌던 생각을 그대로 반영하고 있음에 틀림없다. 즉 일장기가 성조기로 바뀌었을 뿐 여전히 식민의 그늘에서 허덕이는 조국과 민족의 현실 앞에서 강한 분노를 토로하는 청년 남승지의 내면은, 당시 김석범을 비롯한 조선의 청년들이 가졌던 울분을 담아냈다고 할 수 있다.

이러한 울분과 분노의 감정을 좌익과 우익의 편이 아닌 그 중간 지점에서 가장 잘 반영한 인물이 바로 주인공 이방근인데, 사실상 김석범 자신을 모델로 했다고 할 수 있다. 이방근은 제주도의 부유층 아들로 태어나 일본 유학 시절에는 항일운동에 가담했다가 투옥되었는데 병을 얻어 전향을 하고 석방된 인물이다. 좌익과 우익 모두와 일정한 거리를 두면

---

9 작품 인용은 『火山島』, 김환기·김학동 역, 보고사, 2015에서 했으므로, 이하 권수와 쪽수만 밝히기로 한다.

서 강한 민족주의에 기반을 두고 있는, 그래서 친일 군경들과 서북청년 단 등 우익들이 같은 민족을 폭력으로 진압하는 반민족적 행태는 물론이 거니와 좌익계의 교조주의적 혁명론에 대해서도 비판하는 허무주의자의 모습을 지녔다. 이러한 이방근의 사상적 태도는 해방 이후 재일조선인으로 살아가는 김석범 자신의 초상에 다름 아니었다. 그가 4·3의 소설적 증언을 통해 니힐리즘을 극복하는 방향을 찾고자 했듯이, 소설 속 이방근은 민족주의자로서의 자신의 삶이 전향으로 좌절된 데 따른 냉소와 허무를 이겨내려는 한 인간의 고뇌와 갈등을 아주 섬세하게 보여준다.

김석범이 남도 북도 아닌 '조선'을 지키면서 이데올로기를 뛰어 넘은 통일의 가능성을 일관되게 지향해 온 것은 니힐리즘의 극복이라는 『火山島』 창작의 본령과 아주 밀접한 연관이 있다. 해방 직후 일본에서 그가 몸 담았던 조총련과 문예동은 북한의 문예정책에 따라 모든 것이 일방적으로 결정되는 곳이었다. 일본 내에서 거의 읽어줄 독자도 없는 조선어 글 쓰기의 한계를 무릅쓴다 해도, 조직의 강령에 의해 작가의 상상력이 철저하게 통제당하고 억압당하는 현실에 대해서만큼은 도무지 납득할 수 없 었다. 그가 평생의 소설적 작업으로 선택한 4·3사건이 단순히 미제국주의를 타도하고 반공으로 무장된 남한 정부를 비판하는 이데올로기의 선전물로 변질되어서는 결코 안 된다는 것이 작가 김석범의 입장이었다. 경험하지 못한 4·3의 역사를 상상력을 통해서라도 진정으로 말하고자 했던 소설적 진실은 식민과 분단을 넘어서는 한반도의 통일에 있었기 때문이다. 따라서 그는 『火山島』를 통해 궁극적으로 '평화'를 말하고 싶었던 것이지, 좌우의 대립이나 갈등을 부각시키는 민족 비극을 강조하는 데 초점을 두려고 했던 것은 아니었다. 그가 친일파가 다시 득세한 우파 정권에 대한 강도 높은 비판에만 머무르지 않고, 4·3을 평화적으로 해결하지 못하고 결과적으로 수많은 민중들의 예정된 죽음을 사실상 묵인한 것이나 다름없는 게릴라 지도부의 무책임에 대해서도 강하게 부정했던 이유도 바로 여기에 있다.

이처럼 김석범이 『火山島』를 통해 진정으로 전달하고자 했던 메시지는, 4·3을 평화적으로 이끌어 내지 못한 우리 민족 내부의 갈등을 어떻게 해소해 나갈지에 대한 자기성찰에 있다. 즉 4·3의 역사를 온전히 끌어안지 않고서는 남과 북 어느 쪽도 진정한 화해와 협력의 시대를 열어낼 수 없다는 강력한 호소를 담고 있는 것이다. 아마도 소설 속 이방근이 제주의 희생을 최소화하기 위해 수많은 무장대원들을 밀항선에 태워 일본으로 탈출시키고, 유달현, 정세용과 같은 친일 세력들을 스스로 단죄했던 것, 그리고 자신은 4·3의 성지와 같은 한라산 산천단으로 가서 자살을 선택했던 것은, 갈등과 대립으로 점철되었던 지난 역사를 어느 일방의 승리가 아닌 모두의 실패로 규정하고 새로운 역사 만들기에 앞장서기를 바라는 간절한 염원을 담은, 진정한 의미에서 잘못된 역사 청산의 과정을 보여준 것이 아닐까 싶다.

4·3사건은 일어날 만한 필연성이 있었네. 그렇잖나. 그렇지 않다면 모든 도민이 봉기, 지지하질 않았을 거야. 하지만 말야, 승패에 관한 한, 모순되기만 난 부정적이네. 즉 승산이 없는 싸움을 시작했다는 것이네. 결국은 실패라는 말이야. (…중략…) 승산 없는 모험적인 방식과 싸움을 지속할 장기적인 전망이 없는, 무계획적인 방식이 아닌가. 게릴라 사령관의 탈출에서 볼 수 있듯이, 뒷수습을 하지 않는 무책임한 투쟁이 아닌가. (…중략…) 이제 남은 건

강대한 정부군에 포위당해, 막다른 골목에서 싸울 수밖에 없어. 게다가 미군이 뒤에서 대기하고 있잖나. (…중략…) 난 용서할 수가 없네. 도민으로서 용서할 수 없는 일이야. 김성달 무리를…….

— 제10권, 248~249쪽

난 패배를 예상하는 싸움에서의 죽음을, 혁명적인 죽음이라곤 생각하지 않아. 적어도 개죽음이라는 것은. 뭔가 다른 방법을 찾아내야만 한다구. 방침의 전환, 희생을 최소화하면서 전원 구출, 탈출, 퇴각이라는 건 말의 미화가 되겠지, 탈출의 길을 꾀해야 해. 이건 망상적일지 모르지만 필요한 거야.

— 제10권, 274쪽

제주 4·3은 남과 북 모두가 외세를 등에 업고 제주를 살육과 폭력의 장소로 물들인 사건이었다. 일제말 제주가 일본의 군사기지로 사용되었다는 점을 생각해본다면, 우리 역사에서 제주는 언제나 한반도 내륙의 정치적 상황에 따라 희생을 강요당해온, 그래서 전쟁과 살상이 무자비하게 횡행했던 절망의 장소였다. 그러므로 제주에서 가장 중요한 가치는 '평화'가 되어야함은 당연한데, 해방 직후 남한 정권의 반공이데올로기 강화와 북한을 지지했던 남로당 세력들의 이데올로기 싸움은, 결국 제주와 제주 민중들의 삶을 또 한 번 전쟁과 살육으로 고통 받고 신음하게 했다는 사실을 무엇보다도 직시할 필요가 있다. 앞에서 언급한 것처럼, 김석범의 『火山島』가 제주의 민중들을 무차별로 짓밟은 미국과 이승만 그리고 서북청년단과 군경에 대한 무조건적인 비판에만 머무르지 않고 무고한 제주 민중들을 희생으로 내몬 김성달과 같은 무장대 지도부의 무책임한 태도에 대해서도 비판적인 것은 바로 이러한 문제의식에서 비롯된 것이다.

이처럼 김석범의 『火山島』가 말하는 제주 4·3은 해방 이후 국가와 민족의 과제를 수행한다는 명분 앞에서 제주라는 지역의 주권이 철저하게 소외되었던 모순된 현실에 근본적 문제의식을 두고 있다. 해방 이전 "'일본 / 조선'의 식민지적 관계"가 해방 이후에 와서는 "'서울 정권 / 지역 주권'의 문제로 재현"[10]됨으로써, 해방 직후 국가 형성 과정에서 제주라는 내부 식민지를 공고히 하는 데서 엄청난 희생과 상처를 겪어야만 했던 곳이 바로 제주였던 것이다. 소설 속에서 이방근이 취재를 위해 제주를 방문한 나영호에게 "이 사회가 친일파의 지배로 전부 다 썩어서 그렇긴 하지만, 난 제주도사건도 친일파가 지배했기 때문에 일어났다고 생각하고 있어"(제7권, 318쪽)라고 말하는 데서, 작가 김석범이 제주 4·3을 어떻게 인식했고 어떻게 해결해 나가고자 했는지를 분명하게 확인할 수 있다. 즉 해방 이후 친일 세력에 대한 올바른 청산을 이루어내지 못한 채 그들에 의해 반공 정부가 들어서고, 결국 미국이 지배하는 제주도를 만들고 만 것이 4·3이라는 역사적 비극을 초래한 가장 근본적인 원인이라고 보았던 것이다. 이런 점에서 그에게 『火山島』는 남북통일을 이루는 디딤돌과 같은 의미를 지닌 것으로 해방 이후 제주 4·3의 역사적 진실을 온전히 기억하고 재생해 냄으로써 국가 이데올로기에 사로잡힌 분단 모순을 극복하는 '역사의 정명正命'을 되찾는 문학적 실천이었다.

2107년 제1회 이호철통일로문학상 수상 연설에서 김석범은 2018년 제주 4·3 70주년에 즈음하여 "해방공간의 총체적인 역사 청산과 재심"

---

10 김동현, 「김석범 문학과 제주」, 고명철 외편, 『제주, 화산도를 말하다』, 보고사, 2017, 174쪽.

을 촉구했다. 그리고 이러한 역사 청산과 재심의 과정은 "남북 통일의 든든한 담보, 초석이 될 것"이고, "남북 평화 통일의 달성은 동아시아뿐만 아니라 1990년 동서독 통일에 못지않은 세계적인 평화의 보편화에 이바지할 것"이라고 했다. 그 구체적인 실천 과제로 "이름 바로 짓기, 역사 바로 세우기"를 반드시 이루어냄으로써, 제주 평화공원 기념관에 모신 4·3 희생자들의 무명비, 즉 "백비에 정명을 해서 바로 세워야"[11] 한다는 점을 특별히 강조했다. 식민과 해방 그리고 분단의 세월을 힘겹게 살아온 우리 역사를 두고, '청산', '재심', '평화', '통일'을 말하는 그의 어조는 90을 넘긴 노작가의 목소리라고는 믿기지 않을 만큼 강인하게 들렸다. 그가 「까마귀의 죽음」을 썼던 1957년부터 지금까지 60여 년의 세월을 오로지 제주 4·3의 문학적 증언에 평생을 바쳐온 이유가 명백하게 드러나는 순간이었다. 제주 4·3의 역사를 진정으로 넘어서지 않고서는, 해방 이후 우리의 역사는 단 한 발짝도 앞으로 전진했다고 말할 수 없다는 그의 결연한 역사의식 앞에서, 『火山島』가 말하는 4·3의 역사적·문학적 의미는 더욱 선명하게 각인되기에 충분했다.

통일문학의 가능성으로서의 『火山島』

『火山島』는 읽는 방식과 접근법이 다양할 수밖에 없는 대작大作이다. 4·3을 배경으로 한 대하소설인 만큼 4·3의 역사적 자장 안에서 좌익과 우익 그리고 이방근으로 설정된 그 중간에서 해방 직후 제주를 중심으로 펼쳐진 서사를 바라보는 필수적인 이해는 물론이거니와, 미소 중심의 해

---

11 김석범, 「해방공간의 역사적 재심을」, 『제1회 이호철통일로문학상 자료집』, 2017.9.17, 33~34쪽.

방 전후사의 모순, 해방기 남한 사회의 가족제도와 여성의 문제, 제주의 역사와 공간과 장소의 문제 등 여러 가지 측면에서 그 논의 가능성은 무한대로 열려 있다. 특히 재일조선인으로서 일본어로 쓴 『火山島』의 특성은 '재일'의 장소성과 시점을 통해 해방 전후 우리 역사를 이해하는 중요한 지점을 열어낸다는 점에서 상당히 문제적이다. 또한 '재일'의 장소성은 4·3의 피난처로서의 의미, 그래서 일본으로의 밀항이라는 방법적 선택으로 4·3의 평화적 해결 가능성을 찾고자 한 소설 주인공 이방근의 시도에서 예사롭지 않은 문제의식을 엿볼 수 있기도 하다. 재일조선인문학을 남과 북의 이데올로기와 조선어라는 언어의 긴장과 갈등에 갇힌 협소한 범주로만 한정해서 볼 수 없는 이유도 바로 여기에 있다. 그렇다면 앞으로 재일조선인문학은 무엇을 어떻게 발언하고 증언해야 하는 것일까? 김석범의 『火山島』는 이러한 근본적인 질문에 대해 명확하게 답변을 제시하는 문학적 가능성의 전범을 보여주고 있다고 말할 수 있지 않을까?

김석범은 『火山島』를 두고 일본문학이 아닌 '일본어문학'이고 '망명문학'이라는 점을 여러 차례 분명히 밝혔다. 『火山島』는 비록 일본어로 쓴 작품이지만, 일본인들이 사용하는 일본어의 전통을 넘어서 재일조선인이 사용하는 일본어의 변형된 가능성을 보여주었고, 작품의 내용 역시 일본이 아닌 우리의 역사, 그것도 '조선'이라는 국가적 기호를 대신하는 '제주'의 역사를 내용으로 하고 있다는 점을 특별히 주목해야 한다. 그는 일본에서 활동하는 재일조선인 작가로서 일본문학을 넘어선 일본어문학, 더 나아가 디아스포라의 표상을 보편적인 의식으로 끌어 올리는 동아시아적 문제의식을 열어나가고자 했다. 아마도 이러한 거시적 통찰은 지금 재일조선인의 삶을 '재일'의 범주로만 한정해서 이해할 수 없다는 뼈아픈 현실인식이 짙게 깔려 있는 게 아닐까 생각된다. 다시 말해 『火山島』를 통해 남과 북 그리고 재일조선인이라는 이데올로기적 경계와 구획을 전복시키는 통합의 지점을 제시하고 싶었고, 이러한 관점은 일국적 시각에서는 결코 이루어낼 수 없으므로 최소한 동아시아적 시각에서 바라볼 필요가 있다는 현실적인 문제의식을 지녔던 것이다.

지금 재일조선인 사회에서는 '재일'이라는 말을 통해 기대하는 민족적 관념으로서의 내포적 의미를 더 이상 강조하는 것이 불가능하다. 이미 '재일'은 우리가 기대하는 공동체적 '기의'의 차원을 벗어나 끊임없이 미끄러지는 탈민족적 '기표'로 의미화되고 있는 것이 사실이기 때문이다. 이런 점에서 여러 측면에서 이질성과 다양성을 보이는 재일조선인 문학의 변화 역시 관념적으로 주입된 '재일'의 특수성 속에 가두어 바라보는 태도는 결코 바람직하지 않다. 즉 남과 북의 이데올로기적 대립을 그대로 답습해온 재일조선인 사회의 극단적 이원화를 극복하기 위해서는, 무엇보다도 그 경계의 지점에서 생성되는 생산적이고 창조적인 문제의식을 중요하게 고민할 필요가 있다. 재일조선인 문학은 재일조선인이 살아온 지난 역사에 대한 증언과 기록의 차원을 넘어서 이제는 지금 재일조선인이 발 딛고 서 있는 지점에서부터 새로운 문제의식을 이끌어내야만 하는 것이다. 이러한 방향성은 과거의 역사와 현재의 경험을 동시에 아우르는 것이어야 할 뿐만 아니라, 미래로 나아가는 연속성의 측면도 함께 지녀야 한다. 이러한 문제제기는 아마도 김석범의 문학에서 그 해답을 찾아낼 수 있지 않을까 하는 기대를 갖게 된다. 김석범의 문학이 이와 같은 재일조선인 사회의 곤혹스러움을 해결해나가는 의미 있는 방향이 되어줄 수 있을 것으로 확신하기 때문이다. 김석범의 문학은 '재일조선인 문학'이라는 범주를 넘어서 동아시아적 지평으로, 나아가 세계성의 구현으로서 그 의미를 더욱 확장시켜 나가고자 한다. 따라서 동아시아문학 혹은 세계문학으로서의 김석범의 문학적 의미를 특별히 주목하는 데서, 남과 북 그리고 재일조선인을 아우르는 통일문학의 가능성이 비로소 열릴 수 있을 것으로 기대된다. 『火山島』는 이러한 목표를 실천적으로 보여주는 가장 뚜렷한 이정표임에 틀림없다.

일제 말 친일 이데올로기와 친일시의 양상
김재용의 『풍화와 기억』에 기대어

일제 말의 상황과 친일 이데올로기

한국 근대문학 연구에서 일제 말의 문학은 암흑기로 불릴 만큼 관심 밖의 영역이었다. 중일전쟁으로 일본이 무한 삼진을 함락시키는 1938년 10월부터 해방의 날인 1945년 8월까지를 암흑기로 본다면, 이 시기는 일본의 동아시아 지배가 더욱 노골화되고 그에 따라 조선의 독립 가능성에 대한 회의적인 시각이 팽배해가는 시점이었다. 이때 일제에 협력하는 문인들의 숫자가 급격히 늘어나면서 친일문학은 조선 민족의 현실을 타개해나가는 불가피한 선택으로 합리화되기까지 했다. 따라서 이 시기의 문학적 양상 대부분이 친일의 성격을 두드러지게 드러내고 있어서, 한국 근현대문학의 부끄러움을 덮어버리려는 강박이 이 시기를 암흑기로 규정하기에 급급했던 것이다. 또한 해방 이후 지금에 이르기까지 일제 말 친일문제를 제대로 청산하지 못한 우리의 현실에서, 과거 친일을 했던 문인들이 한국 문단의 주류를 형성해 왔다는 역사적 아이러니가 친일문학에 대한 논의 자체를 암흑 속으로 던져버리기도 했다. 그 결과 친일문학 또는 친일 작가에 대한 진지한 반성과 토의 과정은 한국 근현대문학 연구에서 쉽게 이루어질 수 없는 금기와 억압의 영역이 되어 왔다고 할 수 있다. 하지만 일제 말의 문학은 식민지 시대의 문학과 해방 이후의 문학을 연속성으로 읽어내는 아주 중요한 결절점이란 점에서, 한국 근현대문학사의 정신사적 토대와 역사적 이데올로기를 파악하기 위해서는 반드시 성찰하고 극복해야 할 문제적 대상이 아닐 수 없다. 다시 말해 일제 말의 상황에 문학인들이 어떤 입장과 태도를 가졌으며, 이러한 현실을 문학적으로 어떻게 대응해 나갔는가 하는 문제는 친일 여부를 규정하는 핵심적인 기준이 된다는 점에서, 일제 말의 문학에 대한 정당한 평가는 한국 근현대문학사의 올곧은 정립을 위한 필수적인 요청 사항이 되지 않을 수 없는 것이다.

무엇보다도 중일전쟁 이후 조선 문인들의 내면에 커다란 균열이 발생했다는 역사적 사실을 중요하게 바라볼 필요가 있다. 중국과 일본 간의 전쟁이 일어나자 조선의 지식인들 상당수는 그 결과에 깊은 관심을 표명했고, 문인들의 경우에도 이 전쟁의 결과가 조선의 독립에 미칠 영향에 대해 상당한 관심을 가졌다. 즉 한편으로는 일본의 무모한 전쟁 야욕이 실패로 끝나 중국이 승리하게 된다면 조선은 저절로 독립을 하게 될 것이라는 기대가 있었던 반면, 다른 한편으로는 일본이 승리할 경우 더 이상 조선의 독립을 기대하는 것은 불가능할지도 모른다는 심각한 우려가 동시에 있었던 것이다. 결국 1938년 무한 삼진의 함락으로 중일전쟁이 사실상 일본의 승리로 기울어지면서, 이와 같은 동아시아의 현실을 그대로 수용하여 일본의 패권을 인정하고 식민주의에 협력해야 한다는 논리가 대세를 이루었다. 일본에 협력하는 것이 조선 민족이 더 나은 삶을 보장받는 길이 될 수 있다는 점에서, 일본 제국의 신민이 되는 친일 협력의 길로 나아가는 사람이 점점 늘어날 수밖에 없었던 내적 논리가 형성되기 시작한 것이다. 즉 식민지 내내 조선인으로 살아온 탓에 받았던 차별과 억압을 해소하기 위해서는 일본인이 되는 방법밖에 없다는 내선일체의 불가피성과, 유럽중심주의의 세계사적 질서를 넘어서기 위해서 일본을 중심으로 한 대동아공영권을 형성할 필요가 있다는 동양 담론으로서의 근대초극론이 조선 지식인의 내면을 설득하기에 충분한 논리가 되었던 것이다. 이처럼 일제 말의 친일은 중일전쟁 이후 동아시아의 신질서라는 외적 체제의 변화와 무관하지는 않지만, 무조건적인 일제의 강요에 의한 결과라기보다는 조선 문인들 스스로의 자발적 선택의 측면이 더욱 강했다는 사실을 간과해서는 안 된다.

식민지 시대 내내 일제의 억압은 말할 수 없을 정도로 가혹했지만, 일제 말의 상황은 그 어느 때보다 억압과 차별이 강화되었던 암흑의 시기였다. 경술국치 이후 일본 제국주의의 억압적 지배가 초래한 3·1운동은, 일본이 조선에 대한 통치 방식으로 억압적 지배가 아닌 헤게모니적 지배로 바꾸는 결정적 계기가 되었다. 즉 무조건적인 강제에 의한 지배가 아닌 조선인들의 자발적 협력을 이끌어내기 위해 조선 지식인들의 다양한 활동을 표면적으로는 용인해줌으로써, 이들 친일 협력 조선인들을 이용해 식민지 근대화론의 초석을 닦는 자발적

친일의 길을 교묘하게 획책해 나갔던 것이다. 그런데 일제 말에 오면 이러한 헤게모니적 지배 방식마저 무력화시킴으로써, 이전 시기와는 비교조차 할 수 없을 정도의 강력한 억압과 물리적 통제로 조선 지식인들을 압도했다. 따라서 검열이라는 사후 통제의 방식으로 조선 문인들의 창작을 억압했던 것과는 달리, '내선일체'와 '대동아공영권'을 직접적으로 요구하고 관철시키려는 불순한 의도를 전혀 숨기지 않았다. 그 결과 일제 말에는 이 두 가지 친일의 본질을 수용하고 적극적으로 협력하는 작가들

과, 이러한 직접적인 통제와 억압을 견디지 못해 절필, 망명, 우회적 글쓰기를 통해 일제에 저항하는 두 부류의 작가로 양분되었다. 후자의 경우는 일본의 패권을 인정할 수 없어서 이러한 억압에 맞서 싸우는 방식으로 최소한의 비협력을 선택한 것이므로, 협력과 비협력의 저항이라는 경계에 대한 뚜렷한 이해가 전제되어야 일제 말의 친일문학에 대한 평가를 제대로 할 수 있을 것이다.

친일문학의 개념과 유형

친일문학이란 일본제국주의 지배 하에서 식민지 지배 이념을 문학적으로 실천한 작가와 그의 작품을 통칭하는 개념이다. 1966년 임종국의 『친일문학론』(평화출판사)이 출판되면서 비로소 친일문학에 대한 논의가 시작되었고, 1986년 실천문학사에서 『친일문학작품선집』(김병걸, 김규동 편) 2권이 간행되어 일제 말의 친일 작품에 대한 소개가 개괄적으로 이루어졌다. 이후 단편적으로 친일문학 연구는 계속되었지만, 본격적인 연구의 계기를 제공해준 것은 김재용의 『협력과 저항』(소명출판, 2004)에서부터이다. 김재용의 친일문학 연구는 『식민주의와 문화총서』 전 16권(역락, 2003~2011)으로 집대성되어 임종국 이후 친일문학 연구의 지평을 크게 넓혔다고 평가할 만하다. 이런 점에서 이 글은 김재용의 친일문학 연구가 지닌 문제의식에 기대어 친일문학의 개념과 유형을 정리하고자 한다. 특히 『풍화와 기억』(소명출판, 2016)은 지금까지의 친일문학 연구의 의미 있는 성과로, 총론으로 정리한 친일 협력 문학의 네 가지 유형을 통해 일제 말 친일 문인들의 지적 계보를 일목요연하게 살펴볼 수 있다는 점에서 중요한 의미가 있다. 이 책에서 김재용이 제시한 친일문학의 개념과 유형을 정리하면 다음과 같다.

일제 말 문인들의 협력과 저항을 가르는 가장 중요한 기준은 '내선일체'에 대한 동의 여부이다. '내선일체'를 식민지 내부에서 조선인의 차별이 철폐되는 조건으로 이해하고 받아들일 때 친일 협력은 당연한 내적 논리가 되기 때문이다. 반면 '내선일체'를 일본 제국주의의 적극적 식민지 통합이라고 생각한 문인들은 이를 거부했는데, 일제의 강력한 억압과 통제를 의식해 '내선일체'에 대한 언급 자체를 하지 않는 방식으로 자신의 의사를 표현했다. 즉 일제에 협력하지 않고 저항하면서도 이를 대놓고 말할 수는 없었으므로 아예 거론조차 하지 않는 방식으로 자신들의 의지를 간접적으로 표명했던 것이다.

친일 협력의 경우에는 두 부류로 세분화해서 파악할 필요가 있는데, '내선일체'를 일본에의 동화 즉 '내지화'로 보는 이들과, '내선일체'를 '내지인'과 조선인 사이의 평등한 결합으로 보는 이들로 구분된다. 앞의 경우는 '동화형의 친일 협력'으로, 뒤의 경우는 '혼재형의 친일협력'으로 명명할 수 있다.

'동화형의 친일 협력'은 조선인이 일본인화 즉 '내지인'이 됨으로써 차별을 넘을 수 있다고 믿었으므로, '동조동근론'의 역사 해석에 입각하여 조선과 일본이 고대로부터 같은 뿌리를 갖고 있다는 논리를 강조하였다. 이들의 주장이 고대사의 해석에 상당 부분 기울어져 있는 이유도 바로 여기에 있다. 문제는 '뿌리'에 대한 해석의 차이인데, '뿌리'를 '혈통'의 관점에서 바라보느냐 '문화'의 차원에서 이해하느냐의 차이를 드러낸다. 각각 '혈통주의적 동화형'과 '문화주의적 동화형'으로 부를 수 있는데, 장혁주와 이광수가 이에 대응된다. 장혁주의 경우는 고대의 역사 즉 도래인들의 일본 정착 및 확산 등으로 볼 때 조선인과 일본인은 원래 하나의 핏줄이라고 보고, '내선일체'를 통하여 다시 조선인이 일본인화되는 것은 너무나 자연스럽고 당연하다는 사실을 강조했다. 그리고 이광수의 경우는 원래 조선과 일본은 하나의 문화였지만 조선이 중국의 대륙문화권에 깊이 연루되면서 일시적으로 떨어졌다가 다시 만났으므로, 과거 조선과 일본의 하나였을 때의 정신을 현재까지 보존하고 있는 일본의 정신을 배우면 조선인이 일본인처럼 된다는 주장이다.

'혼재형의 친일 협력'은 '내선일체'를 차별 철폐로 볼 뿐만 아니라 평등으로 이해하기 때문에, 조선과 일본이 동등하게 취급받아야 한다는 점에서 조선적인 것의 특수성을 중요하게 생각한다. 조선적인 것을 지키는 것이 '내선일체'에 어긋나지 않는다고 보았던 것이다. 그런데 이러한 문제의식에도 조선적인 것에 대한 이해의 차이로 두 가지 부류로 구분되는데, 조선적인 것을 종족적 차원에서 이해하기 때문에 조선인과 일본인 사이에 매우 다른 특성이 있다고 보는 것과, 지역적인 차원에서 조선적인 것을 이해하기 때문에 조선반도와 일본 본토 사이에는 분명한 차이가 있으므로 이를 존중해야 한다고 보는 것이다. 앞의 경우는 '속인주의적 혼재형'으로, 뒤의 경우는 '속지주의적 혼재형'으로 명명할 수 있는데, 유진오와 최재서가 각각 대응된다. 유진오의 경우는 아무리 내지인이 조선에 살고 조선 풍토에 적응한다고 해도 조선인이 될 수는 없고 그 반대의 경우도 마찬가지라는 점에서, 조선인들은 자신의 특성을 충분히 살리면서 일본 제국의 신민이 되어야 한다는 입장이다. 반면 최재서의 경우는 원래 조선인인가 내지인인가와는 무관하게, 내지인이라도 조선반도에 살다보면 조선인이 되는 것이고 반대의 경우도 마찬가지여서, 장혁주처럼 원래 조선인이지만 일본에서 살면서 쓴 작품은 조선문학이 아니라 일본문학이 된다는 입장이다.

친일시의 양상과 논리 – 서정주와 이광수를 중심으로

친일문학의 성격을 규정하는 데 있어서 또 한 가지 중요한 판단 기준은 '대동아공영권의 전쟁 동원'에 관한 인식이다. 1940년 파리 함락 이후 공론화된 '대동아공영권'은 일본의 베트남 점령과 태평양전쟁 등이 발발하면서 한층 더 힘을 얻어 전쟁이 끝날 때까지 지속되었다. 중일전쟁 이후 형성된 일본 주도의 동아시아 신질서에 의한 신체제론이 확대된 것이 바로 '대동아공영권'으로, 서양과 동양의 대립에 입각한 논리로 일본 이외의 지역을 서양 제국주의 열강으로부터 독립시켜주기 위해서는 전쟁은 불가피한 일이라고 주장했다. 심지어 이 전쟁을 '성전'이라고 부르면서 민중들의 동원을 호소하고, 징병, 징용, 지원병, 학도병, 정신대 등을 선전하면서 이들의 전쟁 참여를 적극적으로 요구하였다. 따라서 일제 말 친일문학을 이해하는 데 있어서 '대동아공영권의 전쟁 동원'에 관한 인식은 상당히 중요한 기준이 되지 않을 수 없다.

서정주가 친일을 하게 되는 시점은 태평양전쟁이 난 후 일본이 싱가폴을 공략한 1942년 2월 이후라고 할 수 있다.

나는 제2차 대전에서 싱가포르가 일본군에 함락당했다는 기별과 그 축하 잔치를 보고 들은 뒤부터는 일본과 독일과 이태리의 동맹한 주축국이란 것이 마침내 이기지 않을까 하는 생각을 한쪽으로 가져왔다. 그러다가 1944년 여름에 와서부터는 그들의 승리를 불가피한 것으로 예상하기에 이른 것이다. 이것은 이제 와서 보면 어이없는 일이 되었지만 그때의 내 식견과 성찰력으로는 그 이상이 될 수 없었던 것이다. 미국 태평양 지구 총사령관 맥아더 장군이 일본군에게 포로가 되어 형편없이 끌려다니는 영화가 영화관마다 상영되었다. 싱가포르뿐만 아니라 아시아의 전역은 거의 다 일본군에게 점령되어 가고 있는 소식만이 날이 갈수록 번성해 갔다. 중국의 독립정부는 중경 구석으로 몰린 채 재기한다는 기별은 영 캄캄하고 유럽은 완전히 히틀러와 뭇솔리니의 손아귀에 들어간 걸로 알려져 왔다. 거기다가 일본 중심의 대동아 공영권이라는 것은 벌써 장차의 시베리아 총독엔 한국인을 기용한다는 소문까지 길거리에 파다하게 퍼뜨려지고 있었다. 물론 콧수염을 익살맞게 단 맥아더 장군 포로의 영화를 비롯해서 거짓말이 너무나 많은 보도들이었을 것이지만 그게 거짓이라는 걸 알게 된 건 1945년 8월 15일 해방 뒤의 일이고 이때엔 나는 이걸 거부할 만한 딴 지식을 가지고 있지 못했다. 그래 창피한 대로 꽤 길 미래의 일본인의 동양주도권은 기정사실이니 한국인도 거기에 맞추어서 어떻게든 살아 견뎌야 한다는 생각을 세우고 만 것이다. 정치 세계에 대한 내 부족한 지식이 내 그릇된 인식을 만들었고 이 그릇된 인식에서 나온 언행들이 내 생애의 가장 창피한 일들을 빚었다. 그러나 그때에는 나는 나를 가장 객관적인 관찰자라고 생각했던 것이다.

—서정주, 『서정주 문학전집』 3, 일지사, 1972, 238~239쪽

서정주가 스스로를 '객관적인 관찰자'라고 명명한 데서 알 수 있듯이, 그는 일제 말 동아시아를 중심으로 한 세계 질서의 변화를 예의 주시하면서 자신의 살 길을 한국인의 살 길에 빗대어 합리화했다. 즉 이때부터 그가 걸었던 친일의 길은 외부의 강요에 의한 것이라기보다는 객관적 정세

파악을 토대로 한 자발적 선택이었음에 틀림없다. 특히 "일본인의 동양주
도권은 기정사실"이란 부분에서 추론할 수 있듯이, 근대의 대립항으로서
동양을 설정하고 일본 주도의 동양을 기치로 내걸고 서구의 근대를 비판
하는 전도된 오리엔탈리즘의 세계 인식은 서정주의 친일에 내재된 핵심
적인 논리이다. 그의 시세계가 랭보와 보들레르로 표상된 서구적 근대에
대한 추종에서 벗어나 동양적 세계로 변모해 가는 경로를 보였다는 사실
은 바로 일제 말의 상황 변화와 밀접하게 관련이 있다. 서양으로부터 일
방적으로 억압된 동양의 식민성을 해방시키기 위해서는 서구적 근대의
세계로부터 탈출해야 한다는 자연스러운 명분을 갖게 되었기 때문이다.
결국 서정주에게 '대동아공영권'은 서구적 근대의 세계를 초극하는 시대
적인 필연으로 인식되었으므로, 또 다른 제국주의로서의 일본의 위험성
을 애써 경계하거나 부정하지는 않았던 것이다. 따라서 그는 일본의 전쟁
을 '성전'으로 생각하면서 이에 바치는 시를 거리낌 없이 쓸 수 있었다.

아아 레이테만은 어데런가
언덕도
산도
보이지 않는
구름만이 둥둥둥 떠서 다니는
몇 천 길의 바다런가

아아 레이테만은
여기서 몇 만 리런가······

귀 기울이면 들려오는

아득한 파도소리 ……

우리의 젊은 아우와 아들들이

그 속에서 잠자는 아득한 파도소리 ……

얼굴에 붉은 홍조를 띠우고

"갔다가 오겠습니다"

웃으며 가더니

새와 같은 비행기가 날아서 가더니

아우야 너는 다시 돌아오진 않는다

마쓰이 히데오!

그대는 우리의 오장 우리의 자랑.

그대는 조선 경기도 개성사람

인씨(印氏)의 둘째아들 스물한 살 먹은 사내

마쓰이 히데오!

그대는 우리의 가미가제 특별공격대원

귀국대원

귀국대원의 푸른 영혼은

살아서 벌써 우리에게로 왔느니

우리 숨쉬는 이 나라의 하늘 위에

조용히 조용히 돌아왔느니

우리의 동포들이 밤과 낮으로
정성껏 만들어 보낸 비행기 한 채에
그대, 몸을 실어 날았다간 내리는 곳
소리 없이 벌이는 고흔 꽃처럼
오히려 기쁜 몸짓 하며 내리는 곳
쪼각쪼각 부서지는 산더미 같은 미국 군함!

수백 척의 비행기와
대포와 폭발탄과
머리털이 샛노란 벌레 같은 병정을 싣고
우리의 땅과 목숨을 뺏으러 온
원수 영미의 항공모함을

그대
몸뚱이로 내려쳐서 깨었는가?
깨뜨리며 깨뜨리며 자네도 깨졌는가─

장하도다
우리의 육군항공 오장(伍長) 마쓰이 히데오여
너로 하여 향기로운 삼천리의 산천이여
한결 더 짙푸르른 우리의 하늘이여

아아 레이테만 어데런가

몇 천 길의 바다런가

귀 기울이면

여기서도, 역력히 들려오는

아득한 파도소리 ……

레이테만의 파도소리 ……

— 서정주, 「松井伍長 頌歌」(『매일신보』, 1944.12.9;

김병걸·김규동 편, 『친일문학작품선집』 2, 실천문학사, 1986, 273~275쪽) 전문

태평양전쟁 이후 친일 협력의 길로 들어선 서정주가 대동아공영권의 전쟁 동원을 촉구하면서 쓴 시는 모두 네 편으로, 인용한 작품과 「항공일에」(『국민문학』, 1943.10), 「헌시─반도학도 특별지원병 제군에게」(『매일신보』, 1943.11.16), 「무제─사이판 섬에서 전원 전사한 영령을 맞이하며」(『국민문학』, 1944.8)이다. 인용한 「송정오장松井伍長 송가頌歌」은 태평양전쟁에 참여한 "조선 경기도 개성사람 / 인씨印氏의 둘째아들 스물한 살 먹은 사내", 즉 "마쓰이 히데오"를 "머리털이 샛노란 벌레 같은 병정을 신고 / 우리의 땅과 목숨을 뺏으러 온 / 원수 영미의 항공모함"으로 상징된 서구적 근대의 폭압에 맞서 싸운 '동양'의 영웅으로 형상화한 작품이다. "그대 / 몸뚱이로 내려쳐서 깨었는가? / 깨뜨리며 깨뜨리며 자네도 깨졌는가─"처럼, 대동아공영권의 실현을 위해서라면 자신의 몸을 온전히 희생하는 실천도 마다하지 않아야 한다는 적극적인 친일 협력의 자세를 보여주고 있는 것이다. 일본이 서구 제국주의를 교묘한 방식으로 재생산한 것으

로 볼 수 있는 대동아공영권의 모순을 직시하지 못한 채, 다시 말해 대동아공영권이 동아시아의 평화를 촉진하는 것이 아니라 오히려 그것을 파괴하는 것이라는 점을 분명하게 자각하지 않은 채 친일 파시즘의 세계를 선명하게 드러낸 시인이 바로 서정주인 것이다. 더군다나 그의 작품은 목적성을 강하게 드러내는 다른 작품들과는 비교가 되지 않을 정도로 시적 형상화 수준이 남달랐다는 점에서, 일제 말 그가 쓴 친일 협력의 시가 우리 시단에 미친 영향은 아주 크다고 할 수 있다. 종종 그의 시세계를 평가할 때 언급되는 작품과 시인은 다른 차원에서 바라봐야 한다는 분리주의적 시각은, 그의 시세계가 형상화의 차원에서 자발적 친일 협력의 혐의를 교묘하게 은폐시키고 있는 데서 비롯된 변명에 지나지 않는다. 그가 대동아공영권의 전쟁 동원을 직접적으로 언급한 시는 말할 것도 없거니와, 서구적 근대 이전의 전근대적 표상을 동양적 시각 안에 포섭한 것 역시 결국에는 친일 협력의 길과 전혀 무관하지는 않다는 사실을 결코 간과해서는 안 된다. 즉 일제 말 서정주의 친일시는 대동아공영권의 전쟁 동원과 서양에 맞서는 동양의 자각을 구분하지 않고 동시에 밀고 나갔다고 할 수 있는 것이다.

일제의 '황민화' 정책과 '내선일체'를 실천하기 위한 가장 적극적인 방법으로 특별지원병 제도를 통해 수많은 조선인들을 전쟁에 참여시켰지만, 1943년 9월 23일 '필승국내태세강화방책'이 발표되기 전까지는 이러한 징병에서 대학생들은 제외되었다. 그런데 태평양전쟁이 점점 불리한 상황으로 전개되자 일본은 결사항전의 정신으로 모든 가능한 자원을 동원해 전쟁 승리에 몰두하지 않을 수 없게 되었던 것이다. 그 대표적인 방안으로 내놓았던 것이 바로 '학병 동원'이다. 당시의 전쟁 상황을 누구보

다도 잘 알고 있었던 이광수는 학병 동원을 일본이 마지막 결전을 앞두고
선택한 불가피한 정책이라고 판단하고, 이러한 일본의 전쟁 동원 정책에
그 어느 때보다 적극적으로 협력하였다고 할 수 있다.

> 그대는 벌써 지원하였는가,
> ─특별지원병을─
> 내일 지원하려는가
> ─특별지원병을─
>
> 공부야 언제나 못하리
> 다른 일이야 이따가도 하지마는
> 전쟁은 당장이로세
> 만사는 승리를 얻은 다음날 일.
> 승패의 결정은 지금으로부터.
> 시각이 바쁜지라 학교도 쉬네.
> 한 사람도 아쉬운지라 그대도 부르시네.
> 1억이 모조리 전투배치에 서랍시는 오늘.
>
> 그대는 벌써 뜻이 정하였으리,
> ─나가리이다, 나가 싸우리이다─
> ─싸워서 이기리이다─
> ─미영(米英)을 격멸하고 돌아오리이다─
> 조국의 흥망이 달린 이 결전.

민족의 운명이 결정되는 마루판.

단판일세, 다시 해볼 수 없는 끝판.

그대가 나가서 막을 마루판싸움.

아세아 10억 −

칠 같은 머리

흑보석 같은 눈

황금색 살빛.

자비와 인과 맑은 마음과

충과 효와 정렬(貞烈)과

예의와 겸손과

근면과 화평과,

이러한 정신,

이러한 문화,

온유하고 순후한

10억의 운명이 달린 결전.

거룩한 우리 향토

아세아의 성역(聖域)을

짓밟아 더럽히던,

적을 쫓으라 − 하옵신 결전.

이 싸움 이기고 나서
아세아 사람의 아세아로
천년의 태평이 있을 때
그 어떤 문화가 될 것인가.
아세아는 세계의 성전(聖殿)
세계의 낙원, 이상향
신앙과 윤리와 예술의 원천
그러한 아세아를 세우려고
맹수 독충을 몰아내는 성전(聖戰).
일본 남아의 끓는 피로
아세아의 해(海)와 육(陸)을
깨끗이 씻어내는 성전(聖戰).

이 성전의 용사로
부름받은 그대 ─ 조선의 학도여
지원하였는가, 하였는가
─특별지원병을─
그래, 무엇으로 주저하는가
부모 때문인가
충 없는 효 어디 서리,
나라 없이 부모 어디 있으리.

그래 처자를 돌아보는가

이 싸움 안 이기고 어디 있으리

부모길래, 처자길래, 가라, 그대여.

병역의 의무 없이도

가는 그대의 의기(義氣) –

그러므로 나라에서

특별지원병이라 부르시도다.

의무의 유무(有無)를 논하리,

이 사정 저 사정 궁리하리,

제만사(除萬事) 제잡담(除雜談)하고

나서라 조선의 학도여

그대들의 나섬은

그대들의 충의(忠義) 가문의 영예,

삼천만 조선인의 생광(生光)이오 생로(生路),

일억 국민의 기쁨과 감사.

남아 한번 세상 나,

이런 호기(好機) 또 있던가,

일생일사(一生一死)는 저마다 다 있는 것,

위국충절은 그대만의 행운.

가라 조선의 6천 학도여,

삼천만 동향인(同鄕人)의 앞잡이 되라,

총후(銃後)의 국민의 큰 기탁(寄託)과

누이들의 만인침(萬人針)을 받아 띠고 가라.

— 서정주, 「조선의 학도여」(『매일신보』, 1943.11.4;

김병걸·김규동 편, 『친일문학작품선집』 1, 실천문학사, 1986, 13~16쪽에서 재인용) 전문

인용 시는 1943년 10월 20일 특별지원병 제도, 즉 학병이 발표된 후 창작한 것으로, 이광수 자신이 시의 말미에 "11월 2일 새벽 네 시"라고 창작시기를 분명히 적어두었다. 특별지원병 지원을 적극적으로 독려하고, 심지어 "성전의 용사로 부름 받은" 것으로 미화하는 이광수의 친일 협력이 도를 넘어서고 있음을 분명하게 보여준다. 부모나 처자와 같은 가족의 안위보다 국가, 즉 일본에 대한 충성이 먼저가 되어야 한다는 신념으로 죽음을 불사하는 일사항전의 자세를 가져야 한다는 점을 식민지 조선 청년들에게 강조하고 있는 것이다. 당시 특별지원병 제도는 '지원'이라는 허울을 씌웠을 뿐 실상은 강제동원이었다. 그래서 어쩔 수 없이 전장에 나갔던 많은 학병들이 일본 군대를 탈출하여 광복군이나 조선의용군에 참여하기도 했다. 특별지원병에 지원하지 않는 것은 곧 비국민으로 낙인찍히는 일이 되기 때문에, 자신들의 의사와는 무관하게 전장으로 나가지 않을 수 없었던 것이다. 일본의 동향에 누구보다도 기민하게 대응했던 친일 협력자 이광수는 일본이 전쟁의 위기를 겪고 있음을 직감함으로써 필사적으로 전쟁 동원에 뛰어들었다. 그가 학병 동원이 시작되면서부터 일본어 창작을 더욱 열정적으로 수행하였다는 사실도 이러한 위기의식에 대응하는 친일 협력의 극단을 보여준 것임에 틀림없다. 그가 창씨개명의 변을 통해 내선일체의 필연성을 강조한 것에서 충분히 알 수 있듯이, 조선인과 일본인의 차별을 없애는 가

장 중요한 방법 가운데 하나로 전쟁 참여를 내세우는 것은 너무도 당연한 결과가 아닐 수 없다. 아래의 글은 이러한 이광수의 친일 협력이 얼마나 뿌리 깊은 내면의 자발성에서 나온 것인지를 정확하게 보여준다.

> 내가 향산이라고 씨를 창설하고 광랑이라고 일본적인 명으로 개한 동기는 황송한 말씀이나 천황어명과 독법을 같이 하는 씨명을 가지자는 것이다. 나는 깊이깊이 내 자손과 조선 민족의 장래를 고려한 끝에 이리하는 것이 당연하다는 굳은 신념에 도달한 까닭이다. 나는 천황의 신민이다. 내 자손도 천황의 신민으로 살 것이다. 이광수라는 씨명으로는 천황의 신민이 못 될 것이 아니다. 그러나 향산광랑이 조금 더 천황의 신민답다고 나는 믿기 때문이다. 내선일체를 국가가 조선인에게 허하였다. 이에 내선일체운동을 할 자는 기실 조선인이다. 조선인이 내지인과 차별 없이 될 것밖에 바랄 것이 무엇이 있는가. 따라서 차별을 제거하기 위하여서 온갖 노력을 할 것밖에 더 중대하고 긴급한 일이 어디에 있는가. 성명 3자를 고치는 것도 그 노력 중의 하나라면 아낄 것이 무엇인가. 기쁘게 할 것 아닌가. 나는 이런 신념으로 향산이라는 씨를 창설하였다.
>
> —서정주, 「창씨와 나」, 『매일신보』, 1940.2.20

친일문학을 어떻게 이해할 것인가

일제 말 친일문학에 대한 논의는 협력과 저항의 경계에 대한 차이를 분명하게 인식해야만 올바른 판단을 내릴 수 있다. 모든 경계의 문제는 상대적인 측면을 갖고 있어서, 협력에 관한 정확한 이해는 그 반대편에 놓여있는 저항에 대한 이해가 반드시 전제되어야 협력의 내용과 형식에 대한 전모를 제대로 파악할 수 있기 때문이다. 따라서 일제 말의 친일문학에 대한 이해는 내선일체와 대동아공영권에 적극 협력한 친일 문인들과, 이러한 일제의 강압에 맞서 침묵하고 절필을 하거나 망명을 했던 그리고 우회적 글쓰기를 통해 최소한 협력은 하지 않고자 했던 문인들의 저항에 대한 평가도 동시에 이루어져야 한다.

앞에서도 밝혔듯이 친일 협력을 규정하는 데 있어서 가장 중요한 문제는 '자발성'의 문제이고, 이러한 친일적 요소가 얼마나 반복되고 지속되었는가의 여부를 충분히 고려해야 한다. 즉 한 시인이나 소설가의 작품 세계가 일제 말에 와서 거의 동일하게 이러한 친일 협력의 모습을 계속해서 보여주었다면 그것은 말할 것도 없이 친일 협력 문학이 된다. 하지만 정지용의 「이토」나 김정한의 「인가지」와 같은 단 한 편의 작품으로 작가의 모든 것을 친일로 몰아가서는 절대 안 된다. 두 작가의 경우도 당시 이런 오해를 받을 만한 작품을 남기지 않았더라면 물론 더 좋았을 것이다. 하지만 정지용과 김정한은 외적 강요에 의해 이런 작품 한 편을 남겼을 뿐, 이 외에 어떤 작품도 친일로 볼 만한 경우를 찾아볼 수 없다. 특히 김정한의 경우 작품 내용을 살펴보면, 일제 말 지원병 가족이 등장하고 지원병의 아버지가 이에 대해 특별한 의미를 둘 수 없는 몇 마디를 하는 것 외에는 명백하게 친일적인 요소도 찾아볼 수 없다. 이처럼 친일문학을 규정하는 데 있어서 단순히 외적인 차원에서만 접근한다면 안타깝게도 일제 말의 한국문학에서 친일의 혐의로부터 자유로울 수 있는 작품과 작가는 거의 없다고 해도 과언이 아니다. 친일을 논의하는 데 있어서 무엇보다도 중요한 판단 기준은 '내재적 비판'이어야 한다는 점에서, 일본어의 사용, 친일 단체에의 소속 여부 등 외적인 측면을 절대시 하는 태도는 결코 바람직하지 않다.

첫째, 일제시대에 일본어로 쓴 작품은 모두 친일이라는 편협한 언어민족주의를 넘어서야 한다. 무엇보다도 중요한 문제는 무엇을 어떻게 썼느냐에 있는 것이지 일본어냐 조선어냐에 있는 것이 아니다. 비록 일본어로 썼더라도 반일의 정신을 분명하게 드러낸 작품이 있는가 하면, 조선어로 썼지만 친일 협력을 강하게 드러낸 작품도 아주 많다. 실제로 중일전쟁 이후 절필을 통해 저항의 길을 모색한 작가들을 제외하고는 대부분 일본어로 글을 쓰면서 일제 말의 상황을 비판적으로 인식했다는 사실을 결코 부정할 수는 없다. 그럼에도 불구하고 끝까지 조선어를 지켜낸 작가들의 경우는 더할 나위 없이 존중되어야 한다. 하지만 일본어로 쓸 수밖에 없는 불가피성과 이를 통해 일제 말의 현실을 비판적으로 형상화한 것이라면 일본어 사용 여부만으로 친일 협력으로 보는 것은 올바르지 않다.

둘째, 일제 말 일본에 의해서 조직된 친일 단체에 소속되었다는 이유만으로 친일로 규정하는 태도는 신중하게 판단할 필요가 있다. 중일전쟁 이후 일제의 강요와 억압은 극에 달해 조선문인협회, 조선문인보국회를 만들어 작가들을 강제로 소속시켰는데, 그 단체 내부에서의 구체적 활동 양상과 당시 발표한 작품의 내용을 기준으로 친일 여부를 판단해야지, 단지 이런 단체의 소속 여부를 갖고 무조건 친일 협력으로 몰고 가서는 안 된다. 친일 협력 작품이 다수 게재된 『매일신보』, 『경성일보』, 그리고 만주에서 발간한 『만선일보』 등에 소속되거나 직접 관여했다는 이유로 친일 문인으로 평가하는 것 역시 이런 점에서 부당한 평가 기준이 아닐 수 없다.

셋째, 일제 말 내선일체의 황민화 정책의 극단인 '창씨개명'을 친일의 지표로 삼는 것도 조심스럽게 접근해야 할 문제이다. 물론 창씨개명 그 자체는 친일적 요소가 아주 많고, 실제로 상당수의 사람들이 창씨개명을 친일의 명분으로 삼았던 것도 사실이다. 이광수가 창씨개명을 조선인과 일본인 사이의 최후의 차별 철폐라고 말한 이유도 바로 이런 맥락에서 비롯된 것이다. 하지만 창씨개명을 했다고 무조건 친일로 볼 수 없는 경우도 많다. 가장 대표적인 것으로 윤동주가 히라누마 도오쥬우平沼東柱로 바꾼 것인데, 연희전문을 졸업을 하고 일본 유학을 하려면 도항증명서가 필요했기에 불가피하게 창씨개명을 한 경우이다. 그것도 스스로는 견딜 수 없는 상처였으므로 일본으로 건너가기 일주일 전 「참회록」이라는 시를 써 자신의 과오를 깊이 성찰하기도 했다. 이러한 구체적인 정황이나 발표한 작품의 내용적 검토를 거치지 않고 창씨개명 그 자체만으로 친일로 규정하는 것은 바람직한 기준이라고 볼 수 없다.

1945년 그토록 갈망했던 민족 해방이 찾아왔지만, 여전히 지금 우리는 전쟁에 대한 올바른 반성 없이 물질적인 보상 차원에서 식민 통치를 합리화하려는 일본의 행태를 목도하고 있다. 위안부 소녀상을 둘러싼 문제에서 알 수 있듯이 일제 강점기 위안부 희생자들을 대하는 일본의 행태와 독도영유권을 주장하며 역사 왜곡을 일삼는 일본의 작태는 아직도 우리가 식민지인가 하는 의구심을 떨쳐버릴 수 없도록 만든다. 이러한 일본의 외교적 태도에 대응하는 우리 정부의 수세적인 자세는 더더욱 이해하기 힘든 점이 많다. 역사교과서 국정화로 나라 안팎의 상식을 무너뜨리는 정부의 태도를 보면 어쩌면 당연한 귀결인지도 모르겠다는 생각을 하지 않을 수 없다. 이런 점에서 일제 말 친일 협력 문학에 대한 올바른 평가는 그 어느 때보다 중요한 과제임에 틀림없다. 참으로 부끄럽게도 일제 말 친일 문학은 양적으로든 질적으로든 그 수가 너무 많다. 시대를 앞서 바라보지 못했던 일제 말 친일 문인들의 태도가 너무도 안타깝고 원망스러울 따름이다. 해방 이후 우리 문학사의 암흑상도 바로 이러한 친일문학에 대한 철저한 반성 없이 연속성으로 나아간 측면이 많기 때문임을 결코 잊어서는 안 된다. 일제 말 친일문학을 어떻게 이해할 것인가 하는 문제는 바로 이러한 역사와 문학의 과오를 솔직히 시인하고, 그 부끄러움에 대한 정당한 평가를 내리는 것이 되어야 한다. 역사도 문학도 이러한 자기성찰을 통해 진정한 변화와 발전을 이룰 수 있음을 명심해야 할 것이다.

자주적 근대화와
민족 해방의 정론직필正論直筆
신채호의 수필 세계

신채호의 사상적 궤적과 실천적 글쓰기

단재 신채호의 사상적 궤적은 한 가지로 명명할 수 없는 깊이와 넓이를 지니고 있다. 그는 식민지 시기 주체적 민족관에 입각한 올바른 역사의식의 정립을 강조한 역사학자이면서, 『대한매일신보』를 비롯한 여러 신문 잡지 등의 주필을 역임하면서 정론을 펼친 언론인이고, 「꿈하늘」, 「용과 용의 대격전」 등의 작품을 쓴 문인이기도 했다. 또한 신민회, 상해임시정부 등을 통해 민족의 독립을 위해 헌신한 독립운동가이면서, '무정부주의 동방연맹'의 결성에 적극적으로 참여한 아나키스트이기도 했다. 이처럼 신채호의 삶과 사상적 흐름은 어느 한 곳에 안주하지 않은 채 오로지 조국의 독립과 민족 주체의 정립을 위해 시대와 역사의 소명에 따라 행동하는 지성으로서의 면모를 보였다. 그 결과 그의 말과 글은 언제나 주저 없는 행동으로 이어졌고, 그의 저술은 여느 지식인들의 탁상공론과는 다르게 과감한 실천을 요구하는 촌철살인의 언어로 빛을 발했다. 따라서 신채호의 사상과 글쓰기를 '수필'이라는 장르적 범주 안에 국한시켜서 논의를 하는 것은 사실상 처음부터 무리가 따르는 일이 아닐 수 없다. 그의 저술 가운데 역사와 전기를 다룬 글을 제외하고라도 신문, 잡지에 발표된 논설

등은 어느 하나 가볍게 넘길 수 없는 역사적 안목과 비판적 세계 인식이 담겨있기 때문이다. 그러므로 그의 글은 붓 가는 대로 쓴다는 식으로 정의되는 수필의 세계를 뛰어 넘어 모순된 역사에 맞서는 저항적 지식인의 정론이라는 점에서 엄숙하고 강한 어조로 일관된다. 뿐만 아니라 그의 글쓰기에서 다루는 내용들은 민족 구성원들의 잘못된 역사의식을 깨우치는 것에서부터 한글, 소설, 종교 등을 넘나드는 광범위한 세계를 보여주고 있어서 그의 산문 전반을 일목요연하게 정리해내기란 여간 어려운 일이 아니다.

이러한 어려움에도 불구하고 그의 사상을 구체화한 글쓰기의 양상을 크게 세 가지로 구분한다면, 애국계몽주의자로서 자주적 근대화론에 입각한 글, 민족주의자로서의 민족해방운동을 천명한 글, 그리고 말년에 이르러 아나키스트로서의 활동과 관련된 글이다. 첫째의 경우는 신채호의 청년기에 집중된 글로, 15살의 어린 나이에 갑오농민전쟁을 겪고 난 후 성균관에 입학하여 서구 근대사상을 접하면서 독립협회 활동을 통해 자강운동에 뛰어들었을 때의 생각이 담겨 있다. 즉 봉건적 가족 관념을 타파하고 문법의 통일과 한글의 중요성을 강조하며 반민족적 종교계에 일갈을 가하는 등 조국의 근대화를 위해 반드시 개혁해야 할 봉건적 폐습에 대해 과감한 결단과 혁신을 요구하는 글을 발표하였다. 둘째의 경우는 실력양성론을 우선시하는 당시의 민족주의자들과 다르게, 무엇보다도 독립이 우선시되어야 한다는 완고한 입장을 고수하면서 임시정부를 비롯한 여러 독립운동 단체들이 주장하는 외교독립론과 실력양성론이 민족해방을 앞당기는 실천적 수단이 되지 못한다고 비판했다. 이러한 그의 급진주의적 노선은 자연스럽게 아나키스트로서의 변모를 꾀하는 계기로 작용하면서 셋째의 경우와 같은 글을 집중적으로 발표하게 된다. 신채호는 기미독립만세운동 이후 '민중'의 의미에 대해 새롭게 인식하면서 임시정부와는 다른 방식으로 민족해방운동을 이루어 나갈 새로운 이념을 모색했다. 그 결과 아나키즘 사상에 입각한 계급투쟁으로 자본주의 모순을 극복하고 모두가 평등한 이상세계를 열어내는 것을 목표로 삼았다. 그가 1920년 북경에서 창간한 잡지 『천고』에는 이러한 그의 생각이 구체적으로 담겨 있을 뿐만 아니라, 「조선혁명선언」에서는 그 실제적 방법론을 제시하기도 했다.

자주적 근대화론과 애국계몽적 글쓰기

신채호는 「일본의 큰 충노 세 사람」에서 송병준, 조중응, 신기선의 친일행각을 강도 높게 비판했다. 여기에서 신기선은 한때 그가 배움을 받은 사람으로, 신기선의 집에서 기거하는 동안 신채호는 실학과 신학문에 대한 많은 서적을 탐독하면서 개화사상에 눈을 떴다. 하지만 신채호는 신기선이 이토 히로부미로부터 자금을 받아 대동학회를 확장하고 유교 진흥이라는 거짓 명분을 내세우지만 이러한 시도는 일본의 뜻에 동조하는 교묘한 친일에 다름 아니라고 보았다. 그는 독서회 활동을 통해 서구사상과 근대지식에 대한 이해에 몰두하여 봉건적 유학의 틀을 벗어나 사회진화론에 입각한 자주적 근대화의 방향을 정립하고자 했다. 19세기 말 개화파 지식인들에 의해 수용된 사회진화론은 조선의 자주독립을 위해서는 무엇보다도 교육을 장려하고 산업을 진흥시켜 실력을 양성함으로써 국제사회에서 강한 국가가 되어야 한다는 생각으로 나아갔다. 따라서 신채호는 갑신정변, 갑오개혁, 독립협회 활동, 자강운동으로 이어지는 자주적 근대화론에 바탕을 둔 애국계몽적 글쓰기에 주력했다.

특히 신채호는 교육운동에 전력을 다하기 위해 충북 지역에서 신규식이 설립한 문동학원에서 농민들에게 새로운 문물과 사상을 깨우쳐 주는 강사 생활을 했고, 직접 산동학당을 설립하여 신학문과 세계정세를 가르치며 학생들의 애국의식을 고취하는데 앞장섰다. 그는 한문무용론漢文無用論을 주장하여 경전이나 역사를 한글로 풀이해서 가르치기도 했는데, 이러한 시도는 봉건적 유림들의 거센 반발에 직면하기도 했다. 하지만 그의 이러한 자주적 언어의식은 『대한매일신보』에 발표한 글에서 더욱 분명하게 실천되었는데, 국한혼용문과 순한글로 된 논설이나 사론을 지속적으로 발표했을 뿐만 아니라 그가 직접 만든 『가정잡지』에서도 오로지 순한글로만 글을 발표했다. 이와 같은 한글에 대한 주체적 의식은 「국문학교의 일종」, 「국한문의 경중」, 「국문연구회 위원 제씨에 권고함」, 「국문의 기원」 등의 글에 잘 나타나 있다. 또한 그는 사회의 변혁을 위한 계몽의 수단으로 소설의 역할을 특별히 강조하면서 소설 창작 과정에서 국한문본 외에 반드시 국문본을 제작하여 일반 대중들에게 널리 읽힐 수 있도록 해야 한다고 주장했다.

신채호는 봉건적 폐습의 극복과 종교의 폐단에 대해서도 강한 어조로 비판하였다. 특히 이러한 폐단이 잘못된 교육에서부터 비롯된다는 사실을 직시하여 불평등을 조장하고 애국심의 함양과 자유와 독립 사상의 고취를 억압하는 교육계의 현실을 직설적으로 공격하였다. 그는 "무엇을 위하여 교육을 흥코자 하며, 무엇을 위하여 실업을 진振코자 하며, 무엇을 위하여 문명개화를 부르짖느뇨. 왈 이것은 모두 국國이란 하나의 글자를 위함이니라."(「애국 이자二字를 구시仇視하는 교육가여」)에서처럼, 국가에 대한 애국심에 기초한 교육이 아니고서는 진정한 교육이 될 수 없다는 완고한 신념을 피력하였다. 또한 「가족사상을 타파함」에서도 봉건적 가족 관념에 갇혀서는 안 되고 국가를 최우선으로 하는 국가적 관념을 올바르게 정립해야 한다고 했다. 이는 국가와 민족에 대한 고민을 외면한 채 오로지 가족 이기주의에 매몰되는 경향이 뚜렷하다는 데 가족사상의 문제점이 있음을 비판적으로 인식한 결과라고 할 수 있다. 이러한 봉건적 폐습이 가장 극에 달하면서도 변화화 혁신을 철저하게 외면하고 있는 곳이 바로 종교계였다. 따라서 신채호는 「유교 동포에게 경고함」, 「유교계에 대한 일론」, 「승려동포에게 권고함」 등의 글을 통해 종교계가 과감한 자기반성과 혁신을 함으로써 조국 독립을 위한 첨병으로서의 역할을 다해줄 것을 당부하기도 했다.

신채호는 이러한 자주적 근대화를 위한 노력을 학회 및 단체 활동을 통해 더욱 조직적으로 전개해 나갔다. 대한자강회(대한협회), 기호흥학회 등의 단체에서 발간한 『대한협회회보』, 『기호흥학회월보』의 지면에 「대한의 희망」, 「역사와 애국심의 관계」, 「대아와 소아」, 「문법을 의ʹ통일」 등의 글을 발표하였다. 또한 국권회복을 통해 공화정 체제의 독립국가 건설을 목표로 설립한 '신민회' 결성에도 참여하여 기관지 『대한매일신보』의 주필을 역임하기도 했다.

민족 해방 운동의 전개와 아나키즘적 실천

신채호는 독립국가 건설을 최우선으로 삼아야 한다는 일관된 관점에서 먼저 실력을 양성해야 독립을 이룰 수 있다는 실력양성론자들과는 입장을 달리했다. 즉 학교 설립, 산업 증진, 풍속 개화 등의 자주적 근대화 과정은 독립을 위한 방법적 경로일 뿐이지 그 자체가 목적이 될 수는 없다는 아주 완고한 견해를 표명했던 것이다. 따라서 봉건적 폐습의 극복이 단순히 근대적 토대의 마련이라는 형식론에 갇혀서는 안 되고 민족 해방이라는 궁극적 과제를 달성하는 방향으로 나아가야 한다고 역설했다. 이를 위해서 그는 나라 잃은 백성으로서 현실에 절망하거나 탄식만 하고 있을 것이 아니라 강인한 민족정신으로 민족 해방을 향해 전진하는 '희망'을 가질 것을 호소했다. 「대한의 희망」에서 "현재의 고통은 과거의 무희망으로 남은 괴로운 일이요, 미래의 행복은 현재의 유희망으로 뿌릴 종자니, 힘쓸지어다"라고 한 것은 바로 제국주의 침략에 의해 나라를 송두리째 잃어버린 채 절망에 허덕이는 우리 민족 구성원들에게 희망만이 민족의 자주적 독립을 보장해 준다는 사실을 철저하게 각인시키고자 한 것이다. 그가 『을지문덕』, 『이태리 건국 삼걸전』 등을 통해 '영웅'의 출현과 역사적 당위성을 강조한 이유도 바로 이러한 의도를 실천적으로 제기하기 위함이었다.

「제국주의와 민족주의」에서 신채호는 다른 민족의 간섭을 받지 않는 주의를 '민족주의'로 규정하고, 우리 민족이 제국주의의 지배를 받게 된 것은 결국 민족주의의 약화에서 비롯된 것으로 파악하였다. 이러한 측면에서 그는 제국주의에 맞서는 가장 현실적인 논리가 사회주의라는 데 주목하였고, 당시 횡행하던 동양주의와 세계주의의 문제점에 대해서도 민족주의적 관점에서 강하게 비판하였다. 특히 일제가 주장한 아시아 연대론은 동아시아 침략을 정당화하려는 기만적인 술책임을 간파하고, 제국주의에 아첨하는 자들이 동양주의를 주장하는 모순을 저지르고 있음을 신랄하게 지적하였다. 따라서 그는 무엇보다도 그릇된 민족의식을 개조하는 역사 바로 세우기에 매진할 것을 다짐하면서 사대주의에 빠져 있는

구한말의 역사를 전면적으로 혁심함으로써 민족의 자긍심을 되찾는 전기를 마련하고자 했다. 이처럼 신채호에게 있어서 역사 연구는 민족해방운동의 한 방편으로, 역사는 단순히 과거의 것이 아니라 현재의 모순을 비판적으로 극복하여 바람직한 미래로 이끌어가는 이정표와 같은 것으로 인식하였다.

이상과 같은 일련의 과정에서 신채호는 기미독립만세운동에서 드러난 민중의 힘으로부터 사회주의에 대한 관심을 깊이 내재하고 있었다. 특히 독립운동을 위해 외교론과 준비론 등을 주장한 임시정부와의 노선 갈등을 겪으면서 점차 아나키즘 사상에 입각한 민족해방운동의 가능성을 열어나가는 방향으로 나아가기 시작했다. 특히 이러한 아나키즘의 수용 과정에서 그가 일방적인 사상의 수입이 아닌 주체적 수용의 자세를 취했다는 점을 주목할 필요가 있다. 그는 「낭객의 신년만필」에서 "우리 조선 사람은 매양 이해 이외에서 찾으려 하므로, 석가가 들어오면 조선의 석가가 되지 않고 석가의 조선이 되며, 공자가 들어오면 조선의 공자가 되지 않고 공자의 조선이 되며, 무슨 주의가 들어와도 조선의 주의가 되지 않고 주의의 조선이 되려 한다"는 점을 냉정하게 꾸짖었다. 즉 외래 사상의 수용 과정이 주체적이지 못한 당시 지식인 사회의 사대주의적 태도를 냉정하게 비판한 것이란 점에서, 그의 아나키즘 수용은 우리 민족의 전통적 사상과의 결별이나 단절이 아니라 비판적 극복의 차원에서 이루어진 것이었음을 결코 간과해서는 안 된다. 따라서 신채호의 아나키즘 사상은 민족 해방을 통한 자주적 독립의 방법론적 선택이라고 할 수 있다. 그가 주재한 『천고』에는 아나키즘과 관련한 글들이 여럿 실렸는데, 「창간사」에서부터 아나키스트들의 테러리즘을 민족 해방을 위한 정당한 수단으로 파악하고 있다.

　이상에서 개략적으로 살펴봤듯이 단재 신채호는 계몽주의자에서 민족주의자로 그리고 다시 아나키스트로 사상적 변신을 거듭하였다. 이러한 변화는 역사와 시대를 정확하게 읽어내고 온몸으로 실천하면서 살아가고자 했던 지사적 결기에서 비롯된 당연한 결과였다. 그는 역사와 이념이 고루한 지식의 영역에 갇혀 있는 것을 용납하지 않았으며, 탁상공론식 실력 양성을 주장하는 현실타협론자들의 안이한 현실인식에 대해서도 무엇보다도 단호하였다. 이 때문에 그가 참여했던 여러 단체나 조직에서 중심에 있지 못하고 늘 비판적 아웃사이더로 살아야만 했다. 그에게 있어서 실천이 결여된 이념은 한낱 관념일 뿐이었고, 직접적 독립을 최우선의 목적으로 삼지 않는 실력 양성은 허울 좋은 이상에 불과하였다. 이런 점에서 그는 세상 어느 한 곳에 절대 머무르지 않은 진정한 자유인이었다. 이러한 자유는 일신의 안녕을 위한 것이 아니라 우리 민족의 자유를 위한 희생이었으며, 민족정신을 올곧게 세우려는 의지적 선택이었다. 그의 글쓰기가 애국계몽에서 민족주의로 그리고 아나키즘으로 진화되어 간 것은 바로 이러한 사상적 궤적의 자연스러운 흐름이었다. 사실 그의 글쓰기에서 수필이라는 독립적 장르를 외따로 떼어내서 논의하기란 여간 어렵고 곤란한 일이 아니다. 그의 글은 역사와 논설에서부터 문학과 평론에 이르기까지 모든 글이 일관된 사상과 정신에 바탕을 두고 있었고, 이러한 그의 사상은 수필이라는 협소한 장르적 범주에 가두어서 형식화할 문제가 아니었다. 굳이 말한다면 그의 산문적 글쓰기는 역사, 민족, 주체를 키워드로 자주적 근대화와 민족 해방을 궁극적인 목표로 삼은 정론직필의 언어적 실천이었던 것이다.

주체적 전통, 한국적 리얼리즘 그리고 문학의 현실참여

1960년대 조동일의 문학비평

1960년대 『청맥』의 창간과 조동일의 문학비평

1960년대는 4월혁명으로 시작된 우리 사회의 격변기였다. 이승만 독재정권의 부패와 무능을 비판하고 전후세대의 구조적 모순을 개혁함으로써 참다운 민주주의의 토대를 마련하고자 했던 시기였던 것이다. 1960년대 문학은 이와 같은 역사적 격변 속에서 전후세대의 보수적 문학관을 근본적으로 혁신함으로써 4월혁명의 시대정신을 반영한 진보적 문학관을 정립하는 데 총력을 기울였다. 이러한 문제의식은 1960년대에 창간된 새로운 매체들을 중심으로 실천적인 운동성의 차원을 열어나갔는데, 그 중심에 『한양』, 『산문시대』, 『비평작업』, 『청맥』, 『사계』, 『창작과비평』, 『상황』, 『68문학』 등이 있었다. 이 가운데 『한양』은 1962년 3월 일본 동경에서 창간된 월간 교양종합지로, 시, 소설, 수필, 평론 등의 문학 작품과 당대의 정치사회적 쟁점들에 대한 논문 및 시론時論 등을 게재함으로써, 1960년대 한국 사회의 변혁을 바라보는 지식인과 문인들의 비판적 성찰을 담아냈다.[1] 그리고 『청맥』은 1960년대 한국 사회의 대내외적 모순에 저항

---

1   하상일, 「1960년대 문학비평과 『한양』」, 『어문논집』 50, 민족어문학회, 2004, 287~325쪽 참조.

하는 지식인의 담론적 실천을 선명하게 보여줌으로써, 당시 대학생과 지
식인들 사이에서 대단한 인기를 끌었던 비판적 종합지였다.[2] 하지만 두
매체는 '문인간첩단사건',[3] '통일혁명당사건'[4] 등 1960년대 공안사건에 직
접적으로 연루되어 이후 국내로의 유입이 사실상 금지되거나 강제폐간

---

2   하상일, 「1960년대『청맥』의 이데올로기와 비평사적 의미」, 『한국문학이론과비평』 33,
　　한국문학이론과비평학회, 2006, 451~472쪽 참조.

3   1974년 2월 5일 자『동아일보』는 이 사건을 '문인·지식인 간첩단 적발'이라는 제목으
　　로 대서특필했다. 당시 검찰은 이호철(43세, 소설가) 임헌영(34세, 문학평론가·중앙대
　　강사) 김우종(45세, 문학평론가·경희대 교수) 정을병(40세, 소설가) 장병희(41세, 문
　　학평론가·국민대 강사·필명 백일) 등 5명의 문인을 국가보안법과 반공법상의 회합, 통
　　신, 찬양, 고무죄로 기소하였다. 검찰은『한양』지의 논조가 반국가적이라고 주장하였으
　　나, 단지 정부에 대해서 비판적이라는 이유로 '반국가적' 운운할 수는 없는 일이었다. '피
　　고인'들 말고도 많은 문인들이 그 잡지에 글을 써왔고, 그래서 원고료도 받고 접대도 받
　　아 왔는데, 유독 이 다섯 사람들에게만 국가보안법을 발동한 것은 도저히 납득할 수 없
　　는 일이었다.『한양』을 발행하는 '한양사'의 김기심, 김인재 두 사람은 재일한국거류민
　　단에 가입된 교포이며, 단지 한국 정부의 시책이나 사회현실 등을 비판하는 언동을 해온
　　것이 박정권의 비위를 상하게 했던 것이다. 그들이 위장 전향을 하였다거나 반국가단체
　　의 구성원이라는 증거는 없었다. 이처럼『한양』지가 불온하다고 하나 실인즉 민단계 국
　　문 월간지인 데다가 창간 이래 남한의 많은 문인과 지식인들이 기고를 했고, 민단계의
　　여러 단체와 기업이 광고협찬을 해왔다. 뿐만 아니라 남한에도 버젓이 수입 배포되었는
　　가 하면, 심지어 일본에 있는 한국공보관 전시대에도 그 잡지가 꽂혀 있을 정도였다. 한
　　승헌, 「『한양』지 사건의 수난」, 『장백일 교수 고희기념문집』, 대한, 2001, 182쪽.

4   박정희 정권은 1968년 8월 24일 이른바 '통일혁명당 사건'을 발표했다. 김형욱 중앙정
　　보부장이 발표한 이 지하당 사건으로 158명이 검거되고 50명의 구속자를 냈다. 사건 가
　　담자는 김종태를 필두로 김질락(청맥사 주간), 이문규(학사주점 대표) 등 서울대 문리
　　대를 비롯 각 대학 출신의 혁신적 엘리트로 구성되어 사회에 더욱 큰 충격을 주었다. 중
　　앙정보부는 이 사건이 "지식인·학생·청년층을 포섭하여 학술연구를 가장한 9개 위장
　　단체를 조직하고 이것을 자연발생적인 것처럼 조작하여 용공적인 조직형태로 발전시켜
　　북괴의 적화통일노선에 규합시킴으로써 무장봉기에 이용하려는 것"이라고 분석했다.
　　그리고 통혁당이 민족해방전선과 조국해방전선을 구성하고, 이를 근간으로 활동해온
　　학사주점, 새문화연구회, 청년문학가협회 등의 서클을 갖고 있었다고 발표했다. 이 사건
　　으로 김종태, 김질락, 이문규 등이 사형되고, 많은 사람들이 중형을 선고받았다. 김삼웅,
　　「『청맥』에 참여한 60년대 지식인들의 민족의식」, 『말』, 1996.6, 165쪽.

되고 말았다. 그 결과 지금까지 1960년대 한국문학비평사 연구는 1966년 창간된 『창작과비평』을 기점으로 현실주의 문학비평의 역사적 전개과정과 그 의미를 도출함으로써, 『한양』과 『청맥』의 비평사적 위상과 의미를 의도적으로 삭제하거나 축소해버리는 단절과 왜곡의 양상을 그대로 방치하고 있었던 것이 사실이다. 따라서 앞으로 1960년대 현실주의 문학비평 연구는 『한양』과 『청맥』을 통해 발표된 주요 비평을 실증적으로 복원해냄으로써 1960년대 현실주의 문학비평의 역사적 계보를 재정립할 필요가 있다.[5]

『청맥』은 발행인 겸 편집인 김진환과 주간 김질락, 편집장 이문규에 의해 1964년 8월 창간된 사상교양종합지로, 실상은 재정을 담당했던 김종태(김질락의 삼촌)가 통일혁명당 창당을 준비하는 과정에서 남한의 지식인들을 규합하고 민중들의 의식을 변화시키려는 정치적 의도에서 만든 잡지였다. 하지만 대부분의 필진들은 『청맥』의 이러한 조직적 성격에 대해서는 전혀 알지 못했고, 내부 구성원 전체가 통일혁명당의 구성원도 아니었다. 『청맥』이 북한의 자금으로 친북 인사들에 의해 발행된 잡지라고는 하지만, 정작 그 내용을 살펴보면 친북적 성향을 지녔다고는 명확하게 규정하기 어려운 합법적 교양지였음을 알 수 있다. 따라서 『청맥』은 통일혁명당과 직접적으로 관련이 없는 한국 사회 진보적 지식인들의 글을 상당수 게재함으로써, 사회와 문화 전반에 새로운 문제의식을 제기하는 참신한 잡지로서 자리매김했었다.[6]

---

5 하상일, 『1960년대 현실주의 문학비평과 매체의 비평전략』, 소명출판, 2008 참조.
6 『청맥』은 발간되자마자 대학생과 지식인들 사이에서 대단한 인기를 끌었다. 그것은 이 종합잡지가 그 이름처럼 싱싱한 주장을 내세웠기 때문이다. 거기에는 민족이 걸어가야 할

『청맥』에 발표된 문학비평을 살펴보면, 구중서, 임중빈, 백승철 등이 2편, 김우창, 백낙청, 서기원, 주섭일, 김경민, 김우종, 신동한, 염무웅 등이 1편씩을 발표했다. 특히 조동일은 창간호에 이동극이란 필명으로 「한국적 리얼리즘의 형성과정」을 발표한 것을 시작으로 1965년 1월부터 1966년 3월까지 총 11회에 걸쳐 「시인의식론」을 연재했을 정도로 『청맥』을 중심으로 활동한 가장 대표적인 평론가였다. 그의 비평은 『청맥』에 발표된 문학비평 가운데 가장 많은 지면과 분량을 차지했을 뿐만 아니라, 전통의 주체적 인식과 한국적 리얼리즘의 형성과정 등을 문학사적 연속성의 관점에서 살펴보았다는 점에 상당히 중요한 의미를 지닌다. 이런 점에서 이 글에서는 『청맥』의 비평 가운데 조동일의 문학비평을 주된 연구대상으로 삼아 1960년대 문학비평의 주요 쟁점과 사회역사적 의미를 구체적으로 살펴보고자 한다.

1960년대 조동일의 문학비평은 크게 세 가지 방향에서 논의될 수 있다. 첫째는 주체적 전통론에 입각한 문학사의 연속성에 관한 인식이고, 둘째는 민중의식의 성장이라는 계급의식의 변화를 토대로 한국적 리얼리즘의 형성과정을 살펴본 것이며, 셋째는 1960년대 모더니즘문학과 순수문학론에 대한 비판적 성찰을 바탕으로 문학의 현실 참여를 강력하게 제기했다는 점이다. 물론 이러한 비평의식은 1960년대 현실주의 문학비평의 일반적인 문제틀과 크게 다르지는 않지만, 무엇보다도 한국 근대문학

길과 국가가 취해야 할 자세에 관한 정론(正論)이 실려 있었다. 그것은 사람들이 어물어물 넘겨서는 안 된다고 생각하는 문제에 정면으로 파고드는 형태, 나아가서 그런 문제의식을 심화시키는 형태를 취하고 있었다. 그 때문에 반체제적인 젊은 세대의 지지를 받았고, 지식인층에도 상당히 침투함으로써 당시 『세대』, 『사상계』와 더불어 비판적 종합잡지로서의 성가를 날렸다. 나라사랑 편집부 편, 『통일혁명당』, 나라사랑, 1988, 93쪽.

의 흐름을 고전문학과 현대문학의 연속성 위에서 일관되게 분석했다는 점은 주목하지 않을 수 없다. 또한 그동안 고전문학 분야를 중심으로 문학사, 문학사상 등의 연구에 탁월한 성과를 보여주었다고 평가된 조동일이, 1960년대에는 당대의 역사와 현실에 직접적으로 맞서는 비평적 실천에 대해 깊이 고민했었다는 사실을 확인하는 것은, 1960년대 한국문학비평사의 외연을 확장하는 문제적 지점임에 틀림없다. 따라서 1960년대 현실주의 문학비평 연구에서 조동일의 비평가적 위상과 의미를 발견하려는 시도는 한국문학비평사의 재정립이라는 측면에서 아주 중요한 의미를 지닌다고 할 수 있다.[7]

주체적 전통론과 문학사의 연속성

1950년대 중반부터 1960년대 초반까지 한국문학비평은 '전통'을 둘러싼 첨예한 논의들을 이어나갔다. 근대문학 기점 설정에 대한 논란과 맞물리는 전통에 대한 이해는 한국의 근대문학에서 고전문학으로부터 이어져 내려온 전통을 발견할 수 있는가 하는 극단적 문제제기 속에서 전통의 부재와 단절 그리고 계승 등 다양한 관점과 시각에서 논쟁을 전개했다. 이러한 논쟁의 심화는 한국의 근대문학이 식민지 근대를 거치면서 스스

---

7 1960년대 조동일의 문학비평은 1964년 이동극이란 필명으로 『청맥』에 발표한 「한국적 리얼리즘의 형성과정」을 시작으로 1967년 12월 30일 자 『중앙일보』 월평 「12월의 문단 – 편곡적 수준작 거부, 박봉우의 「지평선에 던진 꽃」」으로 끝을 맺은 것으로 보인다. 조동일은 1968년 3월 11일 계명대 전임강사로 부임하게 되었는데, 당시 그에게 서울대에 남을 것을 독려했던 은사들이 그를 계명대로 보내주는 조건이 그 이후부터 문학평론은 그만두고 고전문학 연구에만 전념하는 것이었다고 한다. 그는 이 제안을 받아들여 계명대로 부임하면서 그 이후 비평 활동을 그만두고 고전문학 연구에만 전념했다. 조동일과 75인 제자, 『학문에 바친 나날 되돌아보며』, 지식산업사, 2004, 21쪽.

로 전통의 허약성을 심각하게 노출했다는 역사적 사실과 일본을 통해 유입된 서구 문명으로 인해 우리의 전통이 철저하게 왜곡되거나 삭제된 측면이 많았다는 데 가장 큰 원인이 있었다. 또한 '이식문학론'을 주장한 임화의 문학사적 문제의식이 남긴 파장이 상당히 컸고, 국문학의 토대가 채 정비되지 않은 상태에서 외국문학 연구자들이 서구의 문학이론을 중심으로 한국문학 전반을 체계화하는 보편적 시도를 하였다는 사실도 중요한 원인이 되었다. 따라서 1960년대 이후 전통론의 주된 방향은 4월혁명 이후 급격하게 형성된 주체적 현실인식과 사회역사적 문제의식을 바탕으로 기존의 전통단절론 또는 전통부정론을 비판적으로 성찰하는 주체적 전통론의 가능성을 확장해나갔다. 1960년대 조동일의 문학비평은 바로 이러한 시대정신과 역사의식을 실천하는 운동성의 차원을 열어나갔다는 점에서 상당히 중요한 의미를 지닌다.

조동일은 민족의 주체성을 확립하는 것이야말로 한국문학이 나아갈 진정한 방향이라고 강조하였다. 따라서 그는 1960년대 한국문학의 현실이 서구에서 유입된 생경한 이론만 장황하게 늘어놓음으로써 한국문학 내부의 특수성과 전통적 가치를 철저하게 외면하는 주체성의 결여를 드러내고 있다는 사실을 강도 높게 비판하였다. 특히 한국 근대문학 형성의 결정적 토대가 되는 조선 후기문학에 대한 치밀한 검토가 필요하다는 사실과, 이러한 문제의식을 전제하지 않은 채 한국 근대문학의 형성 과정을 논의해서는 안 된다는 점을 분명히 하였다. 이러한 관점은 고전문학과 근대문학을 단절이 아닌 연속성의 차원에서 바라보고자 하는 것으로, 한국문학사를 연속성의 관점에서 주체적으로 체계화하려는 일관된 문제의식의 결과라고 할 수 있다. 다만 서민의식의 성장과 산문정신의 확대라는 근대문학적 요소가 한국문학 내부에 완전히 뿌리내리기 전에 서구의 근대문명이 무서운 속도로 우리의 전통을 잠식해버림으로써, 한국문학의 근대가 진정한 의미에서 주체적 근대와는 거리가 먼 식민지 근대라는 기형적 양상을 초래했다는 사실에 대해서만큼은 비판적 성찰이 필요하다는 점을 지적하였다.

> 정상적인 사회발전의 결과 주체적으로 근대화를 이룩한 나라에서는 봉건 서민문학이 성장해서 근대문학이 되었으며 전자에서 후자로의 이행과정은 어떤 단절이 없이 순조롭게 진행되었다. 그리고 봉건 서민문학의 전 유산이 거의 다 근대문학에 의해서 계승·발전되었다. 그러나 한국에서는 그렇지 않았다. 봉건 서민문학의 성장이 아직 근대화의 단계까지 이르지 못했을 때 외래 자본주의가 침입해 들어왔으며, 봉건 서민문학의 발전은 억압되어서 꺾여버렸고 식민지 상태에서 외래적인 근대문학이 시작되었다. 그러므로 한국 근대문학은 분명히 이질적이고 기형적인 것이며, 패배당한 봉건 서민문학의 전통을 계승하기는커녕 이것과는 거의 아무런 교섭도 없이 커나갔고 외래사조의 수용에만 급급했던 결과로 뿌리 없는 식민지적인 문학이 되고 말았다.[8]

외래사조의 무비판적 수용이라는 주체성의 결핍으로 인해 한국문학사는 올바른 방향성을 찾지 못했을 뿐만 아니라 고전문학과 근대문학의 연속성도 잃어버리는 전통단절의 양상을 불러오고 말았다. 물론 이러한 단절은 근대문학의 기형성을 비판하는 핵심적 근거가 되기에 충분하지만,

---

8   이동극(본명 : 조동일), 「한국적 리얼리즘의 형성과정」, 『청맥』, 1964.11, 179쪽.

한국문학사의 연속성 자체를 부정하는 전통부정 혹은 전통단절의 논리로 심화되어서는 안 된다는 것이 조동일의 입장이다. 당시 서민의식의 사회적인 대두가 완전한 형태를 갖추지는 못했기 때문에 봉건 사회와 정면으로 충돌할 만한 역량을 지녔었다고 말할 수는 없지만, 서민문학의 리얼리즘적 성격은 양반 문화를 부정하는 진취적 요소를 내재하고 있어서 그 의식과 지향에서만큼은 충분히 근대문학으로서의 의의를 지녔다고 판단했던 것이다. 따라서 조동일은 고전문학과 전혀 관계없이 한국의 근대문학이 존재할 수는 없으며, 근대문학의 발전방향에 관한 모색은 고전문학에 대한 끊임없는 재검토에서 새롭게 출발해야 한다는 점에서, 고전문학의 존재 가치마저 부인하려는 일부 비평가들의 태도는 마땅히 시정되어야 한다고 주장했다.[9] 이는 한국문학의 전통적 가치를 특별히 강조함으로써 주체적 문학의 방향성을 견지하려는 비평정신의 결과로, 조선 후기 서민문학의 전통에 담겨 있는 주체적 태도와 비판의식이야말로 우리가 계승해야 할 민족문학의 전통이라고 인식했던 것이다.[10]

---

9   위의 글, 160쪽.

10   이러한 관점은 조동일의 「전통의 퇴화와 계승의 방향」(『창작과비평』, 1966.여름)에서 더욱 구체적으로 드러난다. 이 논문에서 그는 한국의 전통론을 총체적으로 종합·분석·비판하고 있는데, 전통의 개념, 한국문학에서 수용해야 할 부분과 부정되어야 할 전통의 분류, 현대문학과의 연관성 등을 구체적으로 제시하고 있다. 조동일은 국부적인 전통 인식의 틀을 깨고 전체적인 측면에서 조망할 것을 요구하고 있다. 그리고 전체적인 면의 중심축을 변화하는 사회, 역사와 주체 혹은 문학의 관계로 파악하였다. 또한 민족적 전통의 출발로서 설정한 평민문학은 종래 관념적이고 상층문학 중심의 전통 파악에 민중적 시각을 부여한 것이라 볼 수 있다. 농민문학은 중세를 거쳐 근대에 이르러 식민의 상황과 한국전쟁 등으로 퇴화가 촉진되었지만, 4월혁명을 계기로 커다란 인식적 변모를 가져왔다는 것이다. 결국 전통의 문제는 근본적으로 역사를 어떻게 창조해 나갈 것인가의 문제와 직결되며 사회 참여의 문제와 일치한다는 것이다. 그의 전통에 관한 인식은 이렇듯 사회와 역사의 문면에서 실증적으로 접근해 독특한 성과를 이루어냈다고 평가

이러한 주체적 전통론은 한국문학사의 흐름을 연속성의 관점에서 바라보고 이해하는 중요한 토대가 된다. 1960년대 조동일 비평의 가장 대표적인 성과인 「시인의식론」[11]은 바로 이러한 문학사적 통찰과 인식을 담아 낸 주목할 만한 평문이다. '시인의 사회적 위치에 관한 역사적 고찰'이란 부제에서 충분히 짐작할 수 있듯이, 이 글은 고대가요에서부터 근대시에 이르는 한국 시문학의 전 과정을 통시적으로 살펴본 것으로, 한국문학사의 내재적 연속성을 강조함으로써 근대문학을 서구문학의 이식이라고 보는 관점에서 벗어나고자 한 의미 있는 시도였다.

문학사도 문학비평도 다 자기의 임무를 수행하지 못해 이른바 고전문학사와 현대문학사를 분리해 놓고 사실의 기술과 가치평가를 분리해 놓는 등 무엇이든 산산이 흩어서 그 사이에서 장님처럼 헤매고 있다. 이런 결함이 시정되지 않는 한 우리 문학에 관한 어떤 근본적인 문제도 구체적으로 제기될 수 없고 아까운 노력이 다 허사가 되고 말 것이다. 아주 상식적인 이야기지만 현재는 과거의 연속인 역사적 현재이고 그렇기 때문에 미래에 관련된다. 현 단계의 시인의식은 중세 혹은 고대 시인의 의식을 밝히지 않고서는 충분히 이해될 수 없다. 근대시 혹은 현대시라는 것은 하늘에서 떨어진 것도 아니고 전적으로 일본을 통해 서구의 것이 들이닥친 결과만도 아니다. 그 사이에 어떤 변화와 단절이 있었다 해도 변화와 단절 역시 역사적인 해명을 통해서 밝혀질 뿐이지 중세시인의 망각이 근대시인 연구에 아무런 도움도 되지 않는다. 따라서 비평가에게 일차적으로 요청되는 것은 자기나라 문학사에 대한

된다. 홍성식, 『한국 문학논쟁의 쟁점과 인식』, 월인, 2003, 111~112쪽.

11   『청맥』, 1965년 1월부터 1966년 3월까지 11회 기획 연재.

투철한 이해이다. 투철한 이해라 함은 물론 사실의 기억만을 말하지 않는다. 사실판단을 기초로 가치판단이 성립되고 가치판단에 의해서 사실판단이 확실해질 때에만 합리적인 이해는 성립된다.[12]

앞서 살펴본 대로, 고전문학과 현대문학의 분리 혹은 단절 상태에서 "우리 문학에 관한 어떤 근본적인 문제도 구체적으로 제기될 수 없고 아까운 노력이 다 허사가 되고 말 것"이라는 단호한 입장은 1960년대 조동일 비평의 근본적 토대이다. 그는 과거와 현재의 유기적인 대화를 통해서 문학사의 연속성을 확보하는 것이 가장 중요한 과제라고 보았다. 그래서 고대-중세-근대로 이어지는 시인의식의 변화와 연속성에 대한 역사적 고찰을 통해서 진정한 의미에서 근대시가 나아가야 할 방향을 제시하고자 했다. 비록 그 사이에 실질적으로는 어떤 변화와 단절이 있었다 해도, 이러한 변화와 단절은 역사적인 해명을 통해서 밝혀져야 할 문제이므로 "중세시인의 망각"이라는 전통단절적 태도는 "근대시인 연구에 아무런 도움도 되지 않는다"고 보았다. 이처럼 조동일은 1960년대의 비평가에게 요구되는 가장 중요한 문제의식으로 "자기나라 문학사에 대한 투철한 이해"를 특별히 강조하고자 했던 것이다.

이상과 같은 조동일의 전통에 대한 이해와 문학사의 연속성에 대한 인식은 역사와 문학의 성숙과 발전을 진화론적인 관점에서 바라본 것으로, 문학사의 발전 과정은 역사적 진보라는 시간적 연속성 위에서 해명되어야 한다는 것을 의미한다. 즉 진화론적 관점에서 볼 때 '전통단절'은 사실

---

12 조동일, 「시인의식론 11 – 시인의 자리는 어디냐?」, 『청맥』, 1966.3, 147쪽.

상 불가능한 개념이므로, 설사 그 실제 양상이 단절적 시각을 드러낸다 하더라도 그것을 '단절'이 아닌 '퇴화'의 관점에서 완곡하게 바라볼 필요가 있다는 것이다. 그가 한국의 근대문학을 '부정'의 대상이 아닌 '비판'과 '성찰'의 대상으로 수용하고자 한 이유도 바로 여기에 있다. 다시 말해 한국 근대문학은 "전통에 대한 전면적인 거부에서부터 출발했기 때문에 전통의 철저한 퇴화를 위해서 봉사했을 뿐만 아니라 외래문학의 영향이 민족적 전통의 일부로서 건실하게 성장하도록 하는 역할도 하지 못했다"[13]는 부정적 폐해를 문제 삼는 것은 타당하지만, 그렇다고 해서 한국 근대문학의 역사적 전통 그 자체를 부정하거나 삭제하는 전통단절의 의식과 태도는 결코 수용할 수 없다는 것이다. 이런 점에서 조동일의 전통론은 '주체적 계승' 혹은 '비판적 계승'이라는 관점에서 고전문학과 근대문학을 연속성의 차원에서 바라보는 일관된 자기성찰을 보여주었다고 평가할 수 있다.

민중의식의 성장과 한국적 리얼리즘의 형성과정

조동일은 주체적 전통론의 방향으로 크게 네 가지를 제시했는데, 첫째, 식민지 상태 혹은 외세에 대한 의존 청산, 둘째, 봉건적인 잔재의 청산, 셋째, 지식인 주도의 문학을 극복해야 한다는 점에서 문학 창조의 담당층으로 민중을 주목할 것, 넷째, 민족적 전통을 발굴하고 보존하기 위한 광범위한 운동이다.[14] 이러한 네 가지 방향성은 1960년대 조동일 문학비평의 이정표와 같은 역할을 했다. 특히 봉건적인 잔재의 청산을 바

---

13 조동일, 「전통의 퇴화와 계승의 방향」, 『창작과비평』, 1966.여름, 374쪽.
14 위의 글, 376~377쪽.

탕으로 지식인 주도의 문학이 아닌 민중을 중심으로 한 새로운 문학 창조를 모색해야 한다는 문제제기는, 그의 비평이 한국적 리얼리즘의 형성 과정을 모색하는 가장 근본적인 토대가 되었다고 할 수 있다. 즉 양반 사대부 중심의 중세귀족문학에 대한 부정과 대립으로 당대 사회에 대한 저항과 풍자의 성격을 전면화한 중세 평민문학의 전통을 특별히 주목함으로써, 민중의식의 성장이 근대문학의 형성으로 나아가는 기폭제가 되었다고 본 것이다.

서민은 양반 문화를 부정했고, 자신의 문화를 요구했다. 문화 중의 가장 중요한 부분의 하나가 문학이므로, 이때부터 서민문학이 나타나기 시작했다는 사실은 당연한 결과다. 이조 전기에까지 이르는 오랜 기간동안 이 나라의 서민은 그들 자신의 문학을 가지지 못했다고 할 수 있다. 문학이 아니라 문학적인 요소가 분리되기 전의 원시적인 종합예술의 흔적을 생활화하고 있었을 터인데, 이제 서민의 문학이 시작되었다. 서민의 대두는 그들의 예술을 원시적인 상태에서 깨어나게 해서 이를 분화시키고 서민 의식을 반영할 수 있도록 했다. 서민의 고민과 비탄과 해학이 그대로 반영되는 문학이 나타나기 시작했다.

서민의 고민과 비탄은 주로 봉건사회의 모순에서 생겨나는 것이라고 할 수 있기 때문에 서민문학은 리얼리즘의 성격을 가지게 되었고, 이미 反리얼리즘의 수세에 몰리게 된 양반문학과 여러 가지 형태로 대립하고 다투게 되었다. 다툼은 우선 문학의 유통과정을 어느 쪽이 얼마나 장악하느냐 하는 것이었으며, 동시에 장르의 파괴와 형성을 둘러싼 싸움이었다. 이 싸움에서 차츰 이긴 것은 서민이었다. 그러나 서민문학의 승리는 양반문학의 전유산을 버리자는 것이 아니고, 양반문학 속에 침입해서 서민에

게 유리한 요소를 획득하자는 것이었다.[15]

조동일은 중세 평민문학 전통에 내재된 리얼리즘의 시대정신이 중세 귀족문학 내부의 모순과 폐단을 넘어서는 근대문학의 새로운 방향성을 열어냈다고 보았다. 따라서 그는 무엇보다도 중세 평민문학의 전통, 즉 조선 후기문학에 나타난 리얼리즘의 성격과 내용을 올바르게 파악함으로써 주체적 국문학 연구의 방향을 찾고자 했다. 물론 당시 서민의식은 사회적으로 완전한 형태를 갖추지 못했을 뿐만 아니라, 봉건사회와 정면으로 충돌할 정도까지 발전하지는 못했던 것이 사실이다. 그러므로 조선 후기문학은 근대문학으로의 발전가능성을 충분히 가졌으면서도 원시예술적인 것과 봉건귀족문학의 요소를 완전히 탈피하지 못한 한계가 뚜렷했다. 예를 들어 탈춤의 경우 연극으로서의 형태를 갖추게 된 때는 조선 후기였으나 가면을 쓰고 연극적인 춤을 춘다는 점에서 원시적인 면을 벗어났다고는 보기 어려웠다. 즉 빈곤과 비탄 속에 허덕이면서도 양반 관료의 가부장적 권위를 상징하는 탈을 완전히 벗겨버리지는 못했던 것이다. 또한 설화의 작품화를 위해서 몰락한 양반 문사의 힘을 빌리거나 판소리의 내용이 양반의 시각에 의해서 보충되거나 수정되는 경우도 많았다는 데서 유교적인 사고방식이 그대로 노출되는 것을 확인할 수 있다. 하지만 이러한 한계에도 불구하고 당시 서민문학의 리얼리티는 여러 가지 점에서 진취적인 요소를 가지고 있었음을 절대 간과해서는 안 된다. 양반에 대한 저항과 해학, 봉건적인 모럴과 양반의 종교에 대한 비판, 양반의 관념과 허식에 대한 반발이 구체적으로 형상화된 작품이 상당히 많

---

15 이동극, 「한국적 리얼리즘의 형성과정」, 『청맥』, 1966.3, 163쪽.

이 창작되었기 때문이다. 특히 양반에 대한 저항이라는 주제와 형식은 조선 후기 서민문학의 가장 중요한 테마였다는 점에서 특별히 주목하지 않을 수 없다.

또한 조선 후기 서민문학에는 경제적인 문제가 중요하게 등장했는데, 조동일은 이러한 서민문학의 경제적 특성을 리얼리즘의 일반적인 특징 중의 하나로 보았다. 당시 양반은 봉건사회의 경제적 지배자로서 표면적으로는 돈에 대한 말을 일체 입 밖에 내지 않는 것을 중요한 도덕률로 내세웠지만, 실제적으로는 가난한 민중들의 생활과 현실에는 전혀 아랑곳하지 않는 철저한 이중성을 지니고 있었다. 즉 당시 양반의 문학에는 경제적인 문제가 표면적으로 나타나지 않았고 다만 돈에 대해서 털어놓고 이야기하고 싶은 충동을 억제한 고심의 흔적만 보일 뿐이었지만, 그 이면을 정직하게 들여다보면 민중들에 대한 경제적 착취를 합리화하는 지배계급의 횡포를 철저하게 은폐하고 있었음을 주목할 필요가 있는 것이다. 따라서 조선 후기 서민의식의 성장은 이와 같은 양반의 이중성을 해학과 풍자의 양식으로 폭로함으로써, 경제적인 시각에서 당대 사회의 이중성과 모순을 비판하는 시대의식을 표출하였다. 이것이 바로 조선 후기 서민문학의 형성과정에 구현된 리얼리즘의 시대정신이고, 이러한 시대정신을 계승하고 실천하는 것이야말로 근대문학이 지향해야 할 한국적 리얼리즘의 방향이라고 보았던 것이다.

이처럼 조동일은 지배와 피지배의 계급적 대립의 관점에서 한국적 리얼리즘의 형성과정을 민중의식의 성장이 가져온 필연적 결과로 이해하였다. 즉 지배층에 봉사하는 귀족문학에 대한 저항의 성격으로, 피지배층의 사상과 정서를 반영하는 민중의 문학이 한국적 리얼리즘의 형성과정을 설명하는 기본적인 구도라고 보았던 것이다.[16] 그의 대표적 평문인 「시인의식론」은 한국 시문학의 흐름을 귀족과 민중의 계급적 대립의 역사로 보고, 한국 시문학의 역사적 전통을 민중의식의 성장이라는 일관된 관점에서 체계화하려는 시도였다는 점에서 의미가 있다. 즉 시인의 사회적 위치가 시인의식을 결정하는 전제조건이라는 점을 분명히 함으로써, 계급의식과 시인의식의 밀접한 관계를 통해 한국적 리얼리즘의 역사적 형성과정과 전개과정을 문학사적으로 정리하고자 했던 것이다.

詩人들의 기본적인 의식의 이해는 그들의 사회적 위치에 대한 규명을 전제로 한다. 이는 문학사에서 흔히 쓰는 단순한 時代槪觀과는 다르다. 각 詩人들이 어떤 계층에 속하고 어떤 생활관계를 가졌으며, 시작 과정은 어떻고 왜 詩作을 했고 어떠한 구속과 자유가 詩作을 제약했느냐를 구체적으로 밝히면서 意識의 형성과 변모를 추구하자는 것이다. 이러한 분석을 거쳐야만 예컨대 共同作에서 個人作으로의 이행, 詩作이 생업인 경우와 그렇지 않는 경우

---

16 이러한 문제의식은 조동일이 주도적으로 참여한 '비평작업' 동인들의 비평 의식에서부터 비롯된 것이다. "이미 표면적으로 외세에 완전히 의탁할 수 없었던 그들 이름 없는 양반계급들은 이승만이라는 새로운 우상을 떠받들어 지배욕을 만끽하였으며, 모든 것은 실천성 없는 반공(反共)이란 구실하에 무시당하고 또 이용되어버렸던 것입니다."(「어떤 쁘띠 인테리의 비극」, 『비평작업』 창간호, 시사영어사, 1963, 17쪽) 이어령에 대한 비판으로 발표된 인용문은, 식민주의 세력과 결탁한 지배계급에 대한 비판과 지식인들의 이승만 정권에의 야합을 강력하게 규탄하고 있는데, 이는 양반계급 또는 유한 호족 중심의 현실질서를 비판하면서 평민 중심의 비판의식을 일관되게 견지하고자 한 것이다. 즉 4월혁명 이후 우리 사회의 변화를 민주주의의 계급적 주체로서 평민계급의 성숙 또는 근대적 시민계급의 형성과 관련하여 이해했다고 할 수 있다. 이명원, 「1960년대 신세대 비평가의 등장과 참여문학론─『비평작업』의 비평사적 의의」, 『한국문학논총』 48, 한국문학회, 2008, 424쪽.

의 차이, 兩班詩人의 사회관계와 奴隸詩人의 사회관계 같은 것들이 어떻게 시인의식의 형성에 작용했는지가 구체적으로 밝혀진다. (…중략…)

詩人意識의 평가기준은 사회적인 역할 또는 역사적인 역할과 밀접한 관계를 가지고 있다. 예를 들어서 관례와는 달리 鄭撤보다 朴仁老를 더 평가한 것은 壬辰亂이란 민족적인 비극에 대해서 朴仁老가 취한 태도가 더욱 정당하다는 것과 불가피하게 관련된다. 그리고 廣大詩人을 평가한 것은 현실에 대한 태도 때문이다. 자기의 현실로부터 도피하지 않고(일부 兩班詩人이나 近代詩人처럼) 이를 폭넓게 형상화하며 개조에 참여하고 있다는 점을 지적하는 것이고, 廣大詩人의 모든 작품이 반드시 그렇게 우수하다는 건 아니다. 가장 전위적인 현대시를 쓴다고 자부하는 일군의 詩人들을 破滅詩人이라고 지칭하고 비판한 것 역시 사회적 태도에 근거를 두었다. 현실 도피를 위한 이론적 근거를 더욱 극단화시키다가 마침내 자기 파산에 이른 것이 破滅詩人이기 때문이다.[17]

「시인의식론」은 고대가요에서부터 근대시에 이르는 한국 시문학의 전 과정을 통시적으로 살펴본 상당히 문제적인 기획 평론이었다. 특히 한국 문학사의 전개과정을 기술하는 데 있어서 각 시대를 개관하는 기존의 방식을 뛰어 넘어 시인이라는 문학담당층을 중심으로 시인의 사회적 위상과 역할의 변화를 서술하였다는 점은 상당히 주목할 만하다. 또한 한국문학사의 내재적 연속성에 근거를 둠으로써 근대문학을 서구문학의 이식이라고 보는 관점에서 벗어나고자 했다는 데서 의의를 찾을 수 있다. 조

---

17 조동일, 「시인의식론 11 – 시인의 자리는 어디냐?」, 『청맥』, 1966.3, 148~149쪽.

동일은 지배층에 봉사하는 시인인 고대의 제관시인과 중세의 귀족시인을 비판하면서, 이와 대립적인 위치에 놓인 무당시인과 광대시인의 위상을 높이 평가했다. 고대의 제관시인과 무당시인은 모두 종교적인 필요성에서 시를 형성시켰다는 점에서 공통점이 있지만, 제관시인의 경우는 귀족적인 연대감을 표현하는 데 치중한 반면 무당시인은 평민 내지 천민의 생활을 반영해야만 했다는 데서 확연한 차이가 있다고 보았던 것이다. 그리고 중세 귀족시인은 먹고 살아야 하는 필요성에 의해 창작활동을 하지도 않았고 노동 과정에서 요구되는 율동화의 필요성도 사실상 없었던 데 반해, 광대시인은 주로 먹고 살기 위한 필요에 의해 시인으로서의 삶을 영위했다는 점에서 차별성이 두드러진다고 보았던 것이다. 따라서 조동일은 무당시인과 광대시인의 경우 당대 민중들의 생활과 현실에 밀착된 창작활동을 전개했다는 점에서, 제관시인이나 귀족시인과는 전혀 다른 민중적 계급의식을 반영한 시의식과 시 창작 과정을 보여주었다고 평가했던 것이다.

조동일에 의하면, 시는 현실적인 필요에 의해서 존재하는, 그래서 사회적 관계에 의해 축적된 의식의 예술적 표현이다. 따라서 시는 초월적이거나 선험적인 의미를 가진 미적 범주가 아니고, 오히려 대상과 내용으로부터 표현의 형식이 결정되는 미적 양식이라고 할 수 있다. 즉 내용과 형식의 유기적 통합을 바탕으로 당대의 역사와 현실을 바라보고 인식하는 태도에서 진정한 의미에서 리얼리즘의 시대정신이 구현될 수 있다고 보았던 것이다. 그가 근대시인 가운데 파멸시인이라고 지칭하는 모더니즘 시인들을 극단적으로 부정하고 비판한 이유도 바로 이러한 리얼리즘적 인식과 태도에서 비롯된 것이다. 즉 방법과 기교에 매몰된 모더니즘시의 현실인식 결여와, 내용과 형식의 유기적 결합이 아닌 형식 그 자체로서의 미학을 절대화하는 모더니즘시의 발상으로는 역사와 현실의 모순을 넘어서는 문학사의 발전과 성숙을 기대하기 어렵다고 판단했던 것이다. 따라서 그는 모더니즘시가 "시를 현실적 대상(역사의 사건)을 가진 무성茂盛한 의미의 세계로부터 극단적으로 분리"[18]함으로써 끊임없이 '역사적 허무주의'를 조장하고 있다는 점에서 결코 우리 시가 나아갈 미래적 방향이 되어서는 안 된다는 점을 분명히 하였다.

순수의 허위성 비판과 문학의 현실 참여

1960년대 한국문학은 4월혁명의 시대정신을 바탕으로 문학과 현실의 직접적 관계를 전면에 내세우는 데 주력했다. "작가의 현실기피는 자기소외"이고 "시대에 대한 작가의 책임, 즉 자기 시대가 제기하는 초미의 문제들에 대한 작가의 예술적 해답"이 바로 "작가의 성실성"[19]을 규정하는 척도가 되어야 한다고 보았던 것이다. 이러한 인식과 태도는 1950년대 전후문학의 관념성에 대한 비판인 동시에, 문학은 현실과 분리된 자족적 실체로서 자율성과 독립성을 지녀야 한다는 순수문학론자들의 논리를 정면으로 부정하는 것이었다. 당시 우리 시단은 "시에서 현실을 추방하고 민족적인 것을 일체 폐절"함으로써 "자기 스스로 주어진 현실, 생활과 주위를 차단하고 자아의 의식 속에서 개념으로 굳어진" 형상을 하고 있었다. 신화적 세계관에 바탕을 둔 신비주의를 추구하거나 현실과 유리된 자연의 영원성에 빠져 버림으로써 점점 더 현실과의 관계는 절연되고 "이

---

18   조동일, 「파멸시인과 시의 위기」, 『청맥』, 1965.11, 181쪽.
19   장일우, 「현실과 작가」, 『한양』, 1962.6, 132쪽.

나라 겨레들과의 혈연적 유대"마저 끊어지고 말았던 것이다. 그 결과 당시 우리시의 모습은 민족, 역사, 생활이 모두 사라진 언어와 기법의 앙상한 형체 위에서 현실과 단절된 몽환적 세계를 드러내거나 현실을 초월하는 자의식의 세계에 침잠해 있었던 것이 사실이다.[20]

詩人은 自然을 더욱 추상화시켰으며 詩에서 일체의 적극적인 의미를 제거했다. 민족의 해방을 방관자로 겪은 詩人은 歷史의 건설에 참가하는 대신, 도피를 더욱 합리화하는 길을 찾아서 呪術적인 경지에까지 이르렀다. 그러나 4·19 등의 역사적 변동은 自然詩人을 더욱 궁지로 몰아넣든지, 민중의 세력에 참여할 기회를 주든지 둘 중의 하나를 선택하도록 강요했다. 이런 선택의 기로에서 서정주 등은 이른바 '靈通主義'라는 呪術을 더욱 옹호했으나, 박목월은 純粹自然의 파산을 선고했으며, 박두진은 역사에 정면으로 참여함으로써 추상적 自然의 꿈을 거의 완전히 지양했다.[21]

4월혁명의 시대정신은 1960년대 시인들에게 역사의식과 현실의식을 비판적으로 정립할 것을 강력하게 요구했다. 4월혁명 이후 박두진의 시세계가 전통적 자연시의 현실도피적 경향을 넘어서 역사와 시대에 정면으로 맞서는 현실주의적 시세계로 급격하게 변화된 이유도 바로 여기에 있다. 이에 반해 박목월과 서정주의 경우는 이러한 현실참여의 시대정신을 외면하거나 거부한 채 여전히 현실도피적 세계에 침잠해 있었다. 특히 서정주는 오히려 '영통주의'라는 주술적 세계에 빠져 신비주의적 세계인

20   장일우, 「한국현대시의 반성」, 『한양』, 1963.9, 137쪽.
21   조동일, 「시인의식론 8 – 자연시인의 복고적 애조」, 『청맥』, 1965.10, 113쪽.

식의 극단을 추구함으로써 더욱 현실과는 무관한 관념적 추상의 세계로 빠져들었다. 서정주가 지향한 신라정신을 통한 민족 정서에 대한 재발견은, 현실초월의 절대주의를 합리화함으로써 현실과는 무관한 자리에서 시의 독자성과 절대성을 강조하려는 기만적 수사학에 불과했던 것이다.

이와 같은 맥락에서 조동일은 전후 시인들 가운데 파멸시인이라고 지칭한 모더니즘시를 가장 신랄하게 비판했다. "파멸시인破滅詩人은 과거 어느 단계의 시인詩人보다도 시詩를 절대화시키고 신비화시키기 위해서 많은 이론을 동원하였다"는데, 이러한 시도는 현실과 무관한 언어의 세계를 절대적으로 합리화하기 위한 시적 전략에 다름 아니었기 때문이다.

> 파멸시인이 말하는 '현대적 불안'이란 대개의 경우 모든 것이 까닭도 없이, 목표도 없이, 무너져 내린다는 문자 그대로 파멸의 의식이다. 개인적으로 그들은 자살 직전의 상태에 놓여 있다. 그러나 다른 사람에게 호소하는 감상적인 행위인 자살을 간단히 택하기에는 그들의 심정은 너무나 까다롭게 얽혀있다. 자기의 자살 대신 '문명'의 자살, 혹은 '현대'의 자살을 시로서 나타냄으로써 '너 죽고 나 죽자'는 충동을 극대화시켰다. 현실에서는 몰락하는 것과 새로 대두하는 것이 있을 뿐이지 직전인 파멸은 있을 수 없다. 파멸시인은 새로운 대두를 시인하지 않으며 모든 걸 파멸로만 보는 역사적 허무에 가담한다. 역사적인 허무주의 이것이야말로 파멸시인의 시작을 이해하는 열쇠가 된다. (…중략…)
>
> 破滅詩人은 과거 어느 단계의 詩人보다도 詩를 절대화시키고 신비화시키기 위해서 많은 이론을 동원하였다. (…중략…) '詩는 純粹하다'는 이미 있어온 생각을 더욱 극단화시켰다. 단순히 詩作은 '가장 無害한 행위'이며 동기와

목적이 없는 '까닭없는 짓'이란 의식에서 한 걸음 더 나가 詩는 단순히 도피의 수단이 아니라 세계를 변혁시킬 힘이 있다는데 도달했다. 그러나 변혁이라는 것도 현실에 대한 것이 아니라 言語를 바꾸면 言語가 지칭하는 대상이 달라진다는 신념에 근거를 두고 오로지 言語 문제로 생각한 것이다.[22]

전후 현대시의 양상은 당대의 역사적 현실과는 무관한 자리에서 언어와 기법의 문제에만 탐닉하는 모더니즘의 세계로 침잠해 들어갔는데, 이것이 바로 조동일이 개념화한 "파멸"의 극단적 양상이다. 파멸시인의 등장은 현대사회의 성격과 밀접한 관계가 있다. 자본주의의 발전을 이룬 근대사회는 시인을 대량으로 생산했지만 시인으로 하여금 오히려 설자리를 잃게 함으로써 결국엔 시인의 사회적 소외를 초래했기 때문이다. 시인이 일방적으로 주장하는 순수 내지 시적인 자유와 시인의 사회적 소외라는 객관적인 상황 사이의 모순이 깊어지면서 시와 독자의 관계는 심각하게 단절되었을 뿐만 아니라 일차적 전달로서의 소통 구조마저 봉쇄되어 버리고 말았던 것이다. 그 결과 시는 독자에게 전달될 수 있는 최소한의 가능성마저 포기한 채 일상어와 다른 신비화된 시어의 유희에 몰두하게 된 것이다.

파멸시인은 시를 의미의 세계로부터 극단적으로 분리하거나 포기하는 언어의식을 지향했다. 언어로부터 현실적 의미를 제거함으로써 현실을 벗어난 언어에 도달하고자 했던 것이다. 하지만 언어에서 논리적인 의미를 제거하면 소위 '초현실'의 세계가 드러난다는 이들의 생각은, 초현실

---

22 조동일, 「시인의식론 9 - 파멸시인과 시의 위기」, 『청맥』, 1965.11, 179~180쪽.

의 세계가 현실의 우위에 있다는 수직적 위계의식을 전제하고 있었다. 다시 말해 언어의 파괴를 통해 '초현실'에 도달하려는 시적 발상과 태도가 현실에 대한 어떠한 직접적 발언보다도 높은 가치를 지녔다고 보는 편협성을 노골적으로 드러냈던 것이다. 뿐만 아니라 파멸시인은 그들의 시가 문명의 위기에 대응하는 비판정신을 내재하고 있다는 자부심을 드러냈다. 즉 그들은 현대를 '불안'의 시대로 규정함으로써 이러한 위기를 극복하는 문명비판의 태도를 선구적으로 형상화한다고 자부했던 것이다. 그러나 정작 그들이 말하는 '현대적 불안'이란 말 그대로 '파멸'의 의식에 다름 아니었다. 다시 말해 그들의 의식은 문명의 위기를 탈출하기 위한 새로운 지향성을 보여주었다기보다는, 역사적 허무주의에서 비롯된 자포자기의 심정을 토로하는 데 급급했다고 할 수 있는 것이다.

이런 점에서 조동일은 "파멸이냐 극복이냐"의 갈림길에서, 현실 속에서 자기를 발견하지 않는 시인의 싸움은 대중과의 연대가 성립되지 않는다는 점을 분명히 자각했던 김수영의 경우처럼, 무엇보다도 문학과 현실의 관계를 중시하는 리얼리즘론과 참여문학론을 더욱 실천적으로 모색하고자 했다. 다시 말해 시인으로서의 사회적 위치를 올바르게 인식함으로써 시인이 당대의 사회적 현실에 어떻게 대응할 것인가를 결정하는 뚜렷한 실천 의지를 지녀야 한다고 보았던 것이다.

시는 오로지 시일 뿐이고 다른 무엇에 의해서 변모되거나 발전될 수 없다는 오랫동안 되풀이되어 온 주장이 허위로 판명되었다. 민중의 힘이, 사회적 변동이 또는 역사 발전이 시의 개조를 요구한 것이다. 공상의 세계에서 현실의 세계로 자리를 바꾸도록 요구한 것이다. 이 요구는 시에 대한 부당한 간섭은 아니다. 시인들 역시 부당하게 받아들이지 않았다. 이러한 개조는 오히려 文學史의 발전이다. 비현실적인 言語遊戱가 시를 대변하는 것처럼 행세하는 시기가 있었다. 무리하게 요약하기는 힘들지만, 진취적인 기백이나 문화적 창의력을 잃은 지배층을 위해 시가 봉사할 때면 대개 그렇다. 李政權때도 그런 시기의 하나였다. 그러다가 숨어 있던 힘이 새롭게 역사의 전면으로 뛰쳐나오면 시는 필연적으로 달라진다. 생생한 감동을 가진 현실의 시로 되는 것이다. 이런 발전의 예는 문학사에서 무수히 지적할 수 있다. 李朝後期 平民文學의 대두, 서구에서 르네상스 문학의 성립, 中國의 五·四운동 또는 二次大戰 중 抗獨運動을 통해서 일어난 불란서 시의 혁신도 그 두드러진 예의 하나이다. 四·一九가 준 충격 역시 이런 각도에서 해석되어야 마땅할 것이다.[23]

순수문학론자들은 자신들이 '순수'를 내세우면서도 정작 그들의 문학관을 '순수=비현실'의 등식으로 규정하는 것에 대해서는 상당히 비판적이었다. 자신들의 '순수'를 현실과 무관하거나 동떨어진 논리라고 보는 시각은 잘못되었다는 것이다. 하지만 이러한 관점이야말로 기만과 허위의 수사적 태도를 드러낸 것이 아닐 수 없다. 정치권력의 하수인으로 문단권력을 행사해 온 문협정통파 출신이 대부분인 순수문학론자들이야말로 가장 정치적인 문학권력자들이었기 때문이다. 이들의 문학이 언어유희와 신비주의에 매몰될 수밖에 없었던 것은, 혼란과 격변의 역사적 현실을 의도적으로 외면함으로써 자신들의 삶을 역사와 현실의 위험으로부터 보

---

23 조동일, 「詩와 現實參與 – 參與派의 詩的可能性」, 『52인 신작시집』(현대한국문학전집 18), 신구문화사, 1967, 453쪽.

호하고자 했던 치밀한 계산의 결과였음에 틀림없다.[1]

이런 점에서 1960년대 순수문학론은 4월혁명 이후 확산된 현실참여의 정신과 사회적 실천의 분위기를 지나치게 의식한 데서 비롯된 추상적이고 허위적인 개념이었다고 할 수 있다. 조동일은 이와 같은 순수문학의 허위성을 넘어서기 위해서는 "민중의 힘이, 사회적 변동이 또는 역사 발전이 시의 개조를 요구한" 4월혁명의 시대정신을 특별히 주목해야 한다고 보았다. 4월혁명의 시대정신은 현대시의 방향을 "공상의 세계에서 현실의 세계로 자리를 바꾸도록 요구한 것"으로, 정치권력이라는 지배층에 봉사했던 문학으로서의 순수문학을 과감히 청산하고 역사와 현실의 전면에서 "생생한 감동을 가진 현실의 시"로 참여문학의 기치를 높여가야 한다는 것을 의미한다. 이러한 문제의식은 4월혁명의 시대정신으로 당대의 역사와 현실의 모순을 초극하는, 진정한 의미에서 현실 참여의 방향과 가능성을 찾고자 한 것으로 이해할 수 있다.

1960년대 한국문학비평사의 재정립

1960년대 한국문학비평은 전후비평을 타자화하는 세대론적 전략을 정립함으로써 새로운 제도권의 창출로 나아갔다. 특히 『창비』와 『문지』를 중심으로 형성된 한국문학의 새로운 비평적 지형은, 당시 정치적 이유

---

1   이러한 맥락에서 김우종은 순수문학론에 대해 다음과 같이 비판하기도 했다. "현실을 외면한 채 먼 산만 바라보고 있는 형국이면서도 정작 자신들의 문학은 결코 현실과 무관하지 않다고 궁색하게 변명하는 '순수'의 형상들, 문학의 목적성과 공리성을 일체 부인한다고 말하면서도 그 문학이 인간성을 옹호하고 있다고 선언하는, 그래서 앞의 말을 번복하는 이중 마스크의 형상을 하고서 진정한 의미에서의 '순수'를 주장하는 것은 심각한 자기모순이 아닐 수 없었던 것이다." 김우종, 「순수의 자기기만」, 『한양』, 1965.7, 204쪽.

로 심각한 탄압을 받았던 소수의 비평담론들을 의도적으로 배제하거나 소외시키는 결과를 묵인해 왔다고 해도 과언이 아니다. 그 결과 1960년대 문학비평에서 중요한 위치를 차지했던 『한양』과 『청맥』의 비평담론은 『창비』와 『문지』의 비평전략에 의해 철저하게 타자화되어 버리는 한국문학비평사의 심각한 공백과 단절을 초래하고 말았다. 이글은 이러한 문제의식에서 1960년대 한국문학비평사의 재정립을 목표로, 당대의 비평 가운데 지금까지 소외의 지점으로 남아 있는 『청맥』을 중심으로 조동일의 문학비평을 살펴본 것이다.

1960년대 한국문학비평사의 재정립은 무엇보다도 당시 평단에서 활발하게 활동했던 비평가들에 대한 개별 비평가론과, 1960년대 창간된 지식인 잡지와 동인지 등을 대상으로 한 매체 연구가 병행될 때 의미 있는 결과를 도출할 수 있다. 특히 1960년대 이후 더욱 노골화되었던 분단이데올로기의 희생물이 되어, 지금까지 한국문학사에서 사실상 잊혀져버린 진보적 매체를 발굴하고 조명하는 작업은 상당히 중요한 의미를 지닌다고 할 수 있다. 이글에서 조동일의 문학비평을 『청맥』이란 매체를 중심으로 논의한 이유도 바로 여기에 있다. 물론 특정 매체를 통한 비평사의 이해는 비평담론의 개별적 특수성보다는 집단적 보편성을 강조하는 것이란 점에서, 매체의 성격과 당대 비평의 성격을 지나치게 동일시하는 도식성을 드러낼 위험이 있음을 경계하지 않을 수 없다. 하지만 1960년대 비평의 경우 4월혁명과 5·16 등의 역사적 격변을 거치면서 개인보다는 집단의 목소리가 지식인 담론의 형태로 표출된 성격이 강하다는 점에서, 1960년대 비평과 매체의 관련성에 대한 이해는 당대의 비평적 지형을 꿰뚫어보는 가장 중요한 방법적 통로가 된다고 평가할 수 있다.

이러한 맥락에서 1960년대 조동일의 문학비평은 크게 세 가지 방향에서 구체화되었다. 첫째는 고전문학과 현대문학의 연속성이라는 일관된 관점에서 한국문학의 전통을 주체적으로 재구성하려는 시도였고, 둘째는 지배와 피지배의 계급의식의 변화를 중심으로 서민의식 혹은 민중의식의 성장이 한국적 리얼리즘의 형성과정을 이루었다는 점을 밝히고자 했고, 셋째는 1960년대 순수문학론과 모더니즘문학의 허위성을 비판함으로써 당대의 역사와 현실에 맞서는 현실참여문학의 가능성을 확산시키고자 하는 데 있었다. 이러한 세 가지 관점은 사실상 1960년대 현실주일 문학비평의 일반적인 주제인 동시에 보편적인 과제였다는 점에서, 특별히 조동일만의 비평적 개성이 발현된 것이라고 보기는 어렵다. 하지만 지금까지 전개된 1960년대 비평사 연구에서 조동일의 비평사적 위상이 제대로 자리매김 되지 못했다는 점에서, 고전문학 연구자가 아닌 현장비평가로서 1960년대 조동일의 문학 활동을 재발견하려는 시도는 그 자체로 의미 있는 작업이 아닐 수 없다.[2] 그의 비평은 1960년대 한국문학비평사를 재정립하는 데 있어서 상당히 중요한 위상과 의미를 지닌다고 평가할 수 있는 것이다.

---

2 조동일의 문학 활동은 스스로 밝혔듯이, "그림을 그리다가 문학으로 대신하고, 창작에서 비평으로, 비평에서 연구로" 이어져 오는 과정 위에 있었다. 실제로 그는 1955년 고등학교 1학년 때 교우지에 시「電柱」를 발표한 것을 시작으로 대학 재학 시절『비평작업』에 잠시「춤추는 의식」을 발표했고, 1958년 대학 1학년 때 서울대『대학신문』현상모집에 소설「산의 장송곡」이 당선되기도 했다. 또한 1963년 서울대 향토개척단의 '鄕土意識 招魂굿'에서 자신이 창작한「원귀 마당쇠」를 올리는 등 문학 장르 전반에서 폭넓은 활동을 했었다. 그는 대학에서 정년퇴임 이후 자신의 창작물 일부를 모아 창작집을 간행하기도 했다.『조동일 창작집』, 지식산업사, 2009.

지역을 통한 문학적 성찰과 비평적 소통의 가능성
김동윤의 비평 세계

지역 속에서 지역을 말하는 진정성

평론가 김동윤은 제주 사람이다. 제주에서 나고 자라고 대학을 나왔으며 지금은 제주대학교에서 연구하고 가르치는 교수이다. 학문적으로든 비평적으로든 무엇을 말하든 간에 오로지 제주를 말하고 제주를 통해서만 현실과 세계를 바라보고 이해하는 뼛속까지 제주 사람이다. 김동윤의 비평 세계를 이해하는 출발선에서 그의 저서 여섯 권을 통독하고 보니 이렇게까지 제주라는 지역을 일관되게 말하는 사람이 우리 문단에 또 있을까 싶을 정도로 그의 비평적 시선은 제주라는 지역 속에서 아주 확고하고 명료한 입장을 견지하고 있었다. 그런데 정작 이와 같은 일관된 비평적 시선은 그의 비평을 대상으로 평문을 써야 하는 저자에게는 상당히 부담스러운 결과로 다가오지 않을 수 없다. 저자에게 있어서 그가 말하는 '제주'는 지금까지 현실적인 혹은 역사적인 장소로서 의미화되었다기보다는 그저 육지에서 바라보는 이상적이고 환상적인 섬으로 수용되었을 뿐이므로, 그가 말하는 제주의 문학과 역사를 온전히 이해하는 것은 사실 저자에게 너무도 버거운 과제가 아닐 수 없기 때문이다. 그동안 저자 역시 문학과 역사의 관련성을 주목하면서 문학 작품을 읽고 평가하는 데 주력해왔지만, 제주의 역사와 문학에 대해서는 고작해야 단편적인 지식으로 접한 피상적인 이해가 전부였다. 따라서 제주의 역사를 형상화한 문학에 대한 근원적 애정으로 제주 지역문학을 평가해온 김동윤의 비평 세계를 이해하고 분석한다는 것은 저자에게 어불성설이 될 수밖에 없다. 다만 저자 역시 지역에서 터를 이루고 계속해서 살아왔다는 점에서, 그의 지역에 대한 이해를 보편적인 차원에서는 공감할 수 있지 않을까 하는 막연한 기대를 갖고 있을 따름이다.

김동윤의 지역에 대한 이해는 지역 속에서 지역을 말하는 것이란 점에서 그 누구의 지역 담론보다도 진정성이 돋보인다. 그의 지역 담론은 이론적 거점이나 생경한 논리의 차원에서 구축된 것이 결코 아니다. 그는 "지역문학운동은 생활문학운동이 되어야 한다"[3]는 점을 분명히 인식함으로써, 지역을 구체적 삶의 역사 안에서 사유하고 실천하는 장으로 수용한다. 즉 지역문학은 지역에 터를 잡고 살아가는 대중 혹은 민중들의 삶을 말하는 문학이 되어야 한다는 것이다. 이러한 판단에는 문학마저 특정 지식인의 전유물로 인식함으로써 지역 민중들의 구체적 삶을 형상화한 지역문학을 박제화시켜 버리거나 관념화시켜 버리는 왜곡된 지역 담론에 대한 철저한 비판이 내재되어 있다. 다시 말해 '문학은 작가와 독자의 대화'라는 기본적인 전제 위에서 성립되는 의미 있는 소통의 과정이어야 한다는 점에서 지역문학을 지역민들과 공유하는 공동체의 산물로 인식해야 한다고 보는 것이다.

이런 점에서 김동윤의 지역문학론은 "문학은 더 이상 권위를 내세워서는 안 된다"는 확고한 입장을 토대로 "대중 속의 생활문학"[4]을 지향한다.

3　김동윤, 「지역문학운동의 유효성과 방향」, 『소통을 꿈꾸는 말들』, 리토피아, 2010, 60쪽.
4　위의 글, 59쪽.

그래서 그는 "생활문학운동은 지역의 작가와 문학소비자이자 애호가인 지역시민이 서로 연대를 이루는 작업"이어야 하고, "지역문학의 현장을 답사하고 그 의미를 밝히는 일은 지역 문학의 장소성 회복과 더불어 지역의 가치에 대한 이해를 도모할 수 있는 좋은 방법"[5]이라고 말한다. 여기에서 그가 생각하는 지역문학론의 중요한 지점 한 가지를 발견할 수 있는데, 그것은 바로 '장소 상상력'이다. 그리고 이러한 장소 상상력에 대한 강조는 그 지역의 역사와 현실을 경험적으로 수용한 작가에게서 비로소 진정성 있는 결과를 가져올 수 있다는 조금은 완고한 입장으로 나아가고 있음을 확인할 수 있다.

지역문학은 지역의 정신을 갖고 있어야 확실한 의미가 있다. 지역의 정신을 제대로 갖기 위해서는 작가가 자신의 지역에 단단한 뿌리를 두고 있어야 한다. 그러므로 아무리 좋은 취지로 취재하고 공부하여 집필한다고 하더라도 다른 지역의 문제에 실감있게 다가서는 데는 한계가 많게 마련이다. 그것도 나름대로 충분히 가치 있는 작품이 될 수는 있지만, 적어도 지역문학으로서의 가치는 적을 수밖에 없다. 다른 지역의 역사와 현실은 논리적·이성적으로 이해할 수는 있어도 경험적·감성적으로 이해하기는 어렵기 때문이다. 경험적·감성적 이해가 충분히 수반되지 않는 문학으로 독자의 감동을 끌어오기가 과연 쉽겠는가. 따라서 지역의 경험을 예술적으로 승화하는 일은 해당 지역의 작가가 맡아야 하는 것이다. 지역의 작가들은 그런 숙명적인 과제를 안고 있다고 볼 수 있다.[6]

---

5   위의 글, 60쪽.
6   위의 글, 56쪽.

저자는 다른 글에서 지역에서 생산되는 작품들이 "지역문학으로서의 장소성의 확대와 심화를 보여주지 못한 채 엇비슷한 풍경의 재생산에 머무르는 장소상실의 한계"[7]를 여실히 드러낸다는 점을 비판한 바 있다. 같은 맥락에서 김동윤은 "지역문학은 지역의 정신을 갖고 있어야 확실한 의미가 있"고, 이러한 "지역의 정신을 제대로 갖기 위해서는 작가가 자신의 지역에 단단한 뿌리를 두고 있어야 한다"고 보았다. 그의 지역문학론은 지역을 보편적이고 추상적인 실체로 바라보는 일반적 태도와 인식에 기대지 않고 '제주'라는 지역의 구체성에 깊이 뿌리를 내리고자 하는 것이다. 다시 말해 그에게 지역은 곧 '제주'를 의미하는 것과 다름없다는 점에서, 그에게 지역문학론은 곧 '제주문학론'을 의미한다고 해도 결코 틀린 말이 아닐 것이다. 주목할 만한 그의 저서 『제주문학론』(제주대 출판부, 2008)의 첫머리가 지역문학과 제주문학의 통합적 이해에 초점을 두고 있는 것도 바로 이런 관점에서 비롯된 것임에 틀림없다.

김동윤의 지역문학론에서 주목해야 할 또 한 가지 관점은 "지역문학이야말로 통섭적이어야 한다"는 주장이다. 즉 "지역문학은 창작에서부터 연구와 비평 등에 이르기까지 인접 분야와 긴밀한 연관성을 지닌다"는 점에서 "문학의 고유성만을 강조한다든가 독자적 울타리만을 고수하려고 해서는 안" 되고, "횡적 네트워크의 구축과 활용이 아주 중요하다"[8]는 것이다. 따라서 그는 지역문학을 시민문화운동의 차원에서 접근하는 대중적 소통의 확장을 열어나가는 데 주력한다. 그는 "지역문학운동은 건전하고 역동적이며 민주적인 지역사회의 건설을 지향하는 비정부기구의 활

---

7   하상일, 「지역문학과 장소상상력」, 『생산과 소통의 시대를 위하여』, 신생, 2009, 18~19쪽.
8   김동윤, 앞의 글, 64쪽.

동과 긴밀한 연계를 가질 필요가 있"⁹다고 보는 것이다. 또한 각 권역별 지역 간의 연대와 네트워크 구축은 물론 오키나와나 대만 등 식민지의 참혹한 기억을 경험한 동아시아 섬 지역의 국제적 연대에도 깊은 관심을 표명한다. 이는 특정 지역의 테두리에 한정된 국부적인 논리의 차원을 넘어서 지역을 통해 국가를 그리고 나아가 세계를 보는 확장된 지역주의의 시선을 견지한 데서 비롯된 것이다. 결국 김동윤에게 지역은 곧 '제주'이면서, 그는 이 제주를 통해 국가를 나아가 동아시아를 사유하는 의미 있는 문학적 실천을 하고자 하는 것이다.

4·3의 진실에 대한 증언으로서의 제주문학사의 정립

김동윤에게 제주는 곧 4·3이기도 하다. 그는 4·3의 진실을 역사적으로 증언하는 과정을 통해 제주를 이해하고 제주의 문학을 통시적으로 조망한다. 이러한 그의 노력은 『4·3의 진실과 문학』(각, 2003), 『기억의 현장과 재현의 언어』(각, 2006)에서 이미 집대성되었고, 이를 토대로 제주문학사 정립의 예비적 단계인 『제주문학론』(제주대 출판부, 2008)으로까지 이어졌다. 이와 같이 그가 4·3을 중심으로 한 제주 문학에 대해 깊은 관심을 갖게 된 것은 "오키나와 문학사가 독립된 장으로 다루어진 일본문학사를 보여주면서 제주문학도 지역문학의 관점에서 정리·연구되어야"¹⁰ 한다고 강조했던 그의 스승 김영화의 영향이 큰 것으로 짐작된다. 즉 김영화의 『변방인의 세계-제주문학론』(제주대 출판부, 1998)의 연장선상에서 제주의 문학을 대상으로 제주의 문학과 역사를 통시적으로 정리하고 체계

---

9   위의 글, 65쪽.
10   김동윤, 「책머리에」, 『제주문학론』, 제주대 출판부, 2008, 3쪽.

화하려는 야심찬 기획을 학문과 비평을 통해 일관되게 실천하고 있는 것이다.

> 해방 직후에 벌어진 대규모 유혈사태인 '4·3'에 대해 그 논의가 활발히 이루어진 것은 그다지 오래된 일이 아니다. 1999년 12월 우여곡절 끝에 '제주4·3사건 진상규명 및 희생자 명예회복 등에 관한 특별법'이 제정되기에 이르렀지만, 불과 십수 년 전까지만 하더라도 진상규명을 요구하는 목소리조차 내기 어려웠다. 정치권력에 의한 금기의 영역이었기 때문이다. 그 강요된 금기의 벽을 깨뜨리는 데에는 문학의 역할이 매우 컸다. 4·3문학은 그만큼 중요한 의미를 갖는다.[11]

인용문에서 알 수 있듯이 '4·3'을 말하거나 그것을 제재로 문학작품을 창작하는 것은 '금기의 영역'이었다. 현기영의 「순이 삼촌」과 이산하의 「한라산」이 그 때의 일들을 소설과 시로 형상화한 것은 '4·3'의 진실을 찾아가는 의미 있는 실천이었다는 점에서 그 문학적 공적은 실로 크다. 그 결과 두 문인은 국가권력으로부터 모진 고문을 당했고, 감옥에서 젊은 날을 갇혀 살아야 하는 억울한 운명을 짊어지기도 했다. 이처럼 "그 강요된 금기의 벽을 깨뜨리는 데에는 문학의 역할이 매우 컸다"는 점에서, '4·3'을 증언한 '4·3문학'에 대한 연구와 비평은 제주문학 전체를 이해하는 가장 근원적이면서 실제적인 방법적 통로가 될 수밖에 없다. 따라서 그는 박화성의 「휴화산」, 현기영의 「순이 삼촌」, 「마지막 테우리」, 현길언

---

11   김동윤, 「4·3문학 반세기」, 『4·3의 진실과 문학』, 각, 2003, 11쪽.

의 「우리들의 조부님」 등 4·3을 다룬 소설을 중심으로 4·3문학 작품을 전체적으로 통독하고 각각의 작품에 대한 논문과 평론을 쓰는 일에 매진해 왔다. 또한 4·3문학의 앞뒤와 안팎을 이해하기 위해 해방 이전과 이후 제주에서 발간된 『신생』 등의 매체를 연구하고 한국전쟁기 제주문단에 대한 정리 작업을 하는 등 4·3을 정점으로 한 제주문학의 역사를 문학사의 흐름 속에서 이해하려는 지속적인 노력도 아끼지 않았다.

그는 우선 4·3문학의 흐름을 크게 세 단계로 나누고 각 시기별 주요 작품과 특징을 정리하는 문학사의 시대구분과 서술 체계를 정립하였다.

> 4·3문학의 흐름은 어떤 계기나 기점을 기준으로 세 단계로 구분된다. 그 계기나 기점이 되는 것은 「순이 삼촌」'과 '6월 항쟁'이다. 즉 4·3이 발발한 시점에서부터 1978년 현기영의 소설 「순이 삼촌」이 발표되기 전까지를 그 첫 번째 단계, 「순이 삼촌」이 발표된 시기부터 1987년 6월 항쟁이 일어나기 전까지를 그 두 번째 단계, 6월 항쟁 이후 현재까지를 그 세 번째 단계로 나눌 수 있다. 필자는 첫 번째 단계를 '피상적 접근 단계', 두 번째 단계를 '사태 비극성 드러내기 단계', 세 번째 단계를 '다양화·종합화 단계'로 각각 명명하였다.[12]

4·3문학의 역사를 이렇게 세 시기로 구분하는 것에 대한 정합성 여부는 솔직히 저자가 판단하기에는 역부족인 사항이다. 또한 각 시기별 특징을 명명한 시대구분 용어의 문제도 저자로서는 사실 어떤 입장도 표명할 준비가 되어 있지 못하다. 그래서 전적으로 그의 입장을 따라가면서 저자

---

12 위의 글, 12쪽.

역시 4·3문학의 흐름을 정리하고 공부하는 위치에 있을 따름이다. 다만 4·3문학을 정리하고 체계화하는 그의 지속적인 노력이 거의 혼자만의 작업으로 이루어지고 있는 어려움 탓인지, 그의 글 대부분이 작품에 내재된 문학적 측면에 대한 정교한 분석보다는 작품 속 사건에 대한 역사적 이해나 실증적 고찰에 집중하는 측면이 있어서 다소 아쉬움 남는다. 그리고 4·3문학의 체계화라는 큰 작업을 수행함에 있어서 특정 작품과 작가에 한정된 논의를 크게 벗어나지 못함으로써, 주제론이나 작품론의 측면에서 4·3문학의 외연을 좀 더 넓혀 나갈 수는 없을까 하는 생각이 들기도 한다. 그의 논의 대부분은 4·3문학 작품을 수집 정리하고 목록화하여 이를 개괄적으로 소개하는 식의 서술로 전개되고 있다. 이는 4·3문학의 통시적 흐름을 조망하는 부득이한 서술 방법이라는 점은 충분히 인정하지만, 이제 4·3문학에 대한 연구와 비평 역시 그 깊이와 넓이에 대해 좀 더 구체적이고 새로운 방향성을 가질 필요가 있지 않을까 하는 조심스런 생각을 갖지 않을 수 없다. 사실 그의 제주 관련 세 권의 저서 안에는 그 때그때의 잡지 청탁과 4·3 관련 주요 행사를 준비하는 과정에서 4·3문학을 개괄적으로 소개하거나 그 의의를 요약적으로 정리한 글이 상당히 많다. 그러다보니 전체적으로 같은 대상과 문제의식을 반복해서 말하는 경우가 두드러져서 각각의 저서를 단독적으로 읽을 때나 외지인들에게 4·3문학을 알리는 데는 더 없이 중요한 글이 되겠지만, 그의 저서 모두를 비교 검토하는 과정에서 살펴본다면 상당히 아쉬움이 남는다. 진정 4·3 문학 연구와 제주문학 연구가 그의 몫이고 그만이 가장 잘 할 수 있는 분야라고 한다면, 그의 연구가 제주문학을 망라하는 자료의 수집과 정리의 토대 위에서 좀 더 다양한 방법과 주제로 변주되고 심화되기를 기대한다.

앞서 말했듯이 김동윤에게 4·3문학에 대한 집중적인 연구는 제주문학사의 위상과 체계를 올바르게 정립하는 가장 근원적인 토대를 마련하려는 것이다. 즉 그는 4·3의 진실에 대한 증언으로서의 제주문학사의 정립을 궁극적 연구목표로 삼고 있다. 또한 그의 제주문학사 연구는 앞서 논의한 것처럼 지역에서 지역을 말하는 의미 있는 전략의 산물이기도 하다. 다시 말해 지역문학사 서술의 필요성과 그가 터를 이루고 살아온 제주문학사의 체계를 세우는 일은 동일선상에서 이루어져야 하고, 이러한 실천적 기획은 한국문학사의 빈틈을 메워나가는 데 있어서도 중요한 문제의식을 보여주는 것이란 점에서 그 의의는 상당히 크다고 할 수 있다.

문학사는 어떤가. 과연 서울을 제외한 지역의 문학사가 한국문학사에 어느 정도 반영되어 있는가. 지역문학이 서술 대상이 되고 있기는 한가. 그 물음에 대한 대답은 지극히 회의적이지 않을 수 없다. 개별 지역의 문학들이 각기 특수한 여건과 전통 속에서 형성되고 전개되어 왔는데도 그런 점이 거의 무시되어 온 게 사실이다. 말하자면 한국문학사가 온전하게 서술되지 않은 점이 있다는 것이다. 따라서 한국 근대문학사 서술의 문제점에 대한 극복 방안으로 지역문학사 서술의 필요성이 제기되는 것은 당연하다고 본다.[13]

저자 역시 지금까지 한국문학사가 특정 인맥과 특정 지역의 테두리 안에서 상당히 많은 편견과 소외를 조장해왔다는 사실에 대해서 신랄하게 비판해왔다. 특히 서울이라는 중앙중심적 폐쇄 구조가 지역의 문학을 홀

---

13 김동윤, 「20세기 제주문학사 서설」, 『제주문학론』, 제주대 출판부, 2008, 129쪽.

대하고 지역의 역사와 문화를 끊임없이 주변부로 내몰았다는 점에 대해서는 더욱 분명한 문제제기와 시정을 요구할 필요가 있다고 생각한다. 하지만 이러한 비판의 목소리는 결국 소외된 자의 넋두리 정도로 전락하고 마는 것이 지금 우리 한국문학 혹은 한국 문단의 모순적 현실임을 직시해야 할 것이다. 따라서 모순으로 가득 찬 타락한 중심을 향한 저항의 방식은 조금 더 정교하고 체계적일 필요가 있다. 김동윤의 구상대로 각 지역별로 온전한 지역문학사를 복원하고 재정립하려는 시도가 아주 특별한 의의를 갖는 이유도 바로 여기에 있다. 즉 지역을 바라보고 이해하고 수용해달라고 맹목적으로 요구하며 맞서기 이전에 지역 스스로가 지역의 역사와 문화 전반을 체계적으로 정리하고 그 역사적 흐름을 바로 잡음으로써 중앙 중심의 사적 체계가 지닌 자기모순에 균열을 내는 적극적인 의식과 태도가 요구되는 것이다. 이런 점에서 저자는 김동윤의 작업, 즉『신생』이라는 매체를 중심으로 해방 직후의 제주문학을 실증적으로 규명하고, 한국전쟁기를 거치면서 제주에 체류한 문인들의 활동 양상과 당시 발간된『신문화』,『흑산호』등의 매체를 통해 한국전쟁기 제주 문단과 문학을 분석하며, 또 전란 후의 제주문학을 여러 매체에 대한 실증적 고찰을 통해 성실히 복원해낸 것은, 단지 제주의 역사와 문화를 되살려낸 차원을 넘어서 한국의 역사와 문화가 의도적으로 배제하거나 소외시킨 부분을 올곧게 복원해낸 것이란 점에서 상당히 중요한 의미를 지닌다고 생각한다. 그리고 그의 제주문학론은 이제 주제를 조금씩 넓혀 나가 외지 작가들의 제주 체험, 제주의 설화가 문학작품 속에 끼친 영향, 그리고 수난 여성의 대표적 표상으로서의 제주 여성의 삶과 문학적 형상화 등으로 확장되고 있어 앞으로 그 결과를 더욱 기대하게 한다.

김동윤은 제주문학사의 연구 여건과 관련해서 몇 가지 문제점을 제기하고 있는데 이는 지역문학사 전체가 안고 있는 당면 과제라는 점에서 머리를 맞대고 함께 고민해야 할 부분이다. 첫째는 식민지 시기와 해방 직후의 문학 활동에 관한 자료에 대한 체계적 정리와 보존의 문제이고, 둘째는 이러한 문화콘텐츠를 효율적으로 관리하고 교육의 장으로 이끌어내는 지역문학관과 같은 공공 센터의 건립에 관한 것이고, 셋째는 지역의 역사와 문화를 정리하고 연구하는 연구 기반으로서의 연구소의 설립 등 제반 제도적 여건 마련이다. 이러한 문제는 사실 중앙 기관에서는 절대 관심을 둘 사항이 아니므로 각 지역 자치단체가 적극적으로 나서서 해결해야 할 과제들이다. 지역 스스로가 오히려 지역을 더욱 소외시키고 서울을 벤치마킹하려는 추상적 보편주의에 길들여져 가는 요즘 현실을 돌아볼 때 김동윤의 문제제기는 근본적이면서도 실제적인 구체성을 가진 대안으로 다가온다. 그는 "지역문학 연구는 각 지역에 삶의 뿌리를 둔 문학 연구자들이 중심이 되는 것이 바람직하다"[14]는 완고한 입장을 견지해왔다. 그의 주장대로 지금 지역은 스스로가 지역의 현안을 해결하는 주체로 거듭나는 전향적인 자세를 확립할 필요가 있다.

문학의 소통에 대한 열망과 대중문학에 대한 편견의 극복

최근 들어 소위 '소통'이라는 화두가 우리 사회의 중요한 키워드가 되었다. 그만큼 지금 우리가 불통의 현실을 살아가고 있음을 반증하는 것인데, 문학판의 경우도 예외가 아닌 것이 시인과 작가 스스로는 현실의 모

---

14   김동윤, 「제주문학 연구의 현황과 과제」, 『제주문학론』, 제주대 출판부, 2008, 85쪽.

순에 직접 참여하는 소통의 삶을 지향하면서도 정작 자신의 문학적 방향성은 소통의 지점을 비껴가는 난해한 방식을 취하는 양면적 태도를 보여주고 있는 것이다. 이러한 소통 불능의 문학적 현상이 만연한 데는 비평이 제 역할과 책무를 다하지 못한 것이 가장 커다란 원인이 되었다. 따라서 비평가의 한 사람인 저자 스스로도 이 문제에 대해 깊이 성찰하지 않을 수 없다. 같은 맥락에서 김동윤은 "비평이 문학사회의 불통을 한껏 조장해 왔고 지금도 그러한 것은 아닐까요? 쓸데없이 난해함으로 끌고 가거나 작품의 해석을 더욱 꼬이게 함으로써 독자에게는 미로로 몰아넣는 길라잡이요, 작가에게는 '소꼬리에 귀찮게 달라붙는 파리'(체호프)로 비춰지기를 자처하고 있는 것은 아닐까요?"[15]라고 하는 지독한 냉소를 퍼붓는다. 매혹과 비판 혹은 해석과 판단이라는 비평의 본래적 영역을 망각하고 이론의 과잉, 지식의 나열에 급급한 지적 허위로서의 비평의 모순을 냉정하게 비판한 것이란 점에서 사실상 반론의 여지는 전혀 없다. 따라서 그는 지금 비평에서 가장 중요한 것은 그 무엇보다도 독자와의 소통을 지향하는 방법과 태도를 갖추어야 한다는 점을 강조하고 있다.

문학사회에서도 소통 문제가 심각한 것 같습니다. 소통의 수단이나 매체는 크게 늘어났는데도 작가와 독자의 대화는 되레 순조롭지 못합니다. 작가는 작가대로 독자의 수준을 탓하고, 독자는 독자대로 작가의 태도를 탓하면서, 작품의 식탁을 둘러싼 정겨운 대화나 애정 어린 토론은 많이 잦아들었습니다. 어쩌면 문학도 '그들만의 리그'이거나 일부 마니아의 전유물인 것처럼

---

15 김동윤, 「책머리에」, 『소통을 꿈꾸는 말들』, 리토피아, 2010, 5쪽.

인식되고 있는지도 모를 일입니다. (…중략…)

우리가 맞닥뜨린 현실에서 비평행위는 문학사회의 원활한 소통을 도모하는 작업을 지향해야 한다고 믿습니다. 그래서 저는 편안한 마음으로 쉽게 읽을 수 있도록 쓰기, 작품 속에서 작가의 의도를 최대한 간파하면서 작가 / 독자와 대화하기, 인생의 고민과 사회의 현안에 연계시키면서 이야기하기 등과 같은 나름의 원칙을 갖고 비평을 쓰려고 노력합니다. 작가와 독자의 자연스러운 대화마당을 마련해주면서 저는 작가와 토론하고 독자와 담화하려고 합니다.[16]

"비평행위는 문학사회의 원활한 소통을 도모하는 작업을 지향해야 한다"는 말에서 김동윤의 비평이 지향하는 방향성을 뚜렷이 알 수 있다. 그에게 있어서 문학은 사람과 사람이 만나는 의미 있는 방식이고, 세상과 소통하는, 즉 세상을 바라보고 점검하고 비판하고 조정하는, 그래서 철저하게 현실과 대화하는 방식이 바로 문학이라고 인식하는 것이다. 따라서 그는 비평이 이와 같은 소통과 대화의 창구 역할을 담당해야 한다는 점에서 자신의 비평이 "작가와 독자의 자연스러운 대화마당을 마련해주"는 최소한의 역할을 할 것을 다짐한다. 사실 이러한 그의 비평적 입장은 특별히 새로운 것이거나 그만의 독창적인 관점이라고 할 수는 없다. 그가 말한 비평의 방향성은 우리가 익히 알고 있는 비평의 본질적 기능임에 틀림없기 때문이다. 그럼에도 불구하고 지금 우리 비평의 모습은 과연 어떠한가? '작가와 독자의 대화적 공간'이 비평의 자리 안에 도대

---

16   위의 글, 5~6쪽.

체 어느 정도 마련되어 있다고 자신할 수 있겠는가? 오로지 비평가의 지적 체계와 관심으로 포장된 허위적 욕망만이 가득한 것이 비평의 현재가 아닌지 정직하게 묻지 않을 수 없다. 결국 더 이상 비평은 일반 독자를 위한 것이 될 수 없고, 전문 독자인 비평가 스스로도 그 지적 체계 위에 올라서지 못한다면 이해할 수 없는 생경한 지식의 각축장으로 전락하고 말았다. 그 결과 지금 우리는 '비평가도 안 읽는 비평'이라는 지독한 냉소와 비판을 혹독하게 견디지 않을 수 없는 비평의 위기 상황에 빠져버리고 만 것이다.

그의 평론집 『소통을 꿈꾸는 말들』은 이러한 비평적 문제의식을 실천적으로 보여준 저서이다. 학문의 출발점에서 그가 천착해왔던 신문소설의 최근 모습을 점검하는 것이라든가, 지역문학의 현재와 미래에 대한 유효성과 방향성을 제시하는 것에는, 이미 그가 일관되게 주장해온 자신이 발 딛고 서 있는 현장에 대한 관심과 대중과의 소통을 지향하는 문제의식이 오롯이 담겨 있다. 대체로 그의 비평적 시선은 작품 속에서 역사를 읽어내거나 혹은 현실과 사회의 모순에 대한 비판적 목소리를 담고 있다. 그러므로 제주 4·3문학을 연구한 전문가의 한 사람으로서 한국 소설과 역사의 관계에 대해 특별히 관심을 갖는 것은 너무도 당연한 결과가 아닐 수 없다. 그리고 이러한 비평적 태도는 '제주'라는 지역성에 근원적 뿌리를 두고 전개된다는 점에서 구체적이고 실제적이기도 하다. 그의 비평에서 생경한 이론의 추상성이나 지식인의 허위적 포즈를 전혀 발견할 수 없는 것은 바로 이 때문이다. 그가 말한 대로 "저는 편안한 마음으로 쉽게 읽을 수 있도록 쓰기, 작품 속에서 작가의 의도를 최대한 간파하면서 작가 / 독자와 대화하기, 인생의 고민과 사회의 현안에 연계시키면서 이야기하기"를 조용히 실천하는 비평 작업을 수행하고 있는 것이다.

마지막으로 그의 대중소설에 대한 관심에 대해 소략하게나마 논의해야 할 듯하다. 아마도 그의 대중문학 연구는 문학의 탈권위를 지향한 데서 비롯된 당연한 관심으로, 대중적 관심과 평가의 확대가 무조건적으로 통속적으로 폄하되는 한국문학의 보수주의를 냉정하게 점검한 선구적인 작업이 아닐까 싶다. 또한 이러한 연구방향은 문학에서 가장 중요한 부분이 독자와의 소통이라는 점을 특별히 주목하려는 것으로, 대중문학이 작품성 여부에 대한 판단은 일단 접어두고라도 충분히 의미 있는 논의의 대상이 되어야 한다는 아주 완고한 입장을 표명한 것이다.

통속적인 측면이 있는 작품이라고 해서 무조건 몰아붙여 저질로 취급해서는 안 된다. 대중문학의 통속성은 단지 진지한 것의 결여 상태로만 보기에는 너무나 뚜렷한 독자적인 미학을 갖고 있을 뿐만 아니라, 대중문학에서 적극적으로 추구하는 중요한 지향점 중의 하나이기 때문이다. 통속성에도 엄연히 질이 있고 편차가 있다. 긍정적인 통속성과 부정적인 통속성은 구별되어야 한다. 비평가들은 바로 이런 점에 관심을 두어야 한다. 모든 예술이 그렇듯이 문학은 진정성(진지성)만으로 이루어지는 예술이 아니라, 그 다른 편에는 통속성이 있는 것이다. 그것들을 병행해나가는 가운데 접합점을 도출해보려는 노력이 필요하다. 많은 비평가들이 대중문학을 기존의 순수 예술 지상주의적인 관점으로만 보기 때문에 늘 성에 차지 않는 것이다.[1]

---

1   김동윤, 「문학의 권위와 위기 그리고 대중문학 현상」, 『우리 소설의 통속성과 진지성』, 리토피아, 2004, 284~285쪽.

인용문에서 알 수 있듯이 김동윤은 통속성 자체를 절대적으로 옹호하지는 않는다. 오히려 문제는 그 반대의 경우처럼 통속성 자체를 무조건 부정하거나 비판하는 우리 문학계의 일반적인 인식과 태도이다. 그래서 한국문학사가 대중소설을 연구나 비평의 대상으로조차 삼지 않으려는 보수주의적 태도로 일관해 왔고, 지금도 그 완고함을 일정하게 유지하고 있는 것이다. 따라서 그가 말하고자 하는 바는 이제 대중문학도 연구와 비평의 대상으로 끌어와서 작품의 미학적 특성을 규명하고 통속성의 질적 차이를 해명함으로써 작품의 공과를 엄밀하게 따지는 적극적인 노력을 기울여야 한다는 것이다. 그의 말대로 모든 문학 작품은 진지성과 통속성을 아울러 가지고 있다. 양자는 우열의 문제로 접근할 사항이 아니라 그 어느 것이든 간에 작품 안에서 얼마나 미학적으로 혹은 주제적으로 잘 구현되었는가의 문제로 판단해야 한다. 독자의 측면에서 봤을 때도 단순히 독자들이 많이 읽은 작품이라는 출판계의 상황에서 비롯된 선입견에 사로잡힐 것이 아니라, 그렇다면 이 작품이 어떤 점에서 독자들로부터 사랑받을 수 있었는가에 대한 객관적인 분석과 점검이 요구되는 것이다. 대중문학의 작품성 여부에 대한 최종 판단은 바로 이러한 과정을 거친 뒤에 내릴 수 있는 문제이지 무조건적인 선입견에 이끌려 통속성 자체를 획일적으로 부정하는 태도로 일관해서는 안 된다는 것이다.

그의 박사논문을 저서로 출판한 『신문소설의 재조명』(예림기획, 2001)은 문화론적 측면에서 1950년대 신문소설의 통속성이 지닌 사회문화적 의미를 집중적으로 연구한 결과란 점에서 상당히 주목된다. 여기에서 그는 통속성의 미학적 의미를 이론적으로 점검하고 체계화함으로써 대중소설 연구의 바람직한 방향과 의의를 충실히 제시하였다. 문학 역시 시대의 문화적 산물 가운데 하나이고, 그 어떤 매체보다도 대중들의 관심과 사랑을 받아온 매개체이다. 따라서 우리는 문학작품을 통해 그 시대를 살았던 사람들의 삶과 문화를 이해할 수 있다. 아마도 대중문학의 통속성은 이러한 시대의식과 문화적 특징을 가장 직접적으로 그리고 설득력 있게 반영하는 것이 아닐까 싶다. 이런 점에서 그는 건강한 통속성은 진정으로 대중과 소통하는 문학의 가능성이 될 수도 있다는 점에서, 대중문학의 통속성 자체를 무조건적으로 부정하거나 폄하하는 태도는 결코 받아들일 수 없음을 분명히 하였다. 그의 학문적 관심이 1950년대 신문소설을 중심으로 한 대중소설 혹은 대중문학을 지향했던 이유도 바로 이러한 문제의식에서 그 이유를 찾아야 하지 않을까 싶다.

김동윤 지금 제주라는 지역을 통해 문학과 역사를 사유하고 실천하면서 지역과 중심의 경계를 넘어서는 한국문학의 진정한 소통을 열망한다. 여전히 한국문학에서 중심의 권위와 모순은 너무도 견고해서 지역적 사유와 실천은 언제나 힘겨운 과정을 동반하지 않을 수 없다. 지역의 문제를 토대로 한국문학을 바라보는 같은 입장에서 저자는 김동윤의 비평적 실천으로 스스로를 성찰하는 바가 크다. 앞으로 그의 비평이 지역을 통한 문학적 성찰과 비평적 소통의 가능성을 찾는 의미 있는 진보로 나아가길 진심으로 기대한다.

'비평의 위기'를 넘어서는
비평적 실천의 가능성 찾기
비평공동체 '해석과 판단'에 대한 생각

'해석과 판단'의 결성 과정과 의미

부산 지역을 중심으로 활동하는 비평공동체 '해석과 판단'(이하 '해판')의 공동비평집 『공존과 충돌 – 적을 향한 상상들』(산지니, 2012)이 출간되었다. 2007년 2월 발간된 『2000년대 한국문학의 징후들』 이후 『문학과 문화, 디지털을 만나다』, 『지역이라는 아포리아』, 『일곱 개의 단어로 만든 비평』, 『비평의 윤리, 윤리의 비평』을 거쳐 이번 호까지 6집에 이르렀다. '해판'은 서울 중심의 비평적 지형과 특정 대학의 울타리를 넘어서 그리고 특정 매체를 중심으로 관리되고 통제되는 한국문학비평의 권력화를 비판적으로 성찰하는 토대 위에서 의욕적으로 출발했다. 사실 지금 한국문학에서 매체 바깥의 비평공동체가 자율적이고 객관적인 담론의 장을 열어간다는 것은 그 자체가 희귀한 일이 아닐 수 없다. 모든 문학장場이 매체를 중심으로 한 권력의 자장 안에서 주문, 생산, 포장, 소비되는 자본주의 시스템이 한국문학의 중심부를 작동시키고 있기 때문이다. 그럼에도 불구하고 서울도 아닌 지역에서 이러한 완고한 시스템에 맞서 자율적인 비평 담론을 생산하고자 노력하는 '해판'의 비평 정신은 현단계 한국문학의 모순을 가로지르는 중요한 문제의식을 보여준다.

사실 '해판'의 지난 과정을 정리하고 평가하면서 비판적 제언을 해달라는 청탁을 받고서 저자는 잠시 망설이지 않을 수 없었다. 비록 지금은 '해판'과 전혀 무관한 위치에 있지만, 2006년 모임의 결성에서부터 비평집 창간의 전 과정을 주도했던 장본인으로서 아직은 객관적인 거리를 확보하고 있다고 볼 수는 없기 때문이다. 또한 지난 '해판'의 활동 안에 적어도 2년은 저자가 포함된 시기라는 점에서 비판적인 제언을 한다는 것도 사실상 불가능하다는 판단에서였다. 그럼에도 불구하고 저자가 이를 수용하고 이 글을 쓰게 된 것은 어쩌면 지금 '해판'은 처음으로 돌아가 다시 '비평의 위기'를 생각해야 하지 않을까 하는, 즉 '비평의 위기'가 문학의 위기를 불러오는 가장 큰 요인이라는 뼈아픈 성찰 위에서 비평의 올바른 위상과 실천의 가능성을 찾으려 했던 결성 당시의 비평 정신을 새롭게 호출할 필요는 없을까 하는 생각이 들어서였다. 그동안 '해판'이 구축한 여섯 권의 공동비평집에 담긴 내재적 의미를 분석하고 평가하는 객관적인 비평 작업이 있기 이전에, '해판'의 결성 과정과 의미에 대한 외적 정리를 하는 것도 필요한 작업이 아닐까 싶었던 것이다. 그러므로 이 글은 이러한 소박한 생각을 전달하는, 즉 '해판'의 출현이 왜 필요했으며 무엇을 향해 나아가려 했는지에 대한 처음의 생각을 정리하는 데 치중할 것이다. 물론 이것은 직접적으로는 '해판'의 구성원들에게 하는 말이겠지만, 한편으로는 우리 비평의 현재에 대한 냉정한 성찰의 의미도 아울러 지닐 수 있기를 기대한다. '비평의 위기'를 넘어서는 비평적 실천의 가능성 찾기는 '해판'의 문제의식인 동시에 지금 우리 비평이 당면한 본질적 과제임에 틀림없기 때문이다.

　2006년 저자가 편집위원으로 있었던 『오늘의 문예비평』(이하 『오문비』)

은 2007년 봄호(통권 64호)를 혁신호로 준비하면서 새로운 출발을 모색하였다.『오문비』창간 동인이었던 남송우, 황국명, 구모룡, 이상금 등 1세대와 김경복, 박훈하, 김용규 등 2세대가 편집 일선에서 물러나고, 저자와 허정, 김경연 등의 3세대가 전면에 나서 매체의 새로운 방향을 제시하고자했던 것이다. 지역에서 전국 유일의 비평전문지를 창간한 것도 아주 특별한 일이었거니와 자연스럽게 세대교체를 이루며 창간 20주년을 바라본다는 사실은 그 자체로 의미 있는 변화의 과정을 보여준 것이 아닐 수 없었다. 이 속에서 저자는『오문비』3세대의 변화와 혁신에서 매체의 환골탈태만큼이나 중요한 것이 비평의 세대적 연속성을 위한 제도적 장치를 마련하는 것이라고 생각했다. 서울 중심의 한국문단 구조 내에서 등단이라는 편협한 제도에 기대어 비평가의 출현을 기다리고만 있을 것이 아니라, 지역 내에서 스스로 비평을 공부하는 모임을 활성화시키는 공동체의 장을 열어내는 것이 중요하다고 판단했던 것이다. 이러한 공동체의 활성화속에서 자연스럽게 비평가의 양성이라는 문제도 해결될 수 있다고 판단했던 것이다. 그래서 저자는 당시 부산 경남을 중심으로 활동하는 문학 전공자들 가운데 비평에 관심을 갖고 공부하는 후속 세대들을 각 대학마다수소문하여 매체 바깥에 '해판'이라는 비평공동체를 조직했다. 이 과정에서 '해판'이 비평전문지인『오문비』와 아주 특별한 연대를 할 필요가 있다고는 생각했지만, 자칫『오문비』라는 매체의 하부 구조가 되는 결과가 되어서는 안 된다는 점을 분명히 인식했음을 밝혀둔다. 물론 결과적으로는 '해판'에서 활동하면서 비평가로 출발한 상당수가 지금『오문비』의 편집위원이 되었다는 점에서 둘 사이의 관련성 자체를 전적으로 부인하기는 어려울 듯하다. 다만『오문비』가 비평신인상과 같은 등단 제도를 시행하지 않으면서도 '해판'의 신예비평가들에게 비평적 소통의 장을 열어줄 수 있었다는 점에서, 『오문비』와 '해판'의 연대는 지역 비평의 혁신과 변화 그리고 세대적 연속성을 이어나가는 데 있어서 상당히 의미 있는 시도였다고 평가하고 싶다.[2] 그 결과 지금 부산의 비평은 굳이 세대적 연속성을 걱정하지 않아도 될 만큼 비평가들의 양적 성장을 이루었다. 하지만 비평가들의 양적 성장이 비평의 질적 성장을 온전히 보장해주지 않는 것은 자명한 사실이다. 오히려 이러한 결과가 스스로 '비평의 위기'를 가속화시키는 결과로 환원될 수 있다는 점을 직시해야 한다. 이 글에서 저자는 '해판'을 통해 무엇보다도 이러한 자기모순의 지점을 정직하게 들여다보고자 했다. 여전히 '비평가도 안 읽는 비평'이라는 냉소가 가득한 현실에서 '해판'의 비평적 지향이 옥상옥屋上屋의 자리가 되어서는 결코 안 되기 때문이다.

'지역'과 '공동체'의 비평적 실천

지역 혹은 지역성의 문제는 우리 사회의 중요한 쟁점과 화두가 되어 왔다. 전 국민적 힘의 결집과 공감대의 확산을 토대로 정치권으로부터 제도화된 지방자치의 실현이 전시 행정의 차원을 넘어서지 못하고 중앙과 지역의 이분법을 가중시킴으로써 진정한 의미에서 지역의 혁신과 변화를 가져오는 좋은 제도로 정착하지는 못했기 때문이다. 여전히 자본과 권력의 중심은 대부분 중앙에 집중되어 있으므로 중앙의 계획과 통제 아래에서 지역의 정책이나 사회문화적 활동이 좌지우지되는 것이 엄연한 현실이다. 이러한 근본적 모순과 한계 속에서 지역문학을 둘러싼 위기론과 혁

---

2   저자는 『시인수첩』 2012년 겨울호 좌담 「문학제도를 다시 묻는다」(구모룡·임동확·하상일)에서 '해석과 판단'에 대한 이러한 생각을 이미 밝힌 바 있다.

신론 역시 언제나 추상적 당위성만을 제시하는 답보상태에 머무르고 있는 것이 사실이다. '해판'의 출발은 이와 같은 '지역'의 위기론과 혁신론을 어떻게 사유하고 실천할 것인가를 고민하는 데서부터 시작되었다. '지역'을 중앙의 종속적 개념이 아닌 '주체성'의 관점에서 새롭게 인식함으로써 지역문학의 방향성을 올바르게 구현하려는 데 작은 목표가 있었던 것이다. 하지만 처음부터 이러한 문제의식이 난관에 빠질 수밖에 없었던 것이 '자율성', '독자성', '독립성'과 같은 '주체'의 표명이 오히려 지역을 고립화시키거나 스스로 이분법에 갇히게 만드는 결과를 초래할 위험성이 있다는 점 때문이었다. 중앙과 지역의 이분법적 경계를 넘어서 분할이나 대결의 '차이성'이 아닌 '보편성'의 관점에서 '지역'을 비판적으로 인식하는 전향적인 태도가 필요한 것은 아닐까 하는 딜레마에 봉착하고 만 것이다. 다시 말해 진정한 의미에서 '지역'의 실현은 중심과 주변 혹은 안과 밖으로 제도화된 경계와 구분을 넘어서 중심(안)을 해체하고 주변(밖)을 다각화하는 새로운 전략이 요구된다고 보았던 것이다. 결국 이러한 딜레마를 좀 더 명확히 해소하지 않고서 '지역'의 문제를 직접적으로 담론화하는 것은 무의미하다고 판단했다. 당위적 이론과 구체적 현실 사이의 괴리를 논리적으로 해명한다고는 하지만 항상 그 결론은 당위론의 한계를 넘어서지 못한 채 절충론에 자족할 수밖에 없기 때문이다. 그렇다면 우선 지역의 문제를 잠시 접어두고 중심의 해체로부터 시작하여 거기서부터 지역의 문제를 거꾸로 사유하는 방식을 찾는 것은 어떨까 하는 생각이 들었다. 『2000년대 한국문학의 징후들』과 『문학과 문화, 디지털을 만나다』는 이와 같은 문제의식으로 한국문학의 중심부에서 일어나는 변화의 징후들을 포착하고 이를 비판적으로 살펴보려는 의도의 결과물이었다.

'해판'이 '지역'의 문제를 본격적으로 담론화한 것은 『지역이라는 아포리아』에서부터이다. "다시 비평의 원점을 더듬으며 찾게 된 것은 지역 인문학 연구자들에게 '지역'이라는 조건이 갖는 함의와 그 실체에 대한 물음이었다"[3]라는 고백은 중심부의 이데올로기를 통과한 자가 맞닥뜨릴 수밖에 없는 가장 본질적인 '정체성' 찾기의 과정이었을 것이다.

> '지역'에 대해서 말하는 것이야말로 지역 연구자가 반드시 해야 하는 일이라는 각성과 함께, 우리가 아니면 '아무도' 그것을 하지 않으리라는 일종의 오만으로 작업을 시작했다. 이러한 선택은 우리가 가장 잘 할 수 있는 일일 것이라는 판단에서 촉발된 것이기도 하다. 그러나 우리는 작업을 하면서 그러한 생각이 큰 오산이었음을 뼈저리게 느꼈다. 중심으로부터 떨어진 공간에 살고 있다는 것이 중심이 행사하는 힘의 양상을 실체적으로 인지할 수 있을 뿐만 아니라 그러한 힘이 발현되는 장(場)인 '지역'에 대해 조금 더 정확하게 파악할 수 있는 조건이 되는 것은 분명하지만, 그러한 인정은 지역에 거주함으로써 받는 혜택에 대한 것까지 동시에 진술해야 하는 입장에 처하게 된다는 사실을 작업을 진행하는 동안 자각하지 않을 수 없었기 때문이다.[4]

중심의 해체와 전복이라는 저항의 방식이 '지역'을 말하는 뚜렷한 방향성이 될 수 있다고 확신하는 순간, 그렇다면 중심을 무너뜨리려는 주체로서의 '나'는 과연 '중심'으로부터 얼마나 자유로울 수 있는가 하는 질문

---

3   「'지역'에 관한 12개의 좌표, 그 사유의 성좌」, 『지역이라는 아포리아 – 지역에 대한 존재론적 사유와 실천적 질문』, 산지니, 2009, 6쪽.

4   위의 글, 6쪽.

을 스스로에게 던질 수밖에 없다. 이러한 자각에는 '지역'을 단순히 장소의 문제로만 바라봐서는 안 된다는 반성적 인식이 담겨 있다. 장소에 대한 인식은 지역을 사유하는 가장 현실적인 매개가 되는 것은 분명 사실이지만, 그것은 상대적 가치에 의해 결정되는 물질성의 조건이라는 점에서 '지역'을 이해하는 아주 느슨한 관점이 될 수밖에 없다. 더군다나 장소를 '주체적'으로 호명하지 못하고 이분법의 틀로 바라봄으로써 지역이 소외당하고 있다는 식의 피해자의 시각에만 갇혀 버리면, 오히려 지역이 객관적 평가기준을 무시하고 스스로를 과잉보호하고 있지는 않은지를 묻는 질문 또한 정당한 것이 되고 만다. 물론 이러한 관점은 지역 스스로가 지역을 폄하하거나 배제하는 일방적 논리로 합리화되어서는 안 된다. '지역'은 중심과 주변의 갈등과 접합 속에서 생성되는 역동적인 개념으로 작동해야 한다. 즉 "중앙의 지배논리를 거부하고 근대이데올로기의 억압적 논리와 구조를 반성하는", 그래서 "지역의 왜곡된 삶의 구조를 바로잡고자 하는 저항이며 이론과 실천의 통일성을 되찾고자 하는"[5] 데서 '지역'의 참의미를 발견해야 하는 것이다.

  '지역'에 대한 이러한 인식과 태도의 정립에도 불구하고 『지역이라는 아포리아』는 연대와 결속의 매개가 뚜렷하지 않은 지역의 파편들을 수습하고 그 현상을 해설하는 데 자족하고 말았던 것은 아닌지 묻고 싶다. 스스로 '지역'을 '아포리아'로 명명한 데서부터 '저항'과 '실천'의 기폭제로 삼아야 한다는 의지마저 실종되는 자기모순에 빠져버린 것은 아니었을까. '부산'이라는 장소에 한정해 '지역'을 말하는 구체적 방식 자체가 문제

---

5   김용규, 「반주변부 지역문화의 전망」, 『문화의 풍경, 이론의 자리』, 비온후, 2003, 177쪽.

가 될 수는 없다 하더라도 '부산'을 말하는 전략이 어떻게 '지역'을 말하는 것으로 확장될 수 있는지에 대한 뚜렷한 문제의식을 보여주지 못함으로써, 그동안의 지역 담론과 마찬가지로 심층이 아닌 표층에 대한 개괄적 이해의 차원을 넘어서지 못했다. 다시 말해 "'지역'은 정말 국민국가의 내부 식민지인가"라는 물음과 "문제는 지역이 아니다"[6]라는 선언에 가장 본질적인 문제가 내재되어 있음을 잘 알고 있으면서도 '해판'의 작업에서 그 답을 찾으려는 '실천'은 미미했고, 이러한 물음과 선언을 둘러싼 생산적 논쟁도 부재했다는 점에서 『지역이라는 아포리아』는 일반적인 지역 담론을 재생산하는 데 머무르고 만 것이다. 각자 다른 관심과 이해 속에서 공동체의 가능성을 열어가는 것은 결코 쉬운 일이 아니지만, 진정 공동체의 가치를 구현하려 했다면 "자신이 버린 칼끝에 손을 베이기도 했고 상대가 내리치지 못한 부분을 대신 내리쳐주"는 "상흔傷痕"[7]을 적나라하게 보여주는 것을 두려워하지 않았어야 했다. '해판'에게 있어서 '지역'은 스스로에게 던지는 가장 근본적인 질문인 동시에 비평 집단으로서의 '공동체'의 가능성을 시험하는 의미 있는 토대이기도 했다는 점을 좀 더 분명하게 인식할 필요가 있었던 것이다.

'해판'의 '공동체'에 대한 문제의식은 『비평의 윤리, 윤리의 비평』과 『공존과 충돌』에서 구체적인 고민을 열어놓았다. 여섯 권의 비평집 서문에서 '갈등', '불화', '충돌', '상흔', '고통' 등의 키워드가 두드러진 데서 알 수 있

---

6   전성욱, 「부재하는 것의 공포, 지역이라는 유령」, 『지역이라는 아포리아 – 지역에 대한 존재론적 사유와 실천적 질문』, 산지니, 2009, 203 · 205쪽.
7   「'지역'에 관한 12개의 좌표, 그 사유의 성좌」, 『지역이라는 아포리아 – 지역에 대한 존재론적 사유와 실천적 질문』, 산지니, 2009, 7쪽.

듯이 공동체의 실현은 그만큼 심각한 진통을 동반하는 작업임에 틀림없다. 특히 '매혹과 비판'을 핵심으로 하는 비평 장르의 특성상 서로 다른 관점과 해석의 차이가 불러오는 '논쟁'의 과정은 불가피하다. 즉 생산적인 '논쟁'이 비평의 성숙을 가져오는 본질적인 방법론이 된다는 사실을 알면서도 그것을 객관적인 공론의 장으로 이끌어내는 것은 '불화'의 고통을 감내해야만 하는 아주 힘겨운 작업이 아닐 수 없다. 한국문학비평사가 논쟁사의 과정을 거치면서 논리와 체계의 성숙을 가져온 것은 분명한 사실이지만, 한편으로 인신공격성 소모전이 난무하여 논쟁의 본질과 방향을 잃어버린 채 서둘러 감정 대립을 봉합하는 데 머물러 버린 경우가 더 많았다는 점을 반드시 기억할 필요가 있다.

단독작업이 아닌, 비슷한 또래의 비슷한 관심사를 가진 열 명 남짓의 멤버가 모여 함께 토론하고 글을 쓰는 과정에서 우리는 또 한 번의 고통과 갈등을 경험했다. 매번 겪는 통과의례적인 과정이기도 하지만, 그 과정이야말로 글쓰기의 위기감을 최고조로 추동해내었다. 이것이 우리 공동체에서 창조적인 에너지를 발산하게 하는 힘이 되었음은 부인할 수 없는 사실이다. 그 모든 경험은 하나의 결과로서가 아니라 과정으로서 지속되고 있다는 점에서, 그리고 여전히 현재진행형으로서 우리에게 시시각각으로 감각되는 충격이라는 점에서 '해석과 판단' 비평공동체라는 이름을 유지시키고, 그 행보를 예감하게 하는 현실태이자 잠재태이기도 하다. (…중략…)

우리는 타자의 윤리를 사유하는 각각의 지평 속에서 그 목소리들이 불협화음이 아니라 조화로운 하모니가 되도록 하기 위해 노력했다. 그러나 불협화음으로 우리의 목소리를 듣는다 하더라도 그것이 꼭 잘못된 독법은 아니다. 그 목소리들은 우리가 이 책을 내게 된 과정과 마찬가지로 잠정적인 갈등과 유보되는 화해, 말할 수 있는 것과 말하지 못하는 것들 사이의 끊임없는 길항 가운데서 탄생했기 때문이다. 그렇다면 되레 불협화음의 우리 목소리는 이 책의 한계가 아니라 우리 비평공동체의 가능태를 목격하게 되는 것인지도 모른다. 우리가 여전히 불화를 말하면서도 불화를 넘는 악수가 가능하다고 믿는 이유도 여기에 있을 것이다.[8]

'불화'를 넘어 '공감'에 이르려는 과정에서의 '논쟁'은 생산적인 결과를 가져올 때가 많다. 물론 '공감'에 대한 강박으로 적절한 타협이나 절충을 불러오는 좋지 않은 상황을 만들 수도 있지만, 그렇다 하더라도 '불화'라는 의미 있는 과정을 배제한 채 어떤 결론에 도달하는 것은 결코 좋은 비평이 될 수 없다. 최근 우리 비평이 직면한 모순과 폐해는 바로 이러한 '불화'의 과정을 스스로 거부하거나 이를 제도적으로 차단한 문학권력의 전횡에서 비롯된 것이 대부분이었다. 이런 점에서 '해판'이 말하는 '불화'는 비평공동체의 건강성을 말하는 뚜렷한 지표가 될 수 있다는 점에서 상당히 중요한 의미를 지닌다. 하지만 '해판'의 '불화'를 정직하게 들여다보면, 그들이 말하는 '불화'는 비평 혹은 비평가의 윤리를 말하는 제도적 차원에서 논의된 것일 뿐 정작 그들이 내놓은 비평 텍스트의 내부에서는 '불화'의 흔적을 거의 찾아보기 어렵다는 점에서 자기모순에 깊이 빠져 있는 듯하다. 1집부터 6집에 이르기까지 수록된 글을 전체적으로 살펴보면 텍스트 간의 '불화'에서 생성되는 역동적인 의미를 발견하는 것은 사실상

---

8   「불화를 넘는 악수」, 『비평의 윤리, 윤리의 비평』, 산지니, 2011, 5~6, 10~11쪽.

불가능하다. 이는 타자와의 불화가 주체와의 분리 속에서만 계속해서 주장되었을 뿐 타자 안에 또 다른 타자로서의 주체가 공유되어 있다는 점을 간과했기 때문이다. 즉 타자를 비판하는 것은 곧 주체인 나를 성찰하는 과정이라는 점에서 비판의 대상인 타자의 문제는 결국 주체의 문제로 환원될 수밖에 없다는 점을 좀 더 분명하게 인식했어야 했던 것이다. "학문적 논쟁이 실종되고 풍문과 추문이 횡행하는 지역학문공동체"의 문제점을 돌파하기 위해서 "이 불화로 가득한 장소를 정면으로 마주하는 것"[9]이라는 너무도 당연한 주장에서 가장 먼저 마주해야 할 타자는 바로 자신이라는 사실을 정직하게 응시할 필요가 있다. 한 권의 책으로 묶인 글과 글 사이에 대화가 없고, 주제와 주제 사이의 갈등과 접합이 없으며, 논리와 논리 사이의 충돌이 없음에도 굳이 '불화'를 이야기하는 것은, 사실상 여섯 권의 공동비평집과는 직접적으로 관련이 없는 '해판'이라는 외적 제도의 문제일 뿐이다. 그리고 이러한 '불화'의 강조는 오히려 공동체의 건강성을 훼손하는 부정적 측면이 있었음을 스스로 인정하는 결과가 되지 않을 수 없다. '해판'은 불화의 '텍스트'를 지향해야지 불화의 '제도'를 스스로 정당화하는 합리화에 빠져서는 안 된다. 그러지 않고서는 "뜨거운 논쟁의 과정은 불화가 아니라 공감에 이르기 위한 도정"[10]이라는 말은 허세에 지나지 않게 된다. 공동체의 불화가 지닌 건강성은 주체와 타자의 관계에 대한 편협한 인식을 넘어서 그 경계를 해체하고 전복하는 상호텍스트적 이해 속에서 구체화될 수 있을 것이다.

---

9   박형준, 「불화의 공동체―지역학문공동체와 지역학의 윤리」, 『비평의 윤리, 윤리의 비평』, 265쪽.

10   「일곱 개의 키워드로 만든 열정」, 『일곱 개의 키워드로 만든 비평』, 산지니, 2010, 11쪽.

'비평의 위기'와 '비평가라는 욕망'을 넘어서

다시 처음으로 돌아가서 '해판'의 출발에 담긴 의미를 되새겨보아야 할 것 같다. '지역'과 '공동체'의 본질적 가치와 '비평'이 자연스럽게 만나는 지점에서 '해판'은 당면한 현실과 문학장場에 무엇을 말하고자 했고 또 어떤 의미를 생성시켜야 한다고 생각했던 것일까. 모든 시작이 그러하듯 새로운 출발점은 지난 시대 혹은 현재의 상황에 대한 부정과 회의로 들끓게 마련이다. 그리고 아직 세속화되지 않은 감성과 열정으로 타락한 사회를 향한 비판과 성찰에 집중할 것이다. '해판'의 시작도 이러한 의식과 태도를 내면화한 공분公憤으로 가득 찼던 듯하다. 2000년대 한국문학의 현실을 '위기'로 진단하는 데 전혀 주저하지 않았고, 이러한 '위기'를 불러온 것은 기성의 문학, 특히 비평에 가장 큰 원인이 있다는 데 모두가 암묵적인 동의를 표명했다. 또한 '해판'은 이와 같은 '위기'의 현실을 직접적으로 책임져야 할 원죄를 갖고 있지 않은 신인들이 대부분이었다는 점에서 비판적 글쓰기의 윤리성을 심각하게 걱정하지 않아도 되었다. 그 결과 '해석'과 '판단'이라는 비평의 두 가지 본질 가운데 '해석' 보다는 '판단'의 정신을 더욱 중요하게 인식할 수 있었다. 이를 통해 '해판'은 비평을 '이론'의 자리를 넘어서 '실천'의 차원으로 바라보면서 한국문학의 갱신과 변화를 촉구하는 생산적인 담론의 장으로 이끌어내고자 했던 것이다.

2000년대 후반을 넘어서면서, 한국문학의 위기가 사실은 비평의 위기와 다르지 않음을 우리는 다시 절감하게 되었다. 비평이 제대로 자기 기능을 하지도 못하면서, 문학의 위기담론만 무성하게 생산함으로써 자기책임을 창작의 영역으로 넘겨버리는 책임전가를 해오지 않았는가를 생각하게 되었다.

그래서 우리는 여전히 한국문학의 위기의 한 원인은 비평에 있다는 점을 다시 확인하게 되었다. 이에 『해석과 판단』은 이 비평의 위기를 타개하는 하나의 실천 방안으로 비평의 원론적 공부와 이에 대한 성실한 실천의 길을 선택했다. 비평은 주어진 텍스트들을 제대로 이해하고 해석할 수 있어야 함과 동시에 그 텍스트의 의미를 판단할 수 있는 평가가 분명히 주어져야 한다는 비평의 원론적 실천이 없이는 비평의 회복이, 비평의 위기 타개가 근본적으로 힘들다고 본 것이다. 이는 우리의 비평현장이 이를 제대로 보여주지 못하기 때문에 비평의 위기 담론이 난무하고 있다는 현실진단과 맥을 같이 한다.[11]

문학의 위기 담론이 증폭될 때마다 비평의 기능과 역할은 더욱 중요한 쟁점으로 부각된다. 문학 지형의 변화를 선도하고 작가와 독자 사이의 가교 역할을 해야 하는 비평의 본질이 심각하게 왜곡되고 훼손됨에 따라 문학의 위기는 점점 더 가속화될 수 있기 때문이다. 언젠가부터 비평이라는 장르는 비평가들조차 외면하는 극심한 소외를 겪게 되었고, 생경한 이론과 관념적 언술로 장식된 과잉 수사로 인해 일반 독자들과의 간극은 점점 더 커져버리고 말았다. 이러한 현실에서 비평을 읽고 쓴다는 것, 즉 한 사람의 비평가로 살아간다는 것은 어떤 의미를 지니는 것일까. 분석과 해석의 미명 아래 관념적이고 추상적인 지식의 각축장으로 변해버린, 그래서 작가와 독자 사이에서 비평의 존재 이유를 발견하는 것이 아니라 비평의 독자적 이론화에 골몰하는 상황을 어떻게 바라볼 것인가. 보편적으로 계량화된 이론의 규격에 맞춰 작품을 안착시키고 이를 바탕으로 독자에게

---

11 「정상(正常)에 대한 갈망」, 『2000년대 한국문학의 징후들』, 산지니, 2007, 6쪽.

정교한 텍스트 해석을 요구하는 비평의 권위적 메커니즘을 어떻게 진단할 것인가. 만일 이러한 질문과 우려 앞에서 비평가 스스로가 진정성 있는 답을 내놓지 못한다면, 지금 '비평의 위기'는 바로 '비평가라는 욕망'에서 비롯된 결과임을 뼈저리게 인식해야 할 것이다.

이쯤에서 저자는 '해판'에게 정직하게 묻고 싶다. 지금 '해판'은 '비평가'라는 욕망으로부터 얼마나 자유로운가. 불화와 갈등, 충돌과 대립이 공감과 공존을 위한 공동체의 욕망인지 아니면 타자의 문학 혹은 비평 앞에서 담론을 선점하려는 비평가로서의 개인적 욕망인지 냉정하게 성찰할 필요가 있지 않을까. 최근 출간한 『공존과 충돌』은 '폭력'을 '국가 장치'와 '일상'의 구분을 통해 말하고 있지만 각각의 글들이 공존하고 충돌하는 지점은 거의 찾아볼 수 없다. '국가 장치의 폭력'과 '일상의 폭력'이 갈등하고 접합되는 지점에서 균열되고 파생되는 '불화'를 쟁점으로 삼아야 더욱 의미 있는 결과를 도출할 수 있지 않았을까. 하지만 혁명과 용산의 시대정신이 왜 김이설, 김미월, 권혁웅을 호출하는지에 대한 관계 설정이 부재하고, 또한 마르크스-보르헤스적 기획과 사랑을 담론화한 영화들 그리고 연구공간 '수유+너머', 게임 등이 상호 관계를 만들어내지 못했다는 점에서 굳이 '공동체'의 이름을 내세운 비평집이 될 필요는 없지 않았을까 하는 생각이 든다. 결국 매번 '해판'의 서문을 가득 채우고 있는 '불화'의 목소리는 공동체의 '비평'을 생산하기 위한 진통이었다기보다는 '비평가로서의 욕망' 때문에 빚어진 결과는 아니었는지 의심스럽다. 이 또한 서로에게 가하는 교묘한 '폭력'의 방식이 될 수 있다고 볼 때, '비평'과 '공동체'의 관계에 대한 첨예한 논의가 다시 필요한 시점이 아닐까 싶다. 물론 이와 같은 비판이 저자가 참여했던 1집, 2집과도 전혀 무관하지 않다는 점에서 저자 역시 이 문제로부터 전혀 자유롭지 못한 것이 사실이다. '해판'이라는 '공동체'의 출현은 '비평의 위기'를 넘어서는 진정한 의미 찾기의 과정에서 요구되었던 것이지 '비평가라는 욕망'을 실현하기 위한 인정투쟁의 과정이 아니었음을 다시 한번 깊이 성찰해야 할 것 같다.

> 비평정신이란 가치지향의식이기에 올곧은 비평정신이 살아 있지 못할 때 그 사회는 건전한 가치관 형성에 실패할 수밖에 없다. 우리 사회가 모든 영역에서 제 갈 길을 향해 전진하지 못하고 악순환이 계속되고 있는 것은 각 영역마다 살아 있는 비평정신에 기초한 비평풍토가 조성되어 있지 못하기 때문이다.
>
> 그래서 '오늘의 비평' 동인들은 문학영역에서나마 비평의 본래 정신을 회복함으로써 한국문학이 지향해야 할 방향을 탐색해 보기로 했다. 정치·사회영역에 있어서의 불신과 생활세계의 오염 이상으로 한국문학 현실에 대한 독자의 불신과 문학현실의 파행성 역시 심각하다고 보기 때문이다.[1]

'오문비'와 '해판'은 서로 다른 매체이지만 지역에서 비평을 통해 한국문학의 변화와 갱신을 모색하고자 했다는 점에서는 동일한 지향성을 가지고 출발했다고 볼 수 있다. 저자가 굳이 이십여 년 전의 글을 다시 불러온 것은 그때나 지금이나 비평의 존재 이유와 방향성이 크게 달라지지 않았다는 판단 때문이다. '오문비' 역시 '지역'과 '소집단' 운동을 토대로 서울 중심의 문학 구조에 대한 근본적 혁신을 주장했고, 이를 구체화하기

---

1   「비평전문지를 창간하면서」, 『오늘의 문예비평』, 1991.1, 15쪽.

위해서는 무엇보다도 "살아 있는 비평정신" 혹은 "비평의 본래정신"을 회복해야 한다는 확고한 입장을 지니고 있었다. 또한 "정치·사회 영역에 있어서의 불신과 생활세계의 오염 이상으로 한국문학 현실에 대한 독자의 불신과 문학현실의 파행성 역시 심각하다"는 '위기론'을 "올곧은 비평정신이 살아 있지 못할 때 그 사회는 건전한 가치관 형성에 실패할 수밖에 없다"는 비평의 기능과 역할에 대한 강조로 타개해 나가고자 했다. 이러한 인식과 태도는 '해판'의 출발에 담긴 의미와 온전히 일맥상통한다고 할 수 있는 것이다.

'오문비'가 통권 제55호(2004.겨울)까지 편집위원 체제가 아닌 '오늘의 비평'이라는 동인(공동체) 체제로 줄곧 이어져 왔다는 점도 '해판'이 특별히 주목해야 할 부분이다. '오문비'가 제56호부터 왜 편집위원 체제로 바뀌었는지에 대해서는 저자 역시 정확히 기억하지는 못하지만, 그 무렵 '오문비'가 편집위원과 동인의 차이에 대해 상당히 많은 고민을 했고 여러 차례 난상의 토론을 했었다는 것은 정확히 기억한다. 아마도 '동인'으로서의 공동체성의 포기는 당시 '오문비'의 담론이 논쟁과 불화로부터 이끌어낸 공동체의 산물이 되지 못한다는, 그래서 동인 모두가 동의할 수 없는 이질적인 담론이 점점 더 많아지는 현실을 어쩔 수 없이 받아들이면서 어느 순간부터 암묵적으로 편집위원 체제를 수용해 버린 것이 아니었을까 짐작된다. 공동체의 가치는 점점 더 실종되고 개인의 가치가 다양성으로 수렴되는 시대로 변해가는 지금, 굳이 공동체의 가치만이 올바른 방향성을 지닌 것처럼 포장할 필요는 없을 것이다. 그럼에도 불구하고 공동체이고자 한다면, 그래서 지난 시대가 그랬던 것처럼 공동체의 가치를 통해 "모든 영역에서 제 갈 길을 향해 전진하지 못하고 악순환이 계속되고 있는" 현실을 타개해 나가고자 한다면, '해판'은 지금과는 전혀 다른 사유와 실천을 해야 할 것이다. 왜 공동체여야 하고 그것도 비평을 매개로 한 것이어야 하는지에 대한 심사숙고의 시간이 필요한 듯하다. 어쩌면 이러한 비판은 부메랑과 같아서 계속해서 저자 자신에게 되돌아오는 질문인지도 모르겠다. 사실 '해판'에 제출한 텍스트 내부의 어떤 말보다도 "30대 초중반에 접어든 비정규직 연구자 등이 대부분인 '해석과 판단'의 동인들은 모두 녹록지 않은 시대 가운데 서 있"[2]다는 고백이 가장 현실적인 문제로 다가온다. 무엇보다도 이러한 아픔을 진정으로 공유하는 데서부터 비평공동체가 나아가야 할 방향을 찾아야 하지 않을까. 저자가 누리고 있을지도 모르는 기득권의 자리가 한없이 부끄럽고 무거움을 절감한다. 처음으로 돌아가, 다시, 진지하게 스스로에게 질문을 던져야 할 것 같다. "비평이란 무엇인가?"

---

2   「6집을 펴내며」, 『공존과 충돌』, 산지니, 2012, 5~6쪽.

일상의 모순에 맞서는 고통의 알레고리

김종은의 소설 세계

김종은의 소설은 도시 변두리에서 태어나고 성장한 70년대 세대의 기억 혹은 추억을 서사화하는데 주력해 왔다. 장편소설 『서울특별시』(민음사, 2003), 『첫사랑』(민음사, 2006)에서처럼 성장소설의 형식을 두드러지게 보여준다든지, 소설집 『신선한 생선 사나이』(창비, 2005)에 수록된 대부분의 작품에서처럼 우리 시대의 젊은이들이 직면한 상처의 모습을 주목했던 이유도 바로 이 때문이다. 그의 소설에서 도시의 풍경과 70년대 세대의 아우라는 도시의 개발과 자본의 성장에 따른 수많은 부작용이 은폐되어 있는 구조적 장치에 다름 아니다. 그래서 그의 소설 속 주인공과 인물들의 성장에는 상처와 고통을 내면 깊숙이 간직할 수밖에 없었던 불우한 기억들로 가득 차 있다. 어쩌면 김종은의 소설은 이러한 상처의 기억들을 서사화하면서 점점 성장해 왔다고 말할 수 있을 듯하다. 마치 소설 속 주인공이 어린 아이에서 어른이 되어 가듯이, 그의 소설 역시 어린 아이의 기억으로부터 시작해서 어른으로 성장하는 성숙의 과정을 보여주는, 그래서 이야기하는 시간과 이야기되는 시간의 간극을 점점 좁혀가며 발전해 왔다고 할 수 있는 것이다.

이런 점에서 「버틸 수 있겠어?」는 김종은의 소설 주인공이 어른이 되어 비로소 맞닥뜨린 세계의 불합리와 모순을 사실적으로 보여준다. 우리 주변에서 흔히 볼 수 있는 지극히 평범한 일상의 모습마저도 조직적 부패로 만연되어 있는 현실을, 심한 요통을 앓고 있는 한 가장의 일상적 고통을 통해 환기하고 있는 것이다. 특히 그의 소설 속 주인공들이 대개 그러하듯, 권력 혹은 중심의 타락이 아닌 주변부적 인간들의 일상적 모순을 보여준다는 점에서 「버틸 수 있겠어?」는 더욱 문제적인 소설로 다가온다. 이러한 문제의식은 우리 사회의 윤리적 건강성을 결정하는 중요한 토대가 정치경제를 이끄는 실권자들의 윤리의식에만 있는 것이 아니라, 우리 사회를 실질적으로 구성하는 보통 사람들의 일상의 윤리성에도 있음을 특별히 강조하는 것이다. 즉 온갖 비리와 부정부패로 매일같이 신문과 방송을 오르내리는 정치경제 권력들의 악행보다도 더욱 큰 문제는 우리 주변의 일상 곳곳에 조직적으로 은폐되어 있는 작은 모순들이라는 사실을 초점화하고 있는 것이다.

주인공 '나'는 학원을 운영하는 원장으로 "CD 한 장 들었을 뿐인데 어깨는 물론이고 허벅지까지 묵직한 느낌"이 드는, 그래서 일상생활에 여러 가지 지장을 초래하는 심각한 요통을 앓고 있다. 하지만 그의 요통은 세상 사람들에게는 그다지 중대한 질병으로 받아들여지지 않는다. 오히려 남자 구실 제대로 못한다는 식의 비아냥을 듣는 세속적 관심거리밖에는 되지 못한다. 한 개인에게는 심각한 상황임에도 불구하고 대부분의 사람들에게는 지극히 평범한 일상으로밖에는 인식되지 못하는 것이다. 주인공은 허리 치료를 위해 3개월간의 휴가를 얻게 되는데, 이때부터 그는 직장이 아닌 생활공간, 즉 아파트라는 또 다른 일상과 마주하게 된다. 그리고 주인공이 세 들어 사는 아파트 천장에 빗물이 새는 일상의 문제를 해결하기 위해 "가벼운 마음으로 관리실에 전화를 걸"게 되면서부터 일상의 모순에서 비롯된 갈등은 시작된다.

어두컴컴하고, 후덥지근하고, 툭 하면 비가 내리고, 그럴수록 어쩐지 회복 됐던 허리가 다시 풀어지는 느낌인데, 그에 맞춰 천장의 얼룩도 점점 넓어지는 고약한 기분이 일주일째 반복되고 있었다. 어렵게 다시 통화를 할 수 있었지만 결과는 별반 다르지 않았다. 제가 지금 세 번째 전화를 걸었는데요, 대답만 하지 마시고, 어떻게 되고 있는지 설명을 해 주셔야 할 것 아닙니까? 조금 날카롭게 물었더니 전과 다르게 날카로운 대답이 돌아왔다. 교양 없이 다짜고짜 성질부터 내세요? 여기가 몇 세대가 사는데, 직원 간에다 서로 전달이 안 될 수도 있고. 비가 많이 와서 지금 여기저기 난리에요. 부녀회장은 만나보셨어요? 역시나 말이 통하지 않는다 싶어 수화기를 내려놓아야 했다.

입주민의 불편을 대수롭지 않게 생각하고 차일피일 미루기만 하는 관리실의 태도는 우리의 주변에 조직적으로 은폐되어 있는 일상의 모순을 극명하게 보여준다. 관리소장을 만나고 부녀회장을 만난다고 해서 해결될 일은 처음부터 아니었다. 부녀회장으로부터 들은 말이라고는 "전세죠? 예? 많이 새요? 막 줄줄 흘러요? 그렇진 않습니다. 그럼 어지간하면 사람 불러다 고쳐요. 여기, 번호 드릴 테니까. 얼마 안 해요. 이 업체가 우리 아파트 구조를 딱 꿰고 있으니까. 내키지 않으시면 집 주인한테 전화하시든가"가 전부이다. 어렵게 관리소장을 만나 들은 말 역시 "입주자 권리도 권리지만 매너 없이 그렇게 떠들면 어쩝니까. 우리 큰 아들이 댁 또 랜데. 제가 건설회사 출신이에요. 하자보수가 2년인 건 맞는데, 그게 짬뽕처럼 한 그릇이요, 하면 딱 갖다 주는 그런 게 아니야. 그리고 절차라는 게 있지, 개인 핸드폰으로 막 전화에서 따지고 들면. 그게……, 무개념이지"라는 식이다. 주민의 대표라고 뽑아 놓은 자치회장이란 사람은 더 가관인

게, "그나저나, 진짜 너무 이기적이셨어. 안 해 준다는 것도 아니고 기다려 달라는데 그렇게 빡빡하면 어떻게 해요? 다들 좋게 좋게 사는데, 아저씨 말대로면 싱크대에서 바퀴벌레 한 마리 나왔다고 관리소장님 개인 전화로 전화 걸고. 그게 말이 되요? 프라이버시, 라는 거 있잖아요. 그리고 지금 비가 많이 와서 여기저기 신경 쓸 데 많은데, 다 그만두고 아저씨 집부터 고쳐 달라는 거잖아요. 그런 거, 그거 비도덕적이에요"라고 말한다. 이쯤 되면 아파트 내부 체계에 뭔가 구조적으로 문제가 있다는 생각을 하게 되는 것은 당연하다. 부녀회장, 관리소장, 자치회장 사이에는 그물처럼 얽혀 있는 수수(授受) 관계가 있고, 이들의 비리는 소위 떡고물을 먹은 일부 주민들의 묵인 하에 버젓이 횡행하고 있는 상황이다. 결국 '나'는 점점 더 견디기 힘든 요통만큼이나 고질적으로 부패한 아파트의 일상에 맞서 싸우는 힘겨운 선택을 하지 않을 수 없다. 일상의 모순을 묵인하는 데서부터 비롯된 일상적 고통을 더 이상 외면하거나 수수방관하고 있을 수만은 없다고 판단했기 때문이다.

하지만 이와 같은 일상의 모순에 맞서면 맞설수록 주인공의 일상적 고통은 더욱 심해질 뿐이다. 정치판이나 경제계의 비리보다 더욱 치밀한 구조적 악행이 우리 일상 곳곳에 은폐되어 있기 때문이다. 비리를 저지른 쪽에서는 증거를 은폐하고 고발자인 주인공을 향해 인식공격성 음해를 가함으로써 자신들의 정당성을 항변하려 든다. 그 과정에서 주인공의 편에 섰던 경비 아저씨는 직장을 잃어야 했고, 노인회를 매수하여 아파트 주민들의 정당한 권리 행사를 왜곡하는 악덕도 서슴지 않는다. 이런 상황이 거듭될수록 허리가 끊어질 듯한 주인공의 고통은 더욱 가중될 수밖에 없다. 아파트 주민들의 편안한 생활을 위해 봉사해야 할 관리실이나, 관리소장의 전횡을 감시하기 위해 조직한 자치회와 부녀회가 오히려 아파트 주민 위에 군림하는 모습, 이것이야말로 주객이 전도된 우리 일상의 모순을 실제적으로 보여주는 사례가 아닐 수 없다. 소설의 말미에 아들을 위해 고구마를 보낸 어머니의 말, 즉 "잘 씻어야 성에 차는데 더러워야 한다니 어쩔 수 없다고. 더러워야 잘 팔린다고. 벌레도 먹고 멍도 들고 패인 것도 있고 흙이 막 붙어있어야 친환경이라고. 농사 40년에 이런 꼴 처음 본다고. 심는 사람이 아니라 사다 먹는 사람들이 더 박사라고"가 결코 예사롭게 들리지 않는 이유도 바로 여기에 있다. "친환경"이라는 허울 좋은 말에 오히려 일상의 진실이 가려져버리는 세상, 아마도 지금 우리는 이런 식으로 길들여진 일상의 한 가운데서 아무렇지도 않게 살아가고 있는지도 모른다. 결국 주인공은 "그런 것만 찾는단디 어쩔 것이냐. 어머니의 말이 너무 아팠다"는 데서, "허리를 번쩍 쳐들고 자치회장이 되겠"다고 결심하지 않을 수 없다. "과연 버틸 수 있을까?"라고 거듭 자신에게 되물으면서도, "징그럽게도 또 비가 내리고 있"는 일상의 고통을 결코 외면할 수 없었기 때문이다. 일상의 구조적 모순을 너무도 잘 알고 있으면서도 좋은 게 좋다는 식의 태도로 일시적 화해를 시도하거나 절충적 타협을 하는 방식은 근본적인 해결책이 되지 못한다는 사실을 누구보다도 잘 알고 있는 것이다.

이처럼 「버틸 수 있겠어?」는 우리 주변의 일상마저 견고한 모순으로 가득 차 있는 현실을 심각하게 우려하고 있다. 그럼에도 불구하고 그 모순은 사소한 일상일 뿐이라는 이유로 항상 대수롭지 않게 용인되기 일쑤다. 이러한 악순환이 거듭될수록 주인공의 요통과 같은 일상의 고통은 근본적으로 치유될 수 없다. 그래서 작가는 소설 중간 중간에 계속해서 독자에게 묻는다, "버틸 수 있겠어?"라고. 이 물음은 단순히 인내의 유무를 확인하려는 것이 아니라, 지금과 같은 상태를 계속해서 묵인한다면 결코 일상의 고통을 버텨낼 수 없다는 강한 부정의 의미를 담고 있다. "버틸 수 있겠어?"라는 반복적 물음은, 그럼에도 불구하고 계속해서 버티는 데만 익숙해져 가는 우리의 일상에 대한 경고의 메시지인 것이다. 이런 점에서 「버틸 수 있겠어?」는 일상의 모순에 맞서는 고통의 알레고리를 담은 작품이라고 할 수 있다.

부산 지역 소설의 현재와 미래
배길남, 이미욱, 이정임, 김가경, 서정아의 소설 세계

'부산'이 사라진 소설

'부산'이 사라졌다. 최근 부산 지역 소설에서 '부산'은 더 이상 의미 있는 장소가 되지 못한다. '굳이, 왜, 부산을?'이라는 암묵적인 동의를 공유하고 있는 듯한 소설에서, '부산'이라는 장소는 '기의'의 차원은커녕 '기표'의 차원에서도 외면당하고 있다. '외면'은 소설적 의도를 반영하고 있다는 점에서, '부산'의 부재는 소설 지형의 변화 혹은 소설가의 소설에 대한 인식 자체에 근본적인 차이가 있음을 보여 준다. 중심과 주변으로 이원화하여 주변을 전략적으로 이해하려 했던 지금까지의 부산 소설이 지닌 정치사회적 시도는 더 이상 지역 소설의 관심사가 되지는 않고 있다. 굳이 중심과 주변을 나누어 바라보는 데서 스스로를 주변화하게 만드는 중심의 음험한 전략을 인정하는 꼴이 된다는 것을 알아차린 때문일까. 아니면 지금은 중심으로부터의 소외가 만들어내는 거대 서사의 문제보다는, 중심이든 주변이든 그 안에 내재된 결핍과 소외의 지점을 다양하게 읽어내는 새로운 서사의 가능성을 발견하는 것이 더욱 중요하다는 판단을 한 때문일까. 어떻게 이해하든지 간에 소설이 밤하늘의 지도와 같은 계몽적인 역할을 할 것을 일관된 주제로 강요해온 그동안의 서사적 관습에는 더 이상 이끌리지 않겠다는 것이 아닐까. '부산'이라는 강박관념에

이끌려 상상력을 제한하는 방식의 소설은 더 이상 쓰지 않겠다는 현실적 계산이 깔려 있는 것만큼은 분명한 사실인 듯하다.

　물론 부산 지역 소설에서 '부산'의 부재는 '부산'의 전면적인 실종을 의미하지는 않는다. 그것은 '부산'이라는 장소가 지닌 정치적이고 역사적인 의미가 더 이상 소설의 주제를 이끄는 초점화의 자리가 되지 못한다는 것에 한정되는 말일 뿐이다. 지역의 언어인 방언의 사용과 지역을 기표화한 장소나 이름의 사용 그리고 지역을 환유하는 문화와 스포츠를 소재로 하는 데서 여전히 '부산'은 지역의 소설을 규정하는 표지가 되고 있음을 간과해서는 안 된다. 하지만 이러한 표지는 말 그대로 표지로만 존재할 뿐, 그 자체에 내재된 개별성이나 독자성을 지닌 전략적인 의미로까지는 기능하지 못할 때가 많다는 데서 '부산'의 부재는 명백히 드러난다. 부재는 결핍의 자리이고 소외의 지점이다. 그러므로 이러한 결핍과 소외를 바라보는 시선은 '부산'이라는 관습화된 기호를 넘어서는 중요한 의미를 생산할 때 의미가 있다. 이제 부산 지역 소설은 '부산'을 주목해온 지금까지의 시선을 유보한 채 부재의 근원을 탐색하거나 부재의 이유를 추궁하고 부재 이후의 문제를 예견하려는 보편적인 시선을 갖고자 한다. 이를 통해 '부산'의 외재적 장소성이 아닌 그 안에 산재한 내재적 갈등의 세계를 돌파하려는 서사적 긴장을 보여주려 하는 것이다. '부산'이라는 구체성을 포기한 대신 인간의 삶을 들여다보는 보편적인 문제의식에 한 발짝 더 다가서려는 태도가 두드러지고 있다. 이러한 시도는 '부산'에 대한 집착을 대체할 만한 또 다른 대상을 찾는 것으로 구체화되는데, 그것은 때로는 불편한 리얼리티의 세계에서 때로는 비현실적인 환타지의 세계에서 출구 없는 방황을 하는 모습으로 나타난다. 출구를 알 수 없다는 것 혹은 출구를 찾지 못한다는 것, 그래서 소설 속 주인공이 나아가야 할 진정한 방향을 제시하지 못한다는 것은 일종의 소설적 트릭이다. 즉 명확한 출구를 전제하지 않는 데서, 특정한 대상의 관습적 의미가 제한하는 세계를 넘어선 소설적 진실에 다가서려는 의미심장한 시도를 발견할 수 있는 것이다.

리얼리티와 환타지 사이에서

주지하다시피 리얼리티는 소설을 이야기의 세계에서 현실의 세계로 불러내는, 그래서 허구의 세계를 그럴듯한 현실의 이야기로 인식하도록 하는 의미 있는 장치이다. 하지만 이러한 리얼리티의 강조는 독자들로 하여금 불편한 진실을 너무도 가깝게 마주하게 함으로써 오히려 현실로부터 멀어지게 만드는 아이러니적 결과를 초래하기도 한다. 그만큼 소설의 리얼리티는 현실을 말하되 현실 같지 않게 말해야 하는, 즉 비루한 현실을 잠시나마 잊게 해주는 낭만적 세계에 대한 동경을 담아냄으로써 현실과 멀어지게 만드는 데 핵심이 있는 것이다. 결국 소설적 리얼리티란 얼마나 현실을 잘 가공했느냐 하는, 허구적 진실을 서사화하는 방법적 전략이 곧 소설적 진실이 되는 가짜 리얼리티의 세계라는 점에서 더욱 문제적이다. 대체로 소설은 왜 쓰는가 혹은 소설은 왜 읽는가 하는 질문에 대해, 일상적 진실의 세계가 주는 상처와 고통을 넘어서는 당위적 진실의 세계를 지향하는 데서 그 해답을 찾을 수 있을 것이다. 다시 말해 일상적 현실 안에서 도덕과 윤리로 포장된 규범적 세계가 거세하는 욕망들이 이야기의 세계 안에서는 허용 가능한 세계로 어떻게 재현되는가에 주목함으로써, 독자들은 자신들의 삶을 지탱시켜 줄 이야기의 힘을 소설을 통해 내적으로 수용하고 탐닉하게 되는 것이다.

최근 몇 년 사이 발간된 부산 지역 작가의 소설집에서 보여 주고 있는 현실의 모습은 너무나 부정적이고 우울하고 심지어 기괴하기까지 하다. 게다가 이러한 부정적 현실은 거대 서사에 대한 비판에 초점을 두는 것이 아니라, 인물이 처한 일상의 세계가 보여주는 세속성과 비루함이 빚어내는 왜소한 세계에 머물러 있다. 언제 우리 소설이 밝고 희망적인 세계를 그려낸 적이 있었는가를 생각한다면 특별히 새삼스러운 일은 아니라 하더라도, 여전히 우리 소설이 가족의 해체와 결핍, 불륜 등과 같은 통속적인 소재로부터 크게 벗어나지 못하고 있다는 사실은 다소 의외로 받아들여진다. 아무리 현실의 세계가 작가가 벗어나고자 하는 극복의 대상이라고는 하지만, 대부분 젊은 작가들의 의식 속에 이렇게 현실이 절망적으로 형상화된다는 사실이 조금은 당혹스럽기까지 하다. 오래도록 이어져 온 소설의 잔상들을 버리는 것이 그만큼 힘들기 때문일까, 아니면 스스로 바닥을 향해 치닫는 현실의 끝자락을 냉소적으로 보여줌으로써 다시 치고 올라오는 동력을 찾고자 하는 의도된 전략일까. 한 평론가의 말대로, 최근 부산 지역 소설이 보여주는 '궁지'와 '황폐'의 세계는 너무도 참담한 리얼리티를 적나라하게 드러낸다. 이러한 참담함이 만들어내는 이야기 내부의 숨겨진 진실을 찾아내는 것이 소설적 리얼리티에 좀 더 가까이 다가가는 것이라는 진부한 생각에 또 다시 기댈 수밖에는 없을 듯하다.

　배길남의 「증오외전 1 – 증오하지 말고 심수창처럼」(『자살관리사』, 전망, 2013)은 자살하려는 사람과 이를 관리해주는 자살관리사에 대한 이야기이다. 하지만 자살을 매개로 한 두 사람의 관계는 참혹하기보다는 우스꽝스럽고 재미가 있다. 스릴러물을 연상하거나 기대했던 독자라면 뭐 이런 말도 안 되는 이야기가 있나 하는 생각을 할지도 모른다. 왜냐하면 자살하려는 사람과 자살관리사 모두 자신의 삶을 롯데의 야구를 통해 결정하는 유머러스함이 전제되어 있기 때문이다. 그렇다면 이들이 롯데를 통해 삶과 죽음 그리고 직업을 규정하는 이유는 무엇인가? 그것은 바로 끝없이 추락한다는 유사성 때문이다. 더 이상 올라갈 희망을 찾을 수 없는, 철저하게 추락만을 반복하는 롯데의 실체가 자신들의 운명을 결정하는 대리물이 되기에 충분하다고 여겼던 것이다.

이처럼 궁지에 내몰린 자에게 남은 것이 황폐한 세계인 것은 자명하다. 하지만 작가는 이러한 자명함에 균열을 냄으로써 반전을 꾀한다. 마티유 카소비치 감독의 영화 〈증오〉의 대사 "떨어지는 건 중요한 게 아냐, 중요한 건 어떻게 착륙하느냐지!"(17쪽)를 떠올리면서 자살을 포기하고 다시 살고자 하는 강렬한 욕망에 사로잡히게 되는 것이다. 게다가 18연패로 최다연패 기록을 경신한 심수창을 통해서 추락에 의미를 둘 것이 아니라 착륙의 태도가 중요하다는 것을 깨달으면서 아직까지는 살아야 할 이유가 있다고 자신을 설득한다. 밑도 끝도 없는 것처럼 보이는 이 이야기에서 작가가 말하고자 했던 것은 무엇이었을까? 이 세상에서 추락하는 일은 언제 어디서든 비일비재하고, 그 추락을 견디는 힘은 착륙에 대한 의지에서 비롯된다는 것을 새삼스럽게 말하고 싶었던 것일까. 더군다나 롯데니 심수창이니 하는 나 아닌 것들 혹은 나와는 사실상 무관한 것들의 추락을 보면서 점점 자신의 추락을 기정사실화하는, 조금은 모자란 인간에 대한 연민으로 다시 살아남을 용기와 자신감을 심어주고 싶었던 것일까.

배길남의 소설은 이러한 계몽적 의도를 배제하고 읽을 때 더욱 문제적인 서사로 다가온다. 그의 소설 속 인물들 대개는 자살을 꿈꾸거나 자살을 관리하는 사람과 같은 극한의 상황에 처한 존재들로 구성된다. 그리고 그의 소설은 이들의 생사를 확인하여 현실의 냉혹함을 견디도록 하며 다시 무언가를 향해 달려갈 지향점을 마련해 주려는 것이라는 생각이 든다. 하지만 그의 소설은 이러한 이야기의 소재가 지닌 비루함을 억지로 강조하면서 연민과 동정을 강요하는 따위의 엄살을 부리지는 않는다. 오히려 아주 비루한 현실 앞에서도 특유의 재미를 잃지 않으려는 능청스런 이야기꾼의 기질이 그의 소설을 소설답게 만드는 유효한 장치이다. 아마도 그의 소설이 철저하게 비루한 현실에 토대를 두면서도 조금은 시트콤적인 상상력에 기대고 있는 이유도 바로 여기에 있다. 아무리 심각하고 음울한 이야기라 할지라도 웃음의 코드로 반전을 꾀하는 그의 상상력은 리얼리티와 환타지 사이를 꿈꾸고 있는 듯하다. 잠시나마 비루한 일상의 세계를 넘어서 가상현실virtual reality로서의 환타지가 주는 낭만적인 세계로 빠져들고자 하는 것이다. 가짜 리얼리티의 세계가 가장 리얼리티를 확보한다는 역설적 세계의 창출이야말로 그의 소설이 지향하는 소설적 진실이 아닐까 싶다.

　이미욱의 「서비스 서비스」(『서비스 서비스』, 산지니, 2013)에서 이러한 소설적 진실은 오타쿠의 세계를 통해 실현된다. 민재는 부모의 이혼 이후 할머니에게 의지해 성장하지만, 그의 결핍을 채워주는 진정한 실체는 만화나 게임의 캐릭터이다. "혼자 건담을 만드는 동안은 아무것도 생각나지 않아서 정말 좋아. 때때로 위로를 받는 기분이 들 정도니까"(41쪽)라고 말하는 민재의 내면은 건담과 마징가제트 같은 영웅이 필요했다. 영웅은 악몽 같은 현실 속 고민을 해결해주고 결핍의 상처로부터 자신을 구원해 주는 존재였으므로, 이러한 영웅적 캐릭터에 대한 동경은 고립된 자신의 삶을 새롭게 열어주는 가능성의 세계가 아닐 수 없다. 민재와 그의 친구 준세와 기태를 결속시켜준 것 역시 바로 이러한 만화와 게임의 세계를 공유함으로써 현실 너머의 또 다른 세상을 지향한다는 동질성 때문이었다. 이 세계는 비록 가상현실의 세계이지만 자신들의 결핍을 메워주는 동시에 위안을 가져다주는 대상이라는 점에서 그 어떤 현실보다도 리얼리티를 확보하고 있다고 믿었던 것이다. 이런 점에서, 그들 모두를 기태가 있는 도쿄의 아키하바라로 모이게 한 작가의 의도는 선명하다. 아키하바라는 어린 시절 준세의 외로움을 견디게 했던 "보물섬"(41쪽)과 같은 곳으로, 그들은 이러한 세계를 통해 서로의 상처를 위로하는 연대의식을 다져왔기 때문이다. 그곳에서 그들은 자신의 삶을 지탱시켜 주었던 캐릭터들이 살아 움직이는 것과 같은 현실을 경험한다. "만화나 게임 속 캐릭터를 패러디해야"(43쪽)만 존재를 인정받는 그곳에서, 민재는 무수한 이름으로 변주되는 익명성의 세계로부터 자신의 근원적 결핍을 메우는 탈출구를 만난다. 아무리 노력을 해도 부재하는 결핍을 채울 수 없는 근본적인 한계를 지닌 현실을 경험하며 살아온 그에게, 비록 가상현실의 세계라 하더라도 그 세계는 볼 수 있고 만질 수 있고 가질 수 있는 세계라는 점에서 어떤 현실의 세계보다도 현실적인 위안을 주는 대상인 것이다.

그런데 이 소설에서 특별히 주목할 부분은 가상현실의 세계를 현실적이게 하는 장치로 민재의 근원적 결핍에서 비롯된 상처의 자리인 귀의 병적 증상을 슬쩍 끼워 넣고 있다는 점이다. 귀는 세상의 소리를 온전히 받아들이는 기관이라는 점을 생각할 때, 온통 상처의 기억을 갖고 있는 민재에게 귀의 실체는 어두운 유년의 기억을 환기하도록 하는 아픈 자리일 수밖에 없다. 그러므로 민재가 메이드 카페에서 귀를 만지는 코코미에게 자신의 결핍을 메워주는 따뜻한 손길을 느끼게 되는 것은 너무나 자연스럽다. 하지만 코코미에 대한 사랑으로 자신의 상처를 치유 받고 싶어 하는 민재의 기대는 여지없이 무너지고 마는데, 친구 기태의 여자 친구 하카사가 코코미와 동일 인물이라는 사실을 알게 되는 것이다. 그래서 그는 코코미를 찾아가 하카사가 아님을 확답 받으려 하지만, 오히려 아키나라는 이름으로 끊임없이 미끄러지는 혼란에 맞닥뜨릴 뿐이다. 한 가지 이름으로 의미화되는 관계성을 잃어버린 자들에게 오타쿠의 세계는 어차피 익명성을 지닌 위안 이상의 의미를 가지지 않는다. 그것은 코코미여도 좋고 하카사여도 아키나여도 무방하다. 다만 그것이 나와의 관계 안에서 코코미라는 이름을 얻었다면, 자신 앞에서는 언제나 코코미가 되길 바라는 욕망마저 버릴 수는 없다. 민재의 상처는 엄마와 아빠 그리고 할머니로 지칭되는 가족적 관계의 상실에서 비롯된 것이고, 그가 마징가제트나 건담 같은 영웅을 자기화하려 했던 것도 결국 자신만의 특별한 관계를 만들어 주었던 오타쿠의 힘에 기대고 싶은 마음 때문이었음을 기억할 필요가 있다.

이처럼 이미욱의 소설에서 위안을 주는 현실은 끊임없이 분열되는 가상의 캐릭터로 존재할 뿐이다. 따라서 코코미로 표상된 오타쿠의 리얼리티는 결핍된 세계가 갈망하는 강박적 착시일 뿐 진정한 의미에서 자신의 결핍을 메워주는 실체적 진실이 될 수는 없다. 리얼리티와 환타지 사이에서 여전히 길 찾기를 시도하는 이유도 바로 이러한 사이의 간극을 좁히려는 것이다. 근원적 결핍을 메우려 하면 할수록 더욱 미끄러져 자신의 이름을 숨기거나 변주하는 익명성의 세계와 마주하는 현실로부터 탈주하는 가능성을 찾고자 하는 것이다. 그렇다면 방법은 단 한 가지, 명백히 가짜 리얼리티의 세계가 진짜인 것처럼 보이게 하는 전략을 고민하는 수밖에 없다. 어차피 리얼리티는 결핍과 상처의 자리일 뿐이므로, 환타지를 통해 리얼리티가 안겨주는 고통으로부터 벗어나는 위안의 형식을 얻을 수밖에 없는 것이다. 「단칼」에서 동성애자로서 여자의 몸에 강한 무사의 남성성을 그리거나, 여자의 몸을 씻겨주는 데서 위안을 찾는 사람들의 모습, 그리고 이러한 사람들에게 몸을 맡김으로써 기쁨을 얻는 여자의 퇴행적 태도는 모두 리얼리티와 환타지 사이의 의식을 담아내고 있다. 또한 부모의 이혼 이후 재혼한 아버지와 함께 사는 소녀가 망망(미향)이라는 친구에게 과도한 집착을 보이는 「연애涓埃」에서도 이러한 의식은 더욱 선명하게 드러난다. 결국 결핍의 자리는 집착이라는 욕망의 형태로 이상 징후를 드러낸다고 할 때, 이들 모두의 일탈에 면죄부를 줄 수 있는 것은 리얼리티를 넘어서는 환타지의 세계가 유일한 탈출구가 되지 않을 수 없는 것이다. 이미 소설 속 상처 받은 그들 모두에게 환타지의 세계는 악몽 같은 현실의 리얼리티로는 도저히 극복할 수 없는 '보물섬'과 같은 곳임에 틀림없다. 그들은 환타지의 세계 안에서만이라도 결핍 없는 충족된 삶의 행복을 마음껏 누리고 싶은 것이다.

이름의 혼재와 동물성의 확대

이정임의 「고양이를 부르는 저녁」(『손잡고 허밍』, 호밀밭, 2017)에서 '그녀'의 이름은 혼재된 상태로 남아 있다. "사회의 구성원으로서 의무를 이행해야 할 때에는 정수빈, 성가신 일에 쓰일 때는 김미영, 과외를 할 때는 지니였다."(27쪽)는 데서 알 수 있듯이, 그녀에게 이름은 확정된 존재를 부여하는 것이 아니라 오히려 카멜레온처럼 끊임없이 변화를 허용해 주는 불확정의 세계일 따름이다. 이외에도 그녀는 "D반의 31번"(25쪽)으로도 불렸고, "사소한 일에는 아무 이름이나 생각나는 대로 내뱉"(27쪽)을 정도로 이름이 주는 명명의 자기정체성을 처음부터 갖고 있지 못했으므로, 하나의 이름으로 호명되거나 명명되는 삶을 처음부터 거부했다고 해도 과언이 아니다. 그녀는 어머니로부터 버림받아 미아 임시보호소를 거쳐 어린이보호소에서 양육되었다가 한 가정으로 입양되었지만, 양어머니의 죽음 이후에는 또다시 혼자가 되어 현재는 자신의 재능인 수학을 가르치는 과외교사로 살아간다. 그녀의 삶이 한 곳에 적응하지 못하고 수시로 변해왔듯 그녀의 이름도 확정을 하지 못한 채 자신이 머무는 곳에 따라 늘 바뀌어 왔다. 그녀에게 이름이 중요하지 않았던 것은, 그 어떤 이름으로 불린다 해도 "망설이다 돌아보면 그 자리에는 이미 아무도 없었"(27쪽)기 때문이다. 이름은 누군가와의 관계 안에서 안정적으로 의미화되는 기호이지만, 그녀에게는 이러한 안정을 가질 만한 어떤 관계도 허락되지 않았기에 확정적인 기호로서의 자기정체성은 늘 현실로부터 배반당하기 일쑤였다. 따라서 그녀는 차라리 이름의 확정성보다는 불확정성을 오히려 편안하게 여기는 삶을 살아왔던 것이다. 그래서 그녀는 오로지 숫자로 호명되고 명시되는 〈운명의 러브콜〉이라는 프로그램을 가장 편안한 시스템으로 받아들이고 있는지도 모른다.

이러한 그녀의 삶에 어느 날 고양이 한 마리가 들어온다. 그녀는 자신의 삶조차도 버거워 단 한 번도 동물을 키워 본 적이 없는 철저하게 고립된 인물이다. 그럼에도 불구하고 그녀가 낯선 고양이를 집에 들인 것은, 어린이보호소에 처음 들어갔던 자신의 모습과 버려진 고양이의 모습에서 동일성을 느꼈기 때문이다. 그렇다고 해서 그녀가 고양이를 통해 어떤 관계 형성을 시도하고자 했던 것은 절대 아니다. 유기동물센터에 보내기 전에 잠시 거두어주는 정도라고 생각할 뿐이었던 것이다. 그런데 보호하던 고양이가 갑자기 사라지면서 문제가 발생했다. 낯선 곳에서 조금 익숙해질 만하면 곧 떠나야만 했던 자신의 모습처럼 고양이는 그렇게 떠나버린 것이다. 그리고 그 일로 진짜 주인이 나타나면 어떻게 할 것이냐는 유기동물센터의 항의에 난데없이 고양이를 찾아야 하는 일을 떠맡게 되는 난처한 상황을 겪게 된다. 어쩔 수 없이 그녀는 고양이탐정에게 고양이 찾는 일을 의뢰하게 되는데, 고양이를 찾기 위해서는 이름을 부르고 기다려야 한다는, 자기를 가장 따뜻하게 돌봐주었던 사람이 이름을 불러주면 고양이는 돌아오게 된다는 사실과 마주한다. 또한 고양이탐정의 오해로 그가 고양이를 찾을 때 부른 이름이 '미영'이었다는 데서, 이름의 의미를 애써 부정하며 살아온 그녀의 삶과 잃어버린 고양이의 모습은 그대로 겹쳐진다. 잠시 고양이를 보살피는 동안 이름을 모르는 고양이에게 여러 이름을 불러 반응을 기다렸던 것과는 달리, 그녀는 자신이 특정한 이름으로 불리어지는 것에 어떤 감흥도 기대도 없이 살아왔다. 〈운명의 러브콜〉에 정수빈과 지니라는 두 개의 이름으로 출연 신청을 하고, 이아영으로 걸려온 전화에도 자신인 것처럼 행동하는 것은, 어떤 이름으로도 상관없이 살아온 자신의 삶을 재확인하는 것이라는 점에서 특별히 이상할 것도 없다. 어차피 그녀는 텔레비전 프로그램에 출연해도 여자 몇 번으로 호명될 것이므로, 그녀의 이름이 정수빈이든 지니든 이아영이든 그 어떤 이름도 진실과는 무관하다고 생각하기 때문이다.

그렇다면 그런 그녀가 고양이에게만큼은 이름을 부여하려 했던 이유는 무엇이었을까? 어린이보호소에서 31번으로 불렸던 것처럼 굳이 이름을 찾아주지 않아도 되었음에도 왜 그녀는 무수한 이름을 불러주며 고양이가 반응하는 한 가지 이름을 찾으려 했던 것일까? 어쩌면 이러한 그녀답지 않은 행동은 자신만의 세계 안에 갇혀 있던 스스로에게 세상과의 관계성을 진지하게 고민할 것을 주문하는 일종의 의식이 아니었을까 싶다. 반려동물이 대개 그러하듯 익명화된 인간관계의 외로움과 쓸쓸함을 대체해주는 따뜻한 생명으로 존재한다는 점에서, 그녀에게 다가온 고양이의 존재는 조금씩 타자와 연대하려는 자신의 변화를 감지하는 내면의 움직임으로 볼 수 있는 것이다. "제 소설에 나오는 인물들의 상황은 소설이 끝나도 계속 나쁠 것이라고 생각"(「이정임 소설집 인터뷰」, 290쪽)하는 작가의 지독한 비관론을 위로하기 위해서라도, 이러한 최소한의 연대는 계속해서 시도될 필요가 있다. 아마도 최근 소설에서 동물의 등장이 빈번해진 것도 이러한 의식을 공유하는 두드러진 소설적 현상이라고 보아야 하지 않을까 생각된다.

김가경의 『몰리모를 부는 화요일』(강, 2017)에는 유독 동물이 많이 등장한다. 난쟁이라는 이유로 가족으로부터 심한 학대를 당했던 여자의 모습과 비둘기를 겹쳐놓은 「비둘기를 키우는 시간」, 아빠의 학대를 자신이 키우는 개에게 전가하는 꼬마의 이야기를 다룬 「다이아몬드 브리지」, 자본과 문명에 길들여진 삶에서 외면당할 수밖에 없는 무플론을 등장시킨 「배회의 기술」 등에서, 동물은 단순히 소재로서의 역할에 그치지 않고 인간관계의 훼손을 돌아보는 매개물로 기능한다는 점을 주목해야 한다. 특히 밀크스네이크종의 뱀을 소설 속으로 끌고 들어온 「홍루」는 섬뜩하면서도 따뜻한 이질감으로 서사를 이끌고 있어 주목된다.

P시의 외국인 거리에 있는 클럽 로즈에서 일하는 명자는 러시아 선원 이반과 함께 산다. 그런데 이반은 애완동물로 뱀을 키우는데, 그가 출항

하면서 뱀을 키우는 건 명자의 몫이 되었다. "러시아에서 뱀은 집을 지키는 수호신과 같다"(211쪽)는 이반의 말에는, 자신이 떠난 텅 빈 공간에서 뱀이 그를 대신해 명자를 지켜주기를 바라는 마음이 담겨 있다. 이 소설에서 명자와 그의 연인 이반 그리고 로즈에서 명자와 함께 일하는 나타샤 등 인물들은 모두 낯설고 기괴한 뱀의 존재만큼이나 이질적으로 묘사된다. 그들은 우리 사회의 음지에서만 존재를 드러내는 늙어가는 여자들이거나 한 곳에 정착하기 힘든 이방인들이어서 지속적인 연대의 모습을 지켜나가기 힘든 존재들이다. 따라서 이국적인 거리의 이국적인 인물들은 신비로움을 주기도 하지만, 그 신비로움은 곧 우리 사회와 어울리기 힘든 이물감을 주는 대상임을 의미하는 것이기도 하다. 이런 점에서 로즈와 마주하고 있는 중국 음식점 홍루는 명자가 바라보는 거울과 같은 곳으로, 이반이 즐겨 먹었던 흑빵과 쌀단까의 맛처럼 명자에게는 맞지 않은 음식이지만 떠나간 사람을 그리워하게 하는 맛으로 이질적인 관계를 통합하는 기능을 한다. 낯설고 기이한 공간 안에서 소외되고 상처받은 인물들이 연대하는 모습을 보여주고자 하는 곳으로 '홍루'의 존재는 특별한 의미를 지니고 있는 것이다. 로즈가 명자가 끝끝내 의지하고 살아가야만 하는 현실의 장소라면, 홍루는 명자가 로즈를 떠나 진정으로 가고 싶은 또 다른 세계로 가는 길인지도 모른다. 그가 떠나버린 이반을 그리워하는 곳이 홍루라는 점에서, 이곳은 시베리아 횡단 열차가 처음 출발하는 이반의 고향을 떠올리는 장소라고 볼 수도 있다. 따라서 사라진 뱀을 찾기 위해 휘파람을 부는 명자의 행위는 떠나간 이반을 다시 불러오는 일종의 주술과 같다. 하지만 이반에게 휘파람은 모든 것을 텅 비게 만드는 소리라는 점에서 명자와 이반의 시선은 전혀 다른 곳을 향하고 있다. 여기에서 그들은 관계의 어긋남이라는 상처를 거듭 경험하게 하는 현실과 또다시 마주하게 된다.

이처럼 김가경의 소설 속 인물들은 대체로 상처를 안고 살아가는 인물들이고, 이러한 상처의 근원은 가족의 해체와 분리에서 오는 불안정한 삶의 굴레에서 그 이유를 찾을 수 있다. 안온한 가족의 일상을 처음부터 경험하지 못한 인물들이 겪어야 하는 현실은 더더욱 가혹하고 냉정한 세계이다. 앞서 언급한 대로 김가경의 소설이 동물성의 세계에 크게 관심을 기울이는 것은 인간에 대한 신뢰가 사라진 우리 사회의 모습에 대한 일종의 제의祭儀라고 볼 수도 있을 듯하다. 가장 인간적이어야 할 관계인 가족 내부에서조차도 최소한의 사랑과 윤리가 실종되어 버린 세상에서, 자신의 모든 것을 내려놓고서야 친해질 수 있는 "무플론"과 같은 동물과의 관계는 그 어떤 관계보다도 소중하고 각별하게 다가오지 않을 수 없다. 더군다나 이런 동물의 세계는 자본과 문명의 이기에 물들어 버린 인간의 욕망 앞에서 늘 거부당해온 소외와 차별의 대상이라는 점에서, 상처 받은 인물들이 서로를 위로하기도 하고 때로는 위로 받기도 하는 진정한 소통의 관계가 되지 않을 수 없다. 이런 점에서 피그미족들이 숲의 정령을 위로할 때 부는 "몰리모 소리"(「몰리모를 부는 화요일」)에 귀 기울이는 작가의 시선이 아주 특별한 울림으로 다가온다.

서정아의 『이상한 과일』(산지니, 2014)에서는 이러한 동물성의 세계가 풍뎅이, 달팽이, 꿀벌 등 곤충들의 모습으로 인간의 삶 곳곳에 침투해 들어와 있다. 인간관계의 어긋남은 종종 이물감으로 남아 아무리 벗어나려 해도 완전히 벗어나지 못하는 것처럼, 곤충들의 생태는 상처 받은 인간의 가장 가까이에서 아주 꺼림 직한 존재의 흔적으로 남아 있는 것이다. 이러한 곤충들의 세계는 동물성의 확대를 통해 타자와의 연대를 시도하는 방식과는 다르게, 이물감의 흔적으로부터 벗어나기 힘든 인간관계의 지독한 곤경을 보여 주기에 안성맞춤이다. 민달팽이처럼 해연의 집에 이물감을 남기고 떠난 김선주가 그러하고(「내 방에는 달팽이가 산다」), 아파트 베란다에 집을 지은 벌의 생태를 통해 자신을 지키기 위해 모든 것을 다 내놓는 삶을 선택하는 것도 그러하다(「꿀벌의 비행」). 이 모든 것이 우리 사회의 제도와 윤리가 인정하는 인간관계로부터 멀어진 삶을 벗어나고자 하는 욕망에서 비롯된 것이다. 아무리 벗어나려 해도 이미 내 안에 깊숙이 들어와 있는, 이 사회가 용인하지 않는 불가능의 관계를 더 이상 끌고 갈 수 없다는 마지막 선택은 가혹하지만 반드시 치러야 할 숙제임을 부인하기는 어렵다. 게다가 이러한 모습들이 지금 우리 주변 도처에서 흔하게 볼 수 있는 일들이라는 점에서, 불편한 일상의 리얼리티가 비극이 되는 현실에서 민달팽이가 지나간 자리와 같은 이물감을 느끼지 않을 수 없는 것이다.

이처럼 서정아의 소설에서 일상의 행복을 발견하는 것은 사실상 불가능하다. 그의 소설은 모두 현실과 지독한 불화를 겪었거나 지금도 겪고 있는 인물들로 가득 차 있다. 따라서 그 속의 인간관계는 늘 어긋나 있고 다른 곳을 바라보고 있어서 인물들 간의 소통을 전혀 기대하기 힘들다. 가족이든 회사든 그 어떤 관계망 안에서도 인물들은 철저하게 고립되어 있는 존재로 살아간다. 물론 그들이 무조건 고립만을 선택하고 살아가는 것은 아니다. 그들이 이러한 고립으로부터 탈출하기 위해 타자와의 관계를 시도하는 순간, 더욱 완고하게 굳어지는 고립의 상황을 되풀이 할 수밖에 없는 것이 엄연한 현실이기 때문이다. 따라서 그들 모두는 고립의 상황을 벗어나려 온갖 안간힘을 다해도 고립으로부터 벗어날 수 없는 냉혹한 현실을 누구보다도 잘 아는 존재들이다. 결국 앞에서 살펴본 다른 작가의 소설들과 마찬가지로, 고립된 그들이 세상과 만나는 최소한의 방식은 사람이 아닌 동물이나 곤충들의 세계를 자신의 삶 안으로 끌어들이거나 스스로 동물들의 세계로 나아가는 것밖에는 다른 방법이 없다. 「나를 알아?」에서 방에서 나오지 않는 미수의 오빠가 소통하는 단 하나의 대상도 고양이고, 「이상한 과일」에서 자신의 어긋난 삶을 비춰주는 매개물 역시 고양이다. 너무도 복잡하게 얽혀 있는 세상의 뒤틀린 모습을 동질감과 연민의 대상으로 부각시키기 위해, 서정아의 소설은 우리 사회가 외면하는 부서지고 깨지고 모자란 것들에 각별한 애정을 보인다. 어디에서부터 얽히고설킨 실타래를 풀어야 할까, 아마도 이쯤 되면 소설은 이러한 해결책을 고민하는 데 상당한 분량을 할애해야 하는 게 당연하다. 하지만 서정아의 소설에서 그 해답으로 숨겨놓은 것은 아무 것도 없고, 그런 해답을 처음부터 의도하지도 않고 있음에 틀림없다. 어차피 우리가 사는 세상은 그 해답을 찾는다 해도 그 해답처럼 살아갈 수 없다는 것을 너무도 잘 알고 있기 때문이다. 결국 소설은 위악(僞惡)의 형식이므로, 선한 의지를 실현한다는 것 자체가 오히려 가장 거짓된 포즈가 되기 십상이다. 그럼에도 불구하고 소설 속 인물들의 상처와 아픔을 어루만지는 최소한의 위안과 위로의 형식만큼은 결코 포기해서는 안 될 것이다.

소설적 잔상의 파괴와 '부산'을 되찾는 방식

최근 부산 지역에서 활발하게 활동하는 소설가의 소설집 다섯 권을 허겁지겁 읽었다. 이 글은 이들 소설에서 부산 지역 소설의 변화와 새로움을 읽어내려는 조금은 일방적인 의도에서 출발했다. 제한된 짧은 지면에 다섯 권의 소설을 아우르는 전체적인 지형을 체계화한다는 것 자체가 어불성설이 되는 일일지도 모른다. 그럼에도 불구하고 이들 소설을 일관된 의미 맥락 안에서 읽어보고 싶었던 것은, 아마도 이들의 소설이 앞으로 부산 지역 소설의 미래를 열어가는 어떤 방향성을 지녔지 않았을까 하는 기대 때문이었다. 물론 이들의 작품 세계만으로 부산 지역 소설의 현재를 재단하거나 일반화하는 것은 당연히 무리가 따른다. 다만 이들의 소설에서 작은 변화의 징후 정도는 감지할 수 있을 테고, 그 변화의 중심에 대한 탐색을 통해 부산 지역 소설의 현재를 진단하는 의미 있는 방향성 정도는 찾을 수 있지 않을까 하는 기대를 가져 본 것이다.

다섯 권의 소설집을 통독하고 난 후의 일차적 느낌은 각 소설들 간의 차별성이나 개성보다는 유사성이 너무 두드러진다는 점이었다. 인물의 설정, 사건 전개의 구성, 소재의 선택 등에서, 조금 과장되게 말하면 마치 한 사람이 쓴 것 같은 서사의 유사성이 뚜렷하게 드러났다. '부산'이라는 전략적 구체성이 사라진 자리에서 보편적인 인간의 내면과 삶의 문제를 다루었기 때문이라고 그냥 덮어두기에는 비슷비슷한 이야기와 주제가 나무나 도드라졌다. 그렇다면 무엇이 작가들의 시선을 이토록 동일한 방향으로 흐르게 한 것일까. 작가들마다 뚜렷한 개성이 보이지 않는 것은 그럴듯한 이야기 구조로서의 소설적 잔상이 은연중에 규범화되어 버린 건 아닌지 묻고 싶다. 소설 역시 장르적 관습을 무시할 수 없는 문학의 한 형식이라는 점에서 규범은 필수불가결한 조건임에는 틀림없다. 하지만 이러한 관습을 깨뜨리려는 과감한 시도가 새로운 의미와 서사적 변화를 열어내는 가능성이 되는 것은 당연하다. 그것이 우연에 의한 것이든 치밀한 의도에 의한 것이든, 장르적 관습에 지독하게 얽매인 서사에서 새로움을 기대하는 것은 사실상 불가능하다. 조금은 과도한 요구가 될지는 모르지만, 지금까지 암묵적으로 강요되어 온 소설의 잔상을 의식적으로 무너뜨리고 파괴하는 데서 새로운 서사의 탄생을 기대할 수 있을 것이다. '이야기' 자체에 의미를 두기보다는 '이야기하기' 방식에 더욱 중요한 초점을 두는 두드러진 변화가 필요한 시점으로 보인다.

이런 점에서 부산 지역 소설에서 '부산'을 말하는 방식 그 자체를 낡고 진부한 것으로 이해하는 듯한 태도에도 깊은 성찰이 요구된다. 문제는 '부산'이라는 이야기 자체에 있는 것이 아니라 그것을 어떻게 이야기하느냐 하는 방식에 있기 때문이다. "잊혀져가는 것과 중앙과 동떨어져 도외시 됐던 지역의 문화를 되살린다는 건, 보람 있는 일"이라고 생각하면서도, 이를 받아들이는 순간 어딘가 모르게 "거대자본의 흐름, 경제 논리, 치열한 경쟁"(「사라지는 것들」, 『자살관리사』, 140~141쪽)으로부터 도태를 경험하는 일이 되어버릴지도 모른다는 우려를 이제는 과감하게 떨쳐버려야 한다. 지역의 세부적 구체성은 인간의 보편성을 정밀하게 드러내는 가장 기본적인 토대이다. 어쩌면 최근 지역 소설에서 '부산'이 사라지면서부터 그들의 소설은 엇비슷한 주제와 소재를 반복해서 변주하게 된 것은 아닌지 묻지 않을 수 없다. 물론 그동안 일종의 관습화된 표지처럼 '부산'을 맹목적으로 말해왔던 시도가 부산 지역 작가들을 무겁게 짓누르는 일종의 책무와 같은 것으로 변질되어 버린 것이 사실이라면, 그러한 방식의 '부산'의 서사화는 차라리 시도하지 않는 편이 훨씬 나을 것이다. 다만 부산 지역 소설이 '부산'을 되찾는 방식으로부터 새로운 서사를 열어갈 수 없을까 하는 조심스러운 기대만큼은 끝끝내 저버릴 수 없을 듯하다.

초출일람

제1부 시와 정치 그리고 서정과 생명

「'시와 정치' 사이에서 '윤리'를 생각하다」,『시와사상』, 2013.

「시와 정치적 상상력'의 혼란을 넘어서」,『시와시』, 2013.

「분단 현실 비판과 종전(終戰)의 상상력」,『시작』, 2018.

「비판적 현실 인식과 민족 정체성의 회복 – 재일 디아스포라 시문학의 역사와 현재」,『시작』,
　　　2012.

「뒤를 돌아보는 시선(視線/詩線)」,『시인수첩』, 2011.

「젊은 서정의 새로운 길 찾기 – 80년대 생 시인들의 시를 중심으로」,『신생』, 2017.

「소멸과 생성, 부재와 존재 – '을숙도' 시의 생명성」,『한국동서문학』, 2019.

제2부 죽은 시인의 사회와 시인의 운명

「노장시학의 정립과 실천 – 박제천의 시론」,『신생』, 2016.

「산복도로 위에서 시를 노래하다 – 강영환의 신작시에 부쳐」,『신생』, 2011.

「제국주의 비판과 제3세계적 연대의 리얼리티 – 김태수의 베트남 시편에 부쳐」,『푸른사상』,
　　　2019.

「정곡(正鵠)의 언어 – 김경훈,『우아한 막창』」,『제주작가』, 2011.

「실존의 감각과 감각의 실존 – 서규정,『그러니까 비는, 객지에서 먼저 젖는다』、김종미,『가
　　　만히 먹던 밥을 버리네』」,『시와사상』, 2013.

「근원으로 돌아가려는 노년의 시적 여정 – 신진,『석기시대』」,『시와시학』, 2019.

「죽은 시인의 사회'를 살아가는 시적 주체에 대한 성찰 – 양왕용,『백두산에서 해운대 바라
　　　본다』」,『사이펀』, 2016.

「절정과 쇠락 사이에서의 시적 긴장 – 최정란 시집『장미키스』」,『작가와사회』, 2019.

제3부 따뜻하고 아름다운 시선으로 보는 세상

「근원에 이르는 고통과 자기성찰의 길 – 송유미의 시세계」,『당나귀와 베토벤』, 지혜, 2011.

「늙은 상수리나무의 따뜻한 동화처럼 – 박진규의 시세계」,『문탠로드를 빠져나오며』, 신생,
　　　2016.

「"별말 없이"도 따뜻하고 아름다운 – 박성우의 시세계」, 『자두나무 정류장』, 창비, 2011.

「원초적 세계와 사랑에 대한 성찰 – 권경업의 시세계」, 미발표작.

「서정의 시선으로 보는 세상 – 강달수의 시세계」, 『달항아리의 푸른 눈동자』, 지혜, 2018.

제4부 문학과 역사 그리고 비평적 실천

「식민지 모순에 맞서는 문학적 실천으로의 시적 여정 – 심훈의 시세계」, 『그날이 오면』, 미르
　　북컴퍼니 더 스토리, 2019.

「김석범의 『火山島』와 제주 4 · 3」, 『오늘의문예비평』, 2018.

「일제 말 친일 이데올로기와 친일시의 양상 – 김재용의 『풍화와 기억』에 기대어」, 『시, 현대
　　사를 관통하다』, 문화다북스, 2018.

「자주적 근대화와 민족 해방의 정론직필(正論直筆) – 신채호의 수필 세계」, 하상일 편, 『신채
　　호 수필선집』, 지식을만드는지식, 2017.

「주체적 전통, 한국적 리얼리즘 그리고 문학의 현실 참여 – 1960년대 조동일의 문학비평」,
　　『우리문학연구』 33, 우리문학회, 2011.

「지역을 통한 문학적 성찰과 비평적 소통의 가능성 – 김동윤의 비평 세계」, 『제주작가』,
　　2013.

「'비평의 위기'를 넘어서는 비평적 실천의 가능성 찾기 – 비평공동체 '해석과 판단'에 대한 생
　　각」, 『오늘의 문예비평』 88, 2013.

「일상의 모순에 맞서는 일상적 고통의 알레고리 – 김종은의 소설 세계」, 한국현대소설학회
　　편, 『2012 올해의 문제소설』, 푸른사상, 2012.

「부산 지역 소설의 현재와 미래 – 배길남, 이미욱, 이정임, 김가경, 서정아의 소설 세계」, 『작
　　가와 사회』, 2018.